Cynthia Voigt

Auf dem Glücksrad

Unionsverlag
SANSIBAR

Die Autorin

Cynthia Voigt ist in Boston aufgewachsen und arbeitete einige Zeit als Englischlehrerin. Sie lebt mit ihrem Mann und zwei Kindern während der Schulzeit in Maryland und in den Ferien auf einer Insel in der Chesapeake Bay. Die amerikanische Autorin wurde u.a. mit dem Deutschen Jugendliteraturpreis 1989 ausgezeichnet.

Über dieses Buch

Der unabhängige Folgeband von Cynthia Voigts Roman »Jackaroo« spielt zwei Generationen später: Birle, die arme Wirtshaustochter und Enkelin von Jackaroo, und Orien, Enkel des Grafen Gaderian, haben große Abenteuer zu bestehen.
Eines Morgens beobachtet Birle einen jungen Mann beim Diebstahl eines Ruderbootes und springt kurzentschlossen hinein. Bei Tagesanbruch erkennt sie, daß der Dieb ein junger Lord ist. Gemeinsam fliehen sie vor dem Leben, das ihnen vorbestimmt war. Im stürmischen Meer erleiden sie Schiffbruch, aber kurz vor dem Verdursten werden sie von Sklavenhändlern gefunden und voneinander getrennt verkauft.
Das Rad der Glücksgöttin Fortuna dreht sich endlos. Die Menschen, die alle daran festgemacht sind, steigen oder fallen mit der Bewegung des Rades. Finden die beiden Geliebten einander in diesem Auf und Ab wieder? Und gelingt ihnen die ersehnte Rückkehr ins Heimatland?

Von Cynthia Voigt ist in der Reihe Sansibar außerdem lieferbar: »Jackaroo«.

Stimmen zum Buch

»Wie in ›Jackaroo‹ steht auch hier wieder eine tatkräftige und natürliche junge Frau im Mittelpunkt der abenteuerlich-romantischen Liebesgeschichte.« *Bibliorama*

»Die phantastische Geschichte einer wunderbaren Liebe in einem fernen Land in einer unbekannten Zeit.« *Praxis Deutsch*

»Ein packendes Leseabenteuer zum Miterleben und Mitdenken.« *Frankfurter Allgemeine Zeitung*

Mehr Informationen auf Internet:
http://www.unionsverlag.ch

Cynthia Voigt

Auf dem Glücksrad

Aus dem Amerikanischen von Wolf Klaußner

Unionsverlag

Die amerikanische Originalausgabe erschien
1990 unter dem Titel *On Fortune's Wheel* bei
Atheneum Books for Children (Macmillan
Publishing Company), New York.

Auf Internet
Aktuelle Informationen, Dokumente über
Autorinnen und Autoren, Materialien zu Büchern
http://www.unionsverlag.ch

Unionsverlag Taschenbuch 1019

Rieterstrasse 18, CH-8059 Zürich
Telefon 0041-1 281 14 00, Fax 0041-1 281 14 40

Umschlaggestaltung: Heinz Unternährer, Zürich
Druck und Bindung: Clausen & Bosse, Leck
ISBN 3-293-21019-8
Die äußersten Zahlen geben die aktuelle Auflage
und deren Erscheinungsjahr an:
1 2 3 4 5 - 01 00 99 98

Eins

Zuerst sah sie nur einen huschenden Schatten. Unter den Bäumen am Rande der Wiese bewegte sich etwas zwischen den dunklen Stämmen.

Sie hörte nichts, was sie beunruhigt hätte; nicht mehr als das Plätschern des Wassers und das Rauschen des Windes, aber sie sah eine dunkle, gebückte Gestalt, die sich bewegte.

Der Schatten, ein schwarzer Fleck in der Dunkelheit der Nacht, schlich aus dem Wald durch das lange Gras gebückt zum Bootssteg. Niemand aus dem Dorf hätte sich so bewegt. Jemand aus dem Dorf, der ein zu eilig festgemachtes Boot prüfte, hätte ein Licht dabeigehabt. Er wäre vom Dorf durch den Hof des Wirtshauses gekommen, den Weg, auf dem sie jetzt stand. Kein Fischer würde zu dieser Stunde hinausfahren, nicht in einer mondlosen Nacht, wo alles Sternenlicht zusammen nicht durch die windige Dunkelheit drang. Birle stand bewegungslos, wachsam.

Sie hätte nicht draußen sein dürfen in der Nacht. Da und Nan wären nicht erfreut gewesen, wenn sie gewußt hätten, daß sie ihre kleinen Schwestern allein im Bett gelassen hatte, das sie miteinander teilten. Sie hatte Rock und Kittel angezogen, leise die Tür hinter sich verriegelt und war auf Zehenspitzen am Zimmer der Brüder, am Schlafzimmer von Da und Nan vorbeigegangen, die breite Treppe hinunter und durch die leere Wirtsstube. In der Küche, wo die Glut unter der Asche glomm, hatte sie ihre Stiefel angezogen und den Mantel vom Haken genommen. Die Hunde, wenn sie überhaupt etwas hörten, kannten ihren Schritt und blieben still. Da und Nan wären sehr verärgert gewesen, hätten sie davon gewußt, und hätten sie mit Scheltworten zugedeckt. Ja, sie zählten die Tage bis zum Frühlingsjahrmarkt, wo sie Birle verheiraten würden und aus ihrer Pflicht entlassen wären. Ja doch: Birle zählte sie auch.

Der Schatten war ein Mensch, kein Zweifel.

Nur ein Mann oder eine Frau würde sich so bewegen, nach vorn gebückt, am Flußufer im langen Gras entlanggleitend wie ein Tier auf der Jagd. Gespannt ließ sich Birle vom Wind auf den Weg zum Bootssteg schieben. Was es auch war: Der Schatten hatte nichts Gutes vor.

Der Frühlingsregen hatte den Weg aufgeweicht und in einen Schlammpfad verwandelt. Ihre Stiefel quietschten darin, deshalb ging sie vom Weg ins Gras. So geräuschlos wie der Schatten vor ihr, aber schneller, näherte sie sich dem Fluß.

Sie hätte ins schlafende Wirtshaus zurückgehen und ihre Brüder wecken, zumindest umkehren und Alarm schlagen sollen und die Hunde loslassen. Doch der geheimnisvolle Eindringling, das Geheimnis der Nacht, das sie aus dem Schlaf gerissen hatte, hielt sie ab, zu tun, was sie eigentlich hätte tun sollen.

Sie kannte ja die alten Geschichten. Kein Kind, das nicht gewarnt war. Gewarnt vor Räubern, die vor allem den Frauen gefährlich und für jedermann eine tödliche Gefahr waren. Andere erzählten von Dienstboten, die so hart behandelt worden oder so stolz waren, daß sie ihrem Herrn durchgingen, obwohl sie wußten, daß sie – Mann oder Frau – gehenkt würden, finge man sie wieder ein, auf der rechten Hand das Brandmal des abtrünnigen Dieners. Dieser Schatten, überlegte sie, war kein Räuber. Räuber schlossen sich zu Banden zusammen, wie Wölfe. Außerdem gab es hier in den abgelegenen Gauen des Königreichs kaum Räuber. Das gerodete Land war guter Ackerboden, auf dem Ziegen und Schweine fett wurden. Sogar an den härtesten Wintertagen konnte man Fische unter dem Eis des Flusses hervorholen. Die Wälder waren voller Wild, und die Jäger des Gaugrafen hielten die Wege sicher.

Das war kein Räuber, davon war sie überzeugt.

Wenn es ein entsprungener Dienstbote war, wäre Birle die letzte gewesen, einen Mann oder eine Frau der Knechtschaft zurückzugeben. Sie war zu sehr Wirtstochter; ihr eigenes Leben schmeckte eher nach Mägdedienst als nach Freiheit, und das kam ihr sauer an. Aber das sollte nicht mehr lange dauern, erinnerte sie sich, nur noch wenige Tage und sie würde verheiratet sein und über alle Berge.

Weil sie aufrecht und schnell ging, betrat sie die Planken des Bootssteges gerade in dem Augenblick, als sich die Schattenfigur über eine eiserne Klampe am Ende des Steges beugte. Die dicken Bohlen knarrten in der Strömung, die vertäuten Boote hüpften und klatschten auf dem dunklen windbewegten Wasser. Der Fluß führte Frühlingshochwasser und war schnell.

Ihre Schritte dröhnten auf den Planken. Der Schatten hörte sie nun, sie sah auch seine Arme, er holte ein Tau ein, das den schmalen Bug des Bootes an den Steg zog. Birle rannte, um den Diebstahl des Bootes zu verhindern. Der Dieb war ihr gleichgültig, sie wollte ihn nicht fangen.

Es war zu spät. Gerade als sie den Schatten erreichte, wandte er sein bestürztes, bleiches Gesicht ihr zu, sprang ins Boot und kletterte auf die Ruderbank. Er warf sein Bündel auf den Boden und bückte sich nach den Rudern, streckte die Arme aus und ruderte rückwärts. Die Ruder krachten gegen die Bordwände der anderen Boote, die daneben vertäut waren. Das war kein Fischer, und keiner, der mit Booten umgehen konnte. Jemand, der sich mit Booten auskannte, würde sich von der Strömung auf den offenen Fluß hinaustreiben lassen, ehe er die Ruder ins Wasser brachte. Auf dem rauhen Holz kniend streckte sie die Arme aus und packte den Bug.

Die Ruder faßten Wasser, und der Mann zog durch. Der Ruderschlag und die schnelle Strömung unter dem Boot war mehr, als Birle halten konnte. Sie hob den Kopf, um zu schreien, und wußte wohl, was sie ihr erzählen würden, weil sie nicht früher Alarm gegeben hatte. Sie füllte ihre Lungen mit Luft zu einem Schrei, laut genug, um die Hunde zu wecken, die das schlafende Wirtshaus aufstören würden. Da fühlte sie sich über das schwarze Wasser aus dem Gleichgewicht gezogen, wurde von den Planken gerissen und fiel in den Fluß. Wasser stieg um sie auf. Birle hielt den Kopf empor und lockerte den festen Griff am Bug nicht. Sie konnte schwimmen und hatte keinen Grund, sich zu fürchten. Der rudernde Schatten ächzte laut, und sie wußte auch warum: Mit ihrem Gewicht am Bug war das Boot sehr schwer zu rudern. Ihre Stiefel füllten sich mit kaltem Wasser; Mantel und Rock wurden schwer davon, ihr eigenes Gewicht zog gewaltig an den Armen. Sie konnte sich vorstellen, welch eine schwere Last sie für den Ruderer war, und das gefiel ihr. Hand über Hand arbeitete sie sich langsam herum auf die Seite. Ein Ruder fiel auf ihre Schulter herab, verfehlte nur knapp ihren Kopf. «Dieb!» schrie sie. «Dieb!»

Der Dieb zog am Ruder, aber sie hielt es fest. Die Gestalt im Mantel wandte sich ihr zu. Sie konnte das Flußufer nicht sehen, aber sie merkte, daß sich das Boot schnell bewegte. Das Wasser zerrte an ihrem Rock, dem Mantel und den Stiefeln. Sie konnte sein Gesicht nicht sehen, erkannte aber an den Bewegungen, daß dies ein Mann war. Seine Stimme bestätigte es. «Laß los», keuchte er. «Laß los. Ich will dir nichts tun, ich werde es aber, ich warne dich. Hau ab, laß los, geh weg. Du kannst doch schwimmen?»

Wasser kam ihr in den Mund, sie konnte nicht antworten. Ihre Stiefel waren voller Wasser, und wenn sie nicht die eine Hand an der Bordwand gehabt hätte, wäre es für sie schwer geworden, sich über Wasser zu halten. Sie spuckte aus und sagte die Wahrheit: «Schon, aber nicht mit diesen Kleidern.» Es blieb ihr nichts übrig, als das Ruder loszulassen, um beide Hände frei zu bekommen. Sie begann, sich über die Bordwand ins Boot zu ziehen.

Das Boot schaukelte unter ihrem Gewicht. Der Dieb bewegte sich von ihr weg, um das Gleichgewicht zu halten, nicht aus Furcht.

Sie rollte sich in das Boot und schlug auf die Bodenplanken. Sobald sie sicher darin war, kroch sie in den Bug und zog die Beine unter sich, um jederzeit aufspringen zu können. Er war eine unbestimmte im Heck kauernde Gestalt.

«Das hättest du nicht tun sollen», sagte er und bewegte sich auf sie zu. Seine Stimme war voll echtem Bedauern. «Du ziehst am besten deine Stiefel aus, weil ich dich jetzt zurück in den Fluß werfen muß. Aber eins will ich dir sagen: Ich bin kein Dieb.»

«Ach ja», antwortete Birle. Mehr brauchte sie nicht zu sagen. Ein Mann, der ein Boot nimmt, das ihm nicht gehört, war alleweil ein Dieb. Sie spannte die Beine und klammerte sich mit den Händen an die Bordwände. «Versuch, mich ins Wasser zu werfen, dann merkst du schon, daß du das Boot umkippst und dich mit.»

Er hielt in der Bewegung inne und dachte nach. Sie war auf alles gefaßt.

«Und du», fragte sie, «kannst du schwimmen? Ich hab meine

Zweifel. Es gibt nicht viele, die schwimmen können. Wahrscheinlich schwimmst du nicht besser als du ruderst. Dieb.»

«Glaub, was du magst, ich hab dir die Wahrheit gesagt.» Seine Stimme klang aus der Finsternis im Wind. «Weil du so freundlich bist, dir darum Sorgen zu machen», sagte er und meinte gar nicht, was er sagte, «versichere ich dir, daß ich schwimmen kann, und zwar gut.»

Birle hörte das nicht gerne, aber sie ließ es sich nicht anmerken. «Gut», sagte sie, «und an welches Ufer möchtest du gern? Oder ist dir die Strömung lieber, wo du hilflos bist? Zieh lieber selbst die Stiefel aus, ehe sie dich runterziehen.»

Er bewegte sich, aber nur, um sich wieder an die Ruder zu setzen. Er wandte ihr das Gesicht zu und mußte deshalb mit dem breiten, flachen Heck mühsam gegen die Strömung rudern. «Ich bring dich ans Ufer.» Der Bug schwang herum.

«Kampflos kriegst du mich nicht raus», versprach ihm Birle. Er beachtete sie nicht, mühte sich mit den Rudern ab. «Und was ist, wenn du das Boot verlierst, und die Bären kommen aus ihrem Winterschlaf nach Süden, wo sie mehr Wurzeln und Beeren finden, und danach die Wölfe, ausgehungert vom langen Winter? Hier gibt's nichts als Wald, am einen wie am anderen Ufer, wenn du den Weg nicht kennst. Ein Mann allein im Wald ist arm dran.»

Er hob die Ruder aus dem rasch ziehenden Wasser, und Birle fühlte, wie der Bug herumschwang, als ihn die Strömung erfaßte. Sie lächelte in sich hinein: Diese Schlacht hatte sie gewonnen. Sie streckte die Beine aus, setzte sich etwas bequemer – wenn man diese nasse Kälte bequem nennen konnte. Er saß zusammengekauert, dachte nach, die Ruder in den Händen. Laß ihn nur nachdenken, laß ihn sehen, wie weit er damit kommt. Er kannte den Fluß nicht, sie aber wohl.

Er hob den Kopf und tauchte die Ruder wieder ins Wasser, wieder mit dem Heck nach vorn. Sie zog sprungbereit die Beine unter sich.

«Es gibt sicher Anlegestellen am Fluß», sagte er.

«Nein. Keine einzige. Nicht in dieser Gegend des Reiches, nicht im Wald. Du hast das letzte Dorf schon hinter dir.»

Er wußte nicht, ob er ihr glauben sollte. Er ließ die Ruder ins Wasser hängen, stellte aber seine Versuche ein. Das Boot schwang wieder herum. Er mußte ihr glauben.

Der dichte Wald war wie eine dunkle Mauer an jedem Ufer des breiten Flusses. Das Boot bewegte sich schnell und wurde von den Wellen vorangetragen. Birle wrang das Wasser aus ihrem Mantel so gut es ging. Sie wartete. Jetzt wäre ein Feuer recht gewesen.

«Gut denn», sagte er schließlich. «Was würdest du jetzt tun?»

Sie wußte schon im voraus, daß ihre Antwort ihn ärgern würde: «Ich würde das Boot ans Ufer bringen.»

«Aha. Auf einmal gibt es keine Bären, keine Wölfe?»

«Hab ich nicht gesagt. Willst du hören, was ich tun würde, oder willst du auf deine Weise weitermachen, ohne eine Ahnung davon zu haben?»

«Ich mach's und lebe immer auf meine Weise», verkündete er, «aber ich will dich anhören», sagte er im Tone des Steuereinnehmers, der sich das Gebarme eines Bauern um Nachlaß anhört.

«Ich würde für die Nacht das Boot an einem Baum oder einem niedrigen Ast am Ufer festmachen», sagte sie, «und den Tag abwarten. Du kannst das Tau dafür verwenden, das du losgemacht hast, als du das Boot stahlst.»

«Ich habe dir schon gesagt, daß ich das nicht getan habe.»

Für einen Räuber oder einen Knecht drückt er sich zu gut aus, dachte sie. Vielleicht war er aus der Stadt, Hausdiener bei einem Lord. Sie begriff nicht, wie man aus einem so bequemen Dienst fliehen konnte, versicherte ihm aber: «Ich will nur das Boot.» Sie würde ihn weitergehen lassen, nach Süden, und das Boot seinem Besitzer zurückbringen. Sie zitterte vor Kälte am ganzen Leib. Am Ufer vertäut, hätte sie wenigstens Schutz vor dem Wind. «Ich rudere», sagte sie.

«Danke, nein. Das kann ich selber.»

Er konnte es nicht. Das Boot drehte sich und schaukelte bei seinen unbeholfenen Versuchen.

«Es würde mir dabei warm werden», sagte sie.

Wortlos setzte er sich in das Heck. Gebückt, um das Boot nicht kentern zu lassen, kroch Birle zitternd auf die Ruderbank und wandte ihm das Gesicht zu. Die Ruder schienen schon auf ihre Hände gewartet zu haben. Sie zog den Bug herum und ruderte mit Macht zum Ufer. Diese Fischerboote waren so gebaut, daß sie auf ruhigem Wasser hoch und leicht dahinglitten. Es wäre eine Dummheit gewesen, das Boot gegen Wellen und Strömung den Fluß hinaufzubringen. Sie hielt auf das niedrige Ufer zu. Als sie näher herangekommen war, sah sie einen kleinen Baum, wo man sicher festmachen konnte.

Am Ufer wurde der Wind durch die Bäume gebrochen, und die Nässe ihrer Kleider war wenigstens nicht mehr kalt, weil sie sich warm gearbeitet hatte. Sie ließ die Ruder los, beugte sich aus dem Bug und warf das Tau um den Baum. Sie setzte sich schnell wieder zurück, bevor er aufstehen und eine Dummheit anrichten konnte.

Er saß aber und beobachtete sie schweigend.

Sie ließ sich im Bug nieder. Das gab ihr zweifache Sicherheit.

Er konnte das Boot nicht losmachen, ohne sie zu wecken, und sollte er sich einfallen lassen, sie anzugreifen, war sie mit zwei Sätzen aus dem Boot im Schutz des Waldes, ehe er ihr etwas anhaben konnte. Es gab Bären und Wölfe, das stimmte, aber kaum in diesem gut bejagten Wald.

Am anderen Flußufer, wo es keine menschlichen Ansiedlungen gab, war es gefährlicher. Birle schauderte wieder über den ganzen Leib. «Du könntest mir deinen Mantel leihen», bat sie. Er lag auf dem Rücken über der Heckbank, sein Bündel diente ihm als Kissen.

«Und warum soll ich?»

«Meine Kleider sind naß und kalt.»

«Weil das davon kommt, daß du aus eigener freier Wahl ins Wasser gesprungen bist, überzeugt mich das nicht», sagte er.

«Richtig», erklärte sie, «ich hab schließlich einen Dieb gejagt.»

Er sagte nichts darauf. Birle dampfte vor Wut und Nässe. Bei Tageslicht würde sie das Boot erkennen, das einem Fischer aus dem Dorf gehörte, oder sogar eines der Boote des Wirtshauses. Sie überlegte sich, was sie diesem Ausreißer sagen sollte, um ihm ihre Verachtung zu zeigen, aber es fiel ihr nichts ein. Er war so still, und sie merkte, daß er eingeschlafen war. Der kann leicht schlafen, dachte sie, in seinem trockenen, warmen Mantel.

Zwei

Birle verstand nicht, wie er schlafen konnte. Das Boot war eben groß genug für zwei Leute, die nebeneinander auf der Ruderbank in der Mitte saßen. Er mußte sich sehr unbequem auf dem Hecksitz zusammenkauern. Die Wellen schaukelten das Boot wie eine Wiege, vielleicht schläferte ihn das ein. Sie nicht.

Über ihnen leuchteten die Sterne. Sie fand auf ihrem Sitz keinen Schlaf. Der Himmel war durch den Wald wie von Mauern begrenzt, wie ein Fluß, das Gegenstück zu dem Fluß hier unten. Die weißen Sterne schwammen in diesem Himmelsfluß. Sie lehnte sich in den Bug zurück, legte ihren Kopf auf den ausgestreckten Arm und schloß die Augen.

Was war ihr nur eingefallen, ihm zu folgen? Er schlief. Der Wind wehte. Der Fluß warf Wellen ans Ufer. Sie konnte mit zwei Sätzen aus dem Boot und am Ufer sein, bevor er auch nur richtig wach war. Wenn sie das Ufer entlangging, fand sie zum Wirtshaus zurück, sogar im Finstern. Es kümmerte sie nicht, was die Familie sagen würde, aber sie hatte – kurze – Zweifel wegen Muir. Der könnte diese Nachtarbeit als Ausrede benutzen, um sie sitzenzulassen.

Wenn sie dem Fluß folgte, konnte sie nicht in die Irre gehen. Sie konnte im ersten Tageslicht wieder im Wirtshaus sein, Feuer machen, Wasser aus dem Brunnen hochziehen. Nur ihre Müdigkeit wäre Beweis, daß sie überhaupt weggewesen war, doch nur für sie selber.

Aber wenn sie sich ihre Morgenpflichten ins Gedächtnis rief, spürte Birle keinerlei Heimweh. Soll das doch einmal jemand anders machen und sich dafür noch schelten lassen. Taten sie doch sowieso immer. Ihre Brüder und Da, und besonders Nan, hetzten sie den ganzen langen Tag mit ewigem Gekeife. Sie hatte keine Eile, dorthin zurückzukehren.

Außerdem: Wenn sie jetzt loszog, war das Boot weg. Das Boot und die Ruder im Dollbord und das Netz, das vielleicht unter dem Sitz zusammengelegt lag, auf dem der Ausreißer schlief, und der kurze Fischspeer mit seinen fünf scharfen Zacken. Wenn sie jetzt aufgab, war der Lebensunterhalt eines Familienvaters dahin.

Birle hatte nichts zu fürchten. Sie kannte den Wald, auch wenn sie nicht genau wußte, wo sie jetzt war, und sie kannte den Fluß. Sie konnte rennen, und sie konnte schwimmen. Der Mann war keine Gefahr. Sie hatte ihr Messer, sicher im Stiefel, und hatte auch zwei Brüder: Sie wußte, wie und wo sie einen Mann dermaßen treffen konnte, daß er an nichts anderes mehr dachte als an seinen Schmerz. Außerdem wußte sie, wenn man so lang in einem Wirtshaus gelebt und alle möglichen Leute kennengelernt hatte, wie sie mit einem Mann dran war. Ein immer waches Gefühl warnte sie stets vor Augenspiel, Stimmlage oder Wortschatz. Aber hier blieb es ruhig.

Nicht bloß Männer, auch Frauen. Es gab welche, denen Nan die Löffel nachzählte, wenn sie vom Tisch aufgestanden waren, oder andere, die man aufmerksam besehen mußte, wenn sie am Morgen aufbrachen, ob sie nicht über Nacht unter ihren Mänteln rundlich geworden waren, fett von den Bettüchern des Wirtshauses.

Manchen Männern, aber auch manchen Frauen, erlaubte der Vater nicht, innerhalb des verriegelten Wirtshauses zu schlafen.

Mann oder Frau, Birle verließ sich auf ihr Gespür, das sie warnen würde. Der hier war keine Gefahr. Sie brauchte ihn nicht zu fürchten. Aber sie konnte nicht zulassen, daß er sich mit dem Boot davonmachte.

Vielleicht war es nicht richtig gewesen, nachts hinauszugehen. Die Familie würde behaupten: es war falsch. Aber sie hatte tausendmal recht, sie mußte bei dem Boot bleiben. Am Morgen würde man sich näher mit diesem Ausreißer befassen. Sie zweifelte, ob der Mann überhaupt wußte, wohin er wollte. So wenig Ahnung sie von den Ländern im Süden hatte, mehr als die meisten Leute wußte sie doch, weil die Kaufmannszüge zu den Frühjahrs- und Herbstmessen im

Reich durchfuhren und Nachrichten aus aller Welt brachten. Sie wußte von diesen Kaufleuten und Gauklern, daß wenige Tagesreisen abwärts der Fluß in die See mündete; und die See, berichteten sie, sei leer und erstrecke sich weiter, als je ein Schiff gekommen war. Aber vor dem Meer war ein Hafen. Kaum größer als drei Dörfer zusammen, doch bei weitem gefährlicher. Kein Lord hatte es je gewagt, dort seine Herrschaft auszuüben. Gesetzlosigkeit regierte. Ein Ort der Diebe, Beutelschneider, Mörder. Ein Piratenschlupf, Zuflucht aller Deserteure und Invaliden, sogar für die Soldateska zu wüst. Kein Kaufmann traute sich in die Nähe des Hafens, kein Gaukler ging freiwillig dorthin. Im Wald, in der Nacht und auf dem Fluß war es sicherer als bei Tage in der Hafenstadt. Birle nahm sich vor, den Ausreißer zu warnen, ihm zu raten, vom Hafen zu bleiben, wenn er sich nicht als Sklave wiederfinden wollte, kaum der Fron entronnen.

Mit diesem Vorsatz schlief sie ein.

Als sie die Augen öffnete, war es dunkel. Hatte sie Stunden geschlafen oder nur Augenblicke? Im Nachtfluß über ihr drängten sich die Sterne.

Noch nie hatte jemand die Sterne in eine Karte eingetragen, wie manche Leute es mit dem Land getan hatten. Birle kannte Landkarten von ihren Großeltern. Der Gedanke daran beruhigte, auch wenn man ihn nicht in Worte fassen konnte. Manche Dinge blieben besser ungesagt.

Die Lords hatten vielleicht Himmelskarten. Man könnte diesen Ausreißer darüber befragen, ehe man ihn auf seinen Weg schickte. Sie konnte sich keinen anderen Weg vorstellen als nach dem Süden. Wenn sie den Erzählungen der Kaufleute und den Geschichten der Gaukler zuhörte, dann waren die Südlande noch seltsamer, als die Leute des Königreiches es sich vorstellen konnten. Solche Geschichten wurden meist schnell abgebrochen, weil sich die Leute im Wirtshaus und im Dorf vor ihrer Fremdheit entsetzten. So, wie sie auch die Nacht fürchten, dachte Birle. Auch ihr hatte man diese Angst beigebracht, und sie hatte als Kind daran geglaubt, aber jetzt –.

Wenn sie manchmal an einem Wintermorgen aus der Küche zum Brunnen ging, um Wasser zu holen, hingen die Sterne so nah vor der Tür, daß sie glaubte, sie könne mitten hineingehen. Sie bekam Herzklopfen, wenn sie sich vorstellte: mitten in die Sterne!

Was man wußte und was als sicher galt, schien ihr wie ein Gefängnisloch im tiefsten Turm der Lords. All die Angst, mit der sie leben mußte, lag dann wie ein Joch über ihren Schultern, eine schwere Last, die keine schnelle, freie Bewegung erlaubte. Der Mensch schleppte seine Angst wie eine Steinlast auf dem Rücken. Warum sonst hatten Da und Nan so heftig widersprochen, als sie Muir ihr Jawort gegeben hatte?

Birle suchte an den Boots-Spanten hinter ihrem Rücken eine bequemere Lage.

Was die anderen auch schwatzen mochten, sie fürchtete die Nacht nicht. Die Leute fühlten sich nur in altvertrauten Umständen sicher, die so festgesetzt und regelmäßig waren wie der Sonnenlauf am Himmel. Die Nacht hatte auch ihr Licht, den Mond, aber der wanderte nicht in der ordentlichen Sonnenbahn. Er änderte auch seine Erscheinung, wuchs und schwand, Sichel zu Kreis, zu Sichel zu Finsternis. Finsternis, dachte Birle, und sah durch die Schwärze in das dünne Sternenlicht hoch, braucht keine Landkarte, weil die Menschen die Dunkelheit meiden. Das Werk der Finsternis unterschied sich vom Tageswerk. Die Leute verschliefen die Dunkelheit, die langen Winternächte, die kurzen Sommernächte. Sie wollte, sie könnte diese Nacht verschlafen, und schloß die schweren Lieder.

Als sie wieder erwachte und den Kopf von der Brust hob, war ihr Hals steif und schmerzte. Sie öffnete die Augen und fragte sich, ob die Sonne gestern für immer untergegangen war und niemals mehr aufgehen würde. Noch schimmerten die Sterne weiß am schwarzen Himmel. Birle setzte sich gerade auf und schlug den Mantel um sich. Waren Sonne und Mond wie Kerzen ausgeblasen? Doch von welchem Riesenatem? Einst hatte der Großvater sie gefragt: «Könnten dort oben auf den Sternen nicht auch Leute leben, was meinst du?»

Großvater sagte und tat manchmal seltsame Dinge, darum war

Birle von seiner Frage nicht überrascht. «Aber nein», versicherte sie ihm. «Die Sterne sind bloß Lichter am Himmel. Kein Mensch kann in einem Licht leben, so wenig wie in einer Kerze.»

Sie waren dann in die Kälte hinausgegangen, um Feuerholz zu holen. Das war vor drei Wintern, rechnete Birle zurück. Als Herbstkind war Birle damals in ihrem elften Winter. Großvater war ein alter Mann, stand neben ihr, und sein weißer Atem schwebte in der Luft, während er das schmale Segel des Mondes inmitten der Sterne betrachtete.

«Vielleicht hast du recht, aber mir gefällt dieser Gedanke», sagte er. Seine Stimme war warm wie der Sommer. Er war noch kräftig genug in diesem Winter, um mit ihr Holz von dem Stapel zu holen, den er im Sommer und Herbst geschichtet hatte. Es war noch Leben in ihm. «Obwohl», fuhr er fort, als er ihr die Scheite in die Arme legte, «ich schon Zweifel hatte, als ich deine Mutter erblickte. In ihrem Haar hatte sich das Sternenlicht gefangen.»

In dieser Nacht erzählten sie ihr von dem Schatz. Am warmen Herdstein, die Tür fest verriegelt gegen die Nacht, die kleinen hohen Fenster mit Läden geschützt, hatte Birle zu ihren Großeltern emporgeblickt, die am Tisch saßen und sie ansahen. «Welcher Schatz?» hatte sie gefragt. «Im Wirtshaus gibt es keinen Schatz. Hab nie von einem Schatz gehört.»

«Am sichersten ist ein Geheimnis dann, wenn keiner danach auch nur im Traum fragt», sagte Großmutter.

«Wo ist es? Was ist es? Habt ihr ihn vom Wirtshaus mitgenommen?»

«Haben wir. Jawohl», antwortete die Großmutter und sah zum Großvater hinüber. Der aber sagte zugleich: «Wir haben alles deinem Vater hinterlassen, denn der Schatz gehört ins Wirtshaus.»

Da lächelte die Großmutter, es war ein Mädchenlächeln auf ihrem Altfrauengesicht. Ihr Lächeln alterte nicht. Birle wurde nicht schlau aus ihren Reden, aber das störte sie nicht. Sie saß zufrieden mit dem Rücken zum Feuer, schläfrig; froh, der immerwährenden, nie endenden Arbeit im Wirtshaus entronnen zu sein.

«Es ist kein Schatz, den man errät», sagte die Großmutter, erhob sich vom Schemel und ging zur Lade unter dem Bett. Sie beugte sich darüber, nahm das Bettzeug heraus und dann einen langen Bogen Papier, den sie so sorglich zum Tisch brachte, als trüge sie ein Wickelkind.

Birle wußte nicht, was das sollte. Natürlich kannte sie Papier und wußte, wozu man es brauchte. Der Steuereinnehmer hatte seine Verzeichnisse nicht im Kopf wie Da, sondern in Langbüchern zusammengenäht zwischen dünnen Brettchen. Die Lords schrieben ihre Verordnungen auf Papier, wickelten und banden es mit Tuchstreifen zusammen, und der Lord, der als Bote ritt, rollte dann dieses Papier auf und las ab, was die Lords ihren Untertanen kund und zu wissen taten. Birle konnte sich nicht vorstellen, was die Großeltern mit diesem Papierbogen wollten und wie sie in seinen Besitz gekommen waren. Das ist doch kein Schatz! dachte sie, stand auf und sah es genau an. Für die Lords hatte es vielleicht Nutzen und Wert, aber sie hätte nicht gewagt, es einem Lord vorzulegen. Er hätte sie womöglich gefragt, wo sie es her habe.

Über das Papier zogen sich schwarze Striche, die sich in seltsam geformte Trümmer aufteilten, und unregelmäßige Spuren wie von einem Vogel. Das steife Papier war braun gefleckt wie die Handrücken der Großeltern.

Es war die erste Landkarte, die Birle je gesehen hatte. Die Großeltern erklärten sie ihr. Sie deuteten auf die verschiedenen Gaue des Reiches; auf den von Bergen wie von einer Mauer geschützten Norden, wo sie geboren war; den von der Waldmauer geschützten Süden, wo sie jetzt lebten; die langen Flüsse, die das Königreich in die eigenen Ländereien des Königs teilten und die er seinen beiden Gaugrafen zur Nutzung überlassen hatte; die Orte, wo Städte erbaut worden waren; die Königsstadt, die Gaugrafenstädte und die Städte der großen Lords, welche den Grafen dienstbar waren.

Als sie die Landkarte lesen konnte, suchte Birle nach ihrem eigenen Wohnort.

«Das Wirtshaus steht hier.» Großvater deutete auf eine Biegung des längsten Flusses. Seine Finger waren in den Gelenken geschwollen und krumm wie Vogelkrallen. «Und unser Haus liegt ungefähr hier – oder was glaubst du, Schatz?»

«Ach, du weißt's doch besser», erwiderte die Großmutter, «du konntest doch Karten schon immer besser lesen als ich. Als diese Karte entstand, gab es nur leere Wälder im Süden», erklärte sie dem Mädchen.

«Leer nicht», verbesserte der Großvater, «ein Wald ist niemals leer.»

Großmutter wollte lieber über die Karte reden als sich um Worte streiten. Ihr Finger folgte dem Fluß nach Norden, um Birle zu zeigen, wo die großen Berge das Reich schützten.

«Wir standen am Fuß dieser Berge, dein Großvater und ich», sagte sie. «Gewohnt haben wir», sie deutete mit dem Finger: «hier.» Der Finger deutete auf eine Stelle am Königsweg zwischen zwei Städten.

«Die Mutter deiner Mutter kam auch aus der Gegend», sagte Großvater.

«Als du in den Norden reistest und die Rebstöcke mitbrachtest», sagte Birle, um zu zeigen, daß sie sich an die Geschichte erinnerte. «Als Da ein kleiner Junge war.»

«Jawohl», sagte Großmutter mit erinnerungsträchtiger Stimme, «das war, als deiner Mutter Mutter an der Geburt von Lyss starb. Und mein eigenes Kind mit noch nicht einmal drei Tagen ...»

«Lyss kam an ihrer Stelle», sagte Großvater.

Bis Lyss selbst starb, dachte Birle und fragte sich, ob die Karte deshalb ein Schatz war, weil sie den Schlüssel zu so vielen Erinnerungen barg. Waren die Erinnerungen in der Karte? Sie fand eine Stelle am Fluß, oberhalb des Wirtshauses, wo ihre Mutter an einem Spätwintermorgen ins Wasser gefallen war und mit einem Fieber nach Hause kam und vor einem Feuer starb, das sie nicht erwärmen konnte. Birle war zu jung, sich ihrer Mutter zu erinnern, sie hatte nur die Erinnerungen anderer Leute, keine eigenen. Für sie war die Karte kein Schatz. Birle hatte Nan als Mutter. Sie war als Magd von der Dienstbotenmesse ins Haus gekommen, noch ehe Mutter starb. Nachdem die Trauerjahre eingehalten und vorüber waren, kam sie als Frau in ihres Herren Bett und hatte alle Macht einer Hausfrau über das

Wirtshaus. Man braucht keine Landkarte, um sich zu erinnern, dachte Birle. Sie verstand nicht, warum diese Erinnungskarte ein Schatz sein sollte.

Es sei denn, diese Vogelspuren über den Städten und Wäldern, die Flußbiegungen entlang und Wege, zeigten geheime Horte von Gold- und Edelsteinen, in Kisten tief vergraben oder Höhlen. Dann mochte die Karte ein Schatz sein. Aber das war so märchenhaft wie eine der alten Geschichten, wo Zwerge, unsterbliche kleine Wesen, in Bäumen lebten, keinen Winter kannten und wo Tiere sprachen und Jackaroo durchs Land ritt.

Die Alten redeten, und ihre Finger glitten über die Landkarte. Birle wurde unruhig. Was sollte sie mit diesem Schatz anfangen? Wenn Goldhorte darauf angegeben wären, hätte sie schon längst irgend jemand für sich beansprucht. Ein Mann wie Großvater, der keine Reise fürchtete. Wie wäre das Leben für eine Familie geworden, wenn sie dies Gold gehabt hätte! Wie hätten sie leben können – aber niemand lebte so. Nur die Lords.

Sie unterbrach ihre Großeltern. «Ist das der Schatz? Wo kann ich ihn verstecken?» Sie wußten doch, daß man im Wirtshaus nichts geheimhalten konnte.

«Du wirst die Karte nicht mitnehmen», sagte Großmutter scharf und verärgert. Sie legte ihre Finger auf die seltsamen Zeichen, einen nach dem andern. Es sah aus, wie wenn ein Vogel über die Karte hüpfe. «Die sind der Schatz.»

Hoffnung wirbelte in Birles Brust. Hatte sie vielleicht doch recht geraten, gab es doch einen Schatz zu heben . . . Sie lächelte vor Aufregung.

«Sie ist nur ein gieriges Kind. Sie ist zu jung, um es bei sich zu behalten», sagte Großmutter.

«Ich kann Geheimnisse bewahren», versprach Birle. «Ich bin nicht zu jung.»

«Es ist nicht ihre Jugend, Schatz», sagte Großvater, «es ist unser Alter, das wir bedenken müssen.»

Birle versuchte, geduldig sitzen zu bleiben oder sich wenigstens den Anschein zu geben, während Großmutter mit sich zu Rate ging.

Schließlich sprach Großmutter. «Es sind Buchstaben. Das sind Buchstaben.»

Birle verstand nicht.

«Wörter», sagte Großvater. «Diese Buchstaben», er deutete auf die Zeichen, nach denen Birle gefragt hatte, «bedeuten Lord Mallory. Sie sagen, daß dies Lord Mallorys Stadt ist.»

Birle zog sich vom Tisch zurück.

«Dieser Strich bedeutet die Straße des Königs, und diese Buchstaben verraten ihren Namen», sagte Großmutter. Ihr Finger zog die Straße bis zu einer Stelle nach, wo ein Falke mit ausgebreiteten Schwingen eingezeichnet war.

«Sutherland», sagte Großmutter. «Graf Sutherlands Stadt.»

«Ihr meint lesen.» Birle schaute von einem alten Gesicht zum anderen und hoffte, sie würden es bestreiten. Sie wußte nicht, warum das geheimgehalten wurde. Nur die Lords konnten lesen.

«Jawohl», sagte Großvater. «Und schreiben.»

Das war überhaupt kein Schatz, dachte Birle, das war Lernen. Ein Geheimnis wie das Märlein von dem Wiesel. Es ging auf das Kind los. Das Kind wollte es nur aus der Falle befreien. «Erzählt mir nichts davon», bat sie. «Ich bin zu jung. Großvater hat recht.»

«Großmutter und ich, wir haben uns aber entschieden», sagte Großvater, «du bist die einzige von den Enkeln, die diesen Schatz bekommen soll. Ja, du mußt, Birle.»

Birle schüttelte den Kopf, aber sie wußte bereits, daß sie mußte, es ging nicht anders. Menschen konnten sich, so wenig wie Tiere, die Last nicht aussuchen, welche ihnen aufgeladen wurde. Aber an diesem Abend weigerte sie sich, zum Tisch zurückzukehren. Sie saß, mürrisch und angstvoll, vor dem Feuer. An diesem Abend sprachen sie nicht mehr davon. Großmutter räumte die Karte auf, Großvater nahm seine Flöte, und das Lied, das er spielte, bewegte sich in dem kleinen Raum wie letztes Sonnenlicht, wenn der Sommer von den Kalten Zeiten vertrieben worden war.

Während dieses langen Winters und in den nächsten beiden lernte Birle Lesen und Schreiben. Sie begann unwillig, konnte aber nichts dagegen machen. Doch als sie zum ersten Mal die Buchstaben schrieb, welche ihren Namen ergaben, wollte sie alles wissen. Alles, was es zu wissen gab. Im selben Schrank wie die Karten lagen zwei Langbücher, die von Steuereinnehmern alter Zeiten geführt worden waren, Berichte von Einnahmen und Ausgaben, Pflanzungen, Ernten, Steuern, mit Münze bezahlt, mit Ware oder mit Arbeit. Außerdem gab es noch zwei andere Bücher, nicht in Holz gebunden, sondern in Leder, und darin standen sonderbare Geschichten. Großmutter las sie ihnen vor. Gegen Ende des dritten Winters konnte Birle die Abendgeschichte übernehmen. Sie las nicht so schnell und klar wie Großmutter, stolperte aber über weniger Wörter als Großvater. In diesen Geschichten dachten und sprachen die Tiere wie Menschen, versuchten einander hinters Licht zu führen und über die Ohren zu hauen. Zum zweiten Buch waren sie noch nicht gelangt, aber Großmutter erzählte ihr, daß darin die Geschichte einer Frau stand, die in eine Spinne verwandelt wurde, weil sie so stolz auf ihre Webkünste war; und die Geschichte von einem jungen Hirten, der in einen unerwecklichen Schlaf sank, weil die Mondgöttin wegen seiner Schönheit eine tiefe Liebe zu ihm gefaßt hatte. Birle brannte darauf, diese seltsamen Geschichten zu lesen. Aber im Frühjahr starb Großvater so sanft, wie er gelebt hatte. Großmutter machte sich auf den weiten Weg, um ihnen die Nachricht zu bringen, wollte aber nicht mehr zurückkehren in ihr Haus. An einem Sommermittag fand Da sie neben dem Bach. Ihre Hand trieb im Wasser, als ob sie noch zuletzt nach der Kresse greifen wollte, die den Bachlauf hemmte. Da ließ er dem Grafen durch einen Jäger melden, daß die Pachtung ledig und ausgestorben sei. Bis er Reid und Birle hinschicken konnte, um die Vorräte aus dem kleinen Steinhaus zu holen, war der Herbstmarkt schon vorüber, und die ersten Fröste fielen ein. Als Birle nach den Karten und Büchern suchte, fand sich nichts als Bettzeug. Großmutter mochte sie vergraben, ein Dieb gestohlen haben. Oder vielleicht hatte sie jetzt Da. Birle wußte es nicht. Sie hatte niemals gewagt, Da zu erzählen, daß auch sie den Schatz des Wirtshauses kannte. Sie beobachtete ihn, aber er gab das Geheimnis nicht preis. So hielt sie es in ihrem Herzen verschlossen und hätte es gern vergessen, wenn sie nur gekonnt hätte.

Aber sie konnte nicht. Sogar jetzt, wo sie mitten in der Nacht als einziges Menschenwesen wach war, sah sie, wie die Sterne Buchstaben bildeten, ein L, ein E, ein W und sogar ein A, gerade über ihrem Kopf. I und T gab es viele. Die runden Buchstaben waren schwer zu finden, ein C, ein O. Das könnte man zu einem Spiel machen, ihren eigenen Namen in die Sterne setzen, wenn sie ein B und ein R finden konnte. Sie starrte in den Himmel, suchte Buchstaben, um nicht wegen der toten Großeltern zu trauern. Als sie bei der zweiten Verbrennung gestanden war, die hohe Sommersonne senkte sich in die dichtbelaubten Bäume, hatte sie sich mit einer Eindringlichkeit einsam gefühlt, die sie vorher nie gekannt hatte.

Deshalb war ihr Muir so willkommen. Sie lag unbequem in dem kleinen Boot, der Ausreißer schlief tief und fest am anderen Ende, sanfte Wellen schlugen im leisen Wind.

Muir tanzte mit ihr und sagte, sie sei das niedlichste Schätzchen auf der ganzen Herbstmesse, und bat sie, seine Frau zu werden. In seinen Augen las sie, welche Macht sie über ihn hatte, Macht, von der sie selbst nichts wußte. Sie hatte ja gesagt. Da versuchte, sie von der Heirat abzubringen. Sie sei zu jung und Muir zu alt. Birle stand schweigend da. Nan sagte, alt genug sei sie, aber nicht soweit, daß ein Mann froh über seine Frau werden könne.

«Sie glaubt, in einem Stadthaus läßt sich's leicht leben», sagte Nan. «Jaja, und was hinterläßt du einem Sohn als Pachtgut und einer Tochter als Mitgift?» Soviel wie du, dachte Birle, sprach es aber nicht aus. Ihre Mutter war kaum älter gewesen, als sie heiratete, aber das sagte sie auch nicht. Sie brauchte nur standhaft zu bleiben, dann mußten sie ihr nachgeben.

So hatten sie auch endlich nachgegeben, aber ohne jede Freude. Auch Birle empfand keine Freude über diesen Sieg, nur Erleichterung, daß der Streit zu Ende war und sie einem Haus in Sutherlands Stadt näher gekommen war; aber auch dem einsamen Leben einer Frau, deren Mann die fernen Wälder des Grafen hütete. Das Leben im Wirtshaus gefiel ihr nicht. Sie trug es wie die abgelegten Schuhe eines anderen, die zwickten und scheuerten.

In nicht ganz zwei Wochen war die Frühlingsmesse, und Muir

erwartete sie zur Hochzeit. Doch jetzt, in der Nacht unter den Augen der Sterne, fühlte Birle zum ersten Mal die Furcht, die alle vernünftigen Mädchen empfinden sollten, wie Nan sagte, ehe sie heirateten. Gut, sie konnte ihn bitten, sich so regelmäßig zu waschen, wie sie es tat, und sie konnte ihm bessere Sitten beibringen. Außerdem würde er meist weit weg sein, als Jäger zum Schutz der Forste, dann als Hauptmann eines Soldatentrupps, der mit seinen Leuten im Quartier leben mußte. Wegen der Kinder brauchte sie sich keine großen Gedanken zu machen. Männer, die nachts in ihren eigenen Betten schliefen, ihre Frauen neben sich, bekamen von solchen Frauen ihre Kinder. Wenn Muir nicht wollte, daß seine zukünftige Braut eine ganze lange Nacht mit einem ausgerissenen Knecht draußen im Wald verbrachte, wenn er nicht wußte, was es bedeutete, einem Menschen seinen Lebensunterhalt zu retten, dann stand es ihm frei, zum Hochzeitsplatz zu kommen und nein zu sagen, wenn der Priester ihn fragte, und auch seine Gründe dafür. Ein Mann konnte das tun nach dem Gesetz.

Birle stellte sich den Schauplatz vor. Sie sah die Gesichter der Zuhörer. Sie spürte ihre eigenen Schultern steif und stolz, als Muir sie verleumdete. Die Vorstellung wärmte ihr Herz. Sie dachte, daß unter den Zuhörern doch mancher sein mußte, der solch ein Mädchen bewundere.

Aber Muir würde diese Worte nicht sprechen. Sie legte den Kopf wieder auf ihren Arm. In ihrer Vorstellung waren es eher die Brüder, die solche Worte sprechen würden. Muir redete viel einfacher. Die Bilder begannen von neuem zu kreisen wie eine endlose Schleife: Das Mädchen mit langen offenen Haaren in ihrem besten Kleid und ohne Ahnung, was sie erwartete, ging mit ihrer Familie zum Hochzeitsplatz unter den Wällen der Stadt, wo der grausame Bräutigam wartete.

Birle schlief wieder ein.

Als sie plötzlich erwachte, brauchte sie sich nicht zu fragen, ob sie geschlafen hatte. Vogelsang warnte sie, und sie öffnete vorsichtig die Augen. Graues Licht breitete sich über den Himmel aus.

Birle rührte sich nicht. Der Ausreißer schlief. Seine Beine in den Stiefeln hingen über die Bordwand des Bootes, und sie sah, wie schmutzig diese Stiefel waren. Er hatte den Arm über sein Gesicht gelegt, als wolle er sich verstecken.

Im tiefen Schlaf hatte Birle zwei Dinge begriffen, die ihr im Wachen verborgen geblieben waren. Das eine war, daß sie ins Wirtshaus zurück mußte. Nicht Mut war es, der sie getrieben hatte, sondern Tollkühnheit. Ohne den Kopf zu wenden, konnte sie sehen, wie dicht das Boot am Ufer lag. Zwei Schritte durchs seichte Wasser, und sie wäre davon – zurück im Haus und bei ihrer Familie, bei der Hochzeit, und bei Muir. Und weiters begriff sie jetzt, daß dies eine Ehe war, die sie nicht mehr wollte. Muir war nicht der Mann, den sie heiraten wollte, aber er war der Mann, den sie heiraten mußte. Ihr Versprechen konnte nicht mehr zurückgenommen werden. Ein Mann hatte das Recht auf seiner Seite, ein Mädchen nicht.

Die Zukunft war wie ein dunkler Mantel für Birle, bleischwer. Wie sie diesen Irrtum ertragen sollte, wußte sie nicht. Vielleicht machte er ihr ein Kind, und sie würde daran sterben, wie viele Frauen, während der Schwangerschaft schon oder bei der Geburt. Dann mußte sie wenigstens nicht lange die Last eines Lebens tragen, das in falsche Bahnen geraten war.

Bevor sie jetzt das Boot aufgab, wollte Birle noch wissen, wem es gehörte, daß sie dem Besitzer davon Nachricht geben könne. Am Fischspeer – wenn er ihn unter dem Sitz gelassen hatte – würde man den Besitzer erkennen.

Sie kroch zum Heck, knapp über die Ruderbank, vorsichtig, um den Flüchtling nicht zu wecken. Sie versuchte nicht erst, den Speer anzufassen, sie drehte nur den Kopf, um den Schaft zu sehen. Das Brandzeichen des Wirtshauses war auf dem Holz, eine gebreitete Falkenschwinge. Ihres Vaters Boot.

Sie wußte nicht, ob das die Sache nun besser oder schlechter machte, und überlegte sich einen Weg, das Boot irgendwie zurückzubringen. Doch länger noch unter einem immer heller werdenden Himmel zu zögern, der den Mann mit Sicherheit wecken mußte, wäre einfältig gewesen.

Sie zog sich also so behutsam zurück, wie sie vorgegangen war, denn der Mann war bewaffnet. Ein Kurzschwert lag blank über seiner Brust.

Trotz ihrer Vorsicht schaukelte das Boot deutlich. Als Birle vorsichtig und furchtsam zurückkroch, öffnete der Mann seine Augen, setzte sich auf, das Schwert sofort in der Hand. Er lächelte, als er sie erblickte. Warum er so lächelte, wußte Birle nicht. Doch dieses Lächeln ließ den Morgen erstrahlen wie die aufgehende Sonne. Als sie sein Gesicht sah, war ihr für einen Augenblick, als sei sie leer und hohl; als wäre die Welt für immer zum Stillstand gekommen, während sie in seine Glockenblumen-Augen sah, tiefblau. Ihr Herzschlag setzte aus. Sie verstand die Welt und sich selber wie niemals zuvor.

Drei

Birle kauerte sich im Bug zusammen. Die kleinen Wellen des Flusses liefen an das steinige Ufer.

«Fürchte dich nicht», sagte er schließlich. «Du mußt dich vor mir nicht fürchten. Ich bin bloß überrascht, eigentlich eher verdutzt. Ich dachte –», sein Lächeln schwand. «Du bist ja ein Kind. Heute nacht, im Finstern, hörtest du dich an – ich dachte», sagte er tadelnd, «du wärst viel älter, aber das ist deine Schuld.»

Birle konnte nicht sagen, was sie empfand. «Ich bin kein Kind. Ich war letzten Herbst vierzehn und werde zur Frühjahrsmesse heiraten», sagte sie. O ja, und mit brechendem Herzen. Nach dieser Heirat würde es nicht mehr lange dauern, bis sie gestorben war, nach der Heirat mit Muir. Nie in ihrem Leben hatte sie sich so bitterlich hilflos gefühlt.

Denn dieser Flüchtling trug keinen Bart. Ein leichter Anflug von Stoppeln verdunkelte seine Wangen und das Kinn, etwas heller als seine braunen Haare und Augenbrauen, seine Wimpern hatten goldene Spitzen. Aber er hatte keinen Bart, wiewohl er ein ausgewachsener Mann war.

«Was hast du vor?» fragte er, mehr neugierig als verärgert. «Was wolltest du tun? In der Nacht herumwandern, wo du doch im Bett sein solltest und von deiner Hochzeit träumen wie alle Mädchen? Was mußtest du mir nachgehen?»

«Das Boot», sagte sie. «Du hast das Boot gestohlen.»

Seine Lippen wurden schmal. Sie merkte, daß sie ihn geärgert hatte. Über dem Fluß, den sie in Dunkelheit und Eile heruntergefahren waren, hob die Sonne ihr schlummerndes Haupt und sandte eine Flut rosigen Lichtes den Strom entlang.

«Was soll ich jetzt mit dir anfangen?» fragte er.

Birle wußte nicht, was er tun würde. Denn dies war kein entsprungener Knecht.

Was er tat, warum er durch die Welt schlich wie ein Dieb, wohin er ging, auf heimlichen Wegen, wovor er floh – wie sollte sie es wissen? Das aber wußte sie: Nur die Lords gingen bartlos.

Dieser junge Mann mit seinen Glockenblumen-Augen und einem Lächeln, das alle Ecken der Welt in Strahlen aufgehen ließ, war ein Lord. Er hatte ihr Herz und war ein Lord.

«Na», sagte er und warf sein Schwert in die Scheide, «es bleibt mir wohl keine Wahl.» Er trug weder einen Wappenring noch irgendein Abzeichen des Hauses, dem er angehörte. «Ich werde dich zu deinen Leuten zurückbringen.»

Birle biß die Zähne zusammen, um nicht zu sagen, was sie sagen wollte. Sie wußte ja selber, daß sie nach Hause mußte. «Du hast nichts zum Frühstück gehabt, Milord», sagte sie.

Er sah überrascht auf, als sie ihn mit seinem Titel ansprach, aber mehr bekümmert als verwundert. «Ich wollte mir den Käse aufsparen, den ich übrig habe, und Brot hab ich auch fast keins. Es reicht nicht für zwei.»

Er hatte sie mißverstanden. «Ich meine, ich möchte ein paar Fische fangen», sagte Birle.

«Wie?»

«Der Fischspeer ist unter deinem Sitz. Ich kann damit umgehen, und wenn du dort hinübersiehst», sie deutete aufs andere Ufer, wo das Sonnenlicht noch nicht durch die überhängenden Büsche gedrungen war und ein paar große Felsen die goldene Wasserfläche durchbrachen, «dort drüben gibt's Fische.»

«So hungrig bin ich denn doch nicht, rohen Fisch zu essen», sagte er. «Aber ich könnte es verstehen, wenn es soweit käme mit mir.»

«Ich mach Feuer. Nichts einfacher, als Fische zu braten.»

«Und der Rauch lockt alle Jäger und Hirten aus der Gegend hierher», sagte er.

«Keine Angst, Milord», sagte Birle. Was hatte ein Lord von Jägern oder Hirten zu fürchten? Keiner würde es wagen, Hand an einen Lord zu legen. «Der Wald ist leer, gehört niemandem. Nach dem Wirtshaus kommt keine Ansiedlung mehr.»

«Welchem Wirtshaus?»

«Falkenschwinge. Wo du das Boot genommen hast», sagte sie und redete schnell weiter, «und von der wir jetzt so weit weg sind, daß auch das schärfste Auge nicht den geringsten Rauch aufsteigen sieht. Und wenn, wer würde nachforschen? Milord, dieser Teil des Waldes ist vor Menschen sicher.»

«Gehört nicht mehr zu den Ländereien des Grafen?»

«Wir sind außerhalb Mallorys Zugriff und sogar außerhalb des königlichen Bereiches, glaube ich.»

Er betrachtete nachdenklich seine lehmigen Stiefelspitzen. Birle saß ruhig und sah ihn an. Sein Haar hatte die Farbe abgefallenen Laubes, ein dunkles festes Braun. Seine Hände und seine Gelenke waren schlank für einen Mann, allerdings nicht für einen Lord. Das leichte Leben der Lords zeigte sich an ihrem Körperbau und ihren Gesichtern. Schließlich wandte er ihr sein Gesicht zu, lächelte. Sie wartete wortlos. «Wenn es so ist», sagte er, «möchte ich gern Fische, wenn du welche erwischst.»

Birle stand auf. Erst mußte sie einmal unter die Bäume abseits gehen. Auf dem Rückweg konnte sie Feuerholz sammeln.

«Wohin gehst du?» Er stand mißtrauisch auf. Das Boot schaukelte, sie standen einander gegenüber. Birle war überrascht, und der Lord war auf der Hut. Aber weshalb sollte er sie fürchten?

«Ich hab dich was gefragt», sagte er warnend.

«Ich muß mal, Milord.»

«Oh.» Er senkte beschämt die Augen. Birle bedauerte, ihn in Verlegenheit gebracht zu haben. Lords, dachte sie, dürfen davon nicht reden wie andere Leute.

«Ich auch», sagte er mit rotem Kopf.

Als sie unter den Bäumen zurückging und ihn warten sah, mußte sie beinahe lachen, weil sie sich so freute und überrascht war, wie er dort stand, hochgewachsen, schmal und aufrecht.

«Wir brauchen Holz fürs Feuer», sagte sie.

«Während du dich mit dem Boot davonmachst. So leicht prellst du mich nicht.»

«Alleweil, Milord, du kannst mir trauen», versprach sie ihm und sah ihm in die Augen.

Er betrachtete sie lange. «Alleweil denn», sagte er, machte sie nach. «Wie heißt du eigentlich?»

«Birle», sagte sie.

«Also, Birle», sagte er, «wenn du Fische fängst, mach ich Feuer. Gib mir meinen Reisesack herüber, ich hab eine Zunderbüchse mit.»

Sein Reisesack war aus dickem Webleinen, oben von einem Riemen zusammengehalten. Er war nicht schwer und war auch nicht groß genug, um alles zu enthalten, was ein Lord selbst auf der Flucht für sein Wohlergehen brauchte. Birle reichte ihm seinen Sack, machte das Boot los und setzte sich auf die Ruderbank. Als sie mit sechs silbrigen Fischen auf dem Rücksitz zurückkam, alle ausgenommen und sauber gewaschen, ihr Messer trocken gewischt und wieder in der Scheide im Stiefel verstaut hatte, stand er am Ufer auf, begrüßte sie und machte das Boot an einem Stämmchen fest. Birle steckte unsicher, weil er ihr zusah, mit ungeschickten Fingern zwei Fische auf die Speerzinken. Sie kauerte sich neben das munter flakkernde Feuer. Er setzte sich neben seinen Reisesack und wartete.

Der Morgen wurde warm. Der Lord aß die ersten beiden Fische und briet noch zwei, während Birle aß. Er nahm die beiden letzten für sich selber, weil Birle, fast ehrlich, ihm versicherte, sie habe keinen Hunger mehr. «Ich weiß, was Hunger ist», sagte er, «ich hab ihn in diesen wenigen Tagen kennengelernt. Und wenn noch nicht jetzt, dann weiß ich doch, was mich erwartet.»

Er saß im Schneidersitz auf dem Boden, nagte das Fleisch sauber bis auf die Gräten ab. Birle warf die Reste in den Fluß und wusch sich die Hände im fließenden Wasser.

Er machte das gleiche. Birle sah ihm zu, wie er sich die Finger an seinem Mantel trocknete. Nie, niemals, konnte sie es ertragen, wenn sie ihn nicht mehr sehen sollte, wenn er nicht mehr bei ihr wäre, niemals. Aber sie mußte es ertragen, das wußte sie.

«Milord», sagte sie und wollte ihn vor der Hafenstadt warnen, aber er sagte zur gleichen Zeit ihren Namen, und sie konnte nichts sagen, als sie seine Stimme ihren Namen aussprechen hörte. «Birle, es gibt einen Stein, einen Edelstein, der sehr viel wert ist: Beryll. Heißt du danach? Wenn deine Augen grün wären, würde ich es fast glauben. Schöner Gedanke, Mädchen nach Edelsteinen zu nennen.»

Birle trat das glühende Holz aus und verstreute es mit ihren Stiefeln, bis das Feuer ganz gelöscht war. «Ich laß dir den Speer da. Du kannst dir damit Fische fangen, wenn ich das Boot zurückbringe.»

Noch ehe er widersprechen konnte, erklärte sie ihm: «Der Speer gehört meinem Vater; als Geschenk ist er nur gering. Du mußt ihn nicht zurückbringen, wenn du am Heimweg wieder am Bootssteg vorbeikommst.»

Sie wünschte fast, er wäre schon fort, weil sie wußte, daß der nahe Abschied sie wie ein Stein zermalmen würde.

«So hab ich mir das nicht vorgestellt, Birle.»

«Laß dich warnen», sie achtete nicht darauf, was er sagte. «In der Nähe der Flußmündung, wo der Fluß angeblich in ein Meer geht, liegt ein Hafen, der unsicher und gefährlich ist. Es ist ein Ort der Gesetzlosen, sie fangen Fremde ein und verkaufen sie in die Sklaverei oder brauchen sie zu tödlichen Spielen, hab ich gehört. Das ist kein Ort für jemanden, der allein reist, und noch viel weniger für einen Lord, sollte ich meinen. Du kannst ihn aber umgehen. Hör zu, wenn du weiter den Fluß entlanggehst, kommst du an eine kleine Halbinsel, die in den Fluß hinausragt, und gleich davor liegt eine Insel. Dort steigt das Land an, und die Ufer werden steil und felsig.

Ich kann dir nicht sagen, wie weit es den Fluß hinab ist, weil ich davon nur durch die Kaufleute weiß. An dieser Stelle schlagen sie die Richtung durch den Wald ein, wenn sie auf die Märkte weiter südlich ziehen, dort an dieser Halbinsel. Dann sind sie in sicherer Entfernung vom Hafen. Es muß einen Weg geben, und er muß zu finden sein, weil sie mit Lasttieren reisen. Du kannst ihn nicht verfehlen. Man sagt, die Insel sei hoch und öde, sehr klein, und eine einzelne Fichte steht in der Mitte. Du müßtest sie sehen können. Und halt dich fern vom Hafen», schloß sie.

Zu wissen, daß er in Sicherheit sei, war schon ein kleiner Trost für sie. Sie würde ja nie erfahren, was aus ihm geworden war, so wenig, wie sie je wissen würde, was ihn aus seinem Vaterhaus und seinen Ländereien vertrieben hatte, aber sie würde erleichtert sein, wenn sie hoffen konnte, daß er in Sicherheit sei.

«Ich hab davon gerüchtsweise gehört», sagte der Lord, «aber ich glaub nicht ganz daran.»

«Glaub daran», drängte sie.

«Ich will das Boot nehmen.»

Wenn es ihr gehört hätte, würde sie es ihm nur zu gern gegeben haben.

«Mein Vater...»

«Was hat dein Vater damit zu tun?»

«Alleweil ist es sein Boot, Milord.»

«Na, dann ist es ganz einfach. Erzähl ihm, daß ich ein wilder und verzweifelter Kerl bin – was der Wahrheit sehr nahe kommt –, und er von Glück sagen kann, wenn er seine Tochter unversehrt zurückkriegt. Dann sollte er sich wegen des Bootes nicht aufregen.»

«Es ist sein Boot.» Birle wußte nicht, warum sie so hartnäckig war, aber solange sie stritten, waren sie wenigstens beieinander.

«Verdient er damit seinen Unterhalt?»

Hoffnungsvoll sah ihm Birle in die Augen, aber eine blanke Lüge war mehr, als sie ihm erzählen konnte. Sie wollte keine Unwahrheit zwischen ihn und sich stellen. «Nein.»

Der Lord lächelte.

«Ich kann trotzdem nicht zulassen, daß du das Boot nimmst.»

Er beugte sich über seinen Reisesack und gab ihr keine Antwort. Statt ihn aber aufzunehmen, wie Birle vermutet hatte, griff er hinein und nahm erst eine hölzerne Schachtel, dann ein sauberes Hemd und aus dem gefalteten Hemd ein zusammengefaltetes Stück Papier heraus. Er setzte sich auf den Boden. Birle auch.

Als er das Papier aufmachte, sah sie, daß es eine Landkarte war, nicht so sauber gezeichnet wie die in ihrer Großeltern Haus, aber immerhin eine Karte. Sie erkannte das Königreich mit dem gegabelten Fluß. Oben auf der Karte gab der Buchstabe N, unter dem ein Pfeil aufwärts zeigte, die Richtung an, in der Norden lag. Die Städte waren mit einem X in einem Kreis gekennzeichnet: drei im Norden, dann die Königsstadt, drei im Süden, Mallorys Stadt war die südlichste. Diese Karte, erkannte sie, reichte über das Königreich hinaus.

«Das ist eine Art Abbild der Landschaft.»

Birle sagte ihm nicht, daß sie das wußte.

«Ich versuche herauszufinden, wie weit ich gekommen bin.»

Der Hafen war auf dieser Karte nicht eingezeichnet. Lange schwarze Schrägstriche bedeuteten den Wald, aus dem sich der Fluß in das freie Land hinzog. Sie hatte nie eine Karte gesehen, die mehr als das Königreich umfaßte, und sie fragte sich, wer sie gezeichnet hatte. Zwei eingekreiste X im Südwesten konnten Städte sein, am Rande der See und an einem Wald, der sich hinter ihnen in das Land zog.

Wenn man ihr öfters erlaubt hätte, im Gastzimmer zu bedienen, und wenn sie nicht immer nur in der Küche den Eintopf umrühren, Käse und Brot hätte schneiden müssen, den Braten aus der Röhre nehmen – hätte sie mehr über das Land jenseits des Königreiches erfahren. Alles was sie wußte, war, daß jedermann glaubte, auch Da, daß diese Länder gefährlich seien. In Gedanken an die Gefahr streckte sie unbedacht ihren Finger aus und deutete auf das Ende des Flusses. «Gerade hier. Da liegt der Hafen.»

Er sah zu ihr auf, und sie erkannte ihren Fehler.

«Ich nehme an, dieser Strich soll den Fluß bedeuten, weil er sich so dreht und windet, oder?» fragte sie, um ihn abzulenken.

«Ja, zufällig bedeutet er das. Wer hat dir von diesem Hafen erzählt?»

«Wir sind an der Grenze des Reiches», erklärte sie mit raschen Worten und hoffte, ihre Kenntnisse nicht preisgegeben zu haben. «Die Händlerzüge zu den Märkten machen am Wirtshaus halt. Unser Wirtshaus ist das erste auf ihrer Reise in die Städte und das letzte, wenn sie nach dem Süden ziehen.»

«Ich hätte nicht erwartet, daß du weißt–», er sprach den Gedanken nicht ganz aus, aber Birle konnte ihn zu Ende führen: dann weißt du viel mehr, als dir in deinem Tagewerk zukommt. Sie wußte, was die Lords vom Volke hielten. Sie hatte den Verwalter des Gaugrafen bedient, wenn er zweimal im Jahr zur Steuereinnahme Dorf und Wirtshaus aufsuchte, sie kannte das Benehmen der Boten.

Es waren Herren der untersten Rangstufe, diese Steuereinnehmer und Boten; die größeren Lords würden also noch hochmütiger sein. Auf den Jahrmärkten traten die Lords und ihre Damen auf, als sei alle Welt außer ihnen unsichtbar. Am Gerichtstag konnte man zwar sein Recht gegen einen Herren erstreiten, wenn man es beweisen konnte. Doch da saßen die hohen Lords zu Gericht, nicht diese Alltagsherren, die manchmal nichts hatten außer ihrem Namen und wenig genug zum Leben. Vielleicht war dieser junge Lord so ein Ohneland. Wer immer er auch war, sie wollte nicht von ihm verachtet werden.

«Meinem Vater gehört das Wirtshaus, die Falkenschwinge», erzählte sie ihm. «So treffen wir oft Ausländer und hören viele seltsamen Dinge.» Sie stand auf und klopfte sich Reisig und Erde vom Mantel. «Ich könnte den Tag noch mit dir reisen, um dich sicher den Fluß hinunterzubringen.»

«Was ist denn an diesem Boot so wichtig?» fragte er. Er blieb sitzen; sie sah auf ihn hinab. Sein Haar schimmerte im Sonnenlicht.

«Das Wirtshaus gehört zu Sutherlands Lehen», antwortete sie. Er sollte seinen Feind kennen. «Der Graf hat ein besonderes Auge auf das Wirtshaus, weil es am äußersten Rand des Königreichs steht, an der Grenze seines Landes.»

«Du hast mich gewarnt, ich danke dir dafür», sagte der Lord. «Obwohl ich den Grafen nicht fürchte – so wenig wie irgendeinen anderen Menschen auf der Welt –, ist er ein Grund mehr, dich sicher nach Hause zu bringen, bevor ich weitergehe. Und wer weiß? Vielleicht würde mir der Graf das Boot sogar überlassen, wenn er wüßte, wie dringend ich es brauche. Aber du darfst den Leuten nichts von mir erzählen.» Er stand auf. «Meine Sicherheit liegt darin, daß niemand von mir weiß. Ich will, daß du mir etwas versprichst.»

Sie würde ihm dieses Versprechen geben und halten. «Was soll ich sagen, Milord?»

«Erzähl ihnen etwas, was sie glauben können, aber sag nicht die Wahrheit.»

Sie konnte sich nicht vorstellen, was er getan haben mochte, um so dringend flüchten zu müssen, und in solcher Heimlichkeit. Was konnten die Lords schon für Verbrechen begehen? Diebstahl, Mord, eine Verschwörung gegen den König, antwortete sie sich selbst auf ihre Frage. Aber er sah nicht aus wie ein Mörder. Sie hatte in ihrem Leben zwei Mörder gesehen und ihre Hinrichtung am Galgen. Keiner war ein Lord gewesen, aber sie würde ihren Kopf wetten, daß dieser Mann kein Mörder war. Jawohl, und sie wünschte, sie könnte ihr Leben für ihn aufs Spiel setzen.

«Sag ihnen, daß du nachts rausgefahren bist und das Boot kenterte, was es bei diesem Wind sehr wohl getan haben könnte. Die Strömung hat dich flußabwärts getrieben, du hieltest es für sicherer, die Nacht am Ufer zu verbringen, als dich nachts im Wald den Gefahren der Wildnis auszusetzen. Oder hättest du das nicht getan?»

«Nan würde mich in meinem Zimmer einsperren, wenn sie glaubte, daß ich so etwas täte», widersprach Birle.

Er hatte versichert, daß er kein Dieb sei, und sie glaubte ihm aufs Wort und alles.

«Dann sag, daß du nach dem Boot gesehen hast, und es machte sich los, und du hast versucht es zu bergen, schafftest es aber nicht mehr, und es trieb davon.»

Er sah auch nicht aus wie ein Verräter. Verräter waren gierig nach Macht oder Reichtum. In seinen Augen lag keine Gier.

«Oder erzähl ihnen, daß du nicht weißt, was eigentlich geschehen ist. Das ist vielleicht das beste. Sag ihnen, daß du dich in der Nacht plötzlich mitten im Wald wiederfandest. Es gibt Leute, die wandeln im Schlaf und können sich beim Erwachen nicht erinnern, wo sie sind und wie sie dort hinkamen. Ich hab von solchen Sachen gehört.»

Sie wollte, sie müßte sich nicht von ihm trennen.

«Ich rudere dich den Fluß hinauf», sagte er, nahm seinen Reisesack hoch und hängte ihn über die Schulter.

«Ich kann rudern», sagte Birle. Sie konnte den Blick nicht von ihm wenden, betrachtete ihn, als wolle sie ihrem Gedächtnis alles einprägen, was sie von ihm zu sehen bekam. «Wir könnten einem Fischer begegnen», warnte sie ihn.

«Na was. Dann werf ich dich ins Wasser, und er wird alle Hände voll zu tun haben, dich zu retten, daß ich ungehindert davonkomm», gab er zur Antwort. Er ist schnell mit einer Lüge zur Hand, einer Geschichte, einem Plan, dachte sie und prägte sich auch das ein.

«Meine Mutter starb an einer Erkältung, die sie sich im zeitigen Frühjahr am Fluß geholte hat», erinnerte sich Birle.

«Ach so», sagte er, «dann muß ich dich wohl anders behandeln. Wir werden schon keinem begegnen. Wenn ein Plan fehlschlägt, wird sich etwas anderes ergeben.»

Warum mußte sie überhaupt von ihm gehen?

Ich muß nicht, überlegte Birle. Der Gedanke war ihr ganz plötzlich gekommen, traf wie ein Pfeil ins Ziel. Niemand konnte hergehen und sie fesseln und ins Wirtshaus zurücktragen, wenn der Lord nicht wollte. Kein Gesetz hatte Macht über sie jenseits der Grenzen des Königreiches.

Es gab keinen Menschen, der gewußt hätte, was aus ihr geworden war.

«Ich könnte mit dir reisen. Ich könnte deine Magd sein.» Denn die Lords brauchten Diener.

«Ich hab nicht einmal für einen genug zu essen», sagte er.

Sie wagte nicht, ihn anzusehen, schöpfte aber Hoffnung bei dem Lachen, das sie in seiner Stimme hörte. «Außerdem kenn ich den Fluß, du nicht.»

Er sagte nichts.

«Ich kann fischen, und ich könnte dir's beibringen. Ich könnte dich begleiten. Nur so weit, bis du in den Wald gehst, dann könnte ich das Boot zurückbringen. Siehst du das nicht ein?»

Es war ihr gleichgültig, was danach geschah, wenn sie nur nicht von ihm weg mußte. Ihre Familie würde sie bestrafen, weil sie Schande über das Haus gebracht hatte und über Muir; sie würde niemals heiraten, denn kein Mann würde sich je um solch ein Mädchen mehr kümmern. Sie würde ihr Leben als Magd im Wirtshaus verbringen. Aber mit der Herrlichkeit des heutigen Tages verglichen, bedeuteten solche düsteren Vorahnungen nichts. Für einen Feigling mochte solch bedrohliche Zukunft Grund genug sein; aber Birle hielt es für größere Feigheit, den strahlenden Schatz der gegenwärtigen Stunde wegzuwerfen.

Der Lord schüttelte den Kopf. «Ich hätte nichts dagegen, von dir zu lernen, was du mir beibringen kannst. Wenn ich ehrlich bin, habe ich auch nichts gegen deine Begleitung. Ich bin nicht für das Alleinsein und das Schweigen geschaffen.»

Birle hatte nicht erwartet, daß er ihre Begleitung wünschte. Wenn er nichts gegen sie hatte, war das genug für sie, und mehr als genug.

«Aber», erinnerte er sie, «es wartet ein Ehemann auf dich.»

Der Gedanke an Muir ließ sie bis ins Herz erschauern, und sie zog den Mantel enger um sich. Die Vorstellung, Muir als Ehemann zu haben, verschloß ihr den Mund. Es gab Lieder von Mädchen, die ins Wasser gegangen waren, weil ein Mann sie verschmäht oder eine andere genommen hatte. Sie hatte diese Mädchen immer für Närrinnen gehalten, aber nun verstand sie, welche Wahl ihnen geblieben war.

«Willst du denn nicht heiraten?» hörte sie seine Stimme. Birles Augen waren auf ihre Stiefelspitzen gerichtet. Sie konnte sein Gesicht nicht sehen. Sie konnte nicht reden. Als sei ihre Zunge gelähmt. Sie schüttelte nur den Kopf.

«Ich dachte, das Volk heirate aus freier Wahl», sagte der Lord.

Wenn er glaubte, daß sie zur Heirat gezwungen würde, nahm er sie vielleicht aus Erbarmen mit. Diese kleine Hoffnung wärmte ihr Herz, und sie hatte schon den Kopf gehoben, um ihn anzulügen.

Aber sie sprach die Wahrheit: «Das stimmt. Ich hab ihm mein Jawort gegeben.»

«Mir scheint, du stündest besser vor der Welt da, wenn du ihm sagtest, daß du deine Meinung geändert hast», riet ihr der Lord.

«Dieses Recht hat nur ein Mann. Ein Mädchen, das sein Wort gegeben hat, muß es halten. Was würde aus der Welt werden, wenn kein Versprechen mehr gehalten würde?»

Darauf lachte er. Birle schloß den Goldklang seiner Stimme in den Schatzbehälter ihres Gedächtnisses ein.

«Und wer ist dieser Glückliche?» fragte er.

«Ein Jäger im Dienst des Grafen.»

Sein Lächeln erlosch.

«Hat man dich nicht gewarnt?»

«Doch. Meine Familie versuchte, mich davon abzubringen, weil er älter ist, weil die Frau eines Jägers in der Stadt leben muß, wenn er für den Lord unterwegs ist. Und weil es keine Pachtung zu vererben gibt, wenn Kinder kommen.»

«Und haben sie dir auch gesagt, was solchen Frauen geschieht, die arm und unbeschützt in den Städten leben? Haben sie dir nicht erzählt, wie viele Frauen sich dem Trunk ergeben und sich anderen Männern zuwenden, die nicht ihre Gatten sind? Die Frauen von Jägern und Soldaten sind die Pest unserer Städte, lasterhaft aus Armut und Hoffnungslosigkeit. Haben sie dir das nicht erzählt?»

«Ist das wahr?»

Er nickte.

«Wußte Muir das? Wußte er, als er mich zur Frau wollte, wie mein Leben aussehen würde?»

Der Lord antwortete darauf nicht.

«Ja, dann ... was kann ich tun?» Birle erwartete keine Antwort.

«Nicht alle Jäger behandeln ihre Frauen so», sagte der Lord. «Es gibt gute Menschen unter den Jägern, wenn auch nur wenige. Ist dein Muir ein guter Mensch?»

«Ich weiß es nicht», sagte Birle. Ihre Stimme war nur ein Flüstern. Sie hätte das wissen müssen, als sie die Heirat versprach, ehe sie versprochen hatte, ihr Leben in die Hände eines Mannes zu geben. Es war ihr genug gewesen, daß Muir sie heiraten wollte und sie für hübsch hielt. Sie war einfältiger gewesen, als sie es geglaubt hätte, noch dümmer als selbst Nan vermutete.

«Vielleicht ist er es», sagte der Lord, Mitleid in den Augen und in der Stimme. Jetzt, wo sie ihn erbarmte, wollte Birle das überhaupt nicht haben.

«Muir ist kein schlechter Mann», sagte sie ohne Überzeugung.

«Ein Jäger findet so schnell keine Braut – und vor allem keine junge. Er muß gemerkt haben, daß du keine Ahnung hattest.»

Birle wußte nicht, was Muir gedacht hatte.

«Wenn du deinem Vater sagtest, was ich dir erzählt habe?» schlug der Lord vor.

«Ich hab mein Wort gegeben.» Das war die unglückselige Wahrheit. Sie hatte ihr Wort gegeben und konnte nichts tun, um es rückgängig zu machen. «Vielleicht wendet er sich von mir ab, weil ich die Nacht wer weiß wo verbracht habe.»

«Wenn er das tut, weißt du wenigstens, daß er einer von den wenigen anständigen Jägern ist», sagte der Lord. «Aber ich hab meine Zweifel.»

Birle erinnerte sich an den Ausdruck von Muirs Augen, als er sie um ihre Hand gebeten hatte, und zweifelte auch. Sie hatte Mitleid mit dem ungeschlachten Mann empfunden, als sie sah, wie sehr er sie begehrte.

«Dann kommst du doch am besten mit mir», sagte der Lord.

Rundum von Angst und Gram gepackt, verstand Birle fast seine Worte nicht. «Mit dir?»

«Bloß bis zum Weg, der in den Wald geht, aber wenn wir langsam weiterfahren, wird der Jahrmarkt schon vorbei sein, bis du zurückkommst. Damit ist auch die Gefahr vorüber, nicht wahr? Ich sehe keine andere Möglichkeit. Siehst du eine?»

Birle konnte überhaupt nichts anderes denken vor der plötzlichen Seligkeit darüber, daß sie sich nicht von ihm trennen, daß sie Muir nicht heiraten mußte.

«Und ich hab es auch nicht übermäßig eilig, nun, da ich über die Grenzen des Königreiches bin. Und du auch nicht, oder?»

Sie mußte wieder Worte finden und ihm antworten. «Jawohl, Milord», sagte sie, «ich meine: nein, Milord. Ich meine ... ich danke dir.»

«Dazu wurde ich schließlich erzogen, Jungfrauen aus der Not zu retten, aus der Gewalt böser Drachen», sprach er weiter, während er sich bückte, um seinen Reisesack aufzunehmen. «Oder vor argen Vormündern oder schlimmen Hexen. Ich glaube doch, daß eine unüberlegte Heirat einer solchen Gefahr gleichkommt.»

Er bewegt sich mit der Anmut eines jungen Baumes im Sturm, dachte Birle benommen vor Freude, und er war so gerade und stark wie ein Baum, als er vor ihr stand.

«Wenn wir gehen wollen, dann am besten gleich», sagte der Lord.

Vier

Zwei Tage vergingen, Tage mit blassem Sonnenschein. Manchmal ruderte Birle, meist aber ließ sie die Ruder über dem Wasser hängen und tauchte sie nur hie und da zum Steuern ein, um das Boot in der Flußmitte zu halten, wo die Strömung am stärksten war. Sie reisten gemächlich, nicht schneller, als der Fluß sie trug. Der Lord schien damit zufrieden, und sie war um so glücklicher, je länger sie brauchten. Sie dachte nicht an das Ende der Reise und an den Abschied. Warum sollte sie sich die Stunden der Gegenwart verdüstern, indem sie Tage und Jahre einer fernen Zukunft zählte?

Sie trieben an Ufern entlang, die immer höher wurden, weil das Land in die Berge aufstieg. Die weitverzweigten Bäume, an denen sie vorüberglitten, trieben blaßgrüne Blätter. Wie Schaum standen die Hundsveilchen neben Felsen oder auf Grasflächen am Ufer, als hätten die Sterne vom Himmel ihren Schleier zurückgelassen.

Die beiden Tage vergingen langsam. Der Lord konnte stundenlang schweigend sitzen. Birle wußte nicht, woran er dachte, wenn er so in das Wasser starrte oder in den Wald. Sie begnügte sich damit, in der Flußmitte zu bleiben und zu beobachten, wie sich die Sonne auf dem Wasser spiegelte und wieder auf sein Gesicht traf, mit kleinen lichten Schatten, die über seine Wangen und sein Gesicht wanderten.

Am Ende jedes Tages schabte er sein Gesicht sauber und benützte dazu den schmalen Dolch, den er am Gürtel trug. Mit der rechten Hand faßte er den Griff und zog den scharfen Stahl die Wange entlang. Mit den Fingern der Linken befühlte er die Fläche, die der Dolch gesäubert hatte. Das tat er nicht nur auf seinen Wangen, sondern auch auf der Oberlippe, mit hackenden Streichen, und um die Rundung seines Kinns. Birle sah ihm zu und glaubte nun zu verstehen, warum die Männer aus dem Volke Bärte trugen. Die Lords und ihre Ladies sollten nur ruhig ihr Gesicht und ihr Haar wie Schmuckstücke tragen. Das Volk, die Männer mit Bart und die Frauen mit gedrehten Flechten am Ohr, hatten keine Zeit dafür. Der Unterschied zwischen den Lords und dem Volk fiel ihr auch bei dem geschmeidigen Leder seiner Stiefel auf, an seinen weichen Händen, die von der Arbeit nicht gekerbt waren. Sie erinnerte sich der Damen, wie sie bei Frühjahrs- und Herbstmessen durch die Menge geschritten waren in hellfarbenen Gewändern, blau, gelb und rot, und ihr langes Haar floß ihnen glänzend den Rücken hinab wie seidene Ströme, oder wie Kronen auf ihren Häuptern hochgekämmt.

Er beherrschte den Fischspeer bald. Dies war vielleicht auch ein Unterschied zwischen den Lords und dem Volke: Das Volk mußte vorsichtig sein, damit es nicht das wenige verlor, das es besaß. Deshalb dachte und sprach es langsam und handelte bedächtig. Von Anfang an hatte dieser Lord anders gehandelt und gesprochen als jemand, den Birle kannte; und was er dachte, konnte sie nur ungefähr erraten. Birle hielt ihn für einen geschwinden Mann, schnell beim Lernen, schnell beim Lachen und schnell in seinem Stolz. Am ersten Abend stand sie, als das Boot sicher vertäut war und die Luft noch warm von der Sonne, mit den gespeerten Fischen, ausgenommen und fertig zum Braten in der Hand, vor ihm und fragte sich, wie sie um Erlaubnis bitten könne, sich zurückzuziehen, um ein Bad im Fluß zu nehmen. Sie wußte nicht, ob ihre Bitte nicht wieder seinen Argwohn erregen werde.

«Ich möchte allein sein, Wirtstochter» sagte er, schickte sie weg. Sie stand unsicher neben dem Feuerholz, das sie noch nicht entfacht hatten. «Ich nehme das Boot nicht weg und überlasse dich deinem Schicksal», sagte er.

«Ich käme schon sicher heim, wenn du das tätest», erklärte sie ihm und überlegte, wie sie ihre eigene Bitte ausdrücken sollte. «Milord, bitte, ich möchte –.»

«Ich geh baden, Birle» unterbrach er sie. «Mich waschen, meinen ganzen Leib. Das nennt man Baden. Ohne Kleider», fügte er hinzu, als sie sich nicht rührte.

«Ich weiß, was Baden ist», antwortete Birle, «die Leute im Wirtshaus halten sich reinlich, auch im Winter.»

Für eine Minute starrte er sie an, als wolle er sie zurechtweisen, dann merkte er, daß sie keine Unverschämtheit im Sinne hatte. «Wie sollte ich das wissen», fragte er, und ein Lächeln breitete sich in seinem Gesicht aus. «Du kannst stromabwärts gehen und baden. Ich bleibe hier.»

Birle ging gehorsam das Ufer entlang bis zu einer Stelle, wo abgestürzte Felsen einen ruhigen Wassertümpel bildeten. Sie hatte weder Seife noch frische Wäsche, aber sie rieb sich im Wasser gründlich ab und fühlte sich sauber, als sie herausstieg. Als sie zurückkam, hatte er das Feuer angezündet und sah zu, wie die Flammen am Holz hochzüngelten.

«Wie badet ihr im Winter in eurem Wirtshaus?» fragte er. Neugierig war er auch. Sie schilderte ihm, wie sie in einem Weinfaß standen, das sie aus dem Keller hochgeschafft hatten, so ausführlich, wie sie ihm vorher an diesem Tage gezeigt hatte, womit die Lederschlaufe, in die ihr Messer paßte, an den Stiefelschaft genäht war. Sie konnte ihn nicht fragen, wenn sie sich über etwas wunderte, aber oft erzählte er ihr Dinge, ohne daß sie danach gefragt hätte. Die Lords hatten Metallwannen, groß genug, daß man sich hineinsetzen konnte. Ein Knecht trug sie ins Schlafzimmer und füllte sie mit heißem Wasser.

Er versuchte, seinen Dolch in den Stiefelschaft zu stecken, griff aber dann doch wieder zu der Scheide in seinem Gürtel. Ein Messer im Stiefel gelte nicht als sauber genug für den Gebrauch bei Tische, erklärte er. Er selbst sehe zwar nicht den Unterschied zwischen Stiefelleder und Scheidenleder, aber er glaube, daß dies mit der Nähe zu den Füßen zusammenhänge. «Füße», lachte er, «beleidigen die Damen. Die Damen sind immer gleich beleidigt.»

Sie wußte, daß er von ihr keine Antwort erwartete. Sie fragte sich, ob es eine Dame war, die ihn dazu gebracht hatte, seine Heimat zu verlassen. Die Lords, hieß es, heirateten nicht aus freier Wahl, sondern um Land zu bekommen oder eine Mitgift oder Verbindungen zu einer mächtigeren Familie – die vielleicht dem König näherstand – oder um einen alten Streit zwischen zwei Familien zu beenden. Die Lords heirateten, wie es Väter oder Gewinnstreben vorschrieben. Vielleicht hatte dann dieser Lord eine Dame heiraten sollen, die er nicht mochte? Eine heiraten, wenn er sich schon eine andere erwählt hatte. Aber es wäre eine Dummheit gewesen, dafür auf das Erbe zu verzichten, wenn man ein Lord war. Die Lords hatten viel zu vererben. Die Welt verfuhr großzügig mit ihnen.

Aber wenn ein Lord der jüngste Sohn wäre, könnte er für die ehrgeizigen Pläne eines Vaters oder Bruders herhalten müssen und zum Gewinn eines anderen heiraten. Oder zum Dienst in des Königs Haushalt geschickt werden. Man sagte, der König habe Lords als Knechte. Jawohl, dachte Birle, dann könnten ihn sehr wohl Zorn und Hoffnungslosigkeit überkommen, daß er sich gegen den Vater oder Bruder empörte oder sogar gegen den Grafen. All das mochte Grund genug sein für einen jungen Mann, Haus und Heimat zu verlassen, um anderswo sein Glück zu versuchen.

Sie sah ihn an und fragte sich, ob er zu der Art von Menschen gehörte, die der Zorn so weit bringen könnte, das Schwert zu ziehen. Im selben Augenblick hob er seinen Blick vom Wasser und sah sie an. Seine Glockenblumenaugen hatten einen dunklen Ring um das Blau, sah sie jetzt und fühlte sich verloren in seinen Augentiefen, als wären sie eine Welt für sich, in die sie gegangen war und keinen Weg mehr herausfand, selbst wenn sie gewollt hätte.

«Woran denkst du, Wirtstochter?» fragte er sie. «Was gibt es, worüber ein Mädchen so ernstlich nachsinnt?»

«Ich dachte an dich, Milord», sagte sie.

Das gefiel ihm und belustigte ihn, und er lächelte sie an, daß er ihr wie Wein zu Kopf stieg. Sie ließ die Ruder ins Wasser und zog sie heftig durch. Das Boot schoß voran.

«Und was?», fragte er.

Birle verwandte ihre Kraft auf das Rudern. «Warum du deine Heimat verlassen hast.» Sie sah ihn nicht an, sondern über seine Schulter auf die Bäume, die sich an einem Felsenufer zusammendrängten. Die Fichtenwurzeln ragten frei in die Luft. Sie hatte kein Recht, ihm Fragen zu stellen.

Nach einer Weile kam seine Stimme: «Ich habe mich nicht gegen das Recht vergangen.»

Sie wollte ihm sagen, daß ein Recht, welches er brach, gebrochen werden mußte. Sie würde ihm immer Glauben schenken. Aber damit mußte eine Frage gestellt werden, und sie wollte denn doch wissen, was er darauf antworten würde. «Wenn sich jemand mit Gewalt oder mit einem Diebstahl wiederholt, was ihm gestohlen wurde – ist er dann ein Dieb?!»

«Nach dem Gesetz, ja», antwortete der Lord. «Nach dem Gesetz muß er seine Sache vor den Gerichtstag bringen.»

«Aber zwischen den Gerichtstagen liegt eine lange Zeitspanne», wandte Birle ein. «Inzwischen kann das Gold schon weggegeben sein oder ein Tier gestorben.»

«Oder ein Fall ungerecht entschieden», stimmte er zu. «Der Gerichtsherr könnte die Wahrheit nicht erkennen. Und mit welchem Recht – hast du je darüber nachgedacht, Wirtstochter, warum das Volk den Lords Abgaben zahlen muß?»

«Wie können sie sich weigern, wenn die Lords das Land besitzen?»

«Und mit welchem Recht besitzen sie es, wenn es der Schweiß des Volkes ist, der das Land fruchtbar macht, während der Lord in seiner sicheren Burg sitzt, in seiner mauergeschützten Stadt. Du sagst, daß das Wirtshaus dem Gaugrafen zinsen muß – hast du diesen Grafen je gesehen?»

Birle schüttelte den Kopf. «Man sagt, daß er zu meines Großvaters Zeiten manchmal zur Jagd in den Wald ritt.»

«Aber du hast ihn nie gesehen, in deinen ganzen 14 Jahren. Das ist der Mann, der euch die Goldmünzen abnimmt und das Silber, und wenn ihr nicht zahlt, kann er euch ins Loch sperren, sogar aufhängen lassen, der Mann, den du nie gesehen hast. Du hast keine Ahnung, Birle – ich könnte der Graf sein, und du würdest es nicht wissen.»

«Wenn du es wärst, säßest du nicht hier, Milord», erinnerte sie ihn, «außerdem ist der Graf ein alter Mann.»

«Also kann ich es nicht sein», sagte er, zufrieden mit ihrer Antwort, und lehnte sich zurück, «was mich wundert, ist, daß keiner aus dem Volk je zweifelt.»

«Woran zweifelt, Milord?»

«An allem», antwortete er, «an dem Recht der Lords auf die Herrschaft, an der Notwendigkeit der Dienstknechtschaft des Volkes.»

«In unsicheren Zeiten können die Leute aus dem Walde und aus dem Wirtshaus den Grafen um Hilfe bitten», erklärte sie.

«Er kann sie gewähren», antwortete der Lord, «muß aber nicht, wie jeder weiß. Doch was ist, wenn –» er beugte sich wieder vor – «es keinen Grafen gibt und keinen König? Wenn das alles nur so Geschichten sind, wie die Märlein von den Drachen im Süden, großen geflügelten Würmern, die über das Land fliegen und Feuer aus den Nüstern schnauben? Du kennst doch diese Geschichte?»

«Alleweil, Milord.»

«Und du zweifelst nicht daran?»

«Ich war nie dort, wo Drachen leben.»

«Versuche nachzudenken, Birle», sagte er, «versuch es dir vorzustellen. Da ist ein Geschöpf, ein lebendes Geschöpf, und mit einem sehr langen Leben, versichere ich dir. Aber immer noch wird es aus einem Ei ausgebrütet wie ein Vogel oder eine Schlange, und es wächst, wie alle Lebewesen. Wie kann es Feuer in sich haben und nicht verbrennen?»

«Es gibt vieles, was wir nicht verstehen», erklärte ihm Birle, «ich habe selber einen Ort gesehen», sagte sie und erinnerte sich an das Haus ihrer Großeltern, «wo das Wasser aus der Erde sprudelt. Wo kommt das Wasser her?»

«Aus dem Untergrund.»

«Schön. Aber was ist dieser Untergrund? Wenn er voll Wasser ist, warum ist dann nicht die ganze Welt überschwemmt? Und wie kommt es, daß Wasser auch im Himmel ist?»

«Nur weil wir etwas nicht verstehen, heißt das noch lange nicht, daß es dafür keinen vernünftigen Grund gibt. Man findet die Ursache natürlich nicht, wenn man nicht darüber nachdenkt. Der erste Schritt zum Nachdenken ist der Zweifel», sagte er. Dann sah er sie an und lächelte wieder. Sie gefiel ihm, und das freute sie.

«Da meinst du also», sagte er, «daß ich einen von diesen Drachen finden sollte, bevor ich an seinem Dasein zweifle.»

Birle hatte keineswegs an so etwas gedacht, aber das sagte sie ihm nicht.

«Trotzdem gibt es kein Lebewesen, das dem Feuer widerstehen kann. Steine halten es aus und Metall, aber sogar Metall kann man so heiß machen, daß es schmilzt. Sonst hätten wir keine Messer und Schwerter oder Gold- und Silbermünzen. Aber wenn dieses Tier aus Metall oder Stein ist, wie bringt es dann sein Riesengewicht vom Boden hoch?»

Birle konnte sich nicht vorstellen, wie das geschehen könnte. Da es in ihrer Welt keine Drachen gab, sah sie keine Notwendigkeit, sich darüber zu wundern oder sich zu fürchten. Sie hatte eine andere Frage auf dem Herzen, und es schien ihr an der Zeit, sie zu stellen: «Gehst du deshalb nach dem Süden, um herauszufinden, ob es dort Drachen gibt?»

Er mußte lachen. «Man sagt, Drachen hätten große Horte von Gold und Edelsteinen, auf denen sie schlafen, wie auf Nestern. Vielleicht bin ich unterwegs, um einen solchen Schatz zu finden. Glaubst du das wirklich, Wirtstochter? Ich bin zu schwach bewaffnet, um einen Drachen zu besiegen, aber wenn ich mutig genug bin, könnte ich es versuchen. Wenn es überhaupt Drachen gibt.» Das war keine Antwort auf ihre Frage. Er wollte ihr nicht antworten.

Am dritten Morgen fiel leichter Regen in die Bäume. Der Lord mochte nicht auf den Fluß hinaus und in den Regen, also blieben sie den Tag im Schutz der langen Zweige einer uralten Fichte. Birle machte ein kleines Feuer unter dem Dach, das die Zweige bildeten.

Sie saßen sich am knisternden Feuer gegenüber und rösteten ihre altbackenen, dicken Brotstücke. Der leise Regen wisperte in den Bäumen. Der Lord sagte: «Da machen sie Lieder von edlen Dingen, vom Tod der Drachen, von der Liebe schöner Frauen. Sie sollten Lieder über das Brot machen und den Käse, wie sie einen leeren Magen füllen. Ich hätte nichts gegen ein Stück Käse – oder du?»

Birle schüttelte den Kopf. Nein, sie auch nicht.

«Oder ein Lied über den Regen. Wunderst du dich nicht auch, warum sie nie ein Lied über den Regen gemacht haben?»

Birle schüttelte den Kopf.

«Was wundert dich überhaupt, Wirtstochter?» fragte er sie. «Ich weiß, daß du hellwach bist hinter deinen braunen Augen.»

Er kannte die Farbe ihrer Augen. Wieso kannte er die Farbe ihrer Augen? Verwirrt antwortete sie: «Ich denk über den Vater meiner Mutter nach. Wenigstens habe ich mir früher darüber immer Gedanken gemacht. Jetzt nicht mehr. Aber ich frage mich, was für ein Mann er war.»

«Was macht das schon aus?» fragte er. «Ich kenne meine Vorväter, eine lange Folge von Geschlechtern.» Die Bitterkeit seiner Stimme ließ sie verstummen. Er sah ins Feuer, gedankenverloren. Der Regen verwandelte die Zweige hinter ihm in ein dunkles, silbernes Grün. Später saßen sie, aber nicht nebeneinander, an den rauhen Baumstamm gelehnt. Regen klatschte in die Zweige und auf den Boden. Der Rauch des Feuers stieg träge auf.

«Warum kennst du den Vater deiner Mutter nicht? Du mußt doch jeden im Dorf kennen, unter diesen wenigen Leuten. Was bedeutet es außerdem für das Volk, wer Vater und Großvater waren?»

Sie schämte sich der Antwort, die sie jetzt geben mußte, faßte sich aber ein Herz: «Als die Mutter meiner Mutter von Norden kam, trug sie schon ein Kind. In dieser Zeit gab es kein Dorf, nur das Wirtshaus. Sie hatte keinen Mann für ihr Kind.»

«Sie kam allein?»

«Nicht allein. Mein Großvater –», sie wandte ihm das Gesicht zu, «– Großvater und Großmutter kamen vom Norden, als sie jung waren, um für den Grafen das Wirtshaus zu führen. Der Großvater wollte Rebstöcke haben und kehrte deshalb in sein Geburtsland zurück, weil es dort gute Stöcke gab. Er fand die Mutter meiner Mutter auf einem Heiratsmarkt. Er hatte sie schon als Mädchen gekannt. Sie hatte einen Vater, der sein Unglück auf Gott und die Welt schob, nur nicht auf sich selber. Auf dem Heiratsmarkt fand sie keinen Freier, weil sie kränklich war und schon dick von ihrem Kind. Er nahm sie mit. Sie gab Jackaroo als Vater an – als ob das wahr wäre.»

«Wenn ich ein Mädchen wäre und keinen Mann für mein Kind hätte, würde ich auch Jackaroo angeben. Wer kann es dir abstreiten?»

«Sie war verwirrt», sagte Birle, «geistesgestört. Sie starb bei der Geburt.»

«Und niemand fragte mehr, wer der Vater war. Und das Kind?»

«War meine Mutter. Meine Großeltern nahmen sie auf, und als sie alt genug war, heiratete sie meinen Vater und starb dann auch. Ich kann mich an sie nicht erinnern, aber meine Brüder. Nan erinnert sich auch an sie, weil sie als Magd ins Wirtshaus kam, als meine Mutter noch lebte. Ich habe keine Erinnerung an sie.»

«Nan ist die zweite Frau deines Vaters?» riet er.

«Nein. Du mußt verstehen, er kann kein zweites Mal heiraten. Wenn er wieder heiratet, will die zweite Frau ihre Kinder als Erben einsetzen. Was würde dann aus den Kindern der ersten Frau werden?»

«Und wenn die erste Frau kinderlos stirbt?» fragte er sie. «Wenn es keine anderen Kinder gibt, warum können dann diese Kinder nicht die Pachtung schon bekommen?»

«Es steht im Gesetz», erinnerte ihn Birle. «Die Lords vergeben die Pachtungen, und an ihr Gesetz halten sich die Leute. Kann ein Lord nach dem Gesetz wieder heiraten?»

«Natürlich. Mein Vater hat drei Frauen begraben. Ein Lord muß heiraten. Ohne Söhne werden ihm seine Brüder das Land wegnehmen, oder auch der König. Wenn man das Land behalten will, braucht man Söhne. Je mehr, desto besser. Eine oder zwei Töchter schaden auch nicht, vor allem, wenn sie schön sind», sagte er, und seine Stimme klang nicht froh.

Wenn dieser Lord Schwestern hatte, dachte Birle, waren sie schön.

«Ein hübsches Gesicht macht eine Heirat einfacher», erklärte er. «Was bringst du deinem Jäger als Mitgift ein, Birle?»

«Zwei Goldstücke.»

«Ein geringer Preis für ein Frauenleben.»

«Für das Volk nicht, Milord.» Sie wollte nicht, daß er denke, sie habe überhaupt keinen Wert.

«Hast du dich je gefragt, ob nicht der Mann seiner Frau etwas in die Ehe bringen müsse?» fragte er.

Auf solche Narretei hatte Birle keine Antwort. Er mache sich wohl über sie lustig, erklärte sie: «Der Mann bringt doch seine Pachtung ein oder seine Arbeitskraft.» Sie redeten offen miteinander. Birle sprach rückhaltlos und brauchte sich nicht zu fürchten. So fragte sie ihn, was sie schon länger auf dem Herzen hatte: «Warum bist du weggelaufen, Milord?»

Bei diesen Worten verschloß er sich. Er wandte ihr den Rücken zu. Diese Frage hätte sie niemals stellen dürfen. Wenn sie es gewagt hätte, hätte Birle ihn um Vergebung gebeten. Aber er wollte nichts mehr von ihr hören. Seine Schultern und sein Schweigen redeten eine deutliche Sprache.

Während der nächsten beiden Tage ihrer Reise redete er sie nur an, wenn er ein Feuer wollte, Essen, an Land gehen oder weiter wollte oder daß sie seine Wäsche wasche. Birle war noch schweigsamer als er, weil ihre Antwort nur in Taten bestehen mußte. Sie fragte sich, warum ihre Worte eine derartige Veränderung bewirkt hatten. Er wollte nichts mehr von ihr wissen. Er wollte nicht, daß sie etwas von ihm erfahre. Die Sonne kam durch die Wolken und schien kräftig, aber sie wärmte so wenig wie trauriger, feiner Regen.

Fünf

Als der Nachmittag des zweiten glücklosen Tages in den Abend überging, gelangten sie an ihrem Bestimmungsort an. Die hoch emporragende Insel mit ihrer einsamen Fichte auf dem Stein-Kamm lag so nahe am rechten Ufer, daß der Fluß dort nicht mehr als ein seichtes Rinnsal zwischen den Kieseln war. Die untergehende Sonne verwandelte den Strom in flüssiges Gold.

Birle ließ das Boot mit der Hauptströmung an der Insel vorbeitreiben, dann legte sie die Ruder ein und hielt auf das Land zu. Als sie in Lee der Insel lag, wandte sie sich einem niedrigen, flachen Felsen zu. Der Lord wartete, während sie das Tau über die Steine zog, um eine der gedrehten Wurzeln zu erreichen. Dort band sie das Boot fest, indem sie das Tau unter die dicken Wurzeln zwängte. Sie machte einen doppelten Knoten.

Dies war nun der Ort, wo sie sich von ihm trennen mußte, das wußte sie. Aber der Abschied mußte ja nicht gleich sein. «Milord», sagte sie, als er so schlank neben ihr stand, und ehe er noch etwas antworten konnte, «laß mich ein paar Fische fangen. Denn», beharrte sie, als sie an seinem Gesicht sah, daß er ihr befehlen werde, ihn sofort zu verlassen, «du solltest die Reise nicht hungrig beginnen.»

«Das stimmt schon», gab er zu, es klang müde. Er setzte sich auf einen Felsen, den Reisesack zu seinen Füßen.

Er konnte natürlich auch einfach weggehen, während sie die Fische fing, weil er vielleicht dachte, daß der Abschied keiner großen Worte bedürfte. «Du könntest auch baden», schlug Birle vor, «du weißt nicht, wann du wieder genug Wasser findest, um ein Bad nehmen zu können.»

«Das stimmt auch», sagte er wieder und wandte den Blick nicht vom nahen Flußufer, das unter dichten Bäumen steil abfiel.

Als sie gegessen hatten, war die Sonne hinab, und das Licht verging am Himmel. Es ist nun zu spät für seinen Aufbruch geworden, dachte Birle und war glücklich bei dem Gedanken, daß sie den Abschied um ein paar Stunden verzögert hatte. Aber der Lord stand auf, nahm den Reisesack am Lederriemen hoch und warf ihn über die Schulter. Seine Augen waren schwarz im Dämmerlicht. «Von hier ab gehe ich allein weiter, Wirtstochter.»

Birle stand auf, angstvoll und erschrocken. «Aber, Milord», widersprach sie. Er hatte ihr schon den Rücken zugedreht und wandte sich nun dem Ufer zu. Birle wäre ihm am liebsten wie eine Bittstellerin zu Füßen gefallen. Sie konnte nur noch denken: Ich muß mit. Wenn er mich nicht niederschlägt, daß ich mich nicht mehr rühren kann, geh ich mit ihm. Und wenn es heimlich ist. Und wenn ...

«Milord», sagte sie hinter seinem Rücken: «Nimm mich mit.»

Er wandte sich um, aber sie konnte sein Gesicht nicht erkennen. «Warum?»

Birle wußte nicht, was ihn überzeugen könnte. Wenn sie sagte, daß er eine Magd brauche, würde er sie stolz abweisen. Sagte sie ihm, daß sie sich fürchte, alleingelassen zu werden, allein den Rückweg anzutreten, würde er entgegnen, daß sie es so gewollt habe. Wenn sie ihm sagte, daß sie nicht mehr in einer Welt leben wolle, aus der er verschwunden war, daß ein Tag mit ihm mehr wert war als ein Leben lang ohne ihn, würde er sie vor Widerwillen verlassen oder aus Mitleid. Ihre Gedanken zuckten hilflos hin und her wie eine Maus zwischen den Pfoten einer Katze. Sie suchte nach Worten, ihn zu überzeugen.

«Hast du Angst, daß sie dich zwingen werden, deinen Jäger zu heiraten?» fragte der Lord.

Birle konnte nicht sprechen. Ihr Hals war auf einmal wie zugeschnürt vor seinem plötzlichen Mitgefühl, obwohl es am falschen Orte kam.

«Was soll ich mit dir anfangen?» fragte er sanft.

«Ich kenn den Wald, ich weiß, welche Wurzeln man essen kann, welche Kräuter.»

«Man sagt, daß der Hungertod sanft ist und das Erfrieren noch leichter.»

«Du darfst nicht sterben.»

«Und du willst mich vom Tod erretten?» Er lachte jetzt. Das konnte ihm Birle nicht versprechen, sie sagte nichts.

«Aber welch ein Ungeheuer muß dieser Jäger sein, daß du solche Angst vor ihm hast.»

Birle leugnete es nicht, obwohl sie ihm hätte sagen können, daß Muir nicht schlimmer war als andere Männer. Was sie fürchtete, war nicht der Mensch Muir, sondern Muir als Ehemann. Ihr Leben mit ihm zu verbringen, erlauben zu müssen, daß er zu ihr komme, wie ein Mann zu seiner Frau kommt – das fürchtete sie. «Laß mich den Weg für dich finden, von dem die Kaufleute erzählen. Meine Augen sind schärfer. Sie sehen die Spuren im Wald eher.»

«Und wenn du sie gefunden hast, wirst du sagen: Laß mich mit dir gehen», prophezeite der Lord.

Birle zog den Mantel enger um sich, die Nacht wurde kühl.

«Nicht doch, Milord», versprach sie ihm.

«Was geschieht, wenn du auf dem Jahrmarkt nicht zur Hochzeit erscheinst?»

Birles Gedanken wallten auf wie die Quelle vor ihrer Großeltern Haus. «Muir wird beschämt sein und sich verhöhnt fühlen. Er wird sich weigern, mich zu nehmen.»

«Gib mir dein Wort. Wenn ich sage: ‹Du mußt gehen› – wirst du dann gehorchen?»

«Jawohl, Milord.» Sie hätte ihm alles versprochen.

«Gut denn», sagte er, «machen wir uns auf den Weg.»

«Und du willst nicht im Wald hier schlafen? Es wäre besser, bei Tageslicht in den Wald zu gehen.»

Sie fühlte seinen Zorn, bevor er noch Zeit hatte, ihm Worte zu geben, und sie war ihm nicht böse deshalb. Sie war die Magd und hatte nichts zu bestimmen. «Ich bin fertig, Milord», sagte sie, bevor er noch ein Wort gesprochen hatte, «laß mich den Reisesack tragen.»

Sie nahm ihn und hängte ihn über ihre Schulter. Er kletterte von dem Felsen herab, sprang spritzend durch das Wasser, stieg rasch das Ufer hoch und verschwand im Wald. Birle folgte ihm. Es war genau so, wie sie ihn zuerst gesehen hatte: ein huschender Schatten.

Er ging unter den Bäumen weiter, sie mußte sich beeilen, ihn nicht aus den Augen zu verlieren. Der Sack war schwer und unhandlich. Unter den Bäumen war das Zwielicht noch tiefer. Man konnte kaum die Wurzeln erkennen oder die Steine, über die man stolperte, rutschig vom Moos. Obwohl sich der Lord rasch bewegte, glitt er oft aus. Es dauerte nicht lange, bis er innehielt und auf Birle wartete.

«Geh du voran», sagte er, «wenn du schon den Wald besser kennst. Wie sieht dieser Karrenweg aus?»

«Es ist ein verborgener Weg», antwortete sie, «aber breit genug für einen schmalen Wagen. Die Kaufleute haben Wagen, und ihre Tiere ziehen im Zweiergespann. Ich glaube nicht, daß es schwierig wird, den Weg zu finden.»

«Meinst du nicht, daß so ein Weg in der Nähe liegt und wir ihm nachgehen können?»

«Ich weiß es nicht», sagte Birle. Dicht stand der Wald um sie, undeutlich ragten düster die Bäume auf und wisperten leise. Das letzte Licht des Abends verging so rasch, daß man zusehen konnte, wie es dahinschwand.

«Wie groß sind diese Handelszüge?»

«Manchmal sind es nur sechs Leute, manchmal zwanzig oder noch mehr. Aber niemals weniger als sechs, zu ihrer Sicherheit.»

«Dann hinterlassen sie eine Spur, deutlich genug, daß wir sie finden. Wenn wir weitergehen, müssen wir auf sie stoßen. Geh voraus, Birle.» Er wurde ungeduldig. Birle setzte den Sack ab, um den Riemen zu lockern, daß sie ihn über den Kopf ziehen konnte, so wie die Jäger ihre Köcher tragen. Nun hatte sie die Arme frei. Birle bewegte sich langsamer als er, aber stetiger. Sie redeten nicht. Birle konnte ihn hinter sich hören, während sie den allmählich ansteigenden Waldboden hochging, zwischen den Bäumen, Felsen und Büschen. Wenn sie ihn stolpern hörte, hielt sie inne, um ihm Zeit zu lassen.

Er trat dicht an sie heran und raunte ihr leise ins Ohr: «Riechst du das auch?»

Birle hatte nur Augen und Ohren gehabt und auf keinen Geruch geachtet. Da war der scharfe Duft der Fichtennadeln und der feuchte Brodem des Bodens; der frische Luftzug brachte aber etwas mit sich, was sie nicht gleich erkannte. «Fleisch?» flüsterte sie.

«Geflügel, denke ich. Da brät etwas.»

Birle zog die Luft ein wie ein Hund. So schwach der Geruch war, rief er doch auf ihrer Zunge den Geschmack von Brathuhn wach, mit knuspriger Haut und saftigem Fleisch. Tagelang hatte sie nichts anderes als Fisch gegessen.

«Warte», flüsterte er.

«Es kommt aus dieser Richtung», sagte sie und war sich ganz sicher.

«Aber wer ist es?»

Birle hatte sich darüber nicht die geringsten Gedanken gemacht. Er tat gut daran, vorsichtig zu sein. «Kaufmannszüge, die nach Norden auf die Messe gehen?»

«Wegelagerer, die den Kaufleuten auflauern?» vermutete er. «Aber die würden kein Feuer machen, nicht wahr? Und wenn sie die Kaufleute überfallen wollten, würden sie warten, bis sie Gold dabei hätten, nicht Waren. Wahrscheinlich sind es unsere Kaufleute. Sicher bin ich mir nicht, aber ich glaube schon.»

«Wenn sie auf dem Rückweg nach Süden wären, könntest du mit ihnen gehen.»

«Sind sie aber nicht. Man darf mich nicht sehen, Birle. Nicht die leiseste Nachricht über mich darf ins Königreich kommen.»

Sie stellte keine Fragen. Aber ein anderer Gedanke kam ihr: «Milord, sie werden auf demselben Weg zurückkehren. Dann kannst du in Sicherheit mit ihnen reisen. Es wird eine lange Zeit vergehen, ehe sie von dir etwas im Königreich erzählen können.» Wenn er den Rat befolgte, dann könnten sie beide im Wald bleiben, lange Wochen, bis die Kaufleute ihre Geschäfte erledigt hatten. Sie würde bei ihm bleiben können, für eine lange, lange Zeit.

«Wenn wir schon von Sicherheit sprechen», sagte er, «wäre es für dich am sichersten, mit ihnen nach Norden zu ziehen.»

«Aber da ist das Boot.»

Wenn er hier im Wald wartete, könnte sie bei ihm bleiben. Welche Entscheidung würde er treffen? Auch er wartete auf etwas, sie wußte nur nicht worauf.

«Ich höre nichts», sagte er schließlich mit ganz leiser Stimme.

«Wir sollten nicht näher herangehen», warnte sie ihn.

«Warum nicht?»

«Sie könnten Wachen aufgestellt haben.»

«Kaufleute? Und Wachen? Das sind keine Soldaten, Birle.»

«Sie haben vielleicht Hunde. Und ihre Tiere, Pferde oder Maulesel – Tiere hören schärfer als Menschen.»

«Trotzdem. Wir müssen näher heran. Da, wo diese Leute sind, da ist der Weg. Wenn wir ihn gefunden haben, können wir ihr Lager umgehen.»

«Und ich?»

«Wenn wir den Weg gefunden haben, kannst du zum Boot zurück. Freilich wird dies eine längere und langsamere Reise, flußaufwärts. Du kannst sie so lange ausdehnen, wie du es brauchst. Wenn du deine Rückkehr lange genug hinauszögerst, hat dein Jäger schon eine neue Braut.» Als sie nichts antwortete, erinnerte er sie: «Du hast mir dein Wort gegeben, Birle.»

Aber sie hatte nicht gedacht, daß sie es so schnell einlösen müßte. Sie hatte geglaubt, daß sie für ihr Wort lange Tage bekommen würde, nicht Stunden, und eigentlich hatte sie auf Wochen gehofft, nicht nur auf Tage.

«Binde dir den Mantel zu, wie ich», befahl er, «damit er nicht flattert und uns verrät.»

Birle gehorchte. Sie trug immer noch seinen Reisesack. Vielleicht, dachte sie, während sie seiner schattenhaften Gestalt unter den Bäumen folgte, könnte ich vorgeben, den Sack vergessen zu haben. Dann hätte sie, auch wenn sie von ihm gehen müßte, eine Ausrede für die Rückkehr gehabt. Er bewegte sich so gespannt, daß sie glaubte, es bestehe einige Hoffnung, er habe den Sack tatsächlich vergessen.

Ihre Tritte waren laut, aber sie wußte, daß für jedes menschliche Ohr der kleine Lärm, den sie machten, in den Geräuschen des Waldes untergehen würde. Sie spähte in die schattige Dunkelheit, um ihn im Auge zu behalten und ihm zu folgen.

Sie hörten die Stimmen zur gleichen Zeit, da sie das Feuer durch die Bäume schimmern sahen. Der Lord hob die Hand, und Birle hielt sofort gehorsam inne. Sie schlichen vorwärts, bis er sie mit der Hand an ihrer Schulter hinter einen dicken Baumstamm zog.

Sie beugte sich vor und sah auf der einen Seite um den Stamm herum, er auf der anderen. Die Flammen eines kleinen Feuers erhellten die Lichtung. Sechs Mann saßen und kauerten um das Feuer. Zwei hielten die Enden eines langen Stockes, auf dem drei Kaninchen zum Braten gespießt waren.

Hinter dem Feuer, offenbar mit gefesselten Vorderfüßen, angehobbelt, warteten die Saumtiere, mit Waren hochbeladen: Wolle, Messer, Bänder und Papiere, Leinenkleider, Gewürze und Spitzen: all dies, die ganze Pracht, würde den Lords auf Tischen vorgelegt werden – ihnen zuerst und dann dem Volke. Sogar nachtsüber blieben die Waren, in Ballen verpackt, auf den Rücken der Tiere, die schweren Lasten auf ihre geduldigen Rücken getürmt oder in dicken Wollsäcken an ihren Flanken herabhängend. Am Ende der Tagereise ruhten sich die Männer am Feuer aus, aber der Tiere Arbeit endete nie. Sie standen mit gesenkten Köpfen beieinander und schnupperten müde auf dem blanken Boden nach einem grünen Halm.

Birle konnte das bratende Fleisch sehen, wie es knusprig und braun wurde, das plötzliche Aufzüngeln des Feuers, wenn Fett in die Flammen tropfte. Sie konnte nicht hören, was die Gestalten in ihren schweren Mänteln sagten, worüber sie sich am Feuer unterhielten. Sie trat hinter den Baumstamm zurück.

«Ich glaube, hier ist irgendwo der Weg», sagte der Lord. Sie schwiegen eine Weile.

«Ich möchte gerne zu ihnen hingehen, und wenn es nur wegen des Bratens wäre», sagte der Lord ihr leise ins Ohr. «Wir werden es nicht tun, aber es juckt mich schon.» Birle nickte. Sie hatte wie den Flügelschlag eines Falters die schnell vergehende Wärme seines Atems auf ihrer Wange gespürt, und Trauer drohte sie zu ersticken. Sie zuckte zur Seite, als wolle sie wieder auf das Lager blicken. Die Flammen beleuchteten die unteren Zweige der Bäume und die niedrigen, gebogenen Fichtenäste. Die Helligkeit des Feuers bewegte sich in der Dunkelheit ringsum so ruhelos wie Wolken am Himmel.

Dann sah Birle den Hund. Er kam zwischen den Saumtieren hervor und trat hinter die Männer. Sie hörte die leise warnende Stimme des Lords: «Siehst du ihn?» Sie sah an den Ohren des Hundes, daß er Witterung aufgenommen hatte.

Sie wußte nicht, ob es sicherer war, zurückzugehen und im verborgenen zu bleiben oder ruhig stehen zu bleiben, wo sie war, daß sie sehen und erkennen konnte, was geschah. Der Hund kam langsam hinter den Männern hervor, geduckt, und über die Lichtung, an den Lichtrand des Feuers. Er war groß, ein Hetzhund. Er knurrte tief in der Kehle.

Einer der Männer am Feuer hob den Kopf und wandte sich um. Er sah zu dem Stamm herüber, wo sie wie versteinert stand. Birle dachte, der Mann müsse sie sehen, wußte aber, daß dies nicht möglich war, weil er vom Licht in die Finsternis blickte.

Knurrend, mit gesenktem Kopf, kam der Hund näher.

Der Lord faßte Birle am Mantel und zog sie hinter den Baum. Er bedeutete ihr, ihm zu folgen, während er sich vorsichtig und leise vom Hund entfernte, von der Lichtung zurück in den schützenden Wald.

Der Hund versteifte sich und bellte. Der Laut schnitt wie ein Blitz durch die Nacht. Er bellte wieder, tief und laut. Die Männer am Feuer sprangen auf. Die Kaninchen fielen ins Feuer. «Renn!» sagte der Lord.

Birle fuhr herum und verfing sich in einer Wurzel. Der Sack auf ihrem Rücken brachte sie aus dem Gleichgewicht, und sie fiel auf die Knie. Sie taumelte hoch und hörte den Lord geräuschvoll davonlaufen und den Hund knurrend hinter ihm her. Sie warf einen Blick zurück auf die wirr durcheinanderrennenden Männer am Feuer. Sie hatten ihre Messer gezogen, wußten aber nicht, was sie tun sollten, und hatten Angst vor der Dunkelheit und dem Wald. Das Herz donnerte Birle in den Ohren, sie bewegte sich sacht von der Lichtung weg. Sie rannte erst, als die Kaufleute sie bei dem Lärm des jagenden Hundes nicht mehr hören konnten. So müssen sich die Blinden durch die Welt bewegen, fuhr es ihr durch Kopf, während sie dem Laut des Hundes und des rennenden Mannes folgte. Sie duckte sich in ihrem Lauf vor dunklen Schattengestalten, die plötzlich vor ihr auftauchten, vor Bäumen, Büschen, Felsen. Der Boden zu ihren Füßen war schlüpfrig, die Last in ihrem Rücken bog sie nieder.

Die Stimme des Hundes klang nun bösartig, beißwütig. Und

immer noch konnte sie nichts sehen. Das Wüten des Hundes war von einem dumpfen Geräusch begleitet, wie wenn jemand um sich schlüge. Sie hörte, blindlings hastend, und griff mit der Hand nach dem Messer im Stiefel, immer noch kein Wort, keinen Schrei, keinen Fluch, keine Männerstimme. Sie hörte nur den Hund, der über seiner Beute war.

Der wabernde, dunkle Klumpen vor ihr war wie ein Fisch, der gegen den Haken kämpfte, welcher ihn übers Wasser gezogen hatte. Alles war in Bewegung, und sie konnte nichts sehen, was vorging. Als sie gegen das Geschlinge stieß, wurde ihr klar, was geschehen war – der Hund war gesprungen und hatte den Mann niedergerissen. Sie rollten wie Ringer umeinander. Der Hund fuhr dem Mann jachternd nach der Kehle, und der Mann versuchte, den Rachen und die Zähne mit Händen und Armen abzuwehren. Birle fiel dazwischen, packte mit der Rechten den Hund unter dem Kinn, faßte ihn mit der Linken über seine Schnauze ins Maul und riß seinen Kopf hoch, noch ehe er die Zähne in ihre Hand schlagen konnte, zog ihre rechte Hand querüber zurück und schlitzte ihm die Kehle durch.

Tiefes Schweigen fiel ein. Der Kopf des Hundes sank schlaff herab. Ihre Hand und ihr Messer waren naß von dem heißen Blutschwall. Sie keuchte schwer, lag am Boden. Schließlich richtete sie sich in den Knien auf und schob den toten Hund weg.

Der Lord erhob sich mühsam. «Komm weiter», sagte er mit schwacher Stimme. Er schnappte nach Luft, der Kampf hatte ihn ausgelaugt. «Zum Fluß. Findest du ihn? Findest du das Boot? Schnell!»

Birle stand auf. «Ja, schon, aber –»

«Später, später. Die Männer! Wenn sie noch einen Hund haben –»

Birle hatte nur an die unmittelbar drohende Gefahr gedacht. Seine Worte erschreckten sie. Sie rannte los, und er folgte ihr dicht hinterher, laut krachend im Gebüsch. Sie wandte sich zum Fluß, stromabwärts, da sie stromaufwärts von der Insel gekommen waren. Das Ufer hinab liefen sie über die seichte Strömung. Er trat vor sie, sein Mantel flatterte. Er griff zurück, um ihr über die Felsen zu helfen.

Das Boot war ein dunkler Schatten, der im Fluß trieb, landwärts vom Tau gehalten. Der Lord bückte sich, um das Tau zu fassen und das Boot ans Ufer zu ziehen. «Steig ein», keuchte er, «nimm die Ruder. Wo ist der Knoten?» schrie er plötzlich.

Birle klammerte sich im Boot fest, das gefährlich unter ihren Füßen schaukelte. Sie warf den Sack ab und setzte sich mit dem Gesicht zur Insel, hielt die Ruder bereit. Sobald er ins Boot gestiegen war, hob sie die Ruder, tauchte sie ins Wasser und zog sie mit aller Macht durch. Das Boot schoß in den Fluß hinaus.

Der plötzliche Ruck zog ihm die Beine weg. Er taumelte auf den Boden, mit dem Gesicht zu Birle. Sie ruderte rückwärts, bis sie sicher in der Mitte des Stromes waren, hob die Beine und schwang sich herum auf die Bank. Dann ruderte sie zügig, den dunklen, südwärts fließenden Strom hinab.

Über ihnen schien die Sichel des jungen Mondes friedlich unter den Sternen. Allmählich schlug Birles Herz wieder langsamer, ihr Atem beruhigte sich. Sie wußte nicht, in welcher Verfassung er war, hörte aber seinen Atem regelmäßig gehen, bis sie ihn gar nicht mehr vernahm.

«Bist du verletzt, Herr?» fragte sie.

Er antwortete hinter ihrem Rücken: «Ich glaube nicht, aber ich bin voll Blut. Könnte meines sein; ich fühle keinen Schmerz.»

«Das Blut wäscht sich aus», sagte sie.

«Und du?» fragte er.

«Unversehrt.» Sie hätte sich wegen ihrer Müdigkeit beklagen können, dieser langen Nacht Beschwernis nach der Tagesarbeit, aber sie hatte sich eigentlich nicht zu beklagen, worüber denn auch.

«Ich bin nicht an mein Messer gekommen, konnte es nicht zu fassen kriegen. Oder an mein Schwert», sagte die Stimme hinter ihr, «du hast den Hund geschafft.»

«Wie Schweineschlachten.»

«Ich setz mich jetzt auf die Ruderbank.»

Als Antwort hob sie nur die Ruder aus dem Wasser. Er kletterte an ihr vorbei und setzte sich bedachtsam, das Gesicht ihr zugewandt. Er setzte die Ellbogen auf seine Knie und barg den Kopf in den Händen. Birle ruderte stetig weiter, den stillen Fluß hinab mit seinen dunklen, fernen Ufern, die sich wie Mauern sicher um sie schlossen.

Der Lord hob den Kopf und sagte: «Du hast mir das Leben gerettet. Das Vieh hätte mir die Kehle durchgebissen. Ich hatte solche Angst, Todesangst. Und das mit Grund. Ich wußte nicht, wie Angst schmeckt.» Er lachte. «Ich habe mit Hunden gejagt und kam mir wie ein Held vor dabei, ritt stolz zurück, die Jagdbeute wurde mir nachgetragen. Der Hund hat mich gerissen wie fliehendes Wild. Ich habe das schon gesehen, wie Wild von hinten gerissen wird.» Er schien sie anzusehen, aber Birle konnte nur sein bleiches Gesicht erkennen und nicht, was er vor Augen hatte. Nach langer Zeit sagte der Lord: «Wie ein Tier. Als wär ich ein Tier. Ich war nie in der Schlacht, habe nie einen Menschen getötet. Mein Bruder ist der Soldat.»

Also konnte es kein Mord sein, vor dem er floh. «Wir könnten jetzt ans Ufer gehen, Milord», sagte sie, «im Dunklen reist man nicht sicher. Ich weiß nicht, wie weit flußabwärts der Hafen liegt», fügte sie hinzu. Ohne auf seinen Befehl zu warten, drehte sie das Boot zum Ufer. Sie hatte die Gefahr vergessen, die vor ihnen lag.

Er widersprach nicht. Er sagte nichts, bis das Ufer dicht vor ihnen dunkel aufragte. Da sagte er: «Ich hab das Tau durchgeschnitten.» Er klang so bemitleidenswert, wie eine ihrer Schwestern, wie klein Moll, die, mit Mus im Gesicht ertappt, sagte: Ich hatte solchen Hunger, daß Birle nicht ärgerlich sein konnte. Dieser Klang seiner Stimme in der Finsternis, die sein Gesicht verschattete, daß sie es nicht mehr erkennen konnte, ließ sie unbedacht fragen: «Wie alt bist du, Milord?» Sofort bereute sie die Frage. «Vergiß das Tau, wir bleiben dicht am Ufer, wo die Strömung nicht stark ist. Wenn es morgens hell wird, werden wir sehen, was wir als Tau verwenden können.»

«Mit meinem Schwert», sagte er gedankenversunken, als hätte sie gar nichts gesagt. «Ich bin schon neunzehn Jahre auf der Welt, Birle, und du meinst, daß ich mehr Vernunft haben sollte, nicht wahr?»

«Das dachte ich nicht, Milord.» Schnell bei der Selbstverachtung, dachte sie und fragte sich, warum das so war. «Wir werden im Boot schlafen», sagte er. Ohne ein weiteres Wort drehte er sich um und legte sich auf den schmalen Sitz, seine Knie standen hoch wie ein Zelt.

Birle hob die Ruder aus dem Wasser und kroch von der Ruderbank in den engen Bug. Seinen Reisesack legte sie als Kissen hinter sich. Irgendwo voraus war der Hafen, aber sie wußte nicht, wie weit. Jetzt kannte sie sein Alter. Und sie hatte sein Leben gerettet, das würde er nicht vergessen.

Seine Stimme kam leise und leicht aus der Dunkelheit, so sacht, wie sich das Boot am Ufer entlangbewegte. «Ich hab ein Bett mit einer Daunenmatte und Vorhängen gegen die Kälte. Was will ich also hier, den Mantel und das Hemd voll mit getrocknetem Blut.» Er erwartete keine Antwort von ihr. Birle überlegte sich, wie sich eine Daunenmatte anfühlte. Sie hatte einen Strohsack, aber Federn mußten weich sein, weicher als Gras. «Wirklich schlimm», sagte er, und Lachen stieg in seiner Stimme auf. «Der Kaninchenbraten hätte mir nur zu gut geschmeckt. Warum haben wir ihn nicht mitgenommen, Birle?» fragte er lachend.

Sechs

Während der Nacht war Nebel aufgekommen. Beim Erwachen starrte Birle in die feuchte Luft, konnte aber auf keiner Seite das Ufer erkennen. Das Boot schwamm gemächlich dahin wie ein treibender Korb. Aber dies war kein Nebel, wie sie ihn je auf dem Fluß erlebt hatte. Nebel lag über dem Fluß in Bändern oder wie das offene Haar ertrunkener Frauen, Flußnebel flutete, weich und fein, bis der Morgen ihn vertrieb. Dieser Nebel hier klumpte sich grau-weiß um ihr Boot. Birle wußte, daß es Tag sein mußte, weil nur der Tag den Nebel weiß scheinen läßt, doch sie hatte keine Ahnung, wie weit sie schon in den Tag hineingefahren waren.

Diese Blindheit, dieses Nichtwissen, wo man war, hätte eigentlich erschreckend sein sollen, war es aber nicht. Sie konnte den Lord sehen, seine langen Beine hingen im Schlaf über das glatte Wasser. Der Blick reichte nicht weit. Diese Einsamkeit war Sicherheit. Der dicke Nebel machte sie unsichtbar. Sie konnte jederzeit die Ruder ergreifen und an dem einen oder dem anderen Ufer anlegen, es war gleichgültig, an welchem. Aber sie überlegte, daß sie im Augenblick am sichersten mitten im Fluß waren. Sie hielt es nicht für nötig, den Lord zu wecken.

In der feuchten, weißen Welt ringsum war kein anderes Geräusch zu hören als das leise Ziehen des Flusses, der schmatzende Laute an der Bordwand von sich gab wie ein Kind an der Mutterbrust. So weit ihre Sinne reichten, gab es nur das Boot und seine beiden Insassen auf der ganzen leeren Welt.

Als sich der Lord streckte, klatschten seine Fersen ins Wasser. Er machte überrascht die Augen auf und war sofort wach. Er zog seine Beine ins Boot, setzte sich auf und sah sich um. «Ist es schon spät?» fragte er. «Mir kommt es so vor.» Er rieb sein Gesicht mit den Händen. «Man kann also ganz tief schlafen, auch ohne Federbett, merke ich.»

«Alleweil, Milord», stimmte Birle zu. Wenn das nicht so wäre, könnten nur die Lords Ruhe finden. «Sobald sich der Nebel auflöst, werden wir sehen, wo wir sind.»

Im Nebel eingehüllt, trieben sie weiter. Nach einer Weile bat er um seinen Reisesack, und Birle reichte ihn hinüber. Er nahm die Karte heraus und breitete sie auf seine Knie. «Wie weit ist es noch bis zu diesem Hafen?» fragte er.

Birle hatte keine Ahnung. Als sie einen Blick auf die Karte warf – der Flußlauf, die Mündung, die Leere der See und die unbekannten Länder weiter im Süden –, fühlte sie einen Schwall der Furcht über ihr Herz gehen. Es war nur eine kleine Welle, wie sie am Flußufer auflaufen. Sie dachte an ihre Familie im Wirtshaus, die sich Sorgen machte, und sie hätte gerne ihren Leuten eine Botschaft zugehen lassen, daß ihr nichts fehle. Der besudelte Mantel des Lords erinnerte sie daran, daß die Kaufleute im Wirtshaus von dem Überfall erzählen würden. Aber es gab keine Möglichkeit, eine Botschaft dorthin zu bringen. Seltsam, daß sich der Nebel nicht hob.

Der Lord beugte sich über die Bordwand, um sein Gesicht zu waschen, spritzte Wasser über Augen, Wangen und Kinn. Er leckte seine Lippen. «Birle? Wasch auch du dir das Gesicht.»

Sie fragte sich, ob sie Schmutzspuren an sich hatte, folgte aber ohne Zögern seinem Befehl. Vielleicht hatte sie Erde oder Blut im Gesicht, und das wäre wirklich ein häßlicher Anblick. Das Wasser war kalt, sie spritzte es hastig über ihr Gesicht. Es tropfte ihr vom Genick in den Mund. Das hat einen Salzgeschmack, dachte sie, tauchte ihre Hand wieder in das graue Wasser und probierte es mit der Zunge. Sie wandte sich um, wollte ihn fragen.

«Wir müssen in der Nähe des Meeres sein», sagte er.

Birle sah auf die Karte. Wenn das Seewasser war, auf dem sie trieben, mußten sie den Hafen bei Nacht passiert haben und trieben nun wohl in das landlose Gebiet hinaus. «Sollen wir umkehren?» fragte sie. «Du willst doch nicht dorthin.» Ihr Finger schwebte über dem breiten, leeren Raum.

«Sollten wir nachts an dem Hafen vorbeigekommen sein, ohne es zu merken?»

«Wenn ich die Sonne sehen könnte, wüßte ich, wo Süden ist», sagte Birle.

«Woher weißt du, daß ich nach Süden will?»

«Es ist die einzige Richtung für dich, wenn du in eine Stadt kommen willst.»

«Wie weißt du, daß die Städte im Süden liegen?»

«Weil es nach Norden» –, sie deutete auf das N mit dem Pfeil darunter, «in diese Richtung geht.» Dann erkannte sie ihren Fehler. Sie zuckte mit der Hand zurück, als habe sie Feuer berührt, und sprach schnell weiter: «So verstehe ich jedenfalls, was die Karte zeigt. Weil das Wirtshaus da ist, wie du sagtest, und ich weiß, daß das Königreich nördlich vom Wirtshaus liegt. Und der Fluß, das weiß jeder, läuft nach Süden und Westen.»

Wenn er merkte, daß sie Buchstaben und Wörter erkannte und lesen konnte, würde er ihr nie mehr trauen. «Oder willst du nicht zu den Städten des Südens gehen?»

Seine Glockenblumen-Augen starrten sie an, er sagte nichts.

«Ich dachte, du suchtest einen Drachen», sagte sie und wollte ihn zum Lächeln bringen.

Er faltete die Karte zusammen und steckte sie weg. «Nein, du hast schon recht, ich gehe südwärts. Mein Großvater sagt, es ist unklug, das Wissen des Volkes zu unterschätzen, aber ich glaube nicht, daß wir schon auf dem Meer sind. Noch nicht.»

«Warum nicht? Was weißt du davon? Ich weiß nur vom Hörensagen, daß es am Ende des Flusses liegt.»

«Ich weiß auch nichts, aber ich habe manches gehört. Wenn Gaukler in die Burgen kommen, bezahlen sie ihr Essen mit Geschichten. Die Meereswellen, sagen sie, sind hoch, sogar an einem ruhigen Tag so hoch wie ein Fisch. Das Wasser steigt und fällt in Gezeiten, irgendwie zieht es der Mond an, zweimal am Tag, wenn man ihnen glauben darf. Ich glaub ihnen nicht alles, was sie erzählen. Langes, gedrehtes Gras wächst im Wasser, und Getier steigt aus der bodenlosen Tiefe und sucht die Ufer heim oder greift Schiffe an. Diese langhalsigen Geschöpfe tauchen plötzlich aus dem Wasser auf und zerschlagen krachend ein Boot. Sie haben Köpfe, Zähne, Augen, aber ihre Köpfe sind schuppig wie Schlangen. Sie haben weder Ohren noch Haare, noch Federn. Kein Mensch weiß etwas Genaues.»

Birle schaute in den Nebel hinaus, konnte aber nichts erkennen.

«Da wundert es einen schon, woher sie diese Geschichten haben, nicht wahr? Aber ich glaube nicht, daß wir auf dem Meer sind», sagte der Lord, «ich glaube nämlich, daß sich an der Flußmündung das Meerwasser mit dem Flußwasser vermischt. Deshalb schmeckt das Flußwasser salzig.»

Im kleinen Kreis der sichtbaren Welt waren der Mann, das Boot und das farblose Wasser. Was darüber hinaus lag, konnte Birle nicht sehen. Was sie nicht sehen konnte, brauchte sie auch nicht zu bekümmern. Sie lächelte bei dem Gedanken, und als er ihr Lächeln sah, erwiderte er es und öffnete den Mund, um ihr etwas zu sagen.

«Hör mal auf zu rudern.»

Die Stimme des Mannes kam aus dem Nebel. Birle konnte nicht erkennen, aus welcher Richtung, von vorn oder von hinten, links oder rechts.

«Hast du es gehört?» fragte die Stimme.

«Ich hab nichts gehört», antwortete eine zweite Stimme, «was du immer alles hörst.»

Birle hörte ein Rudergeräusch. Sie spähte in den Nebel, um zu sehen, von welcher Seite Gefahr drohte und wie nahe sie war.

Sie beugte sich vor, um ihre Ruder zu fassen, aber der Lord flüsterte: «Nicht.»

«Da», sprach die erste Stimme aus dem Nebel.

«Du bist betrunken.»

«Ich wollte, ich wäre es. Dieser Hexenhauch von einem Nebel bekommt einem nüchternen Manne übel. Und du bist auch kein Trost. Das einzige, was ärger stinkt als deine Lumpen, ist dein Atem, und noch wüster stinken die Worte, die du damit rausläßt.»

Birle hatte ihr Messer in der Hand und sah sich um, links und rechts, vorn, hinten. Der Lord hatte sein Schwert gezogen. Die Stimmen kamen näher, aber sie konnte kein Boot sehen und keinen Menschen. Sie wußte nicht, wie lange sie in Erwartung eines Angriffs stillsitzen konnte. Sie verstand nicht, daß der Lord dies so leicht nahm, als warte er auf einen Diener, der ihm einen Becher Wein bringen solle.

«Nimm dein Maul in acht», sagte die zweite Stimme. Ruder spritzten im Wasser, aber im Nebel schien das Geräusch von überall her zu kommen. «Der Käpten hat gesagt, ich soll dir, wenn du besoffen bist, die Gurgel durchschneiden und fertig. Genau das hat er gesagt.»

Die erste Stimme lachte. «Und das hast du geglaubt? Na schön, du kannst es ja versuchen. Aber ich sag dir, wenn du es schaffst – was sehr unwahrscheinlich ist –, wird dir der Käpten nicht um den Hals fallen. Er braucht mich. Ich für mich – ich brauch die Welt nicht, und die Welt braucht mich nicht. Es steht dir frei, rauszukriegen, ob ich nüchtern bin oder besoffen.»

Birle hoffte, die Stimmen würden sich verziehen. Sie glaubte sogar, daß sie sich entfernten. Aber sie fürchtete, sich selbst zu betrügen.

«Und glaub nicht, daß ich's nicht tun würde», sagte die dumpfe Stimme.

«Es wäre schon gescheiter, wenn du deine Hand zurückhieltest, wenigstens so lange, bis wir diese Reisenden um ihre Bürde erleichtert haben. Wie der Käpten weiß, ziehen sie es vor, von einem feinen Herrn ausgenommen zu werden.»

«Auch noch 'n feiner Herr!»

Die Stimmen entfernten sich tatsächlich. Birles Schultern entspannten sich erleichtert. Sie versuchte den Blick des Lords zu fangen und wollte ihm zunicken, daß er merkte, es sei alles gut, aber er starrte über ihre Schultern in den Nebel.

«Rudere du nur. Ist sowieso das einzige, wozu du gut bist», sagte die Stimme des feinen Herrn.

«Jetzt ruder ich schon seit zwei Stunden, trau ich mir wetten. Und mit der Strömung gegen mich. Und du zu fein, mich an den Rudern abzulösen.»

«Der Rückweg wird dann mit der Strömung um so leichter. Kannst dich ja darauf freuen», spottete die Stimme.

«Könnte sein, daß ich ihm trotzdem erzähle, daß du besoffen warst.»

«Er würde dir nicht glauben.»

«Ach ja?»

«Du hast das Hirn und die Sitten eines Viechskerls, und ich kann ihm das Wort eines Ehrenmannes geben.»

«Hoh», johlte die zweite Stimme, während sie im Nebel abdriftete, «hoh, hoh!»

Als die unmittelbare Gefahr verschwunden war, erinnerte sich Birle der Geschichten, die sie gehört hatte, wenn die Stimmen aus der Wirtsstube durch die Decke nach oben drangen oder durch einen Spalt in der Tür. Der Lord winkte ihr, sich zu ihm vorzubeugen. Sie konnte kaum die Kraft finden. Beide knieten in dem kleinen Boot, und ihre Gesichter waren einander so nah, daß sie fast lautlos sprechen konnten.

«Wir müssen zurück», sagte Birle, «ins Königreich.» Er schüttelte den Kopf, seine tiefblauen Augen starrten sie an, als wolle er ihre Gedanken lesen, alles wissen, was in ihrem Kopf vorging. Was sollte er von ihr befürchten? Birle wußte, was sie selber fürchtete. Die Furcht machte sie kühn. «Milord, wir sind nahe am Hafen. Was sie ihren Gefangenen antun – vor allem den Frauen, aber auch den Männern, ich hörte einmal jemanden sagen, daß die Schreie aus den Zellen, daß diese Schreie den Himmel zum Weinen brächten, habe ich gehört –»

Er legte ihr die Hand auf den Mund. «Birle. Schweig. Schweig jetzt. Ich bring dich in Sicherheit», versprach er.

Sie schüttelte den Kopf. Er konnte sein Versprechen nicht halten, wenn es zu viele Angreifer waren. Sie war kein heuriger Hase mehr.

«Birle», sagte der Lord, «ich kann dir den Tod geben, wenn es dein Wille ist, wenn dir der Tod als das bessere Los erscheint, aber ich verstehe nicht – ich dachte immer, daß das Volk sein Schicksal auf sich nimmt, wie es kommt.»

«Warum denkst du das?» fragte sie ihn. «Wir sind keine Tiere.»

«Ich weiß, ich weiß», sagte er, es klang müde. «Mein Großvater hat mir das schon gesagt. Es wäre leichter, ein Lord zu sein, wenn die Leute Schafe wären.»

Sein wehmütiges Lächeln dämpfte ihren Zorn so wirksam, als hätte man einen Eimer Wasser ins Feuer geschüttet. Er konnte sie nicht beschützen, das wußte sie. Aber sein Versprechen war echt. Wie konnte er wissen, wohlerzogen zu einem leichten Leben, wie grausam Menschen sein konnten? Es war edel von ihm, das Versprechen zu geben und es damit ehrlich zu meinen.

Er hatte nie gesehen, wie die Böcke hinter der Geiß her waren, oder die Rüden, wenn die Hündin heiß war.

«Können wir nicht umkehren?» Ihre leise Stimme war rauh und schartig vor Furcht.

«Ich kann nicht, Wirtstochter.»

«Dann laß uns an das andere Ufer gehen. Warten. Bis die Kaufleute von den Messen zurückkehren und mit den Wegelagerern aufräumen. Dann, ja dann ist der Weg um den Hafen sicherer.»

«Ich weiß nicht. Wenn wir das geringste Geräusch machen – und Geräusche tragen weit, sogar das Geräusch von gedämpften Ruderdollen ... Ich weiß nicht, wie breit der Fluß ist – ist der Hafen bewacht? Was haben die Kaufleute erzählt?»

«Ich weiß es nicht. Wir können nichts sehen. Was glaubst du, wie spät es ist?»

«Ich weiß es nicht. Wenn wir uns bis zum Einbruch der Nacht verstecken? Wie weit ist es vom Hafen zur See?»

«Ich weiß es nicht.» Sie sah ihn an mit ihrem Gesicht nah an seinem und wartete auf seine Entscheidung.

«Wo sind wir bloß reingeraten, Birle.» Er sprach, als ob alles ein Scherz wäre.

Es war kein Scherz. Birle hätte ihm das gerne gesagt. Aber sein Lächeln und die Nähe seiner Glockenblumen-Augen, sein Gesicht so eng an ihr, daß sein Atem ihre Ohren berührte – die Verwirrung der Gefühle überwältigte sie. Furcht und Seligkeit, die Gefahr, in der sie schwebten, und sie wußte nicht einmal wie sehr, wußte nicht, woher sie kommen mochte im Nebel –

«Bitte?» sagte sie, es war wie ein Schrei.

Er legte ihr wieder die Hand auf den Mund und behielt sie diesmal fest dort. Sie versuchte, seine Hand wegzustoßen, aber er grub seine Finger in ihrer Wangen. «Schsch. Horch! Hörst du es? Da ist etwas. Duck dich, zieh den Mantel über dich, bleib unten im Boot, daß man dich nicht sieht. In diesem Nebel – unsere einzige Hoffnung ist, daß man uns nicht bemerkt, nicht sieht oder hört. Hörst du das?»

Sie hörte es. Ein Knarren von Holz, wie Bäume im Wind, ein metallisches Klirren wie von einem Pferd, das an der Kette den Pflug wendet. Birle gehorchte, zu verängstigt, um nachzudenken oder zu widersprechen. Sie rutschte und kauerte sich auf den Bodenbrettern zusammen, zog den Mantel über sich, bis sie in der Dunkelheit lag, allein. Sie hörte das schwache Rascheln und dachte, es sei der Lord, der sich unter seinen eigenen Mantel duckte. Für Minuten oder vielleicht eine Stunde hörte sie nichts als weit entfernte Geräusche. Sie erkannte diese Geräusche nicht – vielleicht war es nur die Entfernung, der Nebel oder der Mantel um sie, der alles so weit entfernt klingen ließ. Ihr Herz dröhnte so laut in ihren Ohren, daß sie sicher war, man müsse es hören wie einen Trommelschlag. Sie konnte ihren Atem nicht anhalten, und ihr ganzer Leib schien zu zittern, als sie sich bemühte, etwas zu hören.

Ein Schrei zuckte durch die Luft wie ein Blitz. Ein zweiter kam danach, dann herrschte Schweigen. Der Schrei hallte in ihrem Kopf wider. Wer schrie da? Was war geschehen? Die Stimme war so dünn wie die eines entsetzten Kindes. Birle lauschte angestrengt, konnte aber nichts mehr hören.

Irgend etwas stieß dumpf an die Bordwand und warf sie um. Sie hätte am liebsten den Mantel abgeworfen und wäre aufgesprungen, das Messer in der Hand, um der lauernden Gefahr zu begegnen. Sie wollte laut schreien. Aber sie setzte eisern die Zähne aufeinander. Es konnte ein anderes Boot sein, das sie gerammt hatten, und jeden Augenblick konnte sie hoch- und herausgehoben werden wie ein Gelege unter der Henne.

Aber das Boot schien sich weiter zu bewegen. Ein Holzklotz vielleicht? Oder ein Ast, den der Wind vom Baum abgerissen hatte? Pfähle eines Bootsstegs?

Furcht lastete schwer auf ihr, ihren Schultern und Beinen und ihrem gesenkten Kopf. In der Finsternis unter dem Mantel war die Angst blind, ein blindes Etwas, das herumtappte und herauswollte wie eine junge Katze, die man zum Ersäufen in einen Sack gesteckt hatte. Birle hatte nicht gewußt, daß sie solche Angst empfinden konnte, und sie glaubte nicht, sie ertragen zu können. Sie starrte in die Schwärze, die geballten Fäuste unter ihrer Wange. Furcht hatte sich auf sie gelegt wie eine schwarze Wolke und versuchte, durch ihre zusammengebissenen Zähne in den Mund zu kommen. Sie konnte nichts tun als warten und hoffen, daß die Gefahr – eine Gefahr, der sie nicht mit erhobenem Kopf entgegentreten konnte – das kleine Boot nicht bemerken werde, das schutzlos durch den Nebel trieb.

Birle schloß die Augen, um die eingebildeten Gefahren auszuschließen. Ohne Gedanken, machtlos, schlief sie ein.

Sie erwachte beim Klang ihres Namens, der über ihrem Kopf ausgesprochen wurde. Als sie die Augen öffnete, war sie verwirrt über die Dunkelheit und die stickige Luft und das Schaukeln des Bootes. Sie hob den Kopf, erinnerte sich, warf den Mantel ab, setzte sich auf und sah, daß der Lord mit den Rudern in den Händen auf der Bank saß. Der Nebel hatte sie ganz eingeschlossen. Die Sichtweite war noch geringer geworden. Sie hielt sich mit einer Hand an der Bordwand fest, um sich gegen das heftige Schaukeln abzustützen. Wasser sprühte ihr ins Gesicht, und die scharfe Kälte des Wassers war ihr willkommen. Es schmeckte nach Salz.

«Wo sind wir?» fragte sie.

«Bist du ohnmächtig geworden? Ich dachte, nur Ladies fielen in Ohnmacht.» Keine Furcht, keine Vorsicht klang in seiner Stimme mit.

«Ich bin eingeschlafen. Wie lange habe ich geschlafen? Sind wir in Sicherheit?»

«In Sicherheit?» Er hob die Augenbrauen. «Wir haben den Hafen passiert, wir müssen ihn schon vor längerer Zeit passiert haben. Ich denke, wir sind jetzt auf dem Meer. Wenn ich meinem Bauch glauben kann, ist es spät am Tage. Sag mir, Wirtstochter: Was ist dir lieber, eine bekannte Gefahr oder eine unbekannte?» Er wartete ihre Antwort nicht ab. «Tut's dir jetzt leid?»

Diese Frage ließ ihr Zeit zu überlegen. Birle konnte sich ins Wirtshaus zurückwünschen, in die vertraute Umgebung mit dem Bratengeruch der Küche und den alltäglichen Geräuschen aus der Wirtsstube, dazu Nan, die schimpfend in die Küche geschossen kam. Aber dieses Leben schien nicht mehr als ein Traum, dessen man sich erinnert. Sie wollte ihm antworten: Nein, sie bedaure nichts, aber er antwortete selbst.

«Mir schon. Ich bedaure, daß ich dich an diesem ersten Morgen nicht einfach überwältigt habe – es wäre leicht gewesen, oder dich zurückgelassen habe, als du schliefst. Ich habe nicht recht an dir gehandelt.»

Diese Freundlichkeit rührte sie. Die Bitterkeit in seiner Stimme rief in ihr den Wunsch wach, ihn daran zu erinnern, daß seine Reise nun leicht geworden sei, da der Hafen hinter ihm lag.

«Sollten wir nicht auf das Ufer zuhalten?» fragte sie ihn.

«Und welche Richtung wäre das?»

Der Nebel wurde immer dichter und zog in Schwaden näher, mit langen, tastenden weichen Fingern. Hinter den dicken, treibenden Nebeln füllte ein festes Weiß die ganze Luft.

«Wenn sich der Nebel hebt, werden wir wissen, welche Richtung wir einschlagen können», sagte Birle.

«Das Meer ist, so habe ich gehört, uferlos und weit. Du solltest dich fürchten.»

«Sicher. Vielleicht sollte ich. Und vielleicht täte ich's, wenn es einen Unterschied ausmachte.»

Obwohl sie das auch nicht versprechen konnte, als sie sah, wie sich seine Mundwinkel zu einem zögernden Lächeln hoben. «Wenn der Nebel verschwindet, wenn wir die Sonne sehen können, werden wir es wissen. Das Land liegt östlich der See.»

«Woher weißt du das?»

«So steht es auf der Karte», erinnerte ihn Birle, «wenn wir uns von Sonnenuntergang nach Sonnenaufgang bewegen, müssen wir früher oder später auf Land stoßen.»

«Woher weißt du so sicher, daß das in der Karte steht?»

Birle hatte nicht geglaubt, daß ihn die Furcht so überkommen hätte wie sie. «Norden ist auf der Karte eingezeichnet.» Er starrte sie noch immer an. «Das bedeutet doch das N, Milord, mit dem Pfeil darunter, der nach Norden zeigt.»

«Ich dachte mir schon, daß du es erkannt hast.»

Sie war ihm in die Falle gegangen.

«Du kennst das N, einen Buchstaben. Kennst du noch andere Buchstaben?» Es klang neugierig, nicht ärgerlich. Birle nickte. «Ich möchte wetten, daß du auch schon andere Karten gesehen hast.»

Birle nickte.

Er dachte nach. «Und Wörter? Kannst du lesen?»

«Jawohl, Milord. Und schreiben.» Vielleicht hätte sie dies nicht hinzusetzen sollen, aber sie war stolz darauf, ihn überrascht zu haben.

«Und wer hat es dich gelehrt?» fragte er. «Es besteht jetzt keine Gefahr mehr, wenn du meiner Neugier nachgibst.»

Das erinnerte sie an ihre eigenen Fragen. «Was hast du getan, daß du aus deinen eigenen Ländereien, deiner Heimat fliehen mußtest, deiner Familie? Es besteht jetzt ebenfalls keine Gefahr mehr, wenn du meiner Neugier nachgibst.»

Sie dachte, er würde laut lachen, aber er tat es nicht. «Ich habe weiter nichts getan, als daß ich mir selbst gehören wollte, der sein wollte, der ich bin. Laß mich dir eine Frage stellen, Birle. Wie viele gerechte Lords können regieren, bis das Land ruiniert ist?»

«Warum sollte ein Lord nicht gerecht sein?» fragte sie.

«Was ist das größere Gut für das Volk: Gerechtigkeit oder Sicherheit? Wenn das Land verdirbt, kann das Volk nicht mehr darin leben. Es leidet am meisten und als erstes. Wenn sich also ein Lord mitfühlend um sein Volk kümmert, ist er genau der, der es in Gefahr bringt. Ein einziger solcher Lord in mehreren Generationen könnte Gutes tun. Aber wie viele solche Lords kann das Volk ertragen?»

Birle hätte diese Frage nicht beantworten können, er schien es auch nicht zu wünschen. Vielleicht hat er, dachte sie, eine Verschwörung gegen einen Lord angezettelt, den er für solch eine Gefahr hielt. Mit Verschwörern verfuhr man hart, auch wenn es Lords waren. Wenn ein Knecht die Hand gegen seinen Herrn hob, zitterte das ganze Haus vor der Tat, und was waren die Lords gegen Grafen und König mehr als Knechte vor dem Herrn?

Sie fragte sich, warum sie von solchen Dingen redeten. Es war, als wollten sie beide von den Gefahren ablenken, denen sie sich wehrlos gegenübersahen. Wenn sie nun blind im Nebel auf dem Meer trieben, wußten sie nicht einmal die Richtung, an die sie sich halten sollten. Was machte es dann schon aus, daß sie lesen und schreiben konnte, oder er auf einer Verschwörung gegen seinen Oberherrn ertappt worden war?

Sieben

Finsternis senkte sich am Ende dieses Tages auf sie nieder. Sonst zogen Licht und Farbe aus dem Himmel und ließen Dunkelheit zurück, aber an diesem Abend kam das Dunkel in dem Nebel herangeflossen wie Schlamm in einen Fluß. Der Lord sprach nichts.

Wie viele Stunden später der Wind aufkam, wußte Birle nicht. Der Wind blies in den Nebel und blies ihn fort. Als sie aufblickte, sah sie den Himmel ungeheuer weit über sich gespannt. Sie hätte nicht geglaubt, daß der Himmel so weit sein könnte. Schwere Wolken bewegten sich darüber hin, dunkle Schatten, die manchmal, wenn sie aufrissen, den jungen Mond sehen ließen und seine freundlichen Begleiter, die Sterne. Birles Lebensgeister erwachten. «Milord, schläfst du?»

«Nein.»

Das Boot hüpfte über die Meereswellen wie ein spielendes Kind.

«Soll ich rudern? Was meinst du?»

«Weißt du, wo das Land liegt?»

«Ich dachte, du weißt es vielleicht», sagte sie.

«Nein. Ich weiß es nicht», sagte er. Sie wartete auf seinen Befehl. Als er keinen gab, nichts sagte, redete sie ihn wieder durch die Finsternis an.

«Ich glaube, das Land liegt dort drüben, wo der Wind herkommt. Ich habe das Gefühl, daß er aus der Richtung kommt, wo das Land liegt.» Wenn sie ruderte, würde sie wenigstens warm werden. Der Wind war so scharf, daß sie ihn noch durch den Mantel spürte. Wellen spritzten auf und in das Boot. Sicherlich fror er auch. «Es wird hart werden, gegen den Wind. Nehmen wir jeder ein Ruder.»

«Das ist besser, als dazusitzen und darauf zu warten, was alles über uns kommt», sagte er. «Gut denn, Wirtstochter, rudern wir. Aber sehr vorsichtig. Das Boot ist nicht mehr so sicher, wie es war.»

Sie ließen sich vorsichtig auf die Ruderbank nieder, der Lord zuerst. Als sie mit den Rudern ausgriffen, um das Boot in die Windrichtung zu bringen, brachen Wellen über die Bordwand. Das Wasser fühlte sich auf Birles Fingern eiskalt an. Sie achtete nicht darauf und versuchte, ihre Ruderschläge den seinen anzupassen.

Das Rudern war schwere Arbeit und wurde noch schwerer durch die Gischt des kalten Seewassers, die sie auf Kopf und Rücken und Hände traf. Aber es machte warm. Sie hoffte, daß es auch ihn erwärmte. Es mußte wohl so sein, denn als er sprach, war seine Stimme voller Lachen. «Wir haben es geschafft, sicher an deinem gefürchteten Hafen vorbeizukommen. Das ist etwas, worauf wir stolz sein können, wenn die Geschichten wahr sind, die du mir erzählt hast.»

«Warum sollten sie nicht wahr sein?»

«Ich habe oft an den Wölfen und Bären gezweifelt, von denen du erzählt hast», erinnerte er sie. «Auf die kommt es jetzt sowieso nicht mehr an. Hier auf der See droht uns keine Gefahr von Wolf oder Bär. Und was hältst du davon, Wirtstochter? Glaubst du, daß wir mit der Gefahr so wie bisher fertig werden, wenn die Richtung stimmt, die wir eingeschlagen haben?»

«Man kann es nicht wissen», sagte Birle. Sie schenkte seinen Worten wenig Beachtung. Sie war mit ihren eigenen Gedanken beschäftigt, und das waren ungemütliche Begleiter. Der Wind nimmt zu, dachte sie, nimmt ständig zu. Vielleicht kam ihr das auch nur so vor, weil sie mit dem Rücken zum Wind saßen und damit seiner vollen Stärke ausgesetzt waren – sie hoffte es wenigstens. Aber auch die Wolken schienen sich schneller über den Himmel zu bewegen und ballten sich zusammen. Birle wandte den Kopf und sah, wie aus der Richtung, von der sie hoffte, es sei Westen, eine endlose Finsternis wie eine Wand auf sie zukam.

Schlugen die Wellen jetzt höher über den Bug? Stärker? Der ganze Mantelrücken war naß. Sie beugte sich wieder über das Ruder, beide Hände am Griff. Sie konnte nichts sehen und wußte nicht, ob sie Fortschritte machten. Es gab keine Landmarke, nach welcher man das Boot steuern konnte.

Und außerdem gab es kein Land, hier auf dem Meer.

Angst. Sie fürchtete sich wieder. Sie wagte nicht, ihrer Furcht einen Namen zu geben, weil sie hoffte, daß die Angst grundlos sei, und fürchtete, daß ein Name die Furcht zur Wahrheit machen würde. Sie saß mit dem Rücken zu dieser Furcht, zu Wind und Wellen. Furcht blies und gischtete in ihren Rücken, aber sie wagte nicht, sich umzudrehen und ihr die Stirne zu bieten. Wie lange sie so ruderten, wußte sie nicht.

Als sich der Himmel öffnete und Regen auf sie niederströmte, hörten sie beide wortlos zu rudern auf. Gegen windgepeitschte Wellen richteten Ruder nichts aus. Brecher krachten an die Bordwände. Das Boot stieg und fiel. Wasser klatschte auf Birles Kopf, Schultern und Beine, klatschte ins Boot. Der Wind brüllte wie das Wasser. «Solche Boote», rief Birle, «sind für ruhiges Wasser gebaut.»

«Wenn wir das Wasser nicht ausschöpfen, werden wir sinken», rief er zurück.

Zum Schöpfen hatten sie nichts als ihre Hände. Birle beugte sich nieder und formte ihre Hände zum Becher, um das Wasser über die Bordwand zu schleudern. Das Boot rollte und bockte in dem schwarzen Wasser, unter dem schwarzen Himmel.

Der Lord arbeitete neben ihr.

Die Welt bestand bloß noch aus dem kleinen Boot und dem Wasser, das herein- und hinausspritzte. Sie bemerkte die Regengüsse kaum, die der Himmel in das Boot schickte. Sie hätte aufgehört zu schöpfen, wenn sie einen Grund dafür gewußt hätte, aber es gab auch keinen Grund weiterzuschöpfen. Sie konnte sich keinen vorstellen.

Als der Lord sie am Handgelenk packte, glaubte sie, daß er denselben Gedanken hätte. Aber er deutete auf einen weißen Flecken, der sich hinter seiner Schulter auf dem Wasser bewegte. Dieses Weiße blieb nicht still liegen, sonst hätte es wie eine Schneewehe ausgesehen, tief verborgen unter Bäumen vor der Frühlingswärme.

«Was ist das?» rief Birle. Er schüttelte den Kopf, wußte es nicht.

Das Boot wirbelte herum und krachte auf eine Welle nieder. Birles Knie schlug gegen das Ruder, das sinnlos auf und ab schwang. Hinter dem unruhigen, weißen Flecken lauerte noch tiefere Dunkelheit. Irgendeine Kraft zog sie dorthin.

Ein gellender Schrei stieg aus Birles Magen auf und kämpfte sich zur ihrer Kehle empor.

Unter ihnen rollte das Boot. Sie kippte schwer auf den Lord, der um festen Halt im Boot kämpfte. Er fiel vom Sitz mit den Knien auf die Bodenplanken, Birle wurde wieder von ihm weggeschleudert. Er faßte sie abermals am Handgelenk. «Felsen», schrie er ihr ins Ohr.

Birle hatte keine Zeit zu denken. Das Boot wurde mitten in die Schaumkämme der Wellen geworfen. Sie klammerte sich mit der Hand an seinen Arm, als sie über Bord gingen. Sie schlug mit der Schulter auf etwas Hartes, sein Arm entglitt ihren tauben Fingern, die Wellen schlugen ihr über den Kopf. Sie wurde mit dem Kopf nach unten ins Wasser und in die Dunkelheit gezogen. Ihre Beine wirbelten über dem Kopf. Sie mußte mit dem Wasser gehen, wohin es sie auch brachte, und war so hilflos in dem eiskalten Wasser wie ein Blatt im Sturm. Sie wollte dagegen ankämpfen, wieder hinauf in die Luft. Schwärze schlug sie auf den Hinterkopf. Sie fiel hinein, als fiele sie ins Wasser.

Was sie zu sich brachte, wußte Birle nicht. Vielleicht war es die Sonne, die über die ferne Kimme des bewegten Wassers aufstieg. Als sie die Augen öffnete, konnte sie den ersten frühen Sonnenrand über dem unruhigen Horizont sehen. Was sie zu sich gebracht hatte, konnte auch dies seltsam saugende Geräusch unter ihr sein, der Schrei über ihr, ein jammerndes Kreischen, dem ein zweites und ein drittes antwortete. Birle hob den Kopf, um den Ursprung dieser Schreie herauszufinden. Sie schienen von zwei großen Vögeln zu kommen, die über ihr schwebten. Oder war es die Härte des Felsens, auf dem sie mit dem Gesicht nach unten lag, und der Schmerz in ihren Armen, den Beinen, Schultern, sogar im Kopf, im Rücken, dem Bauch. Sie hatte früher schon solche Schreie gehört.

Sie erinnerte sich, rollte sich auf den Rücken, setzte sich auf und achtete nicht auf den plötzlichen Kopfschmerz.

Der Lord lag nicht weit entfernt auf demselben Felsen. Er war so groß wie ein Stall, sogar größer, da er unter dem Wasser noch weiterzugehen schien. Der Lord klammerte sich mit den Fingern einer Hand an ihren Mantelsaum. Sie zog den Saum weg.

Er rührte sich nicht. Sie konnte sehen, daß sich sein Rücken hob und senkte, also lebte er. Seine Wange war zerschunden. Eine

Wunde auf seiner Stirn hatte einen trockenen Grind. Seine Wimpern mit den Goldspitzen lagen auf der Wange. Sie wollte seinen Schlaf nicht stören.

Birle sah sich um. Meer und Felsen. Felsen, die von einer steilen Klippe hinter ihr herabgebrochen waren, so sah es aus, so unendlich wie die See; der Himmel über dem steinernen Klippengesicht wurde fahlblau im Licht der aufgehenden Sonne. Vom Boot keine Spur. Birle saß am Rand des flachen Felsens und wartete. Das Wasser umspülte ihre Stiefelspitzen, ringsum nichts als Steine. Die zerklüftete Klippe, gefurchte Felsen, sogar die Kiesel im seichten Wasser unter ihr waren kantig. Die Welt bestand aus Steinen und Wasser. Es war eine kleine runde Bucht, wo sie an Land geworfen waren. Sie hob eine Hand zu dem pochenden Schmerz in ihrem Hinterkopf. Unter ihrem Haar war eine dicke Beule aufgeschwollen. Das Meer hatte sie bewußtlos geschlagen, und er mußte sie ans Ufer gezogen haben. Sie war froh darüber, obwohl sie dachte, es wäre besser gewesen, einfach zu ertrinken, ohnmächtig und ohne zu wissen, was geschah. Sie wußte mit einer stumpfen Sicherheit, daß in dieser Steinwelt nichts überleben konnte.

Wenn sie hier sterben sollte, dann mußte es wohl sein. Sie wünschte, der Lord möge nicht sterben, aber sie konnte nichts dazu tun. Und für sich selbst wünschte sie nichts, als daß er da wäre, wenn sie dem Tod entgegentreten würde.

Es gab keinen Grund, ihn zu wecken. Also saß sie still, weil es keinen Anlaß gab, sich zu bewegen, und weil ihr bei jeder Bewegung der ganze Leib weh tat. Die Sonne kam heraus und vergoldete die leere, ruhelose Wasserfläche. In der kleinen Bucht erreichten die Sonnenstrahlen im flachen Wasser die Steine am Grund, und das sah aus, als bestünde der Meeresgrund aus lauter zerfetzten Stücken von Gold. Hie und da schrie ein Vogel über ihr.

«Birle?»

Sie wandte den Kopf, um ihn zu grüßen, zu sehen. Ihr Zöpfe waren lose geworden und hingen ihr nun schwer über die Schultern.

«Ich glaube, du mußt mir das Leben gerettet haben», sagte sie.

«Ich glaube, ich muß es wohl gerettet haben», antwortete er mit einem Lächeln, das ihre Lebensgeister hob und die Schmerzen linderte. Er stand stöhnend auf mit steifen Bewegungen und ging zu ihr hinüber, setzte sich neben sie. «Jetzt wissen wir wenigstens, wo Osten ist. Hast du schon eine Möglichkeit ausgekundschaftet, von hier wegzukommen?»

Birle antwortete nicht. Er sah so deutlich wie sie, daß die beiden Klippenarme sie umschlossen, dreimal so hoch wie eine Mauer um Mallorys Stadt, und weit ins Wasser hinausgingen.

Die frühe Sonne schien über ihnen. Kleine Wellen spielten an den Felsen. Es war dasselbe Geräusch, das der Fluß machte, wenn er gegen seine Ufer plätscherte. Birle konnte sich kaum daran erinnern, was im Sturm geschehen war. Sie konnte kaum glauben, daß es dasselbe Wasser gewesen war, das nun so friedlich zu ihren Füßen lag.

«Also müssen wir auf Rettung warten», sagte der Lord.

Birle warf einen Blick auf sein zerschundenes und verwundetes Gesicht.

«Man darf die Hoffnung nicht aufgeben», sagte er.

Es gibt nicht viel Hoffnung aufzugeben, dachte Birle, aber er mußte bei dem Glauben gehalten werden, es sei Hoffnung vorhanden.

«Ich weiß, Milord.»

«Ich bin hungrig», sagte er, «du nicht auch?»

«Und durstig», sagte sie, «aber wir haben viel Wasser.»

«Man darf kein Salzwasser trinken.»

«Warum nicht?»

«Es ist Gift, habe ich gehört. Leute, die Seewasser trinken, werden angeblich wahnsinnig vor Durst. Es macht sie immer durstiger, und so trinken sie immer mehr und sterben in einem Fieber, mit den Händen an der eigenen Kehle wie Klauen.»

Er nestelte seinen Mantel auf und warf ihn ab. Dann hob er sein Gesicht zur Sonne. «Ob die Geschichte wahr oder falsch ist, wer weiß. Ich habe sie mehr als einmal gehört und glaube, sie könnte wahr sein. Wie hast du lesen gelernt, Birle, und wie das Schreiben?»

Es schadete niemandem, wenn sie es ihm jetzt sagte.

«Meine Großeltern lehrten es mich.»

«Und wie lernten sie es?»

«Ich weiß es nicht.» Birle hatte nie daran gedacht, sie zu fragen. «Sie waren nicht wie andere Leute. Sie waren im nördlichen Königreich geboren. Vielleicht gibt es im Norden ein paar Leute, die lesen und schreiben können.»

Er schüttelte den Kopf. «Das stimmt nicht. Ich kann mir nicht vorstellen, daß sie bei den Priestern in die Schule gingen. Haben denn die Leute aus dem Dorf sich nie nach dem merkwürdigen Paar erkundigt, das lesen und schreiben konnte?»

«Es gab noch kein Dorf, als meine Großeltern kamen. Nur das Wirtshaus stand, im Grafenlehen. Außerdem hielten sie es geheim, selbst wenn es ein Dorf gegeben hätte. Sie nannten es den Schatz des Wirtshauses. Das Dorf –» für einen Augenblick stand es klar vor ihren Augen – «ist klein und neu. Es ist nicht einmal ein richtiges Dorf. Es gibt nur vier Familien, Fischerfamilien. Obwohl Rue seit seinem Unfall nicht mehr lange fischen kann, weil nach einiger Zeit sein Arm lahm wird, flicht er Körbe und verkauft sie auf den Jahrmärkten. Mein zweiter Bruder, der das Wirtshaus nicht erbt, redet manchmal davon, den Grafen um ein Metzgerlehen zu bitten – die Schweine werden im Wald sehr fett – oder um eine Schmiede. Das Dorf wird immer größer.»

«Wenn das Dorf so klein ist, wird es keine große Auswahl an Männern für eine Heirat geben.»

«Das stimmt», sagte sie. Die einzigen Jungen im Dorf waren sechs und zehn, kleine Jungen, die noch nicht daran dachten, ein Mädchen um ihre Hand zu bitten.

«Hast du Schwestern?» fragte er.

«Zwei, noch kleine Mädchen. Nan hatte zwei Töchter.»

«Die Frau, die dein Vater nicht heiraten kann», erinnerte er sich.

«So ist es.»

«Und deine Brüder sind älter als du?»

«Ja.»

«Wenn wir reden, Birle, müssen wir nicht denken. Oder willst du lieber nicht reden?»

«Nein, Milord.»

«Was heißt nein?» fragte er. «Nein, du willst lieber nicht denken oder nein, du willst lieber nicht reden?»

Birle glaubte zu wissen, woran er lieber nicht denken wollte. «Hast du Brüder, Milord?» fragte sie. «Hast du Schwestern?»

Er ließ sich für die Antwort so lange Zeit, daß sie schon fürchtete, ihn beleidigt zu haben.

«Einen Bruder. Meine Mutter hatte zwei Söhne. Es gibt noch andere Kinder, aber nicht von meiner Mutter. Ich weiß, wie es im Volk ist. Aber ein Lord will so viel Kinder haben wie möglich. Kinder sterben oft. Die Macht der Familie besteht aus den Männern, die dem König dienen können und sich damit das Recht an Gütern erwerben. Mein Vater heiratete dreimal und überlebte alle seine Frauen. An Frauen war er reich. Das Haus hat Männer mit starken Leidenschaften hervorgebracht. In früheren Zeiten, wo sich die Leidenschaft gegen sie selber wandte, fürchtete man sie, sie waren gefährlich. Die Schwierigkeit besteht darin, daß gerade Männer es sind, die das Haus stark machen. Mein Bruder wird ein solcher Mann werden, und mein Vater wäre vielleicht einer geworden, wenn er meinen Großvater überlebt hätte.

Aber mein Großvater lebt noch, hoch verehrt von seinen Leuten, die ihn mehr schätzen als die meisten Lords. Sie sehen den Schaden nicht, den er anrichtet. Er manchmal schon, glaube ich. Mein Vater sah das Unrecht wohl und sprach oft davon, bevor er starb, aber nie mit meinem Großvater.»

Er erwähnte den Tod seines Vaters zu oft. Birle fragte sich, warum dieser Tod sein Denken so sehr beherrschte.

«Wann starb dein Vater, Milord?»

«Im Winter.»

Birle verstand. Vor kurzem erst, seine Trauer war noch stark. Seine Stimme aber war nicht gramvoll. «Wie starb er?»

«Auf der Jagd. Es war ein Unfall, während er mit seinem Gefolge jagte.»

«Stürzte vom Pferd», riet Birle. Solche Unfälle waren bei den Lords nicht selten.

«Nein, nichts von dieser Art.»

Er erzählte es wie eine Geschichte. «Mein Vater ritt aus, frühmorgens, gegen die Kälte in Pelze gehüllt. Er hatte vier Lords bei sich und ein Dutzend Jäger, und der Schnee dämpfte die Hufe der Pferde. Eine farbige Schar in der weißen Landschaft, die zwölf grünen Mäntel der Jäger glänzten in der Sonne. Die Jagd ging auf Rotwild, auf Fleisch, und sie hatten im Wald ein Rudel zusammengedrückt, etwa eine halbe Tagreise weiter nördlich. Mein Vater und ein paar andere folgte einem jungen Bock, bis der sich erschöpft zum Kampf stellte, weil er nicht mehr fliehen konnte. Sie hatten die Pfeile auf den Bogensehnen, mein Vater vornan. Dann war nur noch das Singen der Pfeile in der Luft zu hören – und einer traf meinen Vater ins Genick. Abends brachten sie ihn nach Hause. Tot. Niemand konnte wissen, wessen Pfeil ihn getötet hatte, alle Jäger befiedern ihre Pfeile gleich.»

Birle wußte nichts zu sagen.

«Ein Jäger liebt das Geld wie jeder andere», sagte der Lord.

«Du meinst, der Mann war bestochen? Wer würde das fertigbringen?»

«Und wenn es so war, weiß ich nicht, auf wessen Geheiß. Mein Großvater ist alt und krank, und so wird es bald einen neuen Gaugrafen geben. Und das ist, wie du wahrscheinlich schon erraten haben wirst, der Grund, warum ich gehen mußte.»

Birle hatte nichts erraten. Sie dachte über seinen Bericht nach. Wenn sein Bruder Graf wurde, war seine eigene Stellung sicherer.

«Warst du in Gefahr? Warum warst du in Gefahr, in welcher Gefahr?»

«In der allerschrecklichsten», sagte er und lachte, «weiß du es denn nicht? Ich war mir sicher, daß du es weißt, aber Eitelkeit blendet.»

«Was soll ich wissen?»

«Wer ich bin. Ich bin Orien.»

Der Name sagte Birle nichts.

«Der neue Graf Sutherland. Meines Vaters ältester Sohn. Ich kann inzwischen schon Graf sein.» Er beobachtete sie aufmerksam. «Oder mein Bruder wird es sein. Manchmal denke ich, daß er es wünscht. Er würde einen großartigen Grafen abgeben zur Ehre des Hauses.»

Sie begriff nicht, worauf er hinauswollte, was er sich vorstellte. Einerseits war sie stolz auf ihn, daß er Lord sein würde, gleichen Rechtes mit den anderen hohen Herren, und sie war nicht überrascht, als sie vernahm, wie hoch er stand. Andererseits war sie voll Zorn.

Der Zorn ließ sie antworten: «Warum bist du dann davongelaufen?» Wenn er nicht seine rechtmäßige Stelle verlassen hätte, wäre sie jetzt nicht hier und ohne jegliche Hoffnung.

«Wie hätte ich sonst meinen Bruder zum Grafen machen sollen? Zum Gebieter über all das Land, wie ich es mir oft vorstelle, ihn, den Mann, der er ist.»

Schon gut, und wenn dieser Lord – Orien, nannte sie ihn jetzt bei sich, nicht davongelaufen wäre, hätte sie ihn nie durch die Nacht schleichen sehen, wäre ihm nicht nachgegangen.

Birle war verwirrt und konnte nicht mehr ordentlich denken.

«Wie konntest du deinen rechtmäßigen Titel deinem Bruder geben?» fragte sie ihn.

«Weil – sieh mich doch an, ich kann nicht einmal ein vierzehnjähriges Mädchen meinem Willen unterwerfen, ich muß deinem Willen gehorchen und nachgeben. Ich wollte dich zurückschicken, am ersten Tag schon – und wohin hab ich dich gebracht? Wie kann ich ein Land regieren und ein Volk? Was würde ihnen widerfahren unter meiner Hand?»

Birle verstand nichts mehr. «Glaubst du, dein Bruder wollte dich ermorden lassen?» Sie drehte den Kopf, um ihm ins Gesicht zu sehen. Orien, dachte sie. Gut, daß sie einen Namen für ihn hatte.

«Das auch. Aber ich weiß es nicht. Ich weiß nicht, ob Gladaegal die Jäger bestochen hat, und ich hätte es auch nie für möglich gehalten, aber ich kann nur fragen. Und wenn er soweit heruntergekommen ist – ich hasse den Gedanken, daß er seine Ehre, seinen Stolz so weit vergessen haben sollte. Oder glaubst du, daß ich mich fürchte?»

«Ich glaube nicht, daß du dich fürchtest», antwortete Birle. Als sie sein Gesicht ansah, fragte sie sich, ob sie je seines Lächelns überdrüssig sein würde, und sollte sie ihm viele lange Jahre dienen.

«Wenn du deinem Bruder nicht traust, dann unterstellst du ihm doch Verrat?»

«Sollte ich meinen eigenen Bruder des Verrates zeihen?»

«Willst du denn nicht Graf werden?»

«Doch. Wie jeder andere wollte ich es. Aber ich sah als Knappe im Königshaus, wie jeder sagt und tut, was demjenigen gefällt (so glauben sie), der die Macht über sie hat. Der König hört die Wahrheit nicht. Die Lords leben in einem Netz von Lügen, und die Frauen sind noch schlimmer als die Männer, weil sie nur eine einzige Möglichkeit haben, die Macht über einen Lord zu bekommen. Und die Mägde sind die schlimmsten. Selbst wenn sie wüßten, und sie wissen, daß sie bestenfalls eine Mitgift bekommen, um sich eine der Kreaturen der Lords kaufen zu können, damit das Kind einen Vaternamen hat. Man müßte so vieles tun, und niemand tut es.»

«Was würdest du tun?» fragte sie ihn.

«Ich habe meine eigenen Gedanken», er lachte. «Warum müssen Edelfrauen als Mitgift Land besitzen, wenn das oft genug heißt, daß sie niemals heiraten können, da sich Vater oder Brüder nicht von ihrem Land trennen wollen? Wer will die Männer deshalb anklagen? Oder nimm einen Steuereinnehmer – hast du dir nie vorgestellt, daß Steuereinnehmer besser aus dem Volke kämen? Vom Volk gewählt? Ich würde zwei Gerichtstage im Jahr abhalten. Einer reicht nicht aus, um Recht zu sprechen. Ich würde den Mann, der für das Volk spricht, alle fünf Jahre auswechseln. Wenn ein Mann zu lange die Macht in Händen hält, meine ich, verändert sie ihn zum Schlechten.»

Was ist dann mit den Lords, fragte sich Birle, aber diese Frage konnte man keinem Lord stellen und keinesfalls einem Menschen, der vielleicht Graf war.

«Mein Bruder», sagte er leise, wie zu sich selber, «ist oberster Herr aller Soldaten.»

«Du bist stolz auf ihn», sagte Birle. Aber warum sollte sie nicht fragen, da sie hier beide allein auf der Welt waren und dem Untergang anheimgegeben.

«Ich hielt ihn immer für den besten Mann auf der Welt», sagte Orien plötzlich voll Trauer.

«Was ist mit den Lords?» fragte Birle.

Ihre Frage riß ihn aus seinen Gedanken.

«Oder dem König?» beharrte sie. «Sie haben seit Menschengedenken die Macht über das Volk.»

«Als ob die Leute Vieh wären», sagte er. Es schien ihr, als freue er sich über ihre Frage. «Du beginnst meinen Zwiespalt zu verstehen. Welcher Hirte würde seinem Tier das Messer ersparen? Oder die Schur, daß es die Kälte nicht fühlt?»

«Wie konntest du davongehen und alles hinter dir lassen, die Sicherheit der Burg, die Dienerschaft, das Essen?»

«Nicht einmal mein Vater war sicher», erklärte er, «und meine eigenen Gedanken machten mich unruhig.»

«Vor Gedanken bist du geflohen? Ein Gedanke ist – nichts.»

«Er genügt», belehrte er sie.

«Nur für die Lords mit den vollen Bäuchen ist ein Gedanke Grund genug. Sieh doch, wohin dich dieser Gedanke gebracht hat.»

Er sah sich um. Er stand auf, um alles zu erfassen – die steile Klippe, die Felszacken und die leere See, aus der sich die Sonne erhoben hatte.

«Wir müssen auf Rettung warten», sagte er.

Birle öffnete schon den Mund, um ihm mitzuteilen, wie lange es bis zu der Rettung dauern werde, von der er sprach, schloß ihn aber wieder, ohne ein Wort zu sagen. Er war sein Leben lang mit der Hoffnung umgegangen.

Die Sonne stand nun hoch, und ihr Licht blitzte auf dem Wasser. Birle legte sich zurück, damit Mantel und Kleider trockneten. Sie hatte keine Hoffnung. Mit geschlossenen Augen konnte sie ihn in den Felsen herumklettern hören. Ein Graf von Sutherland blieb nicht ruhig sitzen, bevor er nicht jede Möglichkeit versucht hatte, Nahrung zu finden. So einer gab nicht schnell auf. Er würde jeden Zoll der kahlen Felsenfalle absuchen, in der sie gefangen waren, und selbst wenn er die Suche nach Essen aufgab, würde er die Hoffnung nie aufgeben.

Der Hunger lauerte noch klein in Birles Magen, und sie hätte gern einen Schluck Wasser gehabt. Doch sie fürchtete sich nicht. Oriens

Stiefel spritzten nun zwischen den kleinen Felsen herum, erforschten ihr Gefängnis. Die Sonne schien warm auf sie herab, und das Geräusch der Wellen war ihr Schlaflied.

Ich täte gut daran, mich zu fürchten, dachte Birle, hatte aber das Herz nicht dazu. Die Familie würde den Kopf schütteln, wüßte sie, in welcher Lage sie sich befand, und würde behaupten, daß sie dies hätte voraussehen können, und fragen, ob es ihr nicht leid tue. Sie konnte ihre Stimmen fast hören. Aber die Familie mußte auch ihre Antwort vorauswissen. Birle schüttelte den Kopf. Sie war traurig, aber leid tat ihr nichts.

«Siehst du einen Weg hinauf?» fragte Orien. Er war von seinen Erkundungen zurückgekehrt. «Ich fand keinen.»

Birle legte den Kopf zurück und schätzte die Felswand ab. Sie war wie eine Mauer, uneben und mit rauher Oberfläche, aber weglos. Die Simse der vorstehenden Felsen hatten keine Verbindung untereinander; Spalten, durch die sich ein starker und geduldiger Mensch emporarbeiten könnte, endeten unversehens. Die ganze, steile Klippe sprang am Gipfel vor wie ein Hals zum Kinn. Birle konnte keinen Pfad auf die Klippenhöhe sehen, keinen Weg um die weit hinauslaufenden Felsenarme herum, keine Möglichkeit über die leere See. Es gab keinen Ausweg für sie.

«Denn wenn wir», sagte Orien, «hochzuklettern versuchen, müßten wir das gleich tun, solange wir noch Kraft genug haben.»

Birle hatte keine Kraft.

Die Glockenblumenaugen betrachteten ihr Gesicht.

Er stand an den Felsen gelehnt. «Ruh dich aus, Birle.»

«Was willst du tun?» Ohne Wasser, ohne Essen konnte ihre Kraft nur immer weniger werden; er hatte recht, die Klippe jetzt gleich in Angriff zu nehmen. Es fehlte ihr der Mut, ihm das zu sagen, aber man sollte den Versuch wagen.

Sie schaffte es nicht, aber sie konnte ihn auch nicht allein gehen lassen. Das wollte sie ihm sagen.

«Ich werde warten, nachdenken. Ich sing dir ein Lied vor. Willst du es hören?»

Vor Überraschung lächelte sie. «Wie die Barden auf den Messen.»

«Ich habe kein Instrument. Ich habe nicht daran gedacht, eins mitzunehmen, eigentlich hätte ich das schon tun können, wenn ich mir es jetzt überlege. Ein Spielmann ist überall willkommen, und wenn er den Zuhörern gefällt, wird er auch satt. Wäre eine gute Idee gewesen, wenn ich nur daran gedacht hätte. Möchtest du ein Lied hören?»

«Alleweil», sagte sie, legte sich zurück und schloß die Augen vor der Helligkeit des Himmels, war zufrieden.

«Dann sollst du eins bekommen.»

In seiner Stimme war Lachen. Sobald er zu singen begann, erkannte Birle das Lied. Es war eins, das sie auf den Märkten gehört hatte, wenn die Spielleute vor den hohen Herren und Frauen auftraten und das Volk in gebührendem Abstand aus der Ferne lauschte.

«Es saßen drei Raben auf einem Baum/krahrab, hinab ohne Gnad.»

Seine Stimme war tief, ein wenig rauh und angenehm.

«Und schwarz wie die Nacht so war ihr Flaum/krahrab, hinab in das Grab.»

Er sang weiter, wie die Raben miteinander redeten, was sie speisen würden, einen erschlagenen Ritter, der verlassen im Feld lag. Doch die Falken des Ritters schützten ihn, und seine Hunde wachten. Birle verstand, wer die Hirschkuh war, «hohen Leibes trächtig», die den Ritter davontrug und ihn begrub, dies war seine Liebste.

«Es gebe Gott jedem Edelmann», sang Orien, «solcherlei Falken und Hunde, treu und ein edel Herzgespann hinab, hinab, bis ins Grab.»

Es war ein trauriges Lied – der tote Ritter, seine Liebste, die am selben Tage starb, und ihr Kind in ihr. Noch der Kehrreim, sonst so lustig, war voller Leid und Gram.

«Ich könnte mich nie als Spielmann durchschlagen», sagte er nach einer Weile, «mein Großvater hält sich einen Spielmann.»

Birle setzte sich auf. «Dann kannst du also Musik hören, wann du willst?»

«Außer der Mann ist mal wieder weg.»

«Kann er kommen und gehen, wie er will?» fragte Birle.

Auf jede Frage, die Orien beantwortete, hatte sie eine andere. Er hatte zwei Diener nur für sich allein, die seine Kleider in Ordnung hielten und ihm aufwarteten. Das Essen wurde ihm ans Bett gebracht, noch ehe er sich morgens erhob, der Schneider kam in seine Kammer, um ihm Kleider anzumessen, wenn er ein neues Gewand nötig hatte, der Schuster. Er lernte das Fechtspiel mit dem Schwert. Tanzen. Die Priester unterrichteten ihn aus den Büchern. Birle erfuhr, wer zu Tische saß, in der Festhalle des Grafen, wer auf dem Hohen Stuhle am Hohen Tisch. Sie erfuhr, daß Orien als Kind schon die Wörter und Zahlen in den Langbüchern der Steuereinnehmer zu verstehen gelernt hatte, daß er Reichtum und Sicherheit des Hauses begriff. Er zog zwar Geschichtenbüchern wie das vom Gran vor, doch die Fähigkeit, Zahlen und Zeichen der Langbücher zu verstehen, galt mehr.

Orien, erfuhr sie, stand an Gerichtstagen hinter dem Grafen und flüsterte Ratschläge in des Großvaters Ohr. Oft vergingen Wochen, in denen er kein Wort mit seinem Vater wechselte. An hohen Festtagen aß er mit einem Löffel aus Silber. An des Königs Tisch, erzählte er ihr, waren sogar die Teller aus Silber.

Als Birles Kopf mit diesen Dingen wie verstopft war und sie nichts mehr aufnehmen konnte, verfiel sie in Schweigen.

Auch er, als wären ihm die Worte ausgegangen. Die Sonne stand hoch im Himmelsgewölbe. Das Wasser war lautlos über die Felsen emporgeschlichen, er kletterte höher hinauf und setzte sich neben sie.

«Keine Aussicht auf Essen», sagte Orien. «Erzähle du mir etwas. Wie es bei dir zu Hause aussieht.»

«Das Wirtshaus steht hinter dem Dorf, am Fluß – ach ja, es ist ja dein Dorf», sagte sie, es kam ihr jetzt erst, und dann ging ihr noch etwas auf: «Und es war dein Boot. Du bist kein Dieb.»

«Alleweil», machte er sie nach, «wie ich dir bereits sagte.»

«Steht das Dorf nicht im Langbuch des Steuereinnehmers? Oder traust du dem nicht?»

«Doch. Aber ich trau ihm auch nicht ganz. Er ist ein Mensch wie jeder und eigennützig. Ich weiß, wie viele Sippen im Dorf wohnen, ich weiß, was ihnen das Land und der Fluß bringt. Aber in den Langbüchern steht nicht alles. Wenn sie Not leiden – wie überstehen sie das? Wie baut ihr eure Häuser? Ich kenne das Wirtshaus. Es wurde vor meines Großvaters Zeiten errichtet, aber wie werden die Dorfhäuser gebaut?»

«Aus Holz. Ein Zimmerer kommt und schneidet die Stämme zu Bohlen. Daraus machen sie die Wände und das Dach. Das Haus, das Granda baute, war aus Stein, wie das Wirtshaus, und ein wandernder Schieferdecker machte das Dach. Der Graf hat die Kosten übernommen, erzählte mir Granda. Steht das Lehen nicht im Langbuch? Und wer bekommt es jetzt?»

«Niemand will es haben, weil es so einsam liegt.»

«Narren», sagte Birle. «Eine Wiese ist dabei, Apfelbäume und eine Quelle. Der Wald mit der Jagd und der Fluß daneben können ein ganzes Haus versorgen.»

«Es hat wenig Steuern gebracht. Ich weiß es nicht, warum der Graf dieses Lehen gab, außer, weil er vielleicht keinen Grund fand, nein zu sagen. Er mochte nie etwas ohne Ursache abschlagen. Aber, Birle, wie war das mit den anderen Sachen, wie Stühlen oder Riegel für die Türen, wenn es keinen Schmied gab – wie haben sie Türangeln gemacht?»

Orien fragte nach der Rebenzucht und der Weinherstellung, fragte, wie ein Räucherhaus gebaut wurde, wie viele Körbe weiße Rüben ein Haushalt für den Winter im Keller haben müsse. Er fragte sie, warum Wein die Menschen trunken mache und Wasser nicht, er wußte nicht mehr davon als sie. Es war enttäuschend, daß sie immer in der Küche gehalten wurde und so wenig von den Gebräuchen des Wirtshauses erfahren hatte, außer wenn es manchmal laut wurde. Sie konnte ihm auch nicht sagen, ob die Steuern als drückend empfunden wurden. Ihr Vater legte immer Geldstücke für den Grafen zur Seite und hielt sie in einem festen Kasten sicher eingeschlossen. Andere waren nicht so bedachtsam und murrten, wenn der Steuereinnehmer kam, aber irgendwie fanden sie immer Geld und vergaßen dann alles wieder, bis wenige Wochen vor der nächsten Messe, wenn der Einnehmer wieder kam. Er fragte nach der Anzahl der Kammern im Wirtshaus und wie sie eingerichtet waren, wie Weinfässer gebaut wurden, er fragte, wie man den Fischspeer gebrauchte und wie man das Mehl von Würmern reinhielt. Er stellte Fragen um Fragen, schließlich verstummte er. Birle war froh, als sie sich ausruhen konnte.

Erst am hohen Nachmittag redete er wieder. Die See ging tiefer an den Felswänden und zog sich vom steinigen Ufer zurück. Die Sonne stand schon über ihren Schultern. Im Gegensatz zur Sonne und zur See ging der Hunger nicht zurück. Birle lag am Rande der flachen Steinplatte und sah ins Wasser hinab. Kein Fisch bewegte sich zwischen den Steinen.

«Birle?» fragte Orien, «was glaubst du, wie lange es dauern wird, bis wir gerettet werden?»

Acht

Als der Nachmittag weiter fortschritt, froren sie in den langen, kalten Schatten der hohen Felsen, auch wenn es noch heller Tag war. Die wechselnden Himmelsfarben der untergehenden Sonne spiegelten sich im Wasser. Dann kam die Dämmerung wie ein Wind über sie und zog die Finsternis hinter sich her. Birle beobachtete den Himmel. Die ersten Sterne kamen heraus, zögernd und scheu. Immer mehr gesellten sich dazu, bis der ganze Himmel über ihnen voller Sterne hing. Der Hunger brannte in ihren Eingeweiden und breitete sich aus, wie die Sterne sich ausgebreitet hatten.

«Es tut mir leid, Birle», sagte Orien nach einem langen Schweigen.

Sie antwortete nicht. Alles, was sie denken konnte, war, daß sie nun mit einem Namen an ihn denken konnte.

«Wir bekommen hier nichts zu essen und kein Wasser. Wir können uns kein Schutzdach bauen», fuhr er fort, «ich wollte nicht der sein, der ich sein mußte, und bin es auch nicht mehr, weil ich den Ring nicht mehr habe, der in meinem Reisesack versteckt war, aber dies hätte nicht dein Los sein müssen.»

Birles Kopf war ganz schwindlig vor Hunger, und sie mußte sich anstrengen, um seinen Worten folgen zu können.

«Es gibt eine Geschichte, vielleicht kennst du sie, von dem Mann, dem seine Wünsche erfüllt wurden.»

Orien kannte die Geschichte nicht, also erzählte sie ihm, wie der Holzfäller einen Zwerg gefangen hatte und den Graubart nicht eher wieder freiließ, bis der ihm die Erfüllung von drei Wünschen zugesagt hatte. Am Abend brachte der Holzfäller seiner Frau die Freudenbotschaft und wünschte sich gleich eine Kette von Würsten in das Rübenmus, das sie ihm vorsetzte. In ihrem Zorn wünschte sie ihm, daß doch gleich die Würste an seiner Nase festwüchsen, wo sie auch hingen, bis sie den dritten Wunsch verschwenden mußte, um die Würste von seiner Nase loszubekommen. Also teilten sie sich die Würste zum Rübenmus.

Dann erzählte ihr Orien von dem König aus alten Zeiten, der darum gebeten hatte, alles solle zu Gold werden, was er berühre. Der Wunsch ging in Erfüllung, und als ihn seine geliebte Tochter umarmte, wurde sie zum goldenen Bildwerk.

Diese Geschichte und der Mondaufgang erinnerten Birle an das Buch ihrer Großeltern, das sie nie gelesen hatte. Sie fragte Orien, ob er die Geschichte von dem schönen Hirten und der Mondgöttin kenne. Er kannte sie und erzählte sie ihr. Sie sang ihm das Lied von der alten Frau und ihrem Geißbock im Garten vor. Vielleicht war Orien zu hungrig, um lachen zu können, aber sie vernahm das Lächeln in seiner Stimme, als er sie fragte: «Was würdest du jetzt tun, wenn du im Wirtshaus wärst?»

«Ach, wir wären alle im Bett und schliefen.»

«Wie kann man schlafen, wenn der Abend erst angefangen hat?»

«Wenn die Arbeit schon frühmorgens im Finstern beginnt, schläft man bald ein, und leicht.»

«Aber warum stehst du so früh auf?»

«Es gibt viel Arbeit. Das Feuer zündet sich nicht von selbst an, der Brotlaib knetet sich nicht selber und schiebt sich in den Ofen. Man muß Tiere und Felder versorgen.»

«Ich dachte, dein Vater sei Wirt.»

«Alleweil, und deshalb ist die Frühjahrsarbeit am schwersten. Es muß genügend Vorrat im Hause sein, um die Gäste zu bewirten. Im Frühjahr muß der Boden gewendet und die Saat eingebracht werden. Die Ziegen und Schweine bekommen ihre Jungen. Fisch für den Tisch, Käse von der fetten Milch, Bettzeug waschen, denn im Frühjahr wimmelt es im Wirtshaus von Gästen, der Steuereinnehmer kommt mit seinen Leuten und die Händlerzüge, die zu den Messen reisen. Das Leben ist nicht dafür geschaffen, daß man es sich bequem macht.»

Das hatten ihr Da und Nan und die Brüder auch immer und immer wieder gesagt.

«Ich werde nicht früher geweckt, als bis das Feuer meine Kammer erwärmt hat», sagte er, «dann werden die Vorhänge vor meinem Bett zurückgezogen, und ich bekommen Brot, frisch aus dem Ofen, und Wein in einem Kelch. In dieser Abendstunde», fuhr er fort, und seine leicht fließenden Worte schufen Bilder in ihrer Vorstellung, «brennen zwei Feuer in der Halle und Kerzen an den Wänden und auf den Tischen, damit es hell ist. Die Frauen haben sich schon in ihre Zimmer zurückgezogen. Ich rede mit meinem Großvater oder spiele eine Partie Schach mit ihm, manchmal streite ich mit meinem Bruder.

Die Spielleute singen, oder es sind – kommt auf die Jahreszeit an – Gaukler von den Jahrmärkten in der Burg, und die Frauen bleiben, um ihnen zuzusehen. Dann sehen wir Puppenspieler oder ein Schauspiel oder einen Feuerschlucker. Als Kind wollte ich Feuerschlucker werden und auch so wunderbare Dinge vollbringen und mit den Gauklern umherziehen. Ich bin heute klüger, aber – er nahm die Flamme in seinen Mund, Birle, als ob er nicht aus gewöhnlichem Fleisch und Blut wäre. Vielleicht war er es auch nicht. Ich versuchte es mit einer Kerze, aber die Flamme ging immer wieder aus, sobald ich meine Lippen um die Kerze geschlossen hatte. Einmal fragte ich den Feuerschlucker nach seinem Geheimnis und bot ihm Gold dafür. Aber er wollte es nicht verraten. Er sagte, daß ich solcher Stücklein nicht bedürftig sei, er aber sie für sich behalten müsse und sie nicht jedem Kinde preisgeben dürfe. Ich versuchte, Großvater zu beschwätzen, daß er ihn zwinge, mir das Geheimnis zu verraten – denn der Graf hat die Macht dazu, der Graf könnte so einen Menschen in den Turm werfen, bis er redet, oder ihm so viel Geld geben, daß er sein Lebtag nichts mehr arbeiten muß. Aber mein Großvater weigerte sich. Er sagte, der Feuerschlucker habe recht, und er werde nie einem Manne seinen Broterwerb nehmen. Heute würde ich vielleicht das gleiche sagen.»

Birle versuchte sich Tage vorzustellen, wo einen nicht immer jemand antrieb, an die Arbeit hetzte und die nächste Arbeit schon wartete. Sie versuchte sich einen Abend voller Vergnügungen vorzustellen – das einzige, was dem nahekam, war das Haus ihrer Großeltern. «Mein Granda machte Musik mit einer Flöte.»

«Also gibt es nicht nur Arbeit», sagte er.

«Doch», die Schinderei von einem Tag zum anderen, sich den Magen zu füllen, von einer Jahreszeit zur anderen – aber das konnte er nicht begreifen, merkte sie. Sie bekam ja nur eine Ahnung eines Lebens ohne harte Arbeit, weil sie zufällig Orien im Finstern gefunden hatte und zur Strafe dafür auf eine unbewohnte Insel verschlagen worden war.

«Letzte Nacht war die ganze Welt ein einziger Sturm», sagte Orien. «Was ist wohl mit ihm geschehen? Glaubst du, ein Sturm fährt über das Meer, bis er am Rand der Welt einfach hinunterfällt?» Birle hatte sich das nie überlegt.

«Oder bläst er sich selber aus, verzehrt sich, wie ein Kloben im Feuer, der ausbrennt und sich zerstört, selbst wenn er rast und wütet?»

«Ich weiß es nicht», sagte Birle, «ich hab nie über einen Sturm nachgedacht, außer wenn er über mir war.»

«Ich glaube, ich setze deine Weisheit in die Tat um und schlafe», sagte Orien.

Birle lag auf dem Rücken und hatte ihren Mantel wie eine Decke um sich geschlagen. Das Mondlicht glitt über ihr Gesicht wie Wellen über die Steine, bis sie auch schlief. Sie erwachte beim Klang seiner Stimme, die Sonne schien aus einem späten Morgenhimmel. Wolken zogen dahin, langsam und stetig wie die edlen Herren und Frauen zu einer Feier.

«Hungrig! Ich bin so hungrig ... und durstig.»

Birle hatte noch nie die Morgendämmerung verschlafen. So mußte einer Edelfrau zumute sein, wenn sie spät in ihrem Bett erwachte.

«Mein Mund ist trocken, meine Lippen auch, und meine Hände – Birle, sag: zittert meine Hand?»

Im Sonnenglast konnte sie seine Hand nicht erkennen und war noch nicht wach genug, es mit dem Tag aufzunehmen.

«Ich war ein Narr, Birle. Ich hätte den gestrigen Tag nicht verstreichen lassen dürfen. Wir werden nur immer schwächer. Es muß hier irgend etwas zu essen geben. Ich hab mir überlegt: ich muß hinauf, ehe ich noch schwächer werde. Wir können nicht einfach hier sitzen und uns Geschichten erzählen, bis wir verhungern. Birle? Steh auf.»

Sie stand auf. Ihre Beine wackelten in den schweren Stiefeln.

«Hast du dein Messer? Dann kannst du auf Fische passen», sagte Orien. «Fische leben im Wasser, und davon haben wir genug. Menschen können nicht wie Fische Meerwasser trinken. Bist du überhaupt wach? Und geh aus der Sonne, wenn's geht, die Sonne trocknet dich aus, Birle.»

Unfähig nachzudenken, immer noch nicht ganz wach, gehorchte sie. Sie stand im Wasser. Es war so kalt, daß die Kälte durch das Leder ihrer Stiefel drang. Ihre Füße wurden stumpf und taub. Sie sah scharf hinab, nach irgendeiner Bewegung: nichts. Sie verstand nicht, warum aus der weiten und tiefen See kein Fisch in dieses seichte, steinige Wasser kam. Hie und da wandte sie sich nach Orien um, der sich an die Felswand klammerte. Er kam nur langsam vorwärts, hielt inne. Dann ließ er sich wieder zurück auf den Boden, wie eine Spinne. Sie gab ihr sinnloses Lauern ebenfalls auf, ging wieder auf den Felsen und überlegte, wie sie ihn trösten könnte. «Der Schmerz vom Hunger geht vorüber.»

Sein Lächeln kam jetzt langsamer und nicht so strahlend, aber es war noch ein Licht in seinen Augen.

«Soll mir recht sein», sagte er, «aber weißt du das aus eigener Erfahrung? Hast du schon einmal so gehungert?»

Birle schüttelte den Kopf. Sie hatte noch jeden Tag zu essen bekommen und zu trinken. Bei diesem Gedanken plagte sie der Durst wieder. Ihr Mund fühlte sich ausgedörrt und zerrissen an wie das Fleisch eines Dörrfisches.

«Du siehst aus wie eine alte Waldhexe», sagte Orien, «oder wie jemand, der immer unter freiem Himmel lebt.»

Birle faßte ihre langen Flechten. Das Haar hing ihr strähnig über den Rücken. Sie mußte fast lachen, wenn sie an ihre Kinderträume dachte: Hochzeit, endlich offenes Haar. Ein Witz. Orien sah immer noch wie ein Herr aus, wenn auch mit einem Stoppelbart und verfilztem Haar. Das Blau seiner Augen war die einzig echte Farbe auf der Welt.

«Hast du dich nie gefragt, Birle, warum das Volk arbeiten muß und die Lords so ein leichtes Leben haben?»

«Alleweil», sagte sie und war überrascht, als er lachte, und überrascht auch, daß sie ebenfalls lachen mußte, denn sein Mund war sicherlich so trocken wie ihrer.

«Jedem Menschen tun am Abend die Knochen weh, Tag für Tag.»

«Alleweil.»

«Ein Tier lebt nicht schlimmer, Birle.»

Das gefiel ihr nicht. Was er auch immer von ihr dachte – wie ein Tier wollte sie nicht vor ihm dastehen, wie ein Stück Vieh. «Ich habe mich gedrückt. Nan befahl mir, im Garten zu arbeiten oder das Bettzeug zu waschen. Ich weigerte mich nicht. Aber wenn du nicht nein sagst, heißt das noch lange nicht, daß du es auch wirklich tun willst. Sagen und tun sind zweierlei. Ich wollte doch die Wäsche nicht waschen, es war nicht meine Wäsche, ich hab keine. Wenn man nicht rechtzeitig anfängt, bleibt die Arbeit eben liegen. Wenn ein Mus anbrennt, weil es nicht umgerührt wird, kann man immer noch essen, was nicht angebrannt ist. Wenn das Unkraut länger gewachsen ist, kann man es leichter ausrupfen. Nan geriet dann immer ganz schön in Wut, eigentlich alle. Und meistens fanden sie es einfacher, die Arbeit selber zu machen, als mich daran zu setzen. Auf diese Weise machte ich mir das Leben etwas leichter.»

«Hast du dich nicht geschämt?»

«Warum denn? Den ganzen Morgen verbrachte ich damit, den Fußboden der Wirtsstube zu schrubben, abends war er wieder voll Dreck. Was bringt so eine Arbeit? Wenn Nan den Fußboden so blitzsauber haben will, soll sie ihn doch selber putzen. Wenn sie mich faul nannten – das war nur ein Wort und tat nicht weh. Ich habe genug getan.»

Der alte Zorn stieg in ihrer Stimme auf, sie konnte ihn hören, zwar schwach vor Durst und Hunger, aber immer noch vorhanden.

Sie glaubte zu wissen, was er jetzt von ihr hielt, und wollte, daß er besser von ihr dachte.

«Wenn ich mich um meine Großeltern kümmerte, war es, war ich ganz anders. Da konnte ich leicht ja sagen, da war mir keine Arbeit zuviel. Sie wollten mich nicht als Magd ausnutzen.»

«Und Nan hat dich als Magd behandelt?»

«So kam ich mir vor.»

«Und die anderen, dein Vater, die Brüder?»

«Sie gaben Nan recht. Wenn es dem Wirtshaus gutgeht, geht es uns allen gut. Die Arbeit muß gemacht werden. Und sie muß gut gemacht werden.»

Orien dachte eine Weile darüber nach. «Jetzt verstehe ich allmählich, warum du deinen Jäger so unbedingt heiraten willst.»

«Eine Närrin war ich», sagte Birle.

«Vielleicht. Aber konntest du das wissen? Es ist schlimm, wenn ein anderer über deinen Tag verfügt und dir alle Arbeiten aufbürden kann, wie er will.»

Er begriff allmählich, er verstand. Die Lords wissen nichts vom Volk und verstehen noch weniger. Orien schon. Wenn er Graf wurde... doch Orien sagte, daß er seinem Hause gefährlich sein würde. Er verstand auch das. Aus welchem Grund hatte er das alles hinter sich gelassen, was rechtmäßig sein war von Geburt? Es war viel, ein Drittel des Königreiches. Sie dachte, Orien müsse aus anderem Stoff sein als jede Frau und jeder Mann, die sie kannte. Auch anders als die Großeltern. Solch ein Mann mußte ein leichtes Leben haben, und seine Leute mußten arbeiten, um ihn zu erhalten. Soviel war ihr klar.

«Ich bin müde», sagte Orien, «Hunger macht müde. Durst auch, und ich bin durstig. Ich bin schlecht vorbereitet auf dieses Schicksal.»

«Nach einer Weile vergeht der Hunger», belehrte ihn Birle, «auch wenn du ihn nicht fütterst, wird er vergehen.»

«Ich werde ungeduldig, ich warte darauf, was als nächstes geschieht», sagte er.

Was als nächstes geschehen würde, wollte Birle nicht mit ihm besprechen. Die Sonne stand hoch am Himmel, und es gab keinen Schatten, in den sie gehen konnten. Sie wußte nicht, ob Orien die Gefahr begriff, in der sie schwebten, aber sie würde ihn nicht aufklären. Und durch reden wurde nichts gelöst.

«Wenn wir in einer der alten Geschichten wären», sagte sie und versuchte ihre Stimme unbeschwert klingen zu lassen, «käme jetzt gleich Jackaroo übers Wasser geritten und würde uns in Sicherheit bringen.»

«Wie käme ein Pferd übers Wasser, ohne darin zu versinken?»

«In einer Geschichte schon», erinnerte sie ihn. Man kann sich an fast alles gewöhnen, dachte sie überrascht. Sie hatte sich so daran gewöhnt, mit Orien zu reden, daß sie ohne Bedenken zu ihm sprach – und dabei war er ein Lord. Sie hatte sich an diese Steinwüste gewöhnt, ihr Körper nahm den Felsen als Boden, als Stuhl und Bett hin. Sie hatte gelernt, auf die endlose See hinauszublicken, auf das steigende und fallende Wasser, sie wußte, was sie vom Meer erwarten konnte. Die Musik der Wellen an den Felsen war ihr so vertraut geworden wie das Flötenspiel des Großvaters.

«Es ist nicht wunderbarer», sagte sie und fühlte die Fremdheit der Gegenwart stärker als die Fremdheit eines Märchens, «als wenn ein Knabe ewig schläft und ewig jung bleibt.»

«Hast du dir je überlegt, Birle, daß die Wahrheit der Geschichten tiefer ist als die Wahrheit der Welt? Denn ein Mann kann durch die

Schönheit einer Frau in tiefen Schlaf fallen und niemals daraus erwachen wollen.»

Daran hatte sie nie gedacht, gestand sich Birle, schläfrig vor Hunger in der warmen Sonne.

«Nicht wirklich in Schlaf», sagte sie, um sicherzugehen, daß sie ihn verstand.

«Doch, richtig in Schlaf.»

Sie fragte sich, ob irgendeine Lady den Zauber ihrer Schönheit über Orien geworfen hatte.

«Na gut. Dann halte ich Ausschau nach Jackaroo, wie er über das Wasser kommt», neckte er sie. «Kennst du die Geschichte von Jackaroo und dem Prinzen?»

«Nein.»

So erzählte er, wie der Prinz von seiner eifersüchtigen Stiefmutter in einem tiefen Turm gefangengehalten wurde, damit ihr eigener Sohn König werden könnte, obwohl der nicht der Erstgeborene war. Er wurde als Kind von Knechten entführt, die es nicht wagten, ihn zu ermorden. Der König starb vor Kummer, und die Stiefmutter regierte als Königin. Der Prinz wuchs im Verlies zum Manne heran. Jackaroo kam, kletterte auf den Turm, der glatter und steiler war als diese Klippe hier. Er trug ein Seil mit sich, an dem sich der Prinz herablassen konnte. Doch das Seil brach und ließ Jackaroo als Gefangenen auf dem Turm zurück. Der Prinz ritt davon, und die Stiefmutter endete ihr Leben in diesem Turm, wo nur noch die Leichen der Knechte gefunden wurden, als der Prinz mit seinen Getreuen zurückkehrte, um Jackaroo zu befreien.

«Du lächelst über die Geschichte», sagte Orien.

Birle wußte nicht, daß sie lächelte.

«Ich denke daran, auf welch verschiedene Art Jackaroo die Leute rettet», sagte sie, «kennst du die Geschichte von Jackaroo und den Räubern?»

Er kannte sie nicht. Sie erzählte also, wie Jackaroo eine Frau traf, die sich mit ihrem Kind in den Armen durch tiefen Schnee kämpfte. Räuber hatten ihr Haus überfallen, den Mann und die Söhne umgebracht und das Haus angezündet. Sie war in den Wald entkommen, während die Räuber noch plünderten. Jackaroo brachte sie und das Kind in ein sicheres Haus, ritt dann in die Berge, in das Räubernest, und fing alle drei. Er brachte sie vor Gericht an einem Tag, da sich das Volk vor der Stadtmauer versammelt hatte und die Lords auf der Stadtmauer standen, um die Hinrichtung eines Straßenräubers zu sehen.

Jackaroo beanspruchte das Recht für sich, Volk und Herren gleichermaßen zu beschützen. Der Gerichtshalter wagte nicht, sich ihm zu widersetzen, noch konnte er Jackaroo fassen, der in der schützenden Menge verschwand. «Der Gerichtshalter konnte die lange Feder auf seinem Hut sehen, die sich immer weiter entfernte, wie wenn jemand durch ein hohes Weizenfeld geht, aber das Volk gab Jackaroo nicht preis», sagte sie.

So verkürzten sie sich die langen Stunden mit Geschichten und Liedern. Birle schämte sich ihrer rauhen Stimme nicht und sang ihm das Lied von dem hochmütigen Mädchen vor, das die treue Liebe eines Knaben verachtete. Als er an gebrochenem Herzen starb, fiel sie an seinem Scheiterhaufen tot zu Boden. Orien erzählte ihr die Geschichte von Jackaroo und der Braut. Ihr Vater wollte, daß sie einen anderen heirate, aber Jackaroo brachte sie in das Bett ihres Liebsten, und dadurch hatte ihr Vater die Macht über sie verloren. Er sang ihr das Lied von dem getreuen Gefolgsmann vor, der sein Leben für den König gab und unter den Händen von Verrätern verhauchte, obwohl der König seine Warnungen in den Wind geschlagen hatte und erst durch den Tod des Getreuen die Wahrheit erfuhr. Sie sang ihm die Klage des verlassenen Mägdleins vor, deren aufblühender Leib ihre Schande verriet. Als die Dämmerung fiel, wurden ihre Stimmen leiser, und sie sanken in Schlaf.

Birle wachte vor Durst auf. Der Mond schien. Im kalten Licht glich der schlafende Orien einem Bildwerk aus Stein. Sie bewachte seinen Schlaf, bis Wolken den Mond verhüllten und sie selber wieder einschlief. Sie erwachte, als ein grau-schwerer Morgen heraufzog. Als endlich der Regen über sie fiel, saßen sie mit weit geöffnetem Mund und leckten sich das Wasser von den Händen. Sie breitete ihren Mantel auf dem Felsen aus. Wenn es aufhörte zu regnen, konnten sie die Feuchtigkeit aus dem Stoff saugen. An diesem Tage redeten sie wenig und bewegten sich nicht. Der Regen zog bald vorbei, über den Himmel und fern über das Meer.

Neun

Birle wußte später nicht mehr, wie viele Tage und Nächte vergangen waren. Es konnten viele gewesen sein oder nur wenige. Tag oder Nacht, es war ihr gleich. Einmal regnete es, das Wasser fiel ihr in den Mund und durchtränkte sie ganz bis in die Haut, als ob ihre Haut kleine Münder hätte, um das Wasser einzuschlürfen. Noch lange nach dem Regen konnte sie die Nässe aus ihrem Mantel saugen.

Und immer war Orien um sie, außer bei den seltenen Gelegenheiten, wo einer von ihnen hinter einen Felsen verschwinden mußte. Birle sah, daß er immer schwächer wurde, wie sie auch, aber noch immer kletterte er von den Felsen herab, um am Fuß der Klippenausläufer die Steilwände hochzublicken. Er kratzte mit dem Dolch an dem Stein herum, der nun ihre Heimat war. «Willst du Steine essen, Orien?» fragte sie ihn.

Er schüttelte den Kopf. Er zeigte ihr, daß er ihre beiden Namen in den Felsen geritzt hatte: Orien – Beryl. Erst seinen, dann ihren darunter, «um zu zeigen, daß wir da waren», sagte er. Die Sonne hatte sein Gesicht und seine Hände braun gebrannt. «Mein Name wird anders geschrieben», sagte sie, ließ aber nicht zu, daß er ihn ausstrich, um ihn richtig darunter zu setzen.

Orien beobachtete ständig das weite Meer, Birle nicht. Einmal krächzte er mit rauher Stimme: «Dir scheint es gutzugehen, Wirtstochter. Kommt das davon, daß das Volk mit der Not besser fertig wird?»

Birles Lippen waren zu trocken und schmerzten zu sehr, um Antwort zu geben. Aber sie war gefaßt, damit hatte er recht. Die See mochte Schaumkronen haben, wenn sie unter dem Wind dahinraste, oder glattliegen und in rastlosen Gezeiten steigen und fallen, die See war nie ruhig, doch Birle war es.

«Es ist hart, nichts tun zu können», sagte Orien. Das war seine einzige Klage. Wortlos ertrug er Durst und den schwächenden Hunger.

«Schon. Aber all meine Tage ist jemand hinter mir gestanden und hat mich angetrieben. Ich könnte mir Schlimmeres vorstellen als Nichtstun», antwortete Birle. Die Wörter kamen langsam. Ihr war, als ob sie einen weiten Weg zu den Gedanken gehen müßte, und die Wörter dafür kosteten große Anstrengung. Wenn Orien nicht mit seinen Fragen gewesen wäre, hätte sie nichts sagen können.

Manchmal war es Nacht, wenn sie aufwachte. Die Sterne schienen ohne Zahl und ordneten sich vor ihren Augen zu Gestalten. Der Mond glitt über den Himmel, ein Gesicht voller Gram, dem Gram der ganzen Welt. Dann pflegte sich Birle zu erinnern: an den ersten Blick auf den huschenden Schatten, an all das, was später kam, und holte es aus dem Gedächtnis zurück. Es blieb ihr nur noch wenig Zeit, um ihre Erinnerungen zu bewahren. Deshalb zählte sie alle sorgsam. Wenn sie manchmal nachts wach lag, kam seine Stimme: «Bist du wach, Birle?»

«Ja, ich bin wach.»

Keiner sprach mehr als diese Worte.

Wenn Regen ihren Durst gelöscht hatte, blieb ihnen mehr Kraft zum Reden. «Ich hab kein Weib», sagte Orien ganz plötzlich. Birle saugte gerade an einem Zipfel ihres feuchten Mantels. Der Geschmack nach Wolle nährte nicht, noch schmeckte er gut, aber er war würzig, und das war beinahe wie eine Mahlzeit.

«Ich hab nicht Sohn noch Tochter. Ich hab niemanden in Not oder Gefahr verlassen.»

«Du wolltest keine Frau?»

«Keines von denen, die sie mir anboten. Und mir eine aufzuzwingen, wagten sie denn doch nicht.» Er lächelte in der Erinnerung. «Einmal wollte ich» – das Lächeln erstarb.

Birle wagte die Frage nicht zu stellen.

«Aber die heiratete mein Vater selbst. Er sagte, ihre Ländereien würden mir doch letztlich zugute kommen, ich durfte also nicht klagen. Durch ihre Einheirat ins Grafenhaus sicherte der Vater des Mädchens die Ländereien seines Sohnes und konnte sich auch nicht beklagen. Mein Großvater war zu dieser Zeit mit dem König unterwegs, und als er zurückkam, war alles schon vorbei, das Beilager vollzogen. Was ist das dort? Birle? Ist da etwas?»

Er deutete über das Wasser.

Birle schaute und sah nichts. Sie sagte ihm das nicht, sondern fuhr fort, über das Wasser zu starren, als ob sie gleich etwas sehen werde. Sie wollte, Orien werde es endlich aufgeben, auf Rettung zu hoffen, aber dafür war er der Mann nicht – die Hoffnung aufzugeben.

«Und was war mit dem Mädchen? Beklagte sie sich, als sie den Vater heiraten mußte, wenn sie den Sohn wollte?»

Orien zuckte die Schultern, und sie bemerkte, wie dünn sein Hals geworden war. «Ich habe keine Ahnung, was das Mädchen dachte. Die Frauen bleiben die meiste Zeit in ihrem eigenen Bereich. Sie kommen, um in ihrer Schönheit zwischen den Männern zu sitzen. Um uns gelüstig zu machen. Das Mädchen hat drei Kinder getragen, aber keines kam lebendig zur Welt. Das letzte kostete sie ihr eigenes Leben. Sie ist neben meiner Mutter begraben und neben der zweiten Frau meines Vaters. Nun liegt mein Vater neben allen dreien in der Erde. Ich möchte lieber verbrannt werden wie das Volk, Birle, als in der Erde liegen wie die Lords.»

Birle dachte, daß er weder auf das eine noch auf das andere Aussicht hatte, sagte aber nichts. «Was hielt dein Großvater davon?» Es kam ihr wie ein Märlein vor. Sie konnte sich nicht vorstellen, daß Da so gehandelt hätte und ihre Brüder dies hingenommen hätten.

«Er konnte nichts tun. Er war zornig auf meinen Vater, weil er sein Wort als Graf zu meiner Hochzeit gegeben hatte, aber er konnte das Geschehene nicht ändern. Ich glaube auch, daß ihm mein Vater leid tat. Vergiß nicht, daß immer der älteste Sohn Graf wird. Mein Vater hatte erst seine Jugend und dann sein Mannesalter mit der Erwartung verbracht, Graf zu werden. Er fürchtete, diese Würde nie auf seinen Schultern zu sehen, so erfüllte er sich andere Wünsche, er wollte das Mädchen für sich selber haben, sie war so schön wie ein Schmetterling, zart und kostbar. Zerbrechlich. Und als Mitgift hatte sie zwei reiche Dörfer mit vielen Ländereien. Ich kann ihm nicht böse sein.»

«Das solltest du aber.»

«Vielleicht. Aber ich konnte nicht, als ich über meinen Zorn hinweg war. Ich kann es heute noch nicht.»

Aber sein Herz ist ihm dabei gebrochen, dachte Birle, weil er nie geheiratet hat. Vielleicht hatte er recht. Vielleicht war er nicht von dem Holze, aus dem Grafen geschnitzt werden. Nicht, weil sein Vater seine Wünsche mißachtete, sondern weil er ein Herz hatte, das dabei brach. Weil er den Zorn auf den Vater nicht aufrechterhalten konnte, weil er den Vater verstehen mußte.

«Mein Vater haßte mich, ich nicht. Er hätte jeden Erben gehaßt, der einmal als Graf leben konnte.»

Orien hätte eigentlich ein ganz anderer Mann werden können, dachte Birle, nach dem Leben, das er genossen hatte. Er war erstaunlich, fast ein Wunder. Es gab im Volk und bei den Herren keinen zweiten wie Orien. Wie sollte sie nicht glücklich sein über jeden Tag, der ihr noch mit diesem Mann verblieb?

Wie viele Tage lagen hinter ihnen? Birle wußte es nicht. Wie viele noch vor ihnen? Wer weiß. Sie lag bäuchlings auf dem Felsen, während Orien wie immer langsam und gedankenvoll am Ufer entlangschritt. Das Himmelslicht wechselte, aber Birle wußte nicht, welche Tageszeit es war. Vor langer, langer Zeit war einmal Regen auf sie gefallen. Sie fühlte keinen Hunger mehr, aber der Durst machte sie benommen und schwach auf den Beinen.

Sie sah plötzlich, daß die weit entfernte kleine Gestalt Oriens mit den Armen fuchtelte wie eine Motte in der Kerze. Seltsame Bewegungen, erst mit den Armen, dann hielt er den Mantel empor und schwenkte ihn in der Luft. Der Tanz eines Wesens ohne Vernunft, unbegreifbar in seinen Bewegungen. Vögel taumelten so in der Luft, krächzend, kreisten umeinander, stürzten sich in die Tiefe – Birle hatte nie verstanden, warum sie das taten oder was es bedeutete. Orien schwenkte seinen Mantel auf und ab, über dem Kopf in solch seltsamen Tänzen.

Im Augenwinkel bewegte sich ein schwarzes Ding. Langsam wandte sie den Kopf, um es zu erfassen, ihre Haut scheuerte auf dem Stein.

Sie sah ein großes Schiff; das riesige Segel blähte sich im Wind. Ihr Kopf fuhr hoch, Arme und Beine verwickelten sich in der Eile. Eine gewaltsame Anstrengung gab ihr die verlorene Kraft wieder.

Sie glitt den Felsen hinab, stolperte, rannte hinüber zu Orien. Er sprang auf und nieder, schwenkte seinen Mantel. «Ein Schiff!» sagte sie.

«Wink mit den Armen!» schrie er.

Das tat sie doch schon. Der Wind blies ihr ins Gesicht und ließ Oriens Mantel knallen.

«Sie müssen uns gesehen haben», sagte Orien.

Das Segel auf dem Schiff war breit und viereckig, ein schweres rotes Segel. Der Mast ging mitten durch. Noch nie hatte sie ein so großes Schiff gesehen, mindestens viermal größer als eines der Fischerboote. Wie bei den Fischerbooten gingen die Ruder durch das Dollbord.

«Dahinter kommt noch ein kleines wie ein Hund», sagte Birle. «Wink weiter!»

Sie hatte nicht aufgehört zu winken. Sie schlug ihre Arme über den Kopf wie er seinen Mantel, ihrer lag nutzlos auf dem Felsen.

«Sie haben uns gesehen», sagte Orien.

Birle war nicht sicher. Das Schiff wurde nicht langsamer. Sie winkten noch und starrten hinaus, ihre Stimmen wurden ihnen vom Wind ins Gesicht zurückgeweht, während das Schiff außer Sicht kam und um den langen Klippenausläufer verschwand. Sie schrien hinterher, winkten, auch als sie das Schiff nicht mehr sehen konnten.

Müdigkeit überwältigte Birle. Sie sank aufs Ufer nieder. Ihre Füße lagen im Wasser, und sie spürte es nicht. Orien saß nicht, er war niedergebrochen. Sein Mantel trieb im Wasser. Sie hatte kein Wort zum Trost für ihn. Als er schließlich den Kopf hob und sie ansah, konnte sie keinen Gedanken in seinen Glockenblumen-Augen lesen. Es gab nichts zu reden. Er streckte die Hand aus, um

Birle auf die Füße zu ziehen. Sie schleppte sich mühsam hinter ihm her, weg vom Wasser. Sie standen nebeneinander und sahen auf die leere See hinaus.

Nach langer Zeit sagte er: «Ich weiß, daß sie uns gesehen haben.»

Nach langer Zeit fragte sie ihn: «Glaubst du, daß sie Hilfe schikken?»

«Ich glaube gar nichts, Birle.»

«Ich verstehe», sagte sie.

Die Wellen schlugen an den Strand und spritzten gegen die Felsen. Ihre Beine waren so schwach, daß sie sich wieder setzen mußte. Orien ließ sich mit hochgezogenen Knien neben ihr nieder und legte den Kopf auf die Knie. Sein Bart war zottig und braun wie Unkraut, das schon im Aufgehen abstirbt.

Sie fühlte Mitleid für ihn, so tief, daß sie fast ihre Hand ausgestreckt hätte, um ihn an der Schulter zu berühren und ihn durch eine menschliche Berührung zu trösten. Sie waren in ihrer Enttäuschung so verloren, daß sie zusammenfuhren, als eine Stimme sie anrief.

«Ahoi!» rief sie und wurde vom Wind herübergetragen. «Insel ahoi!»

Orien war sofort auf den Füßen, während Birle noch mühsam ihre Beine unter sich versammelte.

Ein Mann ruderte sein kleines Boot in die Bucht. Er zögerte noch in großer Entfernung vom Ufer und hob die Ruder aus dem Wasser. So weit entfernt war er kaum mehr als eine Gestalt mit einer Stimme. Er drehte sich in seinem schaukelnden Boot auf dem Sitz um und starrte sie an. Sie standen am Wasser und starrten zurück.

Er ruderte wieder und kam näher.

«Hast du deinen Mantel?» fragte Orien und beobachtete das Boot beim Näherkommen. «Hol ihn schnell.»

Sie rannte gehorsam. Der Ruderer kam nicht sogleich ans Ufer. Er drehte bei, als er noch einen Bogenschuß weit entfernt war. Er sah Orien an und bemerkte dann Birle, als sie sich bückte, ihren Mantel aufzuheben. Er sah ihr zu, wie sie ihn aufhob, ihn um die Schultern legte und wieder zu Orien zurückkehrte. Sie mochte seine Blicke nicht und sein Aussehen: ein massiges Gesicht mit einem Backenbart, kleinen Augen und wulstigen Lippen.

«Schwierigkeiten?» fragte er.

«Ja», sagte Orien.

Der Mann nickte, rührte sich aber nicht. «Ihr braucht Hilfe?»

«Ja», sagte Orien.

«Essen? Wasser?» fragte der Mann. Die Frage war dumm, seine Augen nicht. «Rettung?» fragte er.

Sie warteten voll Durst, Hunger und Angst. Er saß und sah sie an. Dann tauchte er die Ruder wieder ein. Birle fragte sich, ob er sie stehenlassen werde, und wußte nicht, ob ihr das nicht lieber gewesen wäre. Aber er drehte den Bug zum Ufer.

«Das ist mein Schiff, es hat hinter der Klippe geankert», sagte er. «Vielleicht haben wir noch Platz für zwei.»

Birle dröhnte es wie eine Warnung in den Ohren. «Orien», sagte sie und zog ihn am Arm, «ich mag das nicht.»

Orien nahm ihre Warnung nicht leicht, gewiß nicht. Aber die Hoffnungslosigkeit ihrer Lage ließ nichts anderes zu: «Wir müssen, Birle.»

«Hat natürlich seinen Preis», sagte der Mann aus sicherer Entfernung. «Gibt 'ne Menge gefährlicher Leute überall. Einen Fahrpreis. Wir können euch nicht umsonst mitnehmen und ernähren.» Er sah sie prüfend an. «Und was zu trinken geben.»

«Wir haben nichts», sagte Birle und war froh, nein sagen zu können.

«Überhaupt nichts?» Er klang enttäuscht. «Es dauert nur ein paar Tage. Wir verlangen wenig. Die Überfahrt kostet euch nicht viel.»

«Ich hab einen Dolch und ein Schwert, sie hat ein Messer», rief Orien. «Wir haben keine Wahl», sagte er zu Birle.

Der Mund des Mannes wurde von einem Grinsen gespalten. «Es findet sich immer etwas. Legt die Sachen zu euren Füßen nieder und tretet zurück.»

Das taten sie.

Er kletterte aus dem Boot und zog es an einem Tau hinter sich her. Mit dem Tau in der Hand musterte er die Messer eingehend. Seine

Finger gingen über den Dolchgriff, er spuckte darauf und rieb ihn mit dem Daumen sauber. Dann sagte er mit einer ausladenden Armbewegung. «Willkommen an Bord.»

Und wieder hatte er dieses Grinsen, vor dem Birle lieber an Land geblieben und verhungert wäre. «Ker heiß ich», sagte er.

«Orien», mahnte Birle wieder.

«Du kannst bleiben, wenn du mußt.» Oriens Wangen waren eingefallen vom Hunger, und er hatte keine Kraft mehr für irgendwelchen Zorn. «Aber ich will, daß du mitkommst. Ich weiß nicht, wie lange es dauert, bis ich zurückkommen und dich holen kann.»

Sie folgte ihm. Weil er ihretwegen zurückkommen wollte. Der Mann half ihnen ins Boot und setzte sie nebeneinander auf die Heckbank. Das Boot war schwerer als die Fischerkähne. Es hatte Doppel-Spanten aus dickem Holz. Ker keuchte beim Rudern vor Anstrengung und redete nicht mit ihnen. Birle war so schwach, daß sie kaum aufrecht sitzen konnte, als das Boot durch die Wellen stieß, und der Kopf fiel ihr fast auf die Brust.

Als sie anlangten, erhob sich das Schiff hoch über ihren Köpfen. Arme streckten sich ihnen entgegen, um sie an den Handgelenken über die Bordwand hochzuziehen. Sie rutschte über das Deck, bis Oriens Hände und seine Stimme ihr in den Schatten halfen. Als sie wieder mit dem Rücken an irgendeiner Holzwand saß, geschützt vor der sengenden Sonne, öffnete Birle die Augen. Zwei Männer standen vor ihr, dick und stark in weiten Hosen und mit schweren Händen, zwei bärtige Gesichter mit kleinen Augen. Sie zwinkerte, aber die beiden wurden nicht zu einem.

Orien war neben ihr.

«Das ist Torson», sagte Ker, «mein kleiner Bruder», lachte er. «Er ist unser Kapitän.»

Birle konnte nicht an ihm vorbeisehen. Sie sah nichts hinter ihnen als den dicken hohen Mast. Unter ihr rollte das Schiff.

«Du wirst schon sehen, Bruder», sagte Ker, «ein bißchen zu essen, zu trinken, und dann siehst du, was ich eingebracht habe.»

«Kann sein», antwortete Torson. «Diesmal kannst du recht haben.» Er grinste, schlangenzüngig wie sein Bruder. «Ihr habt

Glück, ihr Spatzen; wir tragen eben das Mittagessen auf. Eßt ihr mit?» Er nickte, ihr Schweigen gefiel ihm. «Gut, o ja, das ist gut. Auf, mein schlauer Bruder, besorg etwas zu essen für deine kleinen verlorenen Vögelein.»

«Und zu trinken», sagte Orien.

«Hoh, Jung, auf mei'm Schipp gibt's immer was zu trinken.»

Als die Brüder davongingen, sah Birle, daß sie unter einer aufgespannten Leinwand im Bug saß. Zwei ungleiche Ruderer saßen auf der Bank neben dem Mast und blickten sie an. Mehr sah sie nicht.

Es wurde ihr schwindlig, und ihr Kopf fiel ihr auf die Knie. Ker brachte ihnen zwei Holzschüsseln mit Bier und zwei dicke Stücke Brot. Birle hielt in einer Hand das Brot, in der anderen das Bier und wußte einen Augenblick lang nicht, was sie tun sollte. Dann goß sie das Getränk hinunter, wie Orien, der mit gestreckten Beinen neben ihr saß.

Es war nicht kalt, aber es fühlte sich kalt an, als es ihre Kehle hinabfloß, ihren Mund füllte. Sie biß vom Brot ab und sah, wie Ker ihre Schale in einen Eimer hielt und gefüllt wieder brachte.

Das Brot war hart, man konnte es fast nicht brechen. Birle füllte sich den Mund und erinnerte sich, wie man kauen mußte. Ihre Kehle schien das Schlucken vergessen zu haben. Sie verschlang den Bissen und leerte die Schale wieder. Dann hob sie das Brot und riß einen weiteren Bissen herunter. Sie merkte, daß sie beim Kauen die Augen geschlossen hielt, unternahm aber keine Anstrengung, die Augen zu öffnen. Ihr Magen wehrte sich gegen das Essen, aber sie biß zum dritten Male ab und zwang sich, die Augen zu öffnen, und zwang sich zu kauen.

Orien setzte sich auf, über sein Brot gebuckelt. Sie wunderte sich, daß er die Kraft hatte, so heftig zu schlingen. Sie wunderte sich über seine Kraft. Er sah überhaupt nicht dem Manne gleich, der er war: zerfetztes Hemd, die Hosen zerrissen, der schüttere Bart – als wär er gar nicht der Mann, der er war. Birle mußte die Augen wieder schließen, denn es drehte sich alles um sie, und es brauste ihr im Kopf und in den Ohren wie ein Bienenschwarm. Sie brachte die Hände nicht mehr zum Mund, um noch einmal abzubeißen. Sie schlief.

Zehn

Tief im Schlaf war Birle zur Seite geglitten. Sie richtete sich wieder auf. Sie wußte, daß sie nicht erst versuchen mußte aufzustehen. Das Segel war gehißt und bauschte sich nun vor ihr. Das Schiff zog sie mit ihrem Rücken voran, sanft steigend und fallend. Ihr Mund war trokken, und ihr Kopf war schwer, sie hatte Hunger und hielt das Brot noch in der Hand. Sie zog die Knie an. Ihre Füße waren bleischwer. Sie riß mit den Fingern ein Stück vom Brotkeil ab, steckte es in den Mund, kaute und schluckte. Aber indem sie den Hunger stillte, schien sie ihn zu vergrößern. Sie aß noch mehr. Das Brot war weg, ehe sie satt war, aber bloße Gier ist etwas anderes als Hunger. Wenn sie nur etwas zu trinken haben könnte, aber kein Bier mehr, bloß kein Bier mehr. Wasser. Ob sie wohl einen Schluck kaltes Wasser haben könnte? Und warum waren ihre Füße so schwer?

Sie sah an sich hinab: gefesselt. Eine schwere Kette spannte sich zwischen den beiden Eisenbändern um ihre nackten Knöchel.

Sie hatten ihr die Stiefel genommen. Auch Orien war in Eisen gelegt worden, während er schlief. Birle bewegte ihre Füße – es waren nicht einmal zwei Spannen Kette dazwischen.

Das überraschte sie nicht. Sie hatte von diesen Männern nichts Gutes erwartet. Sie wagte sich nicht vorzustellen, was diese besondere Gemeinheit bedeutete, aber überrascht war sie nicht. Die Brüder befanden sich jetzt im Schiffsheck. Ker sprach, und Torson hörte zu, die lange Ruderpinne in der Hand. Sie verstand ihre Worte nicht. Über ihr knallte das Großsegel im Wind. Birle konnte nicht viel vom Himmel sehen. Über ihr war das Zeltdach, vor ihr das Segel. Im Sitzen konnte sie auch nicht über die Bordwand blicken, obwohl sie mit Orien, wie sie jetzt merkte, über dem Schiffsdeck auf einer Art überdachtem Oberdeck saß. Die beiden Ruderer schliefen mit den Händen an den Griffen, als ob sie der Schlaf mitten im Ruderschlag übermannt hätte. Sie paßten nicht zusammen, das war ihr gleich aufgefallen. Der eine, schmalschultrig und mit dürren Gliedern, war ein Knabe, keine zehn Jahre alt. Der andere, ein großes Eiergesicht, mit langen, staubfarbenen Haarsträhnen und Schultern doppelt so breit wie die von Da und Beinen wie Baumstämme, war von ungeheurer Größe. Er schlief.

Die Ruderer waren ebenfalls gefesselt.

Birle ließ den Kopf auf die Brust fallen, als schliefe sie wieder. Unter ihr stieg und fiel das Schiff, sie wurde sanft geschaukelt, vor und zurück. Als Birle die Augen wieder öffnete, redeten die Brüder immer noch. Orien bewegte sich. Sie fühlte sein Erwachen, ohne es zu sehen. Sein ganzer Körper versteifte sich, dann bewegte er vorsichtig die Füße, verstohlen. Als er zu ihr herübersah, war sie bereit, seinem Blick zu begegnen.

«Tut mir leid», sagte er, «ich glaubte, wir hätten keine andere Möglichkeit. Aber vielleicht hatten wir doch eine. Wenn wir auf ein anderes Schiff gewartet hätten – aber da war ja nur das eine in acht Tagen. Tut mir leid.»

Entschuldigungen standen ihm schlecht. «War es eine Woche? Woher weißt du das?»

«Ich habe die Tage gezählt.»

Die Brüder sahen zu ihnen her.

Birle fiel nichts ein, was sie Orien sagen könnte, und er wußte ihr auch nichts zu sagen. Er zog seine Beine hoch, was von dem gräßlichen Geräusch der Ketten begleitet war, stemmte sich auf und stand gegen die Schiffswand gelehnt. Er sah aus, als ob er am Verhungern wäre, ein armer Teufel. Er klammerte sich an die Reling, als wage er sie nicht loszulassen, sein ganzer Körper lehnte sich gegen die Bordwand, als könne er ohne Stütze nicht stehen. Sie wunderte sich nicht, als seine Beine unter ihm nachgaben.

«Land in Sicht. Nahe genug, es schwimmend zu erreichen, wenn das nicht wäre», er deutete auf seine Füße.

Das Schiff ächzte, der Mast pfiff. Birle fragte sich, ob es Trinkwasser gab. Es mußte Nachmittag sein, überlegte sie, als sie auf den Schatten des Zeltdaches und des Segels sah. Dem Schatten nach ging es westwärts. Ob sie Tag und Nacht fuhren? Dies würde die Erschöpfung der Ruderer erklären. Ob sie um Wasser bitten könnte?

«Ich weiß nicht.» Orien sprach leise und verzweifelt. «Ich kann nicht stehen, ich habe keine Waffe, und ich habe dich da hineingebracht. Ich, der zukünftige Graf. Du solltest es wissen, Birle, ich sah Gladaegals Augen in dieser Nacht, meines Bruders Augen über mir, und ich wußte nicht, ob ich einen Mörder sah oder das nächste Opfer. Meinen Bruder! Deshalb ging ich, solange ich noch Mut hatte, in dieser selben Nacht. Um ihm seine Grafschaft zu überlassen. Ich wollte es recht machen, Birle.»

Birle hatte dies nie bezweifelt.

Er schloß die Augen und lehnte sich wieder zurück. Als er schluckte, konnte sie das Heben und Fallen seiner Kehle sehen. Sie wußte nicht, wie sie ihm helfen konnte. Es war unerträglich, ihn anzusehen. Sie blickte das Schiff entlang und hätte gern Wasser gehabt.

Der große Ruderer war durch ihre Unterhaltung aufgewacht. Er starrte sie an. Sie konnte nur zurückstarren, obwohl die Höflichkeit ihr geboten hätte wegzublicken.

Sie kannte diese Augen eines geprügelten Hundes. Diese Augen, die nichts begriffen, waren auf ihr Gesicht gerichtet, und die Lippen bewegten sich, obwohl der Mund keine Worte hervorbrachte. Er war wirklich ein Riese, nun da er sich aufsetzte, ungeheuer stark. Aber seine Augen hingen in diesem Gesicht, als wollten sie wegrutschen und wären von den Augenwinkeln gehalten worden. Schwere Lider gingen darüber. Sie hätte weinen können über dieses riesige mißgestaltete Gesicht, die vorspringende Stirn und die langen Kiefer, die Kirschnase und den dicken Mund, der auf eine Seite gezogen war. Das Ungeheuer stieß einen Laut aus, der den Wind übertönte und das Knarren des Holzes. Wäre er ein Hund gewesen, hätte es wie Heulen geklungen, aber weil er Menschengestalt hatte, war es ein Stöhnen. Er hob die riesigen Hände und ließ sie zu Fäusten geballt auf die Bank krachen. Seine Hände waren auch in Ketten.

Ker schoß vor und riß von hinten an einer Schlinge, die um den Hals des Monstrums ging. Das Ungeheuer keuchte, hob die Hände an seine Kehle und saß ruhig. Er wandte sich mit den Augen eines gepeitschten Hundes zu seinem Zuchtmeister um.

«Ahoi, Kapitän! Alles ist wach», rief Ker, «sogar der Junge.»

Der Junge kauerte an der Schiffswand. Birle wußte nicht, ob er sich vor Ker schützen wollte oder vor dem Ungeheuer.

«Steh auf, Junge, es gibt Arbeit!» sagte Ker. Er ging zum Mast und machte ein Tau los. Der Junge stand auf und schlurfte mit seinen gefesselten Füßen zu ihm hinüber. Er hob die Arme, um die niedergehende Rah zu fassen und das fallende Segel. Er taumelte unter dem Gewicht.

Ohne Segel legte sich das Schiff quer. Birle konnte nun die Küste sehen, die Orien schon ausgemacht hatte. Das Ufer war grün von Wäldern, dem satten dunklen Grün aufsteigenden Landes, nahe genug, es schwimmend zu erreichen – für gute Schwimmer ohne Eisen an den Füßen, das sie unter Wasser gezogen hätte.

Das Segel flatterte im Wind wie Wäsche auf einem Strick. Ker fluchte und strampelte, während der Knabe weinend herumtaumelte. Als Ker das Segel mit Bändseln befestigt hatte, stieß er den Jungen auf die Bank zurück. «Alle Mann an die Ruder», befahl er. Birle wußte, daß es landwärts ging, weil ihr nur die weite See vor Augen kam, in schweren Wellen bis zur Kimmung. Der Junge kroch langsam unter dem Halbdeck hervor und schleppte den Anker bis zum Sitz des Riesen. Ohne aufzustehen, nahm er den riesigen Eisenhaken auf und warf ihn ins Wasser. Der Anker schrappte am Grund, krallte sich fest und hielt.

Der Junge brachte ihnen Wasser in den Schalen und Brot. Die Brüder aßen allein für sich neben der festgelaschten Ruderpinne. Sie hatten eine Kohlenpfanne und rösteten darauf dicke Fleischbrocken. Trotz seiner Größe bekam der Riese nicht mehr Essen als die anderen. Er verschlang es gierig. Birle konnte nur die Hälfte ihres Brotes hinunterbringen, und auch Orien mußte sich zwingen. Der Junge nagte unlustig an seinem Stück. Sie hielt das dunkle Brot in der Hand und zwang sich, ein Stück davon abzubrechen. Der Mund des Riesen machte Kaubewegungen, als er ihr beim Essen zusah, wie bei einer Mutter, die ihr Kind füttert. Er war hungrig. Sie hatte keine Ahnung, wie lange er schon so wenig zu essen bekam, nicht mehr als der halbverhungerte Junge, der mit ihm ruderte. Aber sein riesiger Leib braucht mehr Nahrung als der Junge, dachte sie schwerfällig.

Große Leute haben mehr Hunger, sagte Nan immer, und dieser hirnlose Riese mußte einen Riesenhunger haben. Sie hatte von dem Wasser und Brot ein unangenehmes Völlegefühl im Magen, als sei sie nicht mehr ans Essen gewöhnt. Birle zog ihre beschwerten Füße heran, bis sie knien konnte, und hielt ihm das Brot hin.

Sie wagte nicht, ihm zu nahe zu kommen. Seine riesigen, kettenbeschwerten Hände streckten sich nach ihr aus. Seine Finger schlossen sich um das Brot und schoben es in seinen schiefen Mund. Birle wich zurück. Er gab tief in der Kehle einen leisen grunzenden Laut von sich, Birle nahm es als Dank. Dann bewegte sich sein Mund auf der einen Seite. Das war ein Lächeln, vermutete Birle und merkte, wie ihr die Tränen kamen. Hunger und Durst machen mich schwach und weinerlich, dachte sie, Hunger und Durst und das Lächeln des Riesen, das von einer schrecklichen, traurigen Süße war. Ihre Lider zuckten, und Tränen liefen ihr über das Gesicht. Er hielt ihr den Rest des Brotes hin. Birle schüttelte den Kopf und streckte ihm die Handflächen mit einer gebenden Gebärde entgegen. Er schien zu verstehen, stopfte das letzte Brot in den Mund und kaute es zufrieden schmatzend.

Der Junge hatte es gesehen, während er mit den Händen an seinem eigenen Brot wie mit einem Vogelschnabel zupfte. Er schrie: «Torson! Torson! Sie füttert ihn!»

In die Augen des Riesen kroch Angst, und er fuchtelte mit den Händen vor dem Jungen in der Luft herum wie ein Kind, das am Bachrand plätschert.

«Ich hab sie gesehen!» schrie der Junge.

Die beiden Männer kamen auf ihn zu.

«Bekomm ich eine Belohnung?» fragte der Junge. Ker gab ihm einen Schlag auf die Schulter, daß er wie ein Bündel an die Bordwand flog. Sein Gesicht verzog sich, und er weinte lärmend. «Aber ich hab dir's erzählt, ich hab dir geholfen. Ich bin hungrig», plapperte er.

Ker wirbelte herum, Birle konnte sein Gesicht nicht sehen. Der Junge schon, und er hörte auf zu plärren. Er wischte sich die Nase mit dem zerfetzten Hemdsärmel und beugte sich tief auf seinen Sitz.

Die Brüder setzten sich links und rechts auf das Oberdeck. Birle rückte näher an Orien, der nicht wahrzunehmen schien, was um ihn vorging.

«Du redest», sagte Ker.

«Mit Vergnügen», stimmte Torson zu und sah von Birle zu Orien und wieder zurück zu Birle.

«Ich hoffe, du bist kräftig genug, um uns zu verstehen.»

«Ich verstehe euch», sagte Orien. Torson überhörte Oriens hochmütigen Ton. «Gut. Ihr seid vom sicheren Tod errettet worden, und wir sind froh, daß wir euch zu Diensten sein konnten. Ich hoffe, daß auch ihr froh sein werdet, eure Schuld zu bezahlen.»

Blaue Wellen tanzten unter der tiefstehenden Sonne. Die Sonne wurde rot, als sie sich der Kimmung näherte, und schien in die Gesichter der beiden Männer, was sie schielen ließ. Schielend sahen sie noch gefährlicher aus.

«Wir haben unsere Überfahrt bezahlt», erinnerte ihn Birle.

«Birle!» warnte sie Orien. Sie sollte schweigen.

«Birle heißt sie», Torson nickte, als gefiele ihm der Name. «Dann mußt du wissen, Birle, daß mein Bruder kein großer Rechtsgelehrter ist, und ihr habt allein soviel Bier getrunken, daß es dem Wert der Messer gleichkommt.»

Birle schloß den Mund. Der Mann machte keinen ehrlichen Gebrauch von den Wörtern, er machte sich lustig.

«Ihr verdankt uns euer Leben, oder? Dabei muß für uns schon ein Gewinn herausspringen, das wirst du kaum bestreiten wollen. Man kann seinen Lebensunterhalt nicht damit verdienen, daß man für Essen und Trinken und Fahrt nur Messer in Zahlung nimmt, oder? Aber meinem Bruder und mir ist etwas eingefallen», sagte Torson.

«Und das wäre?» fragte Orien.

«Oh, ich denke, ihr erratet es, meine Vögelchen. Zwei Vögelchen, ein Rotkehlchen und ein Spatz.» Torson lächelte wieder auf seine Art. Birle lächelte nicht. «Ich weiß einen Markt für Vögel im Bauer, nicht wahr, Ker?»

«Wir gehen mit ihnen auf den Markt?»

«Als ob ich dir das nicht stundenlang klargemacht hätte.»

«Du hast soviel Wörter darum herumgeputzt – ich hab's lieber einfach.»

Orien stemmte sich hoch und auf die Füße. Birle streckte die Hand aus, um ihn niederzuhalten. Sie waren diesen Männern ausgeliefert. Was Orien auch immer versuchte, es geschah zur Unzeit. Er streifte ihre Hand ab, stand an der Bordwand und sah auf alle nieder. So mußte er in seines Großvaters Halle gestanden haben. Trotz seines verfallenen und hageren Aussehens stand er da wie ein Lord.

«Ich bin mehr wert, als ihr glaubt», verkündete Orien.

Torson lachte laut. «Das ist kein Spatz, den du gefangen hast, Ker. Es ist ein Habicht. Erzähl uns deine Geschichte. Laß uns nicht raten.»

«Orien», sagte Birle. Er beachtete sie nicht.

«Für mich wird ein hohes Lösegeld bezahlt werden.»

«O ja? Aber sicher, das sieht jeder Narr. Jeder weiß, wer Orien ist. Aber ich möchte es aus deinem eigenen Munde hören: Wer wird das Lösegeld zahlen?»

«Der Graf von Sutherland.»

Das wischte ihnen das Grinsen aus dem Gesicht.

«Also kein Habicht, ein Wanderfalke. Erzähl uns mehr, Wanderfalk. Sag uns, wer der Graf ist und wo er seine Käfige stehen hat.»

«Im Königreich.»

«Und welches Königreich könnte das wohl sein?» fragte Torson. Er hatte sich umgewandt und sah zu Orien hoch wie zu einem Schauspieler auf der Bühne.

«Das Königreich liegt im Norden, flußaufwärts, zwischen den Bergen und Wäldern.»

«Ach, *dieses* Königreich», sagte Torson, «ich hab schon davon gehört.»

«Schön. Aber ich nicht», knurrte Ker.

«Aber sicher, Bruder. Wo alle Frauen schön und hellhaarig sind und die Männer reich, du erinnerst dich doch. Wo die Ernten ohne Mühen reifen und kein Mensch hungern muß. In der Königskrone ist ein Stein, größer als Yuls Faust», er deutete auf den Riesen, «ein blutroter Stein. Wenn jemand dieses Königreich fände und den Stein hätte, brauchte er nie mehr zu arbeiten.»

«Das sind Märlein», sagte Ker verärgert.

Torson legte in scheinbarer Angst spottend die Hand aufs Herz. «Glaubst du? Daß unser Falke am Ende doch ein Spatz ist? Ein schlauer Spatz, frech genug, daß er glaubt, wir wären so einfältig, seine Mären zu glauben?»

«Aber es ist wahr», sagte Birle.

«Und du bist eine von den Schönen», sagte Torson. Ker kicherte.

«Das Königreich gibt es«, beharrte Birle. «Kaufleute haben es gesehen, wenn sie aus dem Süden kamen, um ihre Waren auf den Messen zu verkaufen.»

«Ich habe diese Kaufleute gehört, wenn sie einen in der Krone hatten. Kriegsleute, allesamt so groß wie Yul, gibt es da in silberner Rüstung. Die wilden Kerle aus dem Wald. Ihre Pfeile gehen niemals fehl. Die goldene Barke des Königs, auf welcher er die Flüsse abwärts reist. Der Geheimgang durch den Berg und ein Tor aus Stein, das sich auf ein Wort hebt und senkt, welches nur der König kennt. Die Kaufleute erzählen gern von diesem Königreich.»

Birle hatte nie vorher solche Geschichten gehört. Und wenn, so hätte sie nichts davon geglaubt.

«Es steckt Wahrheit in diesen Erzählungen, obschon sie nicht wahr sind«, sagte Orien, «jeder von euch bekommt einen Beutel Gold, wenn ihr uns zurückbringt.»

«Nun gibt es schon für alle beide Lösegeld? Und wo bekommen wir es?» fragte Torson.

«Nordwärts zum Fluß und dann landeinwärts», antwortete Orien.

«Wunderbar, nicht wahr, Birle?» spottete Torson, glaubte wohl gar, sie würde in die Verhöhnung einstimmen.

«Über die bodenlose Tiefe zum pfadlosen Wald und am Ende der Reise das sagenhafte Königreich, das Reich, Spatz. Jetzt will ich Birle hören.»

«Jawoll!» stimmte Ker mit einem Eifer zu, der Birle unsicher machte.

«Und was bist du, Birle? Gattin, Hure, Schwester?»

Orien verstand nicht gleich. Dann aber änderte sich seine ganze Haltung. Seine stolzen Schultern gaben nach, er lehnte sich im Bug zurück. Seine Augen wurden spöttisch, und sein Lächeln machte das Lächeln der Brüder nach. Er war auf einmal ein Mensch, den Birle nicht kannte und dem sie nicht trauen konnte. Er sah sie nicht an.

«Eine Frau ist doch mehr wert als ein Mann?» fragte er.

«Vielleicht. Könnte sein», sagte Torson.

«Eins kann ich euch verraten: Birle ist keine Ehefrau, noch weniger eine Schlampe. Ich bin ein geduldiger Mann.» Orien lachte und zog mit der Hand an seinem Bart. «Sie ist bloß ein kleines Mädchen. Man muß den Pfirsich reifen lassen, bevor man ihn pflückt. Den Rat hat mir mein Großvater gegeben.»

«Der Graf?» Torson setzte seine Wörter wie am Spielbrett ein.

«Wenn du so willst», antwortete Orien.

«Hast also keinen Vater?»

«Ach, mein Vater. Der war ein gewaltiger Pfirsich-Pflücker. Wenn es um den ging, mochte mein Großvater gar nichts mehr sagen.»

Sie lachten alle drei. Oriens Lachen unterschied sich im Klang und Bedeutung nicht von dem der Brüder. Furcht stieg in Birle auf, schweigend wie die Flut am Felsen. Sie blickte von Oriens seltsamfremden Gesicht zu den Gesichtern der beiden anderen, zu dem Jungen, der sie aus den Augenwinkeln belauerte, und in das verwirrte Gesicht des Ungeheuers.

«Hast du uns nichts über dich zu sagen, Birle?» fragte Torson.

«Ich bin seine Magd», antwortete sie mit soviel Mut, wie ihr die Angst erlaubte.

Ker beugte sich über sie. Sie konnte auf dem schmalen Deck nicht zurückweichen. Orien stand unbeteiligt, sie war allein.

«Gewaschen und gekämmt ist sie vielleicht ganz sauber», sagte Ker. «Du erzählst mir immer, Bruder, daß man sich nur auf Blutsverwandtschaft verlassen kann, wenn ich dir sage, daß wir Weiber für all unsere Bedürfnisse brauchen. Hast du nie daran gedacht, daß wir uns eine Frau teilen könnten?»

Birle konnte sich nicht bewegen, aber ihre ganze Person bebte zurück. Sie konnte über Bord springen, und wenn sie nicht schwimmen konnte, würde sie wenigstens ertrinken. Kers Hand bewegte sich auf der rauhen Planke zu ihr hin.

«Die beste Frau ist also nichts wert?» fragte Orien.

Birle starrte auf die dicken Finger. «Wieviel brächte ein Mädchen?» fragte Orien, als ob ihm die Antwort gleichgültig wäre.

«Mehr als ein Rotzbursche», sagte Torson, «ein gereizter Habicht macht Schwierigkeiten und bedeutet Gefahr, aber ein rundes kleines Rotkehlchen –»

«Rund?» lachte Orien.

Die Hand hob sich und näherte sich ihrem Gesicht. Birles Hände klammerten sich um ihren Mantelkragen. Die Hand, die Finger hoben sich um ihren Hals und glitten hinab unter Mantel und Hemd. Birle starrte in dieses Gesicht. Er sah auf seine Hand. Seine Augen – den gleichen Ausdruck hatte sie in Muirs Gesicht gesehen. Damals hatte sie es Sehnsucht genannt, in ihrer Unwissenheit. Gier war es, keine Sehnsucht, und Muir unterschied sich kaum von diesem Manne hier. Eine Närrin bin ich, dachte sie, schon immer gewesen.

«Hör auf, an ihrem Hals rumzufummeln», sagte Torson rauh. Ker sah seinen Bruder an und lächelte. Birle biß sich in die Lippen, um nicht hinauszuschreien. Während er seinen Bruder anlächelte, fuhr Ker mit der Hand immer wieder ihren Hals auf und ab. Orien stand hilflos. Wütend. Mit einem Geheul, daß sich ihm alle zuwandten, hob sich der Riese halb aus dem Sitz. Das Seil um seinen Hals riß ihn zurück, aber er hob die gefesselten Hände hinter seinen Kopf und zog. Die Klampe, an der das Spannseil hing, wurde aus dem Holz gerissen, und Yul stieß vor. Er hatte die Hände über Kers Kopf, riß ihn zurück und erwürgte ihn fast mit der Kette, ehe sich noch jemand rühren konnte. Was Orien getan hätte, wußte Birle nicht. Torson bewegte sich als erster. Er faßte das Seil an Yuls Rücken und zog es mit aller Kraft zurück.

Ein wildes Gewürge entstand: Ker zog an der Kette, die ihm den Atem nahm, und der Riese achtete nicht auf das Seil, das in seinen mächtigen Hals einschnitt. Dann ließ er Ker aufs Deck fallen, wo er verkrümmt und keuchend liegen blieb.

«Zurück!» Torson riß am Seil. «Natterngezücht, hinunter!»

Yul drehte sich um und sah ihn an. Torson nahm das Tauende, an dem noch die Klampe hing, und zog es ihm durchs Gesicht.

«Du schlägst ihm die Augen aus!» schrie Birle.

«Er soll sich setzen. – Setz – dich – du Ding, du Hexenbrut – sitz!»

Yul setzte sich schwerfällig, mit den gefesselten Händen schützte er sein Gesicht.

«Er hätte mich beinahe umgebracht.» Ker rieb seine Kehle. Torson hatte kein Mitgefühl für seinen Bruder. Schweiß rann über das rote Gesicht in seinen Bart. «Nimm das Seil, und wickle es um den Mast. Ich hätte zuschauen sollen, wie er dich abtut. Weil du nie machst, was ich dir sage. Wann wirst du lernen, daß ich hier befehle?»

«Schon gut, Bruder.» Ker stand langsam auf, nahm das Seil, wickelte es um den Mast und verknotete es.

«Ich befehle, und du gehorchst.»

«Jawoll, Bruder», sagte Ker dumpf.

«Ich treff die Entscheidungen.»

«Ist gut so.»

«Und du tust, was ich dir sage.»

«Hab ich ja schon gesagt!» brüllte Ker auf.

«Dann vergiß es nicht immer.» Die Brüder starrten sich wild an. «Sie haben uns gesagt, er sei zahm wie eine Maus», sagte Torson schließlich.

«Wenn der eine Maus ist, möchte ich die Katze nicht sein», sagte Ker. Da lachten die Brüder wieder gemeinsam und schlugen sich gegenseitig auf die Schulter, waren wieder miteinander zufrieden.

Birle merkte, wie Orien heruntergltt und sich neben sie setzte, aber sie konnte ihn nicht anschauen. Lautlos bildeten ihre Lippen: «Danke.» Yul verstand nichts, dann zeigte er, wie er Essen zum Mund brachte, und lächelte sie an. Birle lächelte zurück, so gut sie konnte, und machte seine Gebärde nach. Das Lächeln blieb auf seinem Gesicht stehen, als ob er es dort vergessen hätte. Weder Birle noch Orien erhoben Widerspruch, als Torson ihre Hände fesselte. Er versprach, Ker nicht in ihre Nähe kommen zu lassen. Das kleine Rotkehlchen könne also beruhigt in seinem Nest schlafen. Der Spatz habe genügend Federn gelassen, sagte Torson, und wenn er nicht die letzten verlieren wolle, müsse er genau das tun, was man ihm sage.

Als die Nacht hereinbrach, saß Birle gegen die gewölbte Bordwand gelehnt. Sie war allein, obwohl noch fünf andere Menschen auf dem Schiff waren. Ihre Gedanken waren die einzigen Gefährten, keine fröhliche Gesellschaft.

Der abnehmende Mond sah auf das Schiff herab. Vier dunkle schlafende Gestalten lagen vor ihr. Der schwarze Mast stieg auf, wie in des Mondes Gesicht gerammt.

Orien sprach leise: «Ich habe versucht–»

«Ich weiß.» Sie hatte über seine Reden nachgedacht, was eine Frau wert sei, und verstand nun, was er damit erreichen wollte. Sie begriff, daß er sie nicht preisgeben wollte. «Als du von Lösegeld sprachst, Orien, und merktest, daß sie dir nicht glaubten, habe ich fast gemeint, daß du auch so einer wärst – es sah so aus, als wärst du unter einer Decke mit den beiden, von derselben üblen Sorte.»

«War ich auch. Ich kann den Mantel jeder Welt umwerfen, in der ich bin, und zu jeder Zeit. Ich kann aller Leute Lied singen, und man glaubt mir. Das hab ich so an mir.»

Birle wußte, daß er von dieser Begabung selbst nicht allzuviel hielt.

«Auf diese Weise findest du einen sicheren Weg unter Fremden, wie du auch immer gestellt bist.»

«Ich war ein Mensch wie mein Großvater, wenn ich bei ihm war, Graf unter Grafen. Ich war Soldat unter Soldaten. Ein Höfling bei den Edelfrauen, ein Schüler bei den Priestern. Manchmal glaube ich, daß ich für mich allein nichts bin.»

«Damit gehst du einen sicheren Weg», sagte sie und versuchte hartnäckig ihm klarzumachen, was sie von ihm erhoffte.

«Warum sollten wir beide draufgehen, wenn wenigstens du durchkommen kannst?»

Das Mondlicht fiel über sie, das Schiff bewegte sich sanft unter ihnen. Birles Füße waren in Eisen, ihre Hände gefesselt, und ein

Gedanke an die Zukunft war grausamer als der andere. Aber wenn Orien in Sicherheit war–

«Du weißt also, was sie mit uns vorhaben?» fragte Orien.

«Ja.» Man würde sie verkaufen. Sie würden getrennt werden. «Wie hieß sie doch?» fragte Birle. «Die Braut, die dein Vater dir wegnahm, wie hieß sie?»

«Melisaune», sagte er. «Warum willst du das wissen? Birle, du glaubst doch nicht, daß ich ihretwegen –? Das brächte nur ein Mädchen fertig, alles aus Liebe aufzugeben. Mädchen denken vielleicht so, aber ein Mann–»

Er unterbrach sich. Birle schwieg.

«Bist du nicht eine große Närrin gewesen?» fragte er.

Er sollte nicht spotten, dachte sie. Wollte ihm schon antworten: ja. Und ihn wissen lassen, daß sie von ihm so wenig hielt wie von sich, und damit würde er es geschafft haben, daß sie sich selbst verriet. Zu allem anderen Übel, das er über sie gebracht hatte.

«Nein, Milord, war ich nicht», sagte sie und wandte ihm den Rükken zur. Sollte er es verstehen, wie er mochte.

Elf

Torson führte sie durch ein offenes Tor. Ker ging hinter den Gefangenen her. Gefangene waren sie, das war Birle klar. Ihre Hände waren auf dem Rücken zusammengebunden, und ein Seil hing von ihren Händen zur Hüfte des Hintermanns. Yul trug noch Eisen an den Füßen, die anderen liefen barfuß, aber frei.

Es war wie ein eingezäunter Bauernhof, weicher Lehmboden zu ihren Füßen, die zusammengetriebenen Gefangenen standen wie Kraut auf bloßem Grund. Die Besitzer begrüßten sich, schätzten mit den Augen die Konkurrenz auf dem Markt ab. Es waren außer Birle nur zwei Frauen da, beide schon älter. Birle erregte mehr Aufmerksamkeit, als ihr lieb war, und Torson wurde beglückwünscht.

Auf der Fahrt hatte man ihnen soviel zu essen gegeben, wie sie wollten, und Birle bekam jeden Abend eine Schale Bier gereicht, daß sie schön fett werde. Orien war neben den Jungen auf die Ruderbank gesetzt worden. Wenn sie ihn dort sitzen sah, konnte Birle ihm nicht mehr böse sein. Es waren drei Tage zur Stadt, und Orien war so ausgelaugt, daß er sich nur über das Ruder beugen konnte und sofort einschlief, wenn das Segel gehißt wurde oder wenn man vor Anker ging.

Bei Nacht fuhren sie nicht.

Birle hatte sich an die langen leeren Tage gewöhnt, die wechselnde Küste, die endlosen Wellen unter dem Schiff. Man gewöhnt sich an alles, überlegte sie. An das Wirtshausleben mit seiner harten Arbeit, an Oriens Gesellschaft auf dem Fluß, den langsamen Tod auf ihrer Felsenfreistatt. Jetzt, gefesselt und zum Kauf stehend wie ein Tier, glaubte sie auch das zu überleben. Ja, es war schrecklich, wie schnell man sich an alles gewöhnte.

Außer an Orien. Es war jedesmal wie ein Sonnenaufgang am Ende der Nacht, immer neu und willkommen, immer überraschend. Sie wandte sich zu ihm um.

Zerfetzt, erschöpft, verdreckt, sah er nicht aus wie ein Lord. Nur seine Augen. Das immer überraschende Lachen darin. «Orien?»

fragte sie und wartete ängstlich auf seine Antwort. War er unter der Last seines Schicksals zerbrochen?

«Gladaegal würde mich jetzt nicht beneiden», sagte er. Orien konnte jedem nur leid tun. Birle war es auf der Fahrt besser ergangen. Man hatte ihr am ersten Morgen einen klobigen Striegel aus Holz gereicht und ihr befohlen, sich zu kämmen. Sie hatte sich einen langen Zopf geflochten, der ihr über den Rücken hing. Yul sah ihr zu, ob er ruderte oder ruhte; seine Augen waren immer bei ihr. Birle gab ihm immer das Brot, das sie nicht mehr essen konnte, und versuchte, mit ihm zu reden. Warum sie das tat, wußte sie selber nicht – sie war ihm dankbar. Yul war einfältig, aber nicht stumm, wie seine Sklavenhalter glaubten. Die Wörter kamen bloß so verdreht aus seinem mißgestalteten Mund, daß man sie schwer verstand. Wenn er seinen Namen aussprach, hörte man nur einen gepreßten Grunzlaut: «Ull», wie einen Brocken, den er nicht schlucken konnte. Ihr Name klang wenig anders, wenn er ihn aussprach: Errl, sagte er, wenn er sie ansprechen wollte.

Sie wollte herausfinden, woher er kam und wie er in solche Umstände geraten war. «Wo bist du daheim?» fragte sie ihn immer wieder.

«Wha?»

Birle sprach den Laut aus: «Da, da.»

«Dah», wiederholte Yul.

«Daheim», sagte Birle.

«Hamm», wiederholte Yul und lächelte sie an, mit dem Lächeln des Ungeheuers, das verloren über sein Gesicht flackerte. Seine Augen bohrten sich angestrengt in ihr Gesicht – was wollte sie von ihm wissen?

Torson hatte ihr vom Schiffsheck die Antwort zugerufen: «Er weiß es nicht. Irgendeine Großmutter hat ihn aufgezogen, und als sie starb –»

Beim Wort «Großmutter» drehte Yul seinen mächtigen Kopf zum Heck. «Grauß», wiederholte er fragend, es klang wie eine Klage.

«Ein Fischerdorf im Norden», sagte Torson. «Dreckig, klein, vielleicht vier vergammelte Hütten, zwei Boote höchstens. Hatten ihn an einen Baum gebunden, weil sie sich vor ihm fürchteten. Wußten nicht, was sie mit ihm machen sollten. Hatten ihn irgendwann aus dem Wald gezerrt, jemand muß ihn dort für die Wölfe als Futter zurückgelassen haben. Was hättest du gemacht, wenn du so was wie den geboren hättest? Wir haben nichts für ihn bezahlt. Für den Jungen immerhin zwei Kupferpfennig. Ist er nicht gut, der Bub?»

Der Junge weinte. Seine einzige Antwort.

«Zu viele Kinder, zu viele Mäuler zu stopfen, ich sag dir, sein Alter hat die zwei Pfennig schnell versoffen, noch ehe ein anderer was davon hatte. Der Junge taugt nichts. Fürs Bergwerk allenfalls. Da kann man sie für die engen Stollen benutzen. Gefällt dir das, Junge? Mit der Last des ganzen Erdreichs über dir, mit 'ner Kerze? Da wirst du noch Grund genug für dein Geweinel haben. Zwei lausige Jährlein, schätz ich, weniger sogar, wie es aussieht – da kriegen wir den Einsatz doppelt zurück», erklärte er Birle, schien fröhlich darüber. «Der Rest, ihr alle, ist reiner Gewinn. War eine gute Reise, Ker, wie?»

«Es geht», sagte Ker, «hat sich ausgezahlt.»

Orien hatte das alles verschlafen. Seine Arme lagen auf dem Oberdeck, der Kopf auf den Schenkeln, einen Augenblick beobachtete ihn Birle im Schlaf. «Welches Bergwerk?» fragte sie, wollte es eigentlich nicht wissen.

«Gold», sagte Ker, und das Wort schien sein Maul besser zu füllen als jedes Essen.

«Sie brauchen immer Leute fürs Bergwerk», sagte Torson. «Hält keiner lange aus. Bekommen das Husten», erklärte er mit flackerndem Grinsen. «Bei manchen entzündet sich das Brandmal. Und dann leben sie nur noch ein paar Wochen.»

Er sah ihre Angst und fügte hinzu: «Das Brandmal sieht aus wie eine Mondsichel», er zeigte es mit den Fingern an seiner Backe, «vielleicht nicht ganz so lang. Keiner kommt aus dem Bergwerk heraus. Yul werden sie brauchen können. Für den zahlen sie gut, einen Silberling will ich haben. Die nehmen, was keiner mehr kauft. Aber du brauchst keine Angst zu haben, Rotkehlchen. Um dich werden sie sich reißen, noch ehe die Steiger aus den Bergwerken hier sind.»

Birle wußte nicht, wer sich um sie reißen werde; es war ihr gleichgültig. Sie stand gefesselt unter Gefesselten. Es gab nur Sklaven und Herren. Alles wartete.

Als der Glockenschall den Himmel durchzitterte, sah Birle auf. Das waren nicht die Glocken in den Brunnenhäusern, die auf den Dörfern bei Gefahr dröhnten. Diese Glocken läuteten klar und friedvoll, nicht abgestimmt zum Geläut, aber alle gleichzeitig. Die Töne zogen durch die Luft wie ein Vogelschwarm, und wie Vögel, die sich in einen Baum niederlassen, verschwanden sie im Schweigen.

Nun kamen verschiedene Leute in den Pferch. Ihre Augen verrieten, wer sie waren. Sie musterten die Gefangenen, wie das Volk auf den Messen Wollstoffe oder Messer betrachtet. Fast alle waren glattrasiert. Sie trugen kurze Mäntel in leuchtenden Farben mit einem Gürtel um die Hüfte. Ihre Hosen waren so eng wie eine zweite Haut. Dann begegnete sie einem gierigen Blick. Sie sah auf den Boden, auf ihren Rocksaum und den Dreck zwischen ihren Zehen.

Der Pferch füllte sich immer mehr mit Leuten. Birle war nie auf einem solchen Markt gewesen und hatte keine Ahnung, was geschehen würde.

Sie standen alle vier Rücken an Rücken, als verteidigten sie sich im Kampf. Hinter ihr stand Orien, zum letzten Mal auf ihrer langen Reise. Sie hatte keine Zeit, sich elend zu fühlen, denn die Angst lastete so schwer auf ihr, daß sie kaum Luft bekam. Es wäre leichter gewesen, wenn sie gewußt hätte, was ihr bevorstand.

Torson und Ker hielten sich etwas abseits von ihren Gefangenen. Sie sprachen erst mit anderen Verkäufern, dann mit Kunden. Birle hörte nur hie und da ein Wort. Ker schwieg und ließ seinen flinkzüngigen Bruder den Gewinn aushandeln. Die Sonne war warm; Mauern aus Lehm-Flechtwerk hielten jeden Wind ab. Staub lag in der Luft.

Zwei Männer, die schon zweimal um sie herumgegangen waren, blieben vor Birle stehen. Sie sah angstvoll hoch, aber die Männer beachteten sie nicht. Sie unterhielten sich leise, als komme es sowieso nicht darauf an, ob sie verstand, worüber sie redeten, als spräche sie eine andere Sprache oder wäre stumm; es war ihnen so gleichgültig, ob Birle sie verstand oder nicht, als wäre sie ein Hund. Beide Männer waren jung und einfach gekleidet. Sie trugen kurze braune Mäntel, ohne jede Farbenzier oder Stickerei. Beide waren rasiert, trugen aber ihr langes Haar zurückgebunden. Der Rothaarige suchte offensichtlich den kleinen Braunhaarigen zu überzeugen. «Er ist vier Silberlinge wert. Er sieht ganz aufgeweckt aus», sagte Rothaar, «und für unsere Arbeit können wir keinen Dummkopf brauchen. Das Zuschneiden in der Schreinerei, das genaue Messen der Holzteile, da ist ein Patzer teuer. Bei der Schneiderei ist es genauso. Wir können uns keinen hirnlosen Sklaven leisten.»

«Aber vier Silberlinge – das ist mein ganzes Geld. Wär es nicht klüger, sich nach Lehrlingen umzutun, die noch dazu Lehrgeld einbringen?»

«Du weißt doch, daß Lehrlinge an die Gildenmeister gehen. Hör zu: Bei dir ist er von der Morgenglocke bis Mittag. Ich geb ihm das Mittagessen und behalt ihn bis Abend. Was sagst du dazu? Wenn er so geschickt ist, wie er aussieht – unter dem Dreck –, haben wir das Geld schnell wieder hereingewirtschaftet. Schlag ein, Freund.»

Es mußte Orien betreffen. Das waren eindeutig zwei Handwerker. Orien würde es bei ihnen besser haben als im Bergwerk, mit dem Brandmal im Gesicht, oder an die Ruder gekettet bei den Seeräubern. Sie sah, wie die beiden auf Torson zugingen, und wünschte ihnen Glück.

Ein Mann blieb vor ihr stehen. Er war mittleren Alters und von mittlerer Größe, trug einen dunkelblauen Mantel mit roten Zeichen im Gewebe. Er sah sie an, als habe er schon immer gewußt, daß sie eines Tages hier landen würde, als habe sie, ohne es zu wissen, ihr ganzes Leben auf diesen einen Tag gewartet. Er hatte Augen wie ein Schwein.

Er streckte ihr sein feistes Gesicht entgegen. Torson und Ker waren mit den Handwerkern beschäftigt. Seine fette Hand streckte sich nach ihrem Hals aus, er band ihr den Mantel auf, daß er zu Boden fiel. Dann trat er zurück und musterte sie von oben bis unten.

Er gab mit Mund und Wangen ein seltsam saugendes Geräusch von sich, sein Kopf bewegte sich auf und ab, seine Backen blähten sich und fielen wieder ein; er ging auf die eine Seite, dann auf die andere und machte immer diese Sauggeräusche. Er blieb mit den Händen im Rücken vor ihr stehen und suckelte weiter.

Als er nach ihrem Gesicht griff, zuckte Birle unwillkürlich zurück. Sie merkte, daß Torson aufmerksam geworden war. Die Hand grapschte nach ihren Wangen und zog ihren Kopf näher. Seine Finger fummelten an ihren Lippen. Sie biß die Zähne zusammen.

Oriens Rücken hielt sie aufrecht.

Der Fummler war ärgerlich geworden. Er hörte auf zu suckeln und nahm seine Hand weg. Er trat einen Schritt zurück. Dann schlug er sie mit dem Handrücken über den Mund, krallte sich wieder in ihr Gesicht, steckte ihr die Finger in den Mund und zog ihr die Lippen zurück, um ihre Zähne zu prüfen. Birles Augen füllten sich mit Tränen, aber sie wollte um keinen Preis weinen. Sie sah über ihn hinweg, so gut sie konnte, doch ging ihr Blick nur bis zum offenen Tor. Ihre Wange schmerzte. Ihr Gesicht war heiß vor Scham und Hilflosigkeit. Ein grauköpfiger Mann kam eben durch das Tor herein; er sah sie und blieb mit einem Ruck stehen wie ein treibendes Boot am Ende des Haltetaus.

Der Fummler war offensichtlich mit ihrem Mund zufrieden und zog heftig an ihrem Zopf; sie wußte nicht, was er sich davon versprach – dann ging er zu Torson, um mit ihm zu reden. Er drängte die Handwerker auf die Seite und sprach auf ihn ein. Dabei wandte er den Blick nicht von Birle. Sie sah ihn nicht an, konnte aber seine Augen auf sich spüren.

An ihrem Rücken merkte sie, wie sich Orien spannte. Sie wußte, daß sie nichts tun konnte. Sie konnten nicht ausbrechen und davonrennen. Sie wären sofort abgeschlachtet worden, und das wäre noch ein Glück gewesen. So aber waren sie nicht nur aneinander gebunden, sondern auch noch an Yul und den Jungen. Wenn sie um Hilfe schrie, gab es niemanden im geschlossenen Hof, der ihnen geholfen hätte. Sie selber waren wehrlos und hatten von nirgendwoher Hilfe zu erwarten.

Der ältere Mann bahnte sich seinen Weg durch die Menge, die vor seiner dünnen gebückten Gestalt nicht wich noch wankte. So mußte er sich mühsam durchschlängeln. Er sah arm aus, aber Birle zog ihn dem Fummler immer noch vor. Er kam zu spät: Sie sah, wie Geld aus des Fummlers Börse in die Hand Torsons wechselte.

Jedenfalls sah sie der Alte nicht an, während er durch die Menge glitt. Vielleicht bildete sie sich nur etwas ein, wünschte, daß er sie bemerkte.

Er hielt nicht einmal vor ihr inne, sondern ging gleich zu Torson hinüber. Er hatte eine laute Stimme, und sie hörte jedes Wort.

«Das Mädchen. Wieviel?»

Torson sagte etwas.

«Was? Lauter! Sprich in mein linkes Ohr, auf dem rechten höre ich nichts.»

«Schon verkauft.»

«An wen?»

«An diesen Herrn», sagte Torson. Der Fummler lächelte und freute sich, etwas zu besitzen, was ein anderer haben wollte.

Der Alte wandte sich um: «Zu welchem Preis?»

«Ein Goldstück und fünf Silberlinge.»

«Ich kauf sie dir ab», sagte der Alte. Sein ungekämmtes Haar, sein abgetragener dunkler Mantel – er sah nicht aus, als hätte er viel Geld.

Der Fummler schaute über die gekrümmte Schulter des Alten auf Torson, als wolle er ihn fragen, wer dieser Verrückte sei. Die Hand des Alten fuhr unter den Mantel an den Gürtel, als habe er vergessen, wo seine Börse sei. Schließlich fand er sie, zählte fünf Silbermünzen auf und ein Goldstück.

«Da hast du.» Er hielt ihm das Geld hin.

«Warum soll ich sie verkaufen? Ich habe nicht gesagt, daß ich verkaufe.»

Der alte Mann schien einen Augenblick verwirrt, dann klärte sich sein Gesicht auf. «Ach ja, dumm von mir. Du willst etwas dran verdienen.»

Er zog ein zweites Goldstück heraus und nahm dafür die Silberlinge zurück. «Hier hast du deinen Gewinn», sagte er und hielt die Sache für erledigt.

«Ich sagte: Ich verkaufe nicht.»

«Na schön: die Silberlinge obendrein. Mehr hab ich nicht dabei.»

Der Fummler sah Birle an, zwinkerte ihr zu, als hätten sie ein Spielchen miteinander. Wären ihre Hände nicht gebunden gewesen, hätte sie ihm eine lange Nase gemacht, und hätte ihr nicht der Mut dazu gefehlt. Der Alte erfreute sich keiner Achtung und konnte nicht verhandeln. Der Verlust ihrer Hoffnung war so grausam, daß sie wünschte, sie hätte nie etwas erhofft, nicht einen Augenblick.

«Bind sie los, Torson», sagte der Fummler.

«Unseren auch», sagte der rothaarige Handwerksmann.

«Langsam, langsam», der Alte blickte verwirrt, als verstehe er überhaupt nicht, was vorging. «Ich habe nicht mehr Geld dabei. Aber ich kann soviel kommen lassen, wie du willst.»

Des Fummlers feiste Fresse erstarrte zu einer Maske der Gier: «Wieviel?» Der Alte redete hastig, eifrig, wie ein Kind: «Wieviel willst du? Ich war noch nie auf so einem Markt, kenn die Preise nicht, sonst hätte ich mehr Geld mitgebracht. Ich werde jemanden zu Corbel schicken. Wenn ich ihm sage, worum es geht, gibt er mir, was ich brauche. Gerade er hat mich geheißen, jemanden aufzutreiben, der mein Haus in Ordnung hält. Er hat mich auch hierherbefohlen.»

«Wer hat dich das geheißen?» Die Stimme des Fummlers wurde wachsam – argwöhnisch.

«Na, Corbel doch, hab ich dir schon gesagt. Er zahlt sofort, dafür steh ich ein.»

Das Verhalten des Fummlers änderte sich schlagartig, als sei ihm plötzlich sein ganzes Fett abgesaugt worden. «Nur den Preis, den ich Torson bezahlt habe. Mehr nehm ich nicht.» Er schloß seine Finger schnell um das Geld.

«Das ist schön von dir», sagte der Alte.

Birle bemühte sich, gleichmütig zu scheinen, sich nichts anmerken zu lassen. Wer auch immer Corbel war: Sein Name hatte so viel Gewicht, daß man damit selbst hier bekam, was man begehrte. Der Alte schien sich des stillen Aufruhrs nicht bewußt zu sein, den er verursacht hatte – selbst Ker und Torson betrachteten ihn wachsam, als er sich ihnen wieder zuwandte. «Der ganz Große da, wieviel?» Torson zögerte, und Birle glaubte zu wissen, warum. Wenn Corbel jemand war, den keiner zum Feind haben wollte, konnte es gefährlich werden, dem Alten einen Irren zu verkaufen. Sie konnte Torson geradezu denken sehen. Wenn sie unbemerkt aufs Schiff entkämen, brauchten sie sich in dieser Stadt lange Zeit nicht mehr auf dem Markt sehen zu lassen, bis man sie vergessen hatte. Sie waren auf ihrer Reise hierher an kleineren Städten vorbeigekommen. Hier war zwar der größte Markt, aber auch in jeder anderen Stadt gab es Märkte. Habgier kämpfte mit Vorsicht in Torsons Gesicht wie zwei raufende Hunde. Er entschloß sich: «Ein Goldstück.»

«Hab ich gerade, so ein Zufall.»

Das Goldstück wurde Torson überreicht. Schnell band er Birle und Yul von den andern los. «Kein Wort, hörst du?» zischte er Birle ins Ohr. «Wenn du dich um Yul annimmst, wird er länger leben als im Bergwerk.»

Ker gab ihr das Seil in die Hand, das um Yuls Mitte geschlungen war, kniete nieder und löste seine Fußeisen. Sie wußte nicht, was sie machen sollte, aber sie konnte sowieso nichts tun. Und wenn sie nicht konnte, dann mußte sie auch nicht.

»Und unseren», sprach der rothaarige Handwerker, «unseren auch, du hast unser Geld.»

«Komm jetzt mit», sagte der Alte, und ohne einen weiteren Blick begann er sich seinen Weg durch die Menge zum Tor zu bahnen. Er schien nichts dabei zu finden, daß Birle den Riesen Yul wie eine Ziege am Strick führte, er hatte es vielleicht nicht einmal bemerkt. Mit Yul im Kielwasser machten ihm die Leute Platz.

Als sie dem Tor zuging, vor sich die gebeugten Schultern Yuls, fiel ihr der Gedanke schwer aufs Herz, was aus Orien werden würde, wenn der Junge statt dessen an den Handwerker ging. Wenn sie ein Goldstück und fünf Silberlinge für den Fummler wert war, einen gerissenen Einkäufer, dann galt doch Orien mehr als vier Silberlinge? Und wenn Yul ein Goldstück brachte? Sie wandte sich nach Orien um. Sie sah ihn nicht mehr. Sie sah Ker und Torson, die Zottenköpfe, sie redeten gerade auf einen Mann in blutrotem Hemd ein. Neben ihm stand ein anderer, über dessen Wange eine breite Narbe lief wie ein zunehmender Mond.

Wo war Orien? Da stand der Junge, weinend, den Kopf gesenkt, wo aber war Orien?

Dann sah sie seine Augen. Die beiden Handwerker führten ihn fort, hinter Yul her. Seine Glockenblumen-Augen, sein zages Lächeln – dann ging er in der Menge unter.

Zwölf

Wohin sie geführt wurde, mit dem gehorsamen Yul am Strick, hätte Birle nicht sagen können. Leute, Massen, Stimmen. Häuser zu beiden Seiten staubiger Straßen. Der Weg stieg ständig an. Sie hatte keine Kraft, sich umzublicken, keinen Mut. Mühsam schleppte sie sich vorwärts. Sie merkte kaum, wenn sie stolperte. Wortlos folgte sie dem Mann vor ihr, ohne sich umzublicken. Der Mann schien nicht zu merken, daß sie hinter ihm ging.

Nach einer Weile blieb er vor einer Tür stehen. Das kleine niedrige Haus dahinter war von hohen Mauern umgeben. Er nahm einen Schlüssel vom Gürtel und sperrte auf. Birle folgte ihm in einen düsteren Raum. Yul ging ihr am Strick nach.

Wenn der Mann etwas zu ihr gesagt hatte, merkte Birle es nicht. Er ließ sie stehen, ging durch eine Tür hinaus, die der Eingangstür gegenüber lag. Sie setzte sich auf den hölzernen Fußboden und legte das Gesicht auf die Knie. Nach einer Zeit merkte sie, daß sie weinte. Und wieder nach einer Zeit, daß ihre Tränen getrocknet waren. Als sie schließlich den Kopf hob, sah sie Yul zusammengekauert auf dem Boden neben sich liegen. Sogar so verkrümmt sah er ungeheuerlich aus. Seine Augen waren auf sie gerichtet, stumm und liebevoll wie die eines Hundes. Sie blickte ihn an, sah ihn aber nicht. Sie sah nur, wer er nicht war, und schwere Tränen zogen ihr den Kopf wieder auf die Knie. Ein heftiges Pochen an der Tür weckte sie, wer weiß, wie lange später. Die Tür schwang auf. Ein Mann kam herein, gefolgt von zwei Soldaten. Die Soldaten trugen rote Hemden und waren mit Schwertern bewaffnet. Der Mann schritt stracks mitten in den Raum und sah sich um. Er war schlank, dunkelhaarig, mit einem Wolfsgesicht. Sein Mantel war scharlachrot, sein rotes Hemd hatte dicke Zugbänder aus Gold an den Handgelenken. Die Stiefel gingen ihm bis an die Knie. Obwohl er schlank und klein war, schien er größer als die Soldaten, die hinter ihm standen.

«Steht auf», sagte er.

Furcht durchdrang ihr Herz. Sie gehorchte; und Yul, der näher an sie herangekrochen war, stellte sich hinter sie, als solle sie ihn verstecken.

Der Mann streckte eine Hand aus, hob Birles Kinn und sah ihr ins Gesicht. Was er sah, gefiel ihm nicht, er ließ ihr Kinn fallen. Was Birle sah, versetzte sie in Schrecken: eine breitgesattelte Nase zwischen kalten Augen. Sie fühlte mit ihrem ganzen Ich, daß dieser Mann wie eine Feuerzunge war, die auf ihr Ziel zuschoß, und dies hieß: Zerstörung.

«Und der da auch», murmelte er und bewegte sich auf Yul zu, der ihn mit einem einzigen Schlag seiner riesigen Hände hätte zerschmettern können. Der Mann wirbelte herum. Sein Mantel schlug gegen Birles Arm, sie zuckte zurück wie vor einer Flamme. «He da, Leute, fangt mit dem Abladen an, und behaltet die beiden im Auge. Allerdings glaube ich nicht, daß sie Schwierigkeiten machen. Du», sagte er zu Birle, «wenn du dich rührst, bist du tot, verstanden?»

Birle nickte. Das gefiel ihm auch nicht. «Ich hätte es wissen sollen», sagte der Mann zu ihr. «Es ist immer das gleiche mit ihm. In dieser Beziehung war er schon immer ein Narr.» Er ging auf die Hintertür zu wie eine Stichflamme.

Im Licht der offenen Tür wirbelte und tanzte Staub. Pferde und Wagen warteten auf der Straße. Die Soldaten trugen eine lange Holzkiste herein, einen Kochkessel, einen Tisch, vier Stühle und noch eine Kiste. Sie stellten alles mitten in den Raum, dann hielten sie neben der Tür Wache und schwatzten.

«Wundert mich, daß sie den Mann nicht ins Bergwerk gesteckt haben – er hätte es mindestens drei Jahreszeiten ausgehalten, vielleicht sogar länger.»

«Schau sein Gesicht an. Blöde. Der ist doch gestört.»

«Fürs Bergwerk braucht man keinen Verstand.»

«Und das Mädchen ist um nichts besser, wenn du mich fragst. Warum Corbel diesen Menschen – Bruder hin, Bruder her – in seinen Diensten hält, werde ich nie begreifen.»

«Wir sind nicht zum Begreifen hier. Wir werden fürs Kämpfen bezahlt.»

«Aber auch nicht fürs Herumschleppen von Hausgeräten.»

«Corbel bringt mehr Leute lebend aus der Schlacht zurück als alle anderen, und jeder bekommt seine Beute. Wenn er mir befiehlt, Tische und Stühle herumzutragen, mach ich das, solang er mich bezahlt.»

Der Alte stolperte in das Zimmer, als habe ihn jemand gestoßen. Vielleicht war er auch wirklich gestoßen worden, dachte Birle, als der Mann ihm auf den Fersen folgte, den sie für Corbel hielt, und zornig sprach:

«... Milchgesicht von einem Mädchen, zu nichts nütze als zum Winseln, so wie sie aussieht, und der Mann baumstark, aber ein Idiot. Was hast du dir dabei gedacht? Reg dich nicht auf, ich kann dir sagen, was du gedacht hast. Läßt sie hier allein stehen, sie hätten davonlaufen können, und das Geld, mein lieber Joachim, wäre weg gewesen, das du für sie ausgegeben hast.»

«Hab ich mir nicht überlegt», murmelte der Alte.

«Tust du nie. Du bist so tief in Gedanken, daß du dir nichts überlegen kannst.»

«Ich bitte um Entschuldigung.»

«Tust du immer. Ihr zwei», sagte Corbel zu den Soldaten, «legt ihnen die Halsbänder an.»

Birle wich vor dem Soldaten zurück, der sich ihr näherte, und Yul grollte tief in seiner Kehle. Corbel zog den Dolch. «Du – Mädchen, wenn du nicht zusehen willst, wie ihm das Herz herausgeschnitten wird –»

Birle nickte wortlos. Sie verstand. Sie blickte in Yuls trauriges Scheusalgesicht auf. «Wir müssen», hörte sie sich sagen. Sie erkannte ihre Stimme nicht. Sie zwang sich stillzuhalten, als der Soldat kaltes

Metall um ihren Hals legte und es festzog. Sie spürte seine Finger im Nacken. Yul beugte sich vor, so daß der größere von den beiden Soldaten hochreichen und ein goldenes Band um seinen mächtigen Hals legen konnte. Der Soldat ließ die Schließe einschnappen und trat schnell zurück.

Birle fragte sich, wie es Orien bei zwei Herren erging und einem Halsband an der Kehle.

»Jetzt, Mädchen – sieh mich an.»

Corbels Augen waren gelblich-braun, mit schweren Lidern, und als sie ihn ansah, lief ihr Furcht durch die Gebeine. «Du räumst das Haus auf und hältst es sauber.»

Birle verstand nicht, was er sagte, Furcht betäubte sie. «Dieser Mann macht die grobe Arbeit.»

Birle nickte. Sie hätte allem zugestimmt.

«Wer dies Halsband sieht, weiß, daß ihr zu meinem Hause gehört», sagte Corbel, «unter meinem Schutze steht. Aber jeder, der euch findet, weiß auch, woher ihr kommt. Joachim ist euer Herr, und er wird euch ein gütiger Herr sein. Aber merk dir eins: Die Befehle gebe ich.»

Birle nickte. Ihre Augen waren starr auf ihn gerichtet. Als Corbel ihr den Rücken zuwandte, glaubte sie, ihre zitternden Beine müßten unter ihr nachgeben. Aber sie hielt sich aufrecht. Die Angst, was geschehen würde, wenn sie bewußtlos auf den Boden fiel – er konnte ihr die Gurgel durchschneiden und sie wegwerfen, weil sie mehr Ärger machte, als sie wert war, er konnte sie auf den Markt zurückschicken, um sie weiterzuverkaufen –, die Angst davor war größer als die Furcht, die ihr Corbel einjagte. Sie blickte auf Yul und konnte Verwirrung auf seinem Gesicht lesen. Sie legte ihre Hand auf seinen schweren Arm, aber mehr, um sich selber zu trösten als ihn.

«Du hast sie dir nun einmal ausgesucht, Bruder, versuch also keine Erklärungen. Sie ist so gut wie irgendeine andere oder das Scheusal.»

«Aber sie ist überhaupt nicht –», widersprach Joachim.

«Du täuschst dich, aber das ist jetzt unwichtig. Was hast du für sie bezahlt?»

«Ein Goldstück und fünf Silberlinge», antwortete Joachim unterwürfig.

Corbel sah auf Birle, dann wieder auf seinen Bruder. Was er dachte, war sonnenklar.

»Da war noch einer», erklärte Joachim, «der hätte genausoviel bezahlt. Ich habe ihm sogar mehr geboten. Er wollte sie nicht hergeben. Erst als ich deinen Namen erwähnte, gab er sie mir um den Preis, den er selber bezahlt hatte.»

Dies schien Corbel zu befriedigen, er lachte kurz und freudlos auf.

«Na schön, sie ist jung, und wenn sie noch keinen Mann gehabt hat, wird sie wohl sauber sein. Vielleicht gar kein schlechter Kauf, Joachim. Und der Mann?»

«Ein Goldstück.»

Joachims Stimme hatte nun wieder Zuversicht gewonnen. Corbels Schweigen toste im Zimmer wie Feuer. Aber als er sprach, war seine Stimme kalt. «Wer dich betrügt, betrügt mich. Wer hatte den Mann?»

«Dieselben, die das Mädchen hatten. Es waren zwei. Sie sahen wie Seeräuber aus und benahmen sich auch so. Bärtig, wohlgenährt.»

Corbel hob die Hand und schnippte mit den Fingern. Die beiden Soldaten gingen auf die Straße. Unter der Tür wandte sich Corbel um und warf eine Börse auf den Boden. «Ich komme morgen in einer Woche zum Essen», sagte er. «Dann werden die Wagen aus dem Süden angelangt sein, und du kannst mir zeigen, was du geschafft hast, Bruder, und ich werde sehen, ob das Mädchen das Haus besorgen kann.» Er nahm sich nicht einmal Zeit, die Tür hinter sich zu schließen.

Alle drei standen eine Weile schweigend im düsteren Zimmer. Durch die beiden offenen Türen fiel Sonnenlicht. Als die Angst nachließ, stieg Kummer in Birle auf und hüllte sie ein wie ein schwerer Mantel mit einer drückenden Haube. Joachim, ihr Herr, schloß die Tür zur Straße, wandte sich dann um und sagte: «Du wirst anfangen wollen.»

Birle wollte nichts. Sie fühlte sich wie eingeschnürt, jeden Atemzug mußte sie tief aus ihrer Brust holen, und selbst dann hatte sie nicht genug Luft.

Er trat vor sie hin und sah ihr ins Gesicht. Birle war es gleich, was er von ihr dachte. Sie konnte nicht einmal den Kopf heben. «Du bist doch nicht krank? Kannst du mich hören?»

«Ja, Milord», sagte Birle.

«Ich bin kein Lord, mein Kind.»

«Jawohl, Meister», sagte Birle.

Er blieb noch eine Weile vor ihr stehen und ging dann hinaus. Birle sank auf den Boden nieder, sie zog ihre Knie an, schlang die Arme darum und barg ihr Gesicht in der Dunkelheit ihres Rocks.

Stunden später hörte sie ihn zurückkommen. Yul hatte die ganze Zeit schon seltsam winselnde Laute von sich gegeben. Als sie jetzt vor ihrem Meister aufstand, wurde sie aufmerksam und erkannte in Yuls Augen den Ausdruck, den sie oft bei ihren kleinen Schwestern gesehen hatte. «Wo ist der Abort?» fragte sie den Meister.

Das Häuschen befand sich am Ende eines langgestreckten niederen Anbaus neben dem Haus. Yul ging zuerst und mußte seinen Kopf unter der niedrigen Tür einziehen. Hinter dem Haus liefen zwei schulterhohe Mauern so weit sie sehen konnte in das Dämmerlicht des Abends. Sie berührte mit der Hand die Kette um ihren Hals. Es war ein weiches Band, kühl wie das Gras zu ihren nackten Füßen. Der Himmel hinter dem Haus flammte im Sonnenuntergang, und Dunkelheit kroch in den mauergeschützten Hof. Sie hätte Oriens Namen in die Finsternis schreien mögen, aber nur ein Wispern kam über ihre Lippen.

Yul wartete, bis sie fertig war, und ging mit ihr ins Haus zurück, wo der Meister eine Kerze angezündet hatte. Birle setzte sich auf einen Schemel und sah ihm zu, wie er versuchte, ein Feuer zu entfachen. Er schichtete das Holz auf, schichtete es um und wieder um und schlug jedesmal dazu geduldig Feuer. Schließlich drehte er sich zu ihr und sagte: «Vielleicht könntest du Feuer machen?»

«Ja, Meister.» In der Holzkiste neben dem Herdstein fanden sich Schleißen, zusammengedrehtes Stroh und Scheite. Sie schichtete einen kleinen Stoß von Schleißen auf, dann legte sie die Strohwische darunter. Er gab ihr die Zunderbüchse. Als kleine Flammen aufstiegen, legte sie die drei dünnsten Scheite auf den Rost. Nachdem diese

Feuer gefangen hatten und schön brannten, schlichtete sie dickere Scheite darüber. Als die Flammen hochschlugen, setzte sie sich vor den Herdstein auf ihre Fersen zurück. Sie träumte nicht, sie dachte nichts, erinnerte sich nicht, solange sie in die Flammen starrte, von denen die Finsternis abgehalten wurde, die sie zu überwältigen drohte.

«Du mußt etwas essen.»

Die Stimme des Meisters klang friedlich. Birle stand auf und setzte sich an den Tisch, den er mit einem Laib Brot gedeckt hatte, einem runden Käse, einem Messer und drei Bechern voll Wein. Yul aß und trank gierig und grunzte leise murmelnd. Birle brachte weder Käse noch Brot hinunter. Nach dem zweiten Schluck Wein war ihre Kehle wie zugeschnürt. Sie sah ihre Hände still auf dem Tisch liegen. Das flackernde Feuer floß wie Wasser darüber.

Der Meister stand vom Tisch auf und öffnete einen großen Schrank neben dem Kamin. «Da schläfst du», sagte er. In die dicke Mauer war ein Bett eingebaut. Birle kletterte hinein. Sie drehte ihren Rücken zum Zimmer und schlief augenblicklich ein.

Ferne Glocken weckten sie zu einem Leben der Furcht, des Kummers, des Hungers und weit entfernter verworrener Glockentöne. Das Zimmer war leer und finster. Das Feuer war niedergebrannt, aber es war nicht kalt. Birle kletterte aus ihrem Bett und ging hinaus zum Abort.

Hier im Süden war der Frühling schon in voller Blüte. Der Himmel glühte im sanften Licht der aufgehenden Sonne. Junges Gras sproß aus dem Boden. Birles Hand faßte an ihr Halsband. Allmählich gewöhnte sie sich daran und an das, was es bedeutete.

Dieses Haus hatte einen eigenen Brunnen. Neben einer niedrigen runden Mauer lag ein Eimer. Sie tauchte ihn in den Brunnen und trank. Klar, kalt und rein – das Wasser erfrischte sie. Welch ein elendes Geschöpf war sie doch, sich so schnell an dies böse Geschick zu gewöhnen. Der Kummer überwältigte sie wieder, sie weinte nicht, aber der Morgen verdüsterte sich, und wie ein schweres Gewicht fiel er ihr auf die Schultern und drückte sie nieder. Schon jetzt war der

Tag zu lang. Sie schöpfte mit den hohlen Händen Wasser in ihr Gesicht, wusch sich die Hände und die Arme, hob den Rock und wusch sich die Beine und Füße. Dann leerte sie das braune Wasser auf den Boden und sah zu, wie es zwischen den zarten Schößlingen versickerte. Sie mußte ins Haus zurück und wußte auch, daß es nichts bedeutete, wenn sie es ungern tat. Ihre Wünsche galten nichts.

Der Meister saß schon am Tisch, als sie eintrat. Sie sagte kein Wort, machte das Feuer an, öffnete die Läden vor den Fenstern, um Licht hereinzulassen, stellte das übrige Brot und den Käse vor ihn hin, füllte seinen Becher mit Wein aus dem Krug. Dann wartete sie neben dem Feuer. Der Meister Joachim war nicht so alt, wie sie zuerst gedacht hatte. Er war ein Mann reifen Alters, aber nicht alt. Seine hängenden Schultern, die seltsam zerstreute Art, die ungepflegten Haare und Kleider hatten in ihr einen falschen Eindruck erweckt. Nun merkte sie, daß sein Haar grau, aber voll war und seine Haut zwar blaß, aber ohne Altersflecken.

«Hast du etwas gegessen?»

Birle schüttelte den Kopf.

«Getrunken?»

«Vom Brunnen», sagte sie.

«Setz dich. Ich muß dir etwas erzählen. Wenn Corbel zurückkommt und nicht mit dir zufrieden ist, wird er dich verkaufen. Obwohl er meines Vaters Sohn ist, kann ich ihm nicht Einhalt gebieten. Setz dich bitte hin und iß.» Birle gehorchte.

«Dies hier» – der Meister machte eine unsichere Armbewegung – «gehört alles Corbel.» Er hatte dasselbe Hemd an wie gestern und die gleichen ausgebeulten Hosen, als hätte er in den Kleidern geschlafen.

«Das Haus», vergewisserte sich Birle, um ihn richtig zu verstehen.

«Und andre Häuser, die Stadt und alle Ländereien ringsum, und was sie bringen. Die Bergwerke mit dem Gold. Corbel hat mich in dieses Haus gesetzt, weil er besonderen Nutzen aus mir ziehen will. Ich bin», erklärte er, «ein Adept der Chymie.»

«Ich weiß nicht –», fing Birle an, unterbrach sich. Was machte es schon aus, ob sie das Wort verstand oder nicht. Er war ihr Herr, mehr ging sie nicht an. Ihre unvollendete Frage brachte ein Lächeln in seinen Mundwinkeln hervor, was ihn so traurig und weise aussehen ließ wie den Mond.

«Keiner weiß, was das Wort bedeutet. Es bedeutet nichts. Aber ich kann für mich beanspruchen, daß ich mehr weiß und die Welt besser verstehe als manch anderer. Corbel hofft – er hat sich Geschichten erzählen lassen von einem Stein, der unedle Metalle in Gold verwandelt.»

«Gibt es so etwas?» fragte Birle.

Er sah sie gedankenvoll an, ohne sie wahrzunehmen.

«Die Menschen haben immer davon geträumt, aber meines Wissens hat ihn keiner je in der Hand gehabt. Ich kann nicht sagen, daß es so etwas gibt, nein. Aber ich kann auch nicht sagen, das gibt es nicht. Wie sollte man von etwas träumen, das es nicht gibt? Wenn es so unmöglich ist, wie kommen die Menschen darauf? Die Gier bringt dem Menschen viele Gedanken in den Kopf, die Angst auch. Aber der Mensch hat noch andere Träume. Gerechtigkeit. Das Goldene Zeitalter, das verlorene. Eine Weltordnung wie Ebbe und Flut, wie Jahreszeiten. Eine ärztliche Kunst, die alle Krankheiten heilen kann ...»

Seine Stimme verging in Schweigen, und er saß blicklos, gedankenverloren.

Birle wartete darauf, daß er ihr Arbeit anwies. Sie hörte Pferdehufe auf der Straße und die Stimmen der Leute gedämpft durch die Mauern und die geschlossenen Türen. Was war aus Yul geworden? Wo war er? Sie hatte ihn vergessen und erinnerte sich nun, unterbrach des Meisters Schweigen: «Wo ist Yul?»

«Wer?» fragte er. «Ich weiß deinen Namen nicht, hast du einen?»

«Birle.»

«Ist Yul der Mann? Ich hab ihn zum Schlafen in den Schuppen geschickt, schläft er noch?»

«Kann sein», sagte sie vorsichtig, «er ist ein wenig einfältig.»

«Ich denke, die beiden anderen waren zu schnell mit ihm fertig. Wenn man ihm etwas befiehlt, kann er das ausführen?»

«Ich glaube schon. Sicher bin ich mir nicht. Er hat nur gerudert und gegessen. Er ist nicht so blöde, wie die Männer dachten, die–»

«Wir müssen an die Arbeit!»

Joachim stand plötzlich voller Tatenlust auf. «Die Ställe müssen besorgt werden. Es gibt viel zu tun, bis die Wagen ankommen. Und Corbels Wünsche müssen erfüllt werden.»

«Und ich?»

«Du arbeitest im Haus. Ich komm damit nicht zurecht. Man muß es in Ordnung halten. Auch wenn es dir nicht gefällt, hoffe ich doch – und Corbel wird auf alle Fälle wiederkommen, da steht sein Wort dafür. Seinen Unwillen haben wir alle zu fürchten.»

Man brauchte Birle nicht anzutreiben. Der Geschmack der Angst, bitter wie Stahl, hatte sie nicht verlassen, seit Ker sie angesprochen hatte. Ich hätte mich seitdem eigentlich daran gewöhnen müssen, überlegte sie sich, an soviel Fremdheit, Schrecken und Leid, und der Kummer senkte sich auf sie herab.

«Meister?»

«Was gibt's?»

«In meinem Land gibt es einen Dienstbotenmarkt. Manche werden gemietet, andere gekauft.» Er schien nicht auf sie zu hören, aber sie bezwang sich und fragte: «Wer gekauft ist, muß sechs Jahre dienen, danach ...»

Birle wußte nicht, ob sie den Mut hatte, seine Antwort auszuhalten, wenn die so lautete, wie sie fürchtete. «In diesem Land hier, wie ist das hier, wie lange ...?»

«Wie lange? Na was denn: lebenslänglich.»

So war sie also eine Sklavin. Orien war ein Sklave. «Außer wenn dich Corbel freiläßt. Manchmal wird jemand für außergewöhnliche Dienste freigelassen oder eine Frau mit Kindern, weil der Herr nicht will, daß seine leiblichen Kinder Sklaven werden. Und das müssen sie werden, wenn ihre Mutter Sklavin ist. Dann gibt er ihnen die Freiheit, sonst nicht.»

Der Meister zögerte, dachte nach.

«Denk nicht daran, Birle, mach dir nichts daraus.»

Wenn sie Sklavin war, warum sollte sie dann gehorchen? Das

Haus bewahren? Im Wirtshaus diente sie wenigstens dem Wohlergehen aller, und alle hatten sie Nutzen davon. Hier gab es keinen Grund, keine Notwendigkeit. Nur die Angst.

Dreizehn

Und die Angst war Grund genug. Birle wäre sonst den ganzen Tag am Feuer gehockt, nicht wegen der Wärme, sondern aus Lustlosigkeit. Aber die Angst vor Corbel, sollte er unerwartet erscheinen und sie untätig finden, kroch ihr in die Knochen. Angst ließ sie tätig werden. Sie holte Wasser, um den Holzfußboden zu scheuern, die Teller zu spülen und die Kannen.

Mittags krachte die Haustür auf, und Corbel selbst trat ein, einen Soldaten im Gefolge, der einen Vogel am Hals hielt. Außerdem hatte er einen Rundlaib dabei und einen verstöpselten Krug. Er legte seine Sachen auf den Tisch und ging wieder auf die Straße hinaus, wo die Pferde stampften. Corbel stand mitten im Zimmer, hatte die Hände hinter dem Rücken verschränkt und die Füße auseinandergestellt, sah sich um. Wenn er zufrieden war, merkte Birle nichts davon.

«Ist dein Herr hinten im Hof?»

Birle nickte.

«Das Scheusal arbeitet mit ihm?»

Sie nickte.

«Ich hoffe um deinetwillen, daß du kochen kannst?»

Birle nickte.

Wiewohl Corbel nichts weiter zu sagen hatte, behielt er sie im Auge. Dann ging er plötzlich weg. Birles Beine waren so schwach, daß sie sich am liebsten gesetzt hätte. Aber sie hatte Angst gehabt, daß er zurückkomme und sie dabei erwische. Nach einer Weile ging sie auf den Zehenspitzen zur Tür und schloß sie. Wie Nan sie ausgelacht hätte, sie so demütig zu sehen. Der Gedanke stieß ihr bitter auf. Aber es war Nan, die ihr beigebracht hatte, wie man Geflügel rupfte und kochte oder briet. Sie hatte es nie für möglich gehalten, daß sie Nan einmal dankbar sein würde.

Angst und Furcht den ganzen Tag, Angst und Furcht und Arbeit. Sie sengte den Vogel ab, rupfte ihn und legte ihn in einen großen Hafen. Ein Vogel für drei Leute und einer davon Yul – das hieß, daß man Brühe sehr nötig haben würde. Während das Essen kochte, ging sie die schmale Treppe empor, zu einer niederen Dachkammer, wo Joachim sein Bett hatte. Auch diesen Raum putzte sie sorgfältig durch und die Treppe. Am späten Nachmittag war der Braten fertig. Sie rief Joachim und Yul zu Tisch. Birle hatte keinen Hunger. Angst und Sorge waren genug, ihr den Magen zu füllen. Gleich nach dem Essen kroch sie in ihr Schrankbett und schlief sofort ein.

Ein Pochen an der Tür weckte sie. Es klang, als ob jemand mit den Fäusten an die Tür schlüge. Birle stand neben der Tür, wagte aber nicht, sie aufzumachen. Hinter ihr sagte Joachim: «Mach auf, Birle.»

Er stand in einem langen weißen Hemd, das ihm bis zu den Füßen reichte, auf der letzten Treppenstufe. Im schwachen Licht des Feuers sah er nicht aus, als fürchte er sich. Seine Stimme klang unbesorgt. Sie gehorchte.

Aber sobald sie den Schlüssel herumgedreht hatte, flog ihr fast die Tür ins Gesicht, und Corbel stand schon im Zimmer. Hinter ihm lag die dunkle leere Straße. Er stand mitten im Raum, sah an ihr vorbei, als wäre sie unsichtbar, und sprach seinen Bruder an: «Das stinkt hier wie in einem Stall.» Er selber stank nach Wein und schwankte leicht. «Du mußt dich baden.»

«Ja. Selbstverständlich», sagte Joachim. «Tut mir leid.»

«Hast du eine Wanne?» wollte Corbel wissen.

Joachim sah Birle antwortheischend an. Im Wirtshaus badete man in einem Halbfaß, aber hier hatte sie so etwas noch nicht gesehen. Sie wußte auch nicht, ob in dem Anbau, wo Yul und Joachim den Tag verbracht hatten, ein Faß zu finden war. Sie wußte nicht, was Corbel mehr aufbrachte: keine Badewanne zu haben oder nichts davon zu wissen. «Nein, Herr.»

Sie hatte richtig geraten, weil Corbel wortlos das Haus verließ. Bis sie die Tür geschlossen und den großen Schlüssel im Schloß herumgedreht hatte, war Joachim ins Bett gegangen. Als sie am Morgen das letzte Restchen Brot und Käse verzehrt hatten, wandte sich der Meister ihr zu. «Kleider», sagte er, «du brauchst Kleider. Ich bin auch nicht sehr reinlich anzusehen, und meine Kleider lassen zu wünschen übrig.»

«Jawohl», sagte sie. Der Morgen war schön, klare warme Luft. Sie konnte seine Kleider waschen und zum Trocknen in die Sonne legen.

«Yul», sagte Joachim, «oben findest du zwei Koffer, bring mir den mit dem Lederband herunter.»

Er muß so einfältig sein wie das Ungeheuer, dachte Birle, wenn er sich einbildet, daß Yul ihn versteht. Sie sah, wie Yuls mißgestalteter Mund sich plagte, um ein Wort zu bilden.

«Hinauf?»

«Die Treppe ist hinter dir.»

Yul wandte sich um, schaute, wandte sich wieder zurück und nickte schwerfällig.

«'nauf. K-offer.»

«Den mit dem Lederband, nicht den anderen.»

Yul schüttelte den Kopf und sah dem Meister angestrengt ins Gesicht.

«Ach so. Warte. Leder – Schuhe sind aus Leder. Der Riemen geht um den Koffer. Der andere hat keinen Lederriemen.»

Yul verstand. Er wartete.

«Kannst du mir den Koffer mit dem Lederriemen für Birle herunterbringen?» fragte Joachim. Er wurde nicht ungeduldig.

«Ja», schrie Yul und stieg hinauf.

«Er versteht dich!» sagte Birle.

«Warum denn nicht? Er ist doch nicht taub. Wenn ich ihm erst einmal klargemacht habe, was getan werden muß, tut er es auch. Er ist einfältig, das stimmt, er tut nichts, bis er es verstanden hat. Ich kenne höchst gelehrte Männer, die es nicht bis zu dieser Einsicht gebracht haben. In dem Koffer sind die Kleider meiner Frau, du kannst dir davon nehmen, was du brauchst.»

Frau. Er hatte doch nur dies kleine enge Bett, und im ganzen

Haus gab es kein Anzeichen dafür, daß hier je eine Frau gelebt hatte. «Wird sie sich darüber nicht ärgern?»

«Nein, sie ist tot. Letzten Herbst gestorben, in einer anderen Stadt. Am Heufieber, und ich konnte keinen Arzt finden, der sie geheilt hätte. Ihre Kleider könnten dir passen, aber für Yul hab ich nichts.»

Yul kam mit dem Koffer auf dem Rücken die Treppe herab, gebeugt, nicht unter dem Gewicht, sondern wegen der niedrigen Decke über der Treppe. Er setzte die Last mitten im Zimmer ab.

«Gut», sagte Joachim. «Jetzt wollen wir uns an die Morgenarbeit machen.»

Yul folgte ihm, als verstünde er jedes Wort, das sein Herr sprach.

Ohne jede Vorwarnung stieg plötzlich der Gram in Birle auf und schlug wie Wellen über einem Felsen über ihr zusammen. Ihr Kopf fiel auf den Tisch, und sie hatte keinen Willen mehr. Dunkel, verfinsternd, formlos war dies Leid, und sie kannte seinen Namen wohl.

Ja doch: Das Elend wäre erträglicher, wenn Orien nicht mehr wäre. Aber sie konnte nicht weinend sitzen bleiben. Wenn Corbel kam und sie dabei ertappte, wenn die Soldaten mit den Vorräten eintrafen und sie nicht wußte, wie lange sie schon saß ... Birle stand auf, voll Angst.

Sie wischte die Krümel vom Tisch und spülte die Kannen aus. Putzte den Boden, die Treppe und strich oben die Decken auf dem Bett glatt. Der Koffer fiel ihr ein.

Als sie den hölzernen Deckel hob, stieg ein süßer Duft auf. Nicht frisch wie von Blumen, sondern alt, trocken, wie eine ferne Erinnerung an Blüten, gefangen in der abgeschlossenen Luft des Koffers. Sie hob die Kleider sorgsam heraus: drei Röcke. Einer rot, einer blau, einer gelb. Sechs Blusen in den gleichen Farben, darunter Kleider und Brusttücher aus feinem Gewebe, ein blauer Mantel mit ziselierter Silberspange und ein Paar Schuhe, die für ihre Füße zu eng waren und das Leder zu zart für den täglichen Gebrauch. Birle hob die zusammengefalteten Gewänder aus dem Koffer und legte sie sanft neben sich auf den Boden. Seine Frau mußte eine feine Dame gewesen sein. Tuchbahnen, noch nicht zugeschnitten, in einfachen Farben, manche bunt gewebt – und am Grunde des Koffers, in einer Ecke in ein Stück altes Leinen gewickelt, ein Päckchen: Monatsbinden, weicher als alles, das sie je benutzt hatte, weich wie Moos.

Birle hielt sich einen der Röcke vor. Die Frau war von Birles Größe gewesen, nur ein wenig dicker. Doch hatte Birle niemals solche Farben getragen. Ihre Kleider waren immer braun gewesen, mit Rinde gefärbt, wie sie die Weber hatten. Im Königreich konnten nur die Lords so prächtig gefärbte Tuche bezahlen. Man mußte sie erst waschen. Dabei fiel ihr ein, daß sie nun gern ein Bad genommen hätte.

Während dieses Tages fuhren nacheinander drei schwere Wagen vor die Türe. Die Pferde warteten geduldig, während die Soldaten Kisten und Tische abluden, von denen manche so unhandlich waren, daß sie nicht durch die Tür paßten, sondern über die Mauer gehoben werden mußten. Yul half dabei. Er stand und hielt einen langen Tisch auf der Mauerkrone im Gleichgewicht, während drei Soldaten durch das Haus rannten, um das andere Ende aufzunehmen. Dann kam Yul und trug ihn zum Hinterhaus. Vier solche Tische kamen in dieses Rückgebäude. Der Nachmittag hallte wider von den Schlägen, mit denen die Wandbretter festgemacht wurden. Die Kisten gingen auch in das Hinterhaus, zwei Soldaten schleppten sie oder Yul allein. Die Soldaten schwitzten, keuchten und fluchten bei der Arbeit. Die letzte Fuhre brachte auch einen Lehnstuhl und die versprochene Badewanne.

Birle starrte ungläubig darauf, als die Soldaten schließlich gegangen waren. In dieser Metallwanne konnte ein ausgewachsener Mann bequem sitzen und sein Bad nehmen. Genau davon hatte Orien erzählt, die gab es in des Grafen Haus. Sie besah die Wanne noch, als Corbel selbst eintraf, wie immer durch die weitaufgeschlagene Tür. Wortlos ging er an ihr vorüber. Birle beeilte sich, Wasser vom Brunnen zu holen, um es im Kessel über dem Feuer zu wärmen. Als sie zurückkam, sagte Corbel nur: «Du sorgst dafür, daß er badet.»

«Jawohl!» sagte Birle.

«Ihr alle drei; irgendwo findet sich hier auch Seife. Er hätte nie im Leben daran gedacht, aber ich.»

Er schien eine Antwort zu erwarten, also wiederholte Birle: «Jawohl.»

«In zwei Tagen bin ich wieder hier. Ich nehme meine Mahlzeit im Gegensatz zum Rest der Welt erst nach Sonnenuntergang ein, um die Tagesstunden nicht zu verschwenden. Dann könnt ihr mich erwarten.»

Er streckte die Hand aus und hob mit der behandschuhten Fingerspitze ihr Kinn, bis sie ihn ansehen mußte. Seine Augen ängstigten sie, aber sie zwang sich, ihn anzusehen – es war, als hielte sie eine Hand ins Feuer. Was er auch sah – und er konnte wenig mehr als blanke Furcht gesehen haben –, befriedigte ihn. Er ging schnell.

Birle schloß die Tür und lehnte sich dagegen.

An diesem Abend badeten sie in der ummauerten Abgeschlossenheit des Hinterhofs. Joachim als erster. Als er ins Haus zurückkam, mit nassen langen Haaren, in sauberen Hosen und reinem Hemd, die sie für ihn zurechtgelegt hatte, leerten Birle und Yul die Wanne aus und füllten sie mit frischem Wasser, das heiß geworden war, während Joachim badete.

Als Birle in die Wanne stieg und sich im warmen Wasser niedersetzte, das an ihr hochstieg, schossen ihr die Tränen so heiß wie das Wasser aus den Augen und über die Wangen. Der Himmel war purpurn geworden und ging in die Dunkelheit der Nacht über. Ein einsamer Stern schien über dem Hausdach. Es hatte keinen Sinn, an Orien zu denken, aber er war immer in ihren Gedanken wie der Stern am Abendhimmel.

Yul fürchtete sich vor dem Bad. Sie mußte ihn wie einem Kind zureden, seine winselnde Sprachlosigkeit mit Koselauten beruhigen. Sie wusch ihn wie ein Kind mit Seife und Lappen. Es gab zwar keine sauberen Kleider für ihn, aber vielleicht konnte sie die Tücher aus dem Koffer verwenden und ihm Hosen und Hemden nähen. Als Yul die Wanne hob, um sie zum letzten Male zu leeren, gesellte sich Joachim zu ihnen. Viele Sterne standen nun am dunklen Himmel. Lachende, singende, plaudernde Stimmen drangen über die Mauer zu ihnen.

«Du sieht nicht aus wie meine Frau, aber du hast denselben traurigen Blick wie sie. Schau», sagte Joachim und deutete empor: «Da kommt eben der Große Wagen heraus.»

Birle wußte nicht, wovon er sprach, und glaubte nicht, daß er zu ihr geredet habe. Morgen, überlegte sie, werde ich alle schmutzigen Kleider von uns dreien waschen, bis dahin liegen sie gut neben dem Rückgebäude und können das Haus nicht mit ihrem Gestank verpesten und Corbels Nase nicht beleidigen.

Sie begriff ihre Lage: Sie mußte Joachims Haus besorgen, hatte aber den Unwillen Corbels zu fürchten.

Als die Zeit gekommen war, dem Gast Corbel sein Mahl aufzutragen, war das Haus zumindest aufgeräumt. Das Fleisch, von den Soldaten herbeigeschafft, briet am Spieß über dem Feuer, die kleinen Brotlaibe, nicht größer als ihre Faust – die Soldaten hatten ihr erzählt, daß Corbel sie unbedingt haben mußte –, lagen in einem Korb, die weißen Rüben dünsteten mit den Zwiebeln plappernd im Topf. Birle bediente die beiden Männer und zog sich dann zurück, wie sie es vom Wirtshaus her gewohnt war.

Corbel rief sie: «Wohin gehst du, Mädchen?» Er wollte, daß sie schweigend hinter ihm stand, um ihm das Fleisch vorzuschneiden und den Becher zu füllen. Er setzte sich und aß wortlos, bis alles verzehrt war. So schmächtig er ist, frißt er doch wie ein Wolf, dachte Birle, als sie das letzte Fleisch vom Knochen schnitt und den Rest des Gemüses aus dem Topf kratzte.

«Und jetzt zeig mir dein Werk, Bruder, aber bitte kurzgefaßt, ich habe viel zu tun.»

Corbel schien sehr zufrieden, als er aus dem Zimmer ging. Aber nicht so sehr zufrieden war er, als er wieder zurückkam. «Diese Werkstatt – wie kann mein Bruder darin arbeiten? Wenn du glaubst, daß ich dich in feine Gewänder hülle … und dich nähre … daß du faul vorm Feuer trödeln kannst –»

Daran hatte Birle nicht gedacht. Keiner hatte ihr etwas gesagt, sie wußte nicht einmal, was eine Werkstatt war oder ein Laboratorium.

«– für dich meine Soldaten von ihrer Arbeit abhalte und sie zum Markt schicke.»

Sie hatte nicht darum gebeten, keiner hatte ihr etwas gesagt.

«– und meine Köche für dieses Haus hier auch noch Brot backen lasse, wenn sie meine eigene Tafel besorgt haben –»

Sie wußte nicht einmal, woher das Essen kam, wie sollte sie es auch wissen?

«– zu milchgesichtig, das Haus zu verlassen! Ich warne dich. Joachim ist hier, um für mich zu arbeiten, und ich will nicht, daß er unter deiner Nachlässigkeit zu leiden hat, klar?»

«Jawohl», sagte Birle. «Ich wußte nicht –», fing sie an. Bei ihren Worten blitzten seine Augen vor Zorn.

«Du bist nicht hier, um zu wissen.»

Er wollte keine Erklärung hören, sie gab auch keine. Er hatte sich in den Kopf gesetzt, daß sie die Tage vertrödele, und die Wahrheit kümmerte ihn nicht. Er sah nicht, was sie getan hatte; er sah nur, was sie nicht getan hatte. «Man kann Joachim nicht ohne Begleitung aus dem Haus lassen. Er hat den Kopf in den Wolken und ist weltfremd, das war er schon immer. An dir ist es, ihm die Alltagsmühen abzunehmen. An dir allein.»

«Alleweil, Herr», sagte sie gedankenlos vor Angst. Ein Blick in sein stolzes Gesicht verriet ihr, daß sie geantwortet hatte, wie er es wünschte.

Als sie die Tür hinter dem Gast geschlossen hatte und hörte, wie sich die Hufschläge rasch entfernten, drehte sie sich in das Zimmer um. Joachim kam gerade mit einer Laterne herein, hinter ihm trug Yul ein großes Buch. «Wir haben nur noch wenig zu essen», sagte Joachim entschuldigend, «Yul kann den Knochen abnagen, und ein bißchen Brot ist noch da. Komm, Birle, und iß.» Sie schüttelte den Kopf. Sie mußte aufräumen.

«Aber du mußt etwas essen. Ich muß dir Geld geben und dir zeigen, wo man einkauft. Haushaltsgeld. Setz dich, bitte. Du hast die Verantwortung für den Haushalt und mußt mit Corbel abrechnen.»

Er fügte nicht hinzu: ‹Leider›, dachte es vielleicht. «Wenn wir kein Geld mehr haben, müssen wir gehen und um mehr bitten. Er gibt uns genug. Sonst würde er seinen Zweck nicht erreichen. Und das will er schließlich, oder?»

Joachim wartete, aber Birle hatte nichts zu sagen noch zu fragen.

«Bestimmt will er das», sagte Joachim, «genau das. Ich kenne seine Absichten nicht im einzelnen und weiß nicht, was er von mir wollte, als er mich hierherholte. Er hat mir keinen reinen Wein eingeschenkt. Corbel hat immer seinen eigenen Kopf ... aber das hat mit dir nichts zu tun.»

Birle wollte, sie könnte ihm glauben.

«Der Marktplatz», er nahm ein Stückchen Holzkohle vom Rand des Feuers und zeichnete damit auf dem Tisch, während er sprach, «ist genau gegenüber dem Fluß, aber vor dem Hafen, so daß die Waren den Fluß heruntergebracht werden können und von den Schiffen herauf. Dies hier sind die Straßen. Sieh es dir an, und sag mir, ob du daraus klug wirst. Die Stadt liegt auf einer Halbinsel, hier geht der Fluß in das Meer. Das Land steigt an dieser Stelle ziemlich steil von der Küste auf. Es ist eine alte Stadt, die schon immer befestigt war. Das sind die alten Mauern um die Innenstadt und hier die neuen. Kannst du mir soweit folgen?»

Birle nickte.

«Wir befinden uns ungefähr hier.» Er zeichnete ein X neben die Fluß-Seite der neueren Stadt. «Da unten ist der Markt.» Ein weiteres X. «Leicht zu erkennen. Nicht nur, weil es ein offener Platz ist, gepflastert und mit einem Merkpfosten in der Mitte, den man nicht verfehlen kann, sondern weil er auch von Gildenhäusern gesäumt ist. Du siehst sie, wenn du dort hinkommst. Du mußt nur den Berg hinabgehen. Du kannst dich nicht verlaufen, und wenn, brauchst du nur einen Soldaten nach der Richtung zu fragen. Bei den Toren gibt es keine Schwierigkeiten, an den inneren Mauertoren nicht. Sie sind immer offen, nicht einmal richtig bewacht. Nur ein paar Soldaten machen dort Dienst. Und keiner würde wagen – nur Leute aus Corbels Haus tragen das goldene Halsband, mußt du wissen. Du hast nichts zu befürchten, Birle.»

Sie schüttelte den Kopf. Sie fürchtete sich nicht, nicht so, wie er dachte. Sie sah auf die grobgezeichnete Karte. «Dann ist dies also Osten», sagte sie und legte ihren Finger auf den Fluß, wo er am Ende ihres ummauerten Grundstückes vorbeiging.

«Du kannst eine Landkarte lesen?»

Die Furcht kam wieder. Sie hätte ihr Wissen für sich behalten sollen.

«Birle», er klang aufgeregt, und sein Gesicht leuchtete vor Eifer, was ihn viel jünger aussehen ließ. «Kannst du lesen? Ich meine: Buchstaben und Wörter? Bücher? Noch deutlicher: Kannst du schreiben?»

Was war die richtige, die sichere Antwort darauf? O wie schwierig war diese Welt. Nichts, was sie gelernt und erfahren hatte, stimmte mehr. Was im Königreich Gefahr hieß, konnte hier Sicherheit bedeuten. Wie sollte sie es wissen, ehe sie geantwortet hatte?

Schließlich sagte sie: «Ja.»

«Was für ein Glück!» sagte Joachim. «Woran erkennst du den Osten?»

«Weil die Sonne über dem Haus unterging, als wir badeten, und der Fluß in meinem Rücken war.»

Das mußte er doch selber wissen.

«Gut. Gut», sagte er, «das ist sehr gut.»

Birle prägte sich die Karte ein. Mit einer Landkarte im Kopf konnte sie vielleicht entkommen, aber es gab noch vieles, was sie nicht wußte. «Was liegt vor der äußeren Mauer?» fragte sie.

«Nutzland im Flußtal, dahinter Wald, dann steile kahle Hügel, wo der Boden immer weiter steigt. Dort sind die Bergwerke. Die Bergwerke und der Hafen machen die Stadt wertvoll.»

«Und Corbel herrscht über alles?»

«Ja. Seine Braut hat es ihm als Mitgift eingebracht.»

Wenn sie also aus der Stadt kam, war sie dennoch in Gefahr. Wie lange würde sie wandern müssen, um aus Corbels Herrschaftsbereich zu kommen? Und als sie auf den Tisch blickte, sah sie, wieviel Arbeit es kosten würde, die dicken Holzkohle-Striche aus der Tischplatte zu bekommen.

Joachim nahm sein Buch, die Kerze und setzte sich an den Tisch. Er schickte Yul ins Bett, und noch ehe Birle zu scheuern beginnen konnte, fragte er: «Kannst du das lesen?»

Es war die erste Seite des Buches. «Von der Beschaffenheit der Krankheit», las sie. «Verstehst du die Heilkunst?»

«So wie jedermann. Aber ich könnte –»

Er schwieg und beachtete sie nicht mehr.

Birle machte sich an die Hausarbeit. Wenn es eine Fluchtmöglichkeit gab, dann war es das Meer, aber sie fürchtete sich vor den Gefahren einer Seereise, selbst wenn sie ein Boot finden sollte. Und wenn Entkommen möglich war, hieße das, Orien zurückzulassen – wo immer er auch war. Jetzt sind wir wenigstens am selben Ort, dachte sie. «Meister?» wagte sie ihn zu stören. «Gibt es nur den Marktplatz und die Gildenhäuser in der Altstadt?»

«Nein, nein, erinnerst du dich nicht?» Nein, sie erinnerte sich nicht.

«Da unten geht es zu wie in einem Bienenstock, einem Ameisenhaufen. Dunkle Gassen gehen ineinander, Läden und Häuser, die Armenviertel. Wer es sich leisten kann, baut ein Haus in der neuen Stadt. In der Altstadt, wo der Fluß keine frische Luft bringt, brütet der Brodem der Nacht Seuchen aus und erzeugt Hunger, zeugt Grausamkeit – aber für dich ist keine Gefahr.»

Wenn sie zum Markt ging, konnte sie frei das Haus verlassen und durch die Tore in die Altstadt gehen –

«Ich geb' dir Yul zum Schutz mit», unterbrach Joachim ihre Gedanken. Dann wandte er sich wieder seinem Buch zu.

– und nach Orien suchen. Seine Herren konnten nicht reich sein, so befand er sich möglicherweise in der Altstadt. Wenn sie nach ihm suchte, fand sie ihn vielleicht. Ihre Gedanken rasten wild. Wenn sie ihn fand, sah sie sein Gesicht wieder. Ihr Herz pochte schwer vor Hoffnung.

Vierzehn

Drei Tage schwerer Arbeit verflossen, ehe Birle das Haus verlassen konnte. Sie wußte nicht, wie sie Corbel zufriedenstellen konnte, so wagte sie nichts ungetan zu lassen. Jahrelang hatte sich der Dreck im Haus aufgehäuft. Sie kochte zweimal, frühmorgens, und am späten Nachmittag die Hauptmahlzeit. Sie bürstete die Kleider aus und breitete sie in die Sonne. Am Abend nähte sie für Yul ein Hemd, ein gelbes Hemd, dessen Ärmel ihm nicht einmal über die Handgelenke gingen und an den Schultern ungleich waren. Aber jetzt hatte er wenigstens ein reines Hemd. Sie wußte nicht, ob ihr die Angst im Nacken saß oder ob es die Hoffnung war, die vor ihr aufglänzte, aber sie stürzte sich rastlos von einer Arbeit in die andere.

Das Laboratorium mußte gesäubert werden. Yul half ihr dabei, aber auch Joachim. Sie packte mit Joachim die Schalen, die Phiolen, die Gläser aus, die Tiegel mit den dichtschließenden Deckeln, merkwürdig geformte Geräte mit langen und kurzen Stielen, kleine Eisentöpfe, in denen ein Feuer brennen konnte, Blasbälge, um die Hitze anzufachen, und Bücher über Bücher. Von allem mußte das Stroh abgekehrt werden, die Gerätschaften mußten gewaschen und trockengerieben werden, auf die Wandborte gesetzt, die Yul gescheuert hatte. Birle konnte nicht ruhen wie Yul, der sich zusammenrollte wie ein Hund, wenn er nichts zu tun hatte. Sogar nachts im Bett schweifte ihr Geist unruhig zwischen Erinnerungen und Wünschen. Die Hoffnung nagte wie Hunger an ihr.

Als sie endlich aus dem Haus und auf die Straße kam, war es der Vormittag des vierten Tages nach Corbels Besuch. Yul begleitete sie zum Markt, als Schutz. Er ging hinter ihr mit einem Korb in der Hand. Birle wandte sich nach rechts, die absteigende Straße hinunter.

Obwohl die Luft schwer war von Blumenduft und blühenden Bäumen, sah man nichts als Steinmauern, die schmutzige Straßen einfaßten, und den klarblauen Himmel oben.

Die Mauern waren so hoch wie Yuls Schultern und liefen gleichförmig an beiden Seiten der Straße entlang, nur hie und da unterbrochen von Holztoren. Trotz aller Hoffnung erwartete Birle nicht, daß sie Orien an diesem Tage fände. Sie wollte nur den Weg in die Stadt kennenlernen. Sie beeilte sich. Wie Joachim gesagt hatte, standen Soldaten an der dicken Mauer Wache, welche die Altstadt umgab. Sie wollten wissen, woher sie kam und wohin sie ging, dann gaben sie ihr den Weg frei.

Auf der anderen Seite der Mauer ging die Straße steiler bergab, und die Häuser waren klein und aus Holz, strohgedeckt und eng aneinander stehend. Es roch nicht mehr nach Blumen, sondern nach Essen, Schweiß und Aborten. Kleinere Straßen bogen von der großen ab, die sie hinunterging. Viele Menschen waren unterwegs und in den Häusern; Frauen, Männer und Kinder. Soldaten in roten Hemden ritten an ihr vorbei, hinauf und hinab, die Leute drängten sich zur Seite, um ihnen Platz zu machen. Soldaten zu Fuß gingen vorüber oder standen umher, redeten miteinander und wachten.

Birle erkannte den Marktplatz sofort, als sie ihn sah. Die engen dunklen Straßen öffneten sich auf einem weiten Platz, der auf drei Seiten von zweistöckigen Gebäuden eingefaßt war. Obwohl dazwischen Straßen durchgingen, wirkten diese Häuser wie Mauern. Auf der vierten Seite des Platzes war der Fluß. Eine schlanke Säule erhob sich in der Mitte, oben zugespitzt wie ein Dorn. Drei breite Steinstufen führten hinauf, und ein seltsam geformtes Ding stand wie ein Bord davon ab. Darunter waren ringsum Budengassen und Verkaufstische, an denen die Menge vorübereilte. Auch vor den Gebäuden drängte sich die Menge unter Laubengängen. Birle zögerte, und Yul wartete hinter ihr. Es gab zuviel zu sehen und zu hören, zu viele Gesichter und Stimmen, Farben, Geräusche, als daß man einen einzelnen Menschen unter so vielen finden konnte, die so dicht gedrängt waren, daß sie einander verdeckten ... Im Wald, unter all den Bäumen und dem Gebüsch, fiel sofort auf, was sich bewegte. In der drängenden Masse fand man niemanden, wenn er nicht stillstand. Die Säulenspitze war der einzige feste Punkt. Sie hob sich dunkel von dem hellen Himmel ab.

Yul stieß sie von hinten, und sie wandte sich, um ihn zu schelten.

Aber ein Blick in sein Gesicht verschloß ihr den Mund. Seine Augen und sein Mund waren aufgerissen wie bei einem Fisch im Trockenen. Yul drängte sich schutzsuchend an sie wie ein Kind an den Rock der Mutter: «B-irle?»

Sie glaubte zu wissen, was ihn ängstigte. Sie antwortete auf seine Frage und redete mit ihm, wie es Joachim machte, der ihn nicht als Idioten behandelte. «Keine Angst, ich verlier dich nicht, du bist zu groß.»

Er schüttelte furchtsam den Kopf. Leute drängten sich an ihnen vorbei und beschwerten sich.

«Wenn ich von dir weggedrückt werde –»

«Nein», flüsterte er.

«Aber wenn das geschieht, brauchst du bloß stockstill zu stehen. Verstehst du, was ich meine? Du bist so groß, größer als alle anderen, daß ich dich immer finde. Bleib dicht hinter mir, daß wir nicht getrennt werden.»

«T-r-n-t?»

«Auseinander», erklärte sie. Sie legte ihre Handflächen zusammen, um es ihm zu zeigen, und nahm sie wieder auseinander. «Getrennt», wiederholte sie.

«Was wirst du also tun, wenn das geschieht?»

Er suchte nach Worten. Birle wartete. «Yul-bleibt-stehen», sagte er dann mit seinem traurigen, schiefen Lächeln, «stockstill.»

«So ist es gut. Und wenn du stillstehst, wirst du wie der höchste Baum sein, und ich sehe dich.»

«Birle-sieht-Yul», sagte er.

«Ja», sagte sie.

«Ja», sagte er.

Birle betrat den Markt. Sie erwartete nicht, daß sie Orien sehen werde, sie glaubte nicht daran. Auf dem ganzen riesigen Platz drängten sich die Leute um die Buden; es war, als fänden alle Jahrmärkte, die sie je im Leben gesehen hatte, auf einmal statt. Sobald sie den Platz betreten hatte, konnte sie nur noch sehen, was dicht vor ihr war: Soldaten, ärmlich gekleidete Leute, andere besser angezogen, ganz wenige in reichen Gewändern. Damen mit hochgekämmten

Haaren wurden auf Stühlen durch die Menge getragen. Unter den Stühlen waren Stangen durchgeschoben, die auf den Schultern von zwei Dienern ruhten, bei den vornehmsten Damen waren es sogar vier. Barfüßige Kinder flitzten schreiend durch die Menge, Ausrufer priesen ihre Ware an, und Käufer handelten.

Birle ging langsam die Budengassen auf und ab und merkte, daß sie hier nicht fand, was sie brauchte. In einer Reihe standen nur Weber, auf ihren Tischen häuften sich farbige Tuche. Manche waren grob gewebt, andere fein, manche glänzten im Licht, und einige waren so leicht wie der Schaum auf einer Schale Bier. Und das waren nur die Weber. Ähnlich war es bei den Messerverkäufern, beim Geschirr und den Schuhen, Trinkbechern, Tellern, Kerzen, Seife. Unmengen von Lebensmitteln: korbweise Zwiebeln, Rüben, weiße, rote; Fleisch, Geflügel und Käse, Brot, Äpfel in solchem Überfluß, den Birle nicht für möglich gehalten hätte. Unvorstellbar, daß es solche Mengen überhaupt auf der Welt gab.

Die Menschenmasse schob sie zu den Laubengängen. Dort standen die Leute und sahen den Gauklern zu, einem Lautenspieler, Puppen, die sich mit Pritschen schlugen, während die Menge lachte und sie anfeuerte.

Auf dem erhöhten hölzernen Gehsteig, der ringsum unter den vorspringenden Dächern lief, kauerten die ganz Alten oder die Jüngsten. «Meine Mutter ist krank», bettelten sie oder «helft einem alten Menschen». Birle konnte ihr Elend nicht mit ansehen und ging wieder zurück auf den Markt. Sie war schon fast am Fluß und konnte hinter einer Landzunge die Masten der Schiffe sehen, die vor Anker auf den Wellen schaukelten. Fischerboote waren am Ufer vertäut. Die hellen Rufe der Fischhändlerinnen erinnerten Birle an ihre Pflicht. Sie blieb vor einer Frau stehen, zufällig oder wegen des roten Bandes, das sie um ihr Haar geschlungen hatte. Sie war von Nans Alter, klein und dick, zwei kleine Kinder saßen still neben ihr. Birle nahm drei silbrige Fische aus dem Korb und hielt sie hoch. «Was zahl ich dafür?» fragte sie die Frau.

Die Frau und ihre Kinder beachteten sie nicht. Yuls Anblick machte sie stumm. Zwei kleine Gesichter lugten hinter dem Rock der Mutter hervor, angstvoll und hingerissen. Die Mutter sah an ihm hoch, dann hinab, wieder hoch und hörte Birles Frage nicht. Birle sagte wieder: «Was zahl ich dafür?»

Die Frau wollte schon den Mund aufmachen, als sie Birles Halsband erblickte. «Was du glaubst, daß sie wert sind», sagte sie. Solch einen Handel hatte Birle noch nie erlebt. Wie sollte sie wissen, was drei frische Fische wert waren? Wenn das Wirtshaus einem Fischer seinen Fang abkaufte, weil aus irgendeinem Grund die frühmorgendliche Ausbeute des Wirtshauses nicht groß genug gewesen war, um den Tisch zu beschicken, gab der Vater Käse dafür oder Wein oder Bier und arbeitete den Wert manchmal auch ab. Wenn der Fischer Geld wollte, sagte er, wieviel.

«Sind drei Kupferstücke genug?» fragte Birle.

Nun schien sich die Frau vor ihr zu fürchten und zog ihre Kinder näher an sich. Eine Stadt von Verrückten, dachte Birle.

Hatten die Narren alle zusammen eine Stadt für sich? Corbel, der es genoß, Angst und Schrecken zu verbreiten; Joachim, der mehr auf das achtgab, was in seinem Kopf vorging als in der Umgebung; die Leute ringsum mit ihrem gehetzten Kaufen-Verkaufen, als hinge das Fortbestehen der Welt von jedem einzelnen Handel ab, und jetzt diese Frau, die einem Käufer den Preis freistellte – als seien alle Irren auf der Welt (die größer war, als sich Birle je vorgestellt hatte) hier in dieser Stadt versammelt.

«Drei Kupferstücke sind genug.»

Birle hatte das Gefühl, daß die Antwort nicht anders ausgefallen wäre, hätte sie drei Goldstücke geboten. Oder ein einziges Kupferstück. Sie gab der Frau die drei Münzen in die Hand.

«Danke sehr.» Die Frau befeuchtete die Lippen mit ihrer Zunge. «Allerbesten Dank.»

Aber warum fürchtete die Frau sich dermaßen, wenn sie Birle drei Fische verkaufte? Birle fragte nach einem Bäcker. Die Frau deutete auf die Mitte des Platzes, wo die mächtige Spitze über den Köpfen der Menge emporragte.

«Was ist das?» fragte Birle.

Die Frau hob die Schultern und gab keine Antwort. Mit Yul hinter sich drängte Birle durch die Menge. Die einzigen, die sich gemächlich bewegten, waren die Soldaten. Die Leute wichen ihnen aus, sie gingen auseinander und verstummten. Yuls Größe hatte dieselbe Wirkung.

Am Tisch des Bäckers wurde Birle wieder gebeten, ihren Preis zu nennen, und wieder wurde er ohne Widerspruch angenommen. Beim Weinschenk riß ihr die Geduld. «Ich kenn den Wert dieser Geldstücke nicht. Ich weiß auch nicht, was dein Wein wert ist.»

Der Weinschenk war ein älterer Mann, stolz und mit reichgefärbtem Gewand. Seine Stimme war voll Bitterkeit, der Bitterkeit eines Mannes, der nicht sagen darf, was er denkt. «Die Leute des Fürsten geben den Wert der Ware an.» Er redete ihren Hals an und das goldene Band darum. Jetzt verstand Birle. Das Metall an ihrer Kehle zeichnete sie wie ein Brandmal. «Ich möchte ehrlich bezahlen», sagte sie.

«Corbel ist es, der heutzutage den Preis festsetzt.»

Er wollte ihr nicht helfen. Birle war verwirrt und ärgerlich, also gab sie ihm zwei Kupfermünzen. Wenn er ihr nicht helfen wollte, war es nicht ihre Sache, sich wegen seines Gewinns Gedanken zu machen. Sie blickte zu Yul hoch, um ihm zu bedeuten, den verschlossenen Weinkrug in seinen Korb zu stellen, als ihr Blick auf die Säulenspitze fiel, die über Yul aufragte. Da sah sie, was sie vorher nicht bemerkt hatte: eine Hand. Jeder mußte sie sehen; und wer die Steinstufen hochsteigen wollte, konnte sie berühren. Eine Menschenhand. Auf ein Brett genagelt, das wie ein Bord aus der Spitze ragte. Die Hand hörte am Gelenk auf, war schwarz, und die schwarzen Finger krallten sich in die schwarze Handfläche. Auf dem kleinen Brett waren schwarze Blutspuren. In der Handfläche lag ein Goldstück. Birle wandte sich um und versuchte, dem Weinschenk in die Augen zu blicken. Seine Hand, das lebende Fleisch, sonnengebräunt, fingerte an der verschlungenen Silberkette, die über seiner breiten Brust hing.

«Was ist das?» fragte sie ihn.

«Eine Hand.»

«Alleweil, das kann ich selber sehen. Wessen Hand ist das? Warum ist sie da oben für alle ausgestellt?»

Der Weinschenk wollte nicht antworten. Glocken läuteten, erst langsam, dann schneller. Der Weinschenk räumte seine Krüge weg.

«Weinschenk», sagte Birle, «ich verlange Antwort.» Sie wußte selbst nicht, warum sie es genau wissen wollte. Sie wollte es eigentlich nicht wissen; sie wollte, sie hätte das Ding nie gesehen, das da aufgestellt war, damit alle es sähen.

«Dann frag deinen Herrn.» Er wollte nicht antworten, wagte aber nicht, im Schweigen zu verharren.

«Weinschenk», sagte sie wieder. Furcht kroch in seine Augen. Trotz seiner Gewichtigkeit, trotz seines Reichtums fürchtete er sie. Die Kette um ihren Hals verkündete Corbels Macht. Und wiewohl sie kein Anrecht darauf hatte, wollte sie diese Macht auch nutzen. Sie genoß es, wie sich dieser Dumpfmann furchtsam ihrem Willen unterwarf.

«Weiß nicht, wessen Hand dies ist, kenn seinen Namen nicht. Ich weiß nur, was er begangen hat. Es waren zwei, und wenn du die Hand des anderen sehen willst, brauchst du nur auf die andere Seite des Dorns zu gehen. Da ist auch ein Goldstück. Zwei Leute, die Corbel betrogen haben. Ihre Hände sind hier und ihre Köpfe auf dem Sklavenmarkt. Links einer und rechts einer, bis die Vögel den Rest besorgt haben. Wie sie aussahen, ehe Corbel sie einfing, weiß ich nicht. Sie hatten ein Schiff und glaubten, sie kämen übers Meer davon. Fremde, vielleicht Seeräuber, jedenfalls waren sie in ihrer Habsucht nicht schlau genug. Ich sag dir's ehrlich: Ich weiß nicht, wie sie hießen.»

Birle glaubte es zu wissen. Und, alleweil, war sie es zufrieden, daß die Brüder mehr Schaden von der Sache hatten als sie und Orien. Aber daß Corbels Rechtsprechung so schnell und sicher zugeschlagen hatte –

Sie wandte sich ab und wieder der gewundenen Gasse zu, die sie auf den Platz geführt hatte. Der Markt leerte sich nun, als hätten die Glocken die Leute abgerufen, Käufer und Verkäufer. Die Sonne stand hoch am Himmel.

Aber der schrecklichste Gedanke war doch, daß die zwei Goldstücke unberührt in den Händen lagen, offen für jeden, der hinaufklettern wollte. So groß war die Furcht vor Corbel, und Corbel wußte das. Sogar die Bettler im Schutze der Dunkelheit, die Soldaten, denen ein Menschenleben weniger wert war als Geld, wagten nicht, die breiten Stufen emporzugehen. Lieber betrogen sie sich gegenseitig am Markt, ehe sie Corbel zu betrügen wagten oder bei ihm den Glauben erweckten, sie betrögen ihn.

Auch wenn sie Orien in diesen verschlungenen Straßen fände, konnte sie nichts unternehmen. Sie konnte nicht entkommen. Dieselbe Macht, unter der sie sich so frei bewegte und alles zu jedem Preis kaufen konnte, lieferte sie der Hilflosigkeit aus. Birle und Yul schlossen sich der Menge an, die sich nun schnell verlief. Die Leute traten vor ihnen zur Seite, um sie vorbeigehen zu lassen wie Corbels Soldaten.

Sie fand ihren Weg nun leicht zurück, Yul ging neben ihr. Sie merkte sich die Straße zu ihren Füßen, den Berg hinauf und durch das bewachte Tor, an den ummauerten Häusern vorüber bis zum Hause des Adepten. Ehe sie noch den Korb hineinbringen und ausleeren konnte, winkte ihr Joachim noch unter der Haustür: «Komm hierher.»

Es war hoher Mittag unter einer warmen, südlichen Sonne. Das Gras sproß üppig zu ihren Füßen, und ein Lufthauch brachte den Geruch der See und Blütenduft mit sich, aber die Süße des Tages drang nicht in Birles Herz.

Joachim starrte sie und Yul an, als hätten sie sein Mißfallen erregt. Birle blickte in sein zerfurchtes Gesicht; sein graues Haar lag strähnig auf den Schultern seines schwarzen Gewandes. Sie wartete. Seinen Zorn fürchtete sie nicht.

«Einen Garten», sagte er, «genau hier. Vierzig Schritt auf jeder Seite. Genau hier. Kannst du einen Garten besorgen?»

«Alleweil, Meister», sagte Birle.

«Der Grund ist eben, der Brunnen nicht weit, wenn der Sommer trocken wird. Das Gras ist fett, also muß der Boden gut sein, und ich brauche einen Garten. Yul, du wirst den Boden umgraben und glattrechen. Tief. So tief wie meine Knie. Verstehst du?»

Augenblicklich antwortete Yul: «Ja.» Als fürchte er, nicht verstanden zu werden, weil dieser einfache Laut durch seine Lippen entstellt wurde, nickte er heftig.

«Also los», sagte Joachim. Er schien beunruhigt, aufgeregt.

«Was willst du anbauen?» fragte Birle.

«Kräuter», sagte er ungeduldig. Dann zog er den Atem tief ein wie ein Kind nach langem Schluchzen und lächelte sie an. «Ich sollte nicht ärgerlich sein. Ihr könnt nichts dafür. Wie solltet ihr verstehen, wenn ich euch noch nichts erklärt habe?» Er antwortete auf seine eigene Frage, lächelte aber nicht mehr. «Mein Bruder hat mich hierherbefohlen, in diese Stadt, weil er mit mir etwas vorhat. Als ob ich – er will, daß ich das geheime Gesetz entdecke, nach welchem unedle Metalle in Gold verwandelt werden können.»

«Aber du hast doch selber gesagt, daß dies ein Märlein ist», erinnerte ihn Birle.

«Es gibt Leute, die behaupten, sie hätten dies Gesetz entdeckt. Andere Leute glauben daran. Corbel gehört dazu. Alchimisten, Adepten, nennen sich die Männer, welche den Anspruch erheben, sie hätten dieses Gesetz entdeckt. Es gibt einen Namen für die, welche daran glauben, was sie sagen, mein Bruder gehört dazu. Ich bin zu klug, diesen Namen auszusprechen, und du solltest meinem Beispiel folgen.»

«Jawohl, Meister.»

«Corbel glaubt mich wie ein Werkzeug benutzen zu können. Aber ich werde von diesem Ort hier meinen eigenen Gebrauch machen. Ich verstehe etwas von Krankheiten und Kräutern, die sie heilen oder lindern. Und ich möchte ... wenn ich alles aufschreibe, was ich weiß, den Wuchs und den Nutzen jeder Pflanze, wird dies für alle Menschen und für alle Zeit das Leben leichter machen. Ein solches Buch ist besser als ein Kind, das meinen Namen am Leben hält, wenn ich aus dieser Welt gegangen bin. Es ist mehr wert als eine Reihe eroberte Städte, die in Furcht vor meinem Namen leben. Mehr als die Gewalt der Macht. Ich werde die Pflanze insgesamt darstellen, als Schößling, in der Blüte, im vollen Blattgewand, die Wurzeln. Ich werde angeben, wie man sie zubereitet, wie man sie anwendet. Aber Corbel muß in dem Glauben gelassen werden, daß ich an seinem

Stein der Weisen arbeite, oder er wird mich – ich weiß nicht, was mein Bruder tun wird, wenn es nicht nach seinem Willen geht. Er muß glauben, daß ich nach seinem Willen arbeite.»

«Auch wenn das nicht möglich ist?» fragte Birle.

«Vielleicht geht's doch. Eisen, Stein – eine wunderbare Sache wäre es schon, könnte man das Allergewöhnlichste in Kostbarkeiten verwandeln. Vielleicht liegt das Geheimnis vor unseren Augen und wartet darauf, entdeckt zu werden», sagte er und blickte sie nicht mehr an.

«Es ist eine Frage, die ich nicht beantworten kann. Die Welt ist voller Wunder, die ich nicht begreife. Die Sonne kreist über uns – hat dich das nie gewundert? Was hält sie im Himmel?»

Birle hatte sich darüber nie Gedanken gemacht, vielleicht Orien. Orien wäre im Hause des Adepten besser am Platz gewesen.

«Du steckst einen Samen in die Erde, und eine Pflanze wächst auf, Zwiebel oder Roggen, Rosen – wie geschieht das? Zwiebel, Roggen oder Rose aus einem winzigen Samen. Ein Baum aus einer Eichel. Wie geschieht das? Eine Winzigkeit zu so etwas Großem? Oder denk an Mann und Frau. Sie liegen zusammen, und er spritzt ihr ein Kind in den Bauch, wie geschieht dies Wunder? Ein Mensch kommt ans Ende seiner Tage – durch Alter, Krankheit oder Unfall –, und wenn er stirbt, wo bleibt das, was ihn zum Menschen gemacht hat, der er war? Fleisch hier und Geist da – aber ich habe gesehen, wie man den Leib eines toten Menschen aufgeschnitten und auseinandergenommen hat und keinen Geist darin fand. Das Prinzip des Lebens, der Ur-Anfang des Lebens ...»

Birle wußte vor wachsender Verwunderung nichts zu sagen. Sie hatte keine Antwort auf seine Fragen.

«So könnte in jeder Sache überall Gold verborgen sein. Es könnte wohl sein, daß wir in der Lage wären, das Gold aus dem Blei freizusetzen, wüßten wir, wie. Oder», fügte Joachim hinzu, mit einem Lächeln, das ebensoviel Weisheit wie Spott enthielt, «daß Blei in allem liegt, daß das Geheimnis den Schatz nicht preisgibt, der nur im Gemeinen haust. Ich werde sehr wohl die Möglichkeit der Verwandlung versuchen, wie Corbel es will. Ich werde meine besten Kräfte daran setzen. Aber ich werde auch alles tun», sagte er entschlossen, «mein Kräuterbuch zu machen. Und dafür brauche ich deine Hilfe.»

«Meine Hilfe?»

«Ja. Und nochmals ja, davon rede ich doch, verstehst du denn nicht? Wenn du lesen und schreiben kannst, wirst du mein Amanuensis, meine Gehilfin sein. Yul ist mein Arm im Garten, aber du bist meine Hand zum Schreiben. Corbel soll seinen Willen haben, aber wir drei –»

Birle war zumute, wie es Yul immer zumute gewesen sein mußte. Sie verstand nicht genug. Es schien wie Nebel vor den Augen, was anderen klar war. Sie begriff, daß sie zu wenig verstand. Aber das war am allereinfachsten: daß Joachim aus Gründen, die nur er verstand, ihr Glück gebracht hatte, als er sie am Markt ausgesucht hatte. Sie wußte, was Yul ahnungslos begriffen hatte, daß ihr Meister jemand war, der sie nicht knechtete oder hart war zu ihnen. Der Zungenschlecker hätte sie nicht so behandelt, und sie konnte für Orien nur hoffen. Sie wußte nicht, was ein Amanuensis war, aber sie erkannte ein günstiges Schicksal, wenn sie es in der Hand hielt.

Fünfzehn

Sie wäre mit ihrem Schicksal zufrieden gewesen, wenn es ihr gelungen wäre, Orien zu vergessen. Aber sie konnte ihn so wenig vergessen wie ihren Körper. Wie sie herausbringen konnte, wo Orien hingekommen war, wußte sie nicht. Sie konnte nur jede Straße in der Stadt absuchen. Was geschehen würde, wenn sie ihn wirklich fände, wußte sie nicht. Alles, was sie wollte, war, ihn wiederzusehen, in sein Gesicht zu blicken.

Als das Frühjahr verging und in den Sommer aufblühte, nahm Birle, wenn sie zum Markt ging, auf dem Hinweg immer eine andere Straße als auf dem Rückweg. Es blieb ihr wenig Zeit für Nachforschungen. Arbeit wartete auf sie, wenn sie in das Haus des Alchimisten zurückkehrte. Laboratorium und Haushalt gaben ständig zu tun. Inzwischen grub Yul den Garten um und düngte unter Birles Anleitungen den Boden mit Mist, den die Soldaten in Wagenladungen aus Corbels Ställen anfuhren.

Sie wusch und flickte; am Abend übte sie unter Joachims scharfen Augen ihr Handschrift. Er war kein harter Herr, aber beim Schreiben forderte er das alleräußerste. Er lehrte sie, wie man die dicke schwarze Tinte herstellte und wie man eine Gänsefeder schnitt, daß sie ohne Kleckse die Buchstabenreihen schrieb. Er gab ihr Seiten aus seinem Alchimiebuch abzuschreiben, seltsame Gebilde dabei, die Formeln hießen. Immer wieder ließ er sie abschreiben, bis jede Seite vollkommen war.

Birle war die unaufhörliche Arbeit recht. Sie füllte die vielen Stunden aus, in denen sie sich nicht davonstehlen konnte, um durch Gassen und Wege zu streifen, links und rechts in Türen zu spähen oder in schmale Durchgänge. Besonders Brunnen prägte sie sich ein auf ihrem inneren Stadtplan.

Zu Mittsommer, wo der Tag am längsten ist, brachte ein Soldat auf Anordnung Joachims einen Wagen vor das Haus. Sie fuhren aus, vor die Stadt. Birle und Yul saßen hinten auf leeren Säcken. Joachim saß neben dem Kutscher. Sie verließen die Stadt durch ein Tor der äußeren Mauer, die höher und dicker war als die innere, ein stärkeres Bollwerk. Während sie hinausfuhren, begegneten ihnen Leute, die Lebensmittel und Vieh auf den Markt brachten. Die Soldaten am Tor, die jeden Bauern anhielten, seinen Wagen durchsahen und sich einen Teil der Güter nahmen, die er brachte, ließen sie wortlos passieren.

Der Weg, dem sie folgten, ging durch ebene Felder und stieg dann zum Wald an. Dort lagen die Bergwerke, erklärte Joachim. Wenn sie zwei Tage lang diesen Weg fortsetzten, würden sie bei den Bergwerken ankommen, wo das Gold aus Gängen tief unter den Bergen herausgegraben wurde. Wenn sie die Abzweigung nach rechts einschlügen, würden sie in die Städte gelangen, die unter der Herrschaft des Vaters von Corbels Braut standen. Es war gefährlich, in diese Städte zu reisen.

Ihr Ziel waren der Waldrand und die Brachwiesen davor. Der Soldat wartete beim Wagen, während Joachim und seine Sklaven Kräuter sammelten. Sie hielten den ganzen langen Tag keine Rast, nicht einmal zum Essen. «Das Tor wird bei Sonnenuntergang geschlossen», erklärte Joachim. «Wenn wir die Wachen bitten müssen, für uns die Tore nach Einbruch der Dunkelheit zu öffnen, könnte Corbel davon hören. Ich habe nur diesen einen Tag für meine Zwecke zur Verfügung.»

«Und wenn er kommt, während wir fort sind?» fragte Birle.

«Er kommt diesen Sommer nicht», erklärte Joachim. «Ja, diese beiden, das sind Aurikeln, und nehmt dies hier auch, es ist Drachenkraut. Sanft, Yul, du darfst die Blätter nicht drücken, sonst geht die Kraft des Krautes verloren.»

Yul kniete und lockerte mit seinen Fingern den Boden um eine kleine zerzauste Pflanze, Schwarzkümmel, die Jungfer im Grünen.

«Er und seine Soldaten haben sich in den Dienst eines Fürsten gestellt, dessen Stadt eine Wochenreise im Süden liegt. Er ist den ganzen Sommer dort auf dem Feldzug.»

«Aber seine Soldaten sind noch in der Stadt.»

«Die bleiben zur Verteidigung hier. Ich sag dir doch, Corbel ist fort. Da – siehst du? Ein Heilkraut, das Wunderdinge vollbringt, Aloe. Milder als Knoblauch und besser für Verbrennungen. Während Corbel weg ist, kann ich an meinem großen Werk arbeiten, wir beide, du und ich. Vorsicht. Sie leiden unter der Verpflanzung.»

Birles Rücken schmerzte vom ständigen Bücken, die Schultern taten ihr weh, weil sie die Säcke schleppen mußte, die immer schwerer von den Pflanzen- und Wurzelballen wurden. Aber die Arbeit war ihr willkommen. Je schwerer die Pflicht, desto ermüdender – und das hieß, daß sie leichter Schlaf finden würde.

Am Rand einer der Wiesen, halb im Blätterschatten und halb im warmen Sonnenlicht, lag ein kleiner Flecken Blau. Birles Herz lachte. Glockenblumen von einem so tiefen Blau, daß sie an Oriens Augen erinnert wurde, an diesen ersten Morgen, als er vom Schlaf erwachte und lächelte. Es wurde ihr elend zumute, wenn sie daran dachte. Aber sie verdrängte die schweren Gedanken und hielt sich an die

Gegenwart, die Freude, die vor ihr stand, lebendiger als Wiesen und Bäume und die beiden Männer, eindringlicher als ihre Rückenschmerzen.

«Du lächelst.» Joachims Stimme riß sie aus den Träumen.

«Jetzt hast du aufgehört. Du siehst ganz anders aus, wenn du lächelst, glücklich. Du solltest öfter lächeln.»

Den ganzen Sommer lang suchte Birle nach Orien in den krummen Gassen der Stadt, gefolgt von Yul. Die Straßen wanden sich durch die Häuser, teilten sich, endeten plötzlich – es war so verwirrend, daß sich Birle oft nicht mehr zurechtfand. Im Verlauf des Sommers prägte sie sich den Stadtplan immer besser ein. Straßen kamen immer an Brunnen zusammen, wie die Speichen eines Rades in der Nabe; jeder Brunnen war anders geformt und stellte etwas anderes dar. Das Volk versammelte sich dort mit Eimern und Kannen, bewacht von den Soldaten. Besonders an den Brunnen stachen ihre roten Hemden von dem grauen geflickten Zeug der Armen ab und von den Fetzen, welche die Sklaven am Leibe hatten.

Die Sklaven trugen Ketten um den Hals als Kennzeichnung ihres Standes. Sie drängten sich verstohlen zusammen, als ob allein das Sprechen schon Gefahr brächte. Birle suchte mit den Augen diese Sklaven-Ansammlungen nach einem Paar hochgewachsener stolzer Schultern ab, nach einem schlanken Hals und nach den Glokkenblumen-Augen. Selbst unter all diesen Leuten wäre er aufgefallen.

Am Marktplatz ging Birle immer zuerst den langen Gehweg ab, wo die Gaukler auftraten. Dort standen Arm und Reich durcheinander, Sklaven und Soldaten, Bauern und Kaufleute, Sänger, Puppenspieler, Gaukler, Tänzer – ein Stimmengewirr von Anpreisungen, Marktgeschrei und Prahlerei. Wenn er überhaupt irgendwo stehen und zusehen durfte, könnte es dort sein.

Birle ging oft zum Einkaufen auf den Markt. Es wunderte sie, daß die Stadtbewohner Geld für Dinge bezahlten, die man selber herstellen konnte: Seife, Brot, Kerzen, Stühle, Schalen – alles wurde auf dem Markt gekauft. Aber sie liebten das Einkaufen, Handeln, den

Klang des Geldes, das von einer Hand zur andern ging. Sie liebten ihre Geldstücke und gaben ihnen so viele Namen wie vernarrte Eltern ihren Kindern. Die Goldstücke hießen Könige oder Herrscher, Meister oder Gulden. Die Silberlinge waren als Ladies bekannt, Jungfern, Schönchen oder, aus irgendeinem unerfindlichen Grund, Biedermänner. Die Kupferstücke nannten sie: die kleinen Leute, Männlein, Pfennig, Zwicker, Reusen oder Hunde. «Du kannst doch einen Hund nicht als Mann ausgeben», sagten sie, wenn ihnen etwas zu teuer war. Aber wenn Joachim mit seiner Aufgabe für Corbel Erfolg hatte, überlegte sich Birle, konnte wohl aus einem Hund ein König werden.

Als es Hochsommer wurde, lag die Luft feucht und heiß über dem Marktplatz. Die Stimmung war gereizt, und das Gemüse der Bauern welkte in den Körben. Der Markt wurde zum Ort der Gefahr, aber das hielt keinen ab, weiter hinzugehen. Angst vor der Pest herrschte in der Stadt, aber das machte die Leute verwegen. Wenn wir schon sterben müssen, schienen sie zu denken, dann wenigstens mit vollem Magen, koste es, was es wolle. Tagtäglich wurden neue Köpfe auf den Dorn gespießt: Diebe, Spione, Sklaven, die sich widersetzlich gezeigt oder zu fliehen versucht hatten. Birle betrachtete jeden Kopf genau und hoffte, keinen zu erkennen.

Es gab häufig Schlägereien, denn jeder gloste vor Wut, die immer ausbrechen konnte. Nicht selten sah man Blutspuren auf Gesichtern oder auf der Brust eines Mannes, der getötet worden war, ehe noch die Soldaten durch die Menge zu ihm vorstoßen konnten. Frauen schrien gellend im Streit oder vor Jammer. Birle bewegte sich wachsam durch die unbeständigen Massen.

Die großen Gebäude mit ihren glatten rosafarbenen Schauseiten waren die Gildenhäuser, und Birle erfuhr, daß man sich am besten von ihren holzgeschnitzten Türen fernhielt. Wenn ein Gildemeister aus der Halle schritt, umgeben von seiner Dienerschaft und den Gesellen, konnte er sehr wohl von wütenden Handwerkern bedrängt und beschimpft werden, die Arbeit suchten. Erst flogen böse Worte, dann Fäuste; Knüppel hoben sich, Messer und Schwerter wurden gezogen – und während sich die Schlägerei über den ganzen Platz ausbreitete, suchte Birle mit anderen Zuflucht in den engen Gassen um den Platz. Sie war geschützt durch Corbels goldenes Halsband und Yuls Größe, aber in der Hitze seines Zornes konnte jemand wohl ihr Halsband übersehen oder ihren Begleiter. Birle hatte vor allem Angst, aber am meisten davor, daß sie Orien nicht finden würde. Jeden Tag sank ihre Hoffnung mehr, während sie unverdrossen durch die Straßen streifte und sich in Gefahr begab. Sie fand ihn nicht.

Dem Haus des Alchimisten drohte keine Seuche, nicht Hunger noch Gefahr aus der Stadt; und dies nicht nur, weil die Mauer mit ihren bewachten Toren das Elend nicht fernhielt, sondern weil auch Birles Arbeit die Zeit sinnvoll vergehen ließ: sie hatte zu Hause zu tun, im Laboratorium und nun auch im Garten. Yul und Birle pflegten die Pflanzen, entfernten zuerst alles, was das Umsetzen nicht überstanden hatte. Dann jäteten sie Unkraut und lockerten den Boden um die Kräuter, welche gut gediehen. Der Sommerregen fiel reichlich in den Garten, und die Sonne schien warm. Sie ernteten unter Joachims Anleitung die Blätter und breiteten sie zum Trocknen aus. Andere wuchsen nach und nahmen den Platz derer ein, die gepflückt worden waren.

In der langen Sommerdämmerung pflegte Joachim zwischen den Beeten zu wandeln, bückte sich hier und zerrieb ein Blatt zwischen den Fingern und roch daran, brach dort einen Stengel ab und kaute ihn. Er nannte die Namen: Lungenkraut, Flohkraut – und fragte sie manchmal auch ab. «Was ist das?»

«Beinwell», antwortete sie dann oder «Knoblauch», aber auch genauso oft: «Ich weiß es nicht.» Er erzählte ihr von Salben, Aufgüssen, Brechmitteln und Wurmarznei; von welchen Kräutern die Wurzel nützlich war, von welchen Blüte oder Blätter. Birle hörte ihm aufmerksam zu, weil ihrem Verstand wie ihrem Körper jede Arbeit willkommen war. Sie lernte, und Ablenkung erleichterte ihr Herz. Einige Pflanzen waren gefährlich, zum Teil oder im ganzen, und die prägte ihr Joachim besonders ein: Eisenhut, Tollkirsche und Mohn. Während dieses langen Sommers verließ Joachim oft tagsüber das Haus und brachte Kranken oder Verwundeten in der Stadt seine Arznei. Wie er von ihrer Not erfuhr, wußte Birle nicht, auch nicht, wie die Kranken ihn um seine Hilfe baten. Die Kenntnis von seiner Heilkunst schien sich mit dem bloßen Wind zu verbreiten, der von der See und dem Fluß über die Stadt zum Haus des Adepten wehte.

Es schien ihr, daß es nichts gab, was Joachim nicht wußte. Er kannte den Lauf der Sterne und zeigte ihn ihr. Jetzt fand sie den Großen Wagen und konnte von ihm aus den Stern finden, der unbeweglich im Norden stand, der einzige Fixstern am Himmel. Sie wußte jetzt, weil Joachim es ihr gezeigt hatte, daß sich die Sterne bewegten, über ihnen kreisten wie Sonne und Mond, nur langsamer. Joachim hatte ihr die Kassiopeia gezeigt, die wie ein großes W am Nachthimmel stand, und das Siebengestirn, das wie ein Blumenstrauß aussah. In der kalten Jahreszeit würde sie den Orion erblicken, die Sanduhr mit ihren drei Sternen in der Mitte, welche den engen Durchgang der Zeit vom Gestern zum Morgen bezeichneten.

Wenn sie nachts die Seiten der Kräuterkunde abschrieb oder im Alchimiebuch las, um die Versuche für Corbel niederschreiben zu können, machte sich Joachim an die Aufgabe, Yul sprechen zu lehren. So wie er wußte, welche Kräuter einem kranken Körper gut taten und bei welcher Hitze Wasser zu Luft wurde, so kannte Joachim die richtige Lage der Gebeine im Körper. Er hatte in Yuls Mund gesehen und ihn mit den Fingern abgetastet. Es schien, daß Yuls Mund nicht wie der anderer Leute gebaut war. Auch hier waren seine Knochen übergroß gewachsen. Joachim versuchte herauszubringen, wie Yul Lippen und Zunge bewegen mußte, um die Wörter besser bilden zu können, die er sprechen wollte. Geduldig tat Yul, was ihn der Meister hieß, und wiederholte die Worte immer wieder. Vielleicht, dachte Birle, ist Yul glücklicher als je in seinem Leben. Er hatte zu essen, ein Dach über dem Kopf, Arbeit und Gesellschaft. Er wurde freundlich behandelt.

Der Sommer währte lang, und die Hitze ließ nicht nach. Der Marktplatz war ein Kessel von wildem Lärm und Gerüchten, Streit, Gewalt und Angst, Kauf, Verkauf, Schaubühne und Lustbarkeit. Oft klangen die Glocken, um einen Todesfall zu verkünden. Die

Glocken machten keinen Unterschied zwischen den Menschen, ob Mann oder Frau, groß oder klein: die Glocken dröhnten.

Birle wußte, daß Orien leicht einer von denen sein konnte, die vom Fieber dahingerafft oder in einem finsteren Durchgang verblutet waren, aber sie wollte es nicht wahrhaben. Sie fuhr fort zu suchen, bis sie mit den Straßen vertraut war. Sie kannte ein paar Schausteller, vor allem die, bei welchen sie immer stehenblieb. Ob die sie aber in der Zuhörerschaft erkannten, wußte sie nicht.

Die Puppenspieler müßten sie eigentlich kennen, überlegte sie, denn Yul blieb nie mitten in der Menge stehen, sondern bewegte sich wie am Schnürchen gezogen bis dicht vor die kleine Bühne, wo die Puppen ihre Abenteuer vorführten. Wenn er zusah, stand die ganze Zeit dies süße Lächeln auf seinem Gesicht. Seine Augen waren voll Staunen. Birle drängte ihn nicht zum Gehen. Sie blieb dicht neben ihm stehen, damit ihm nicht ein Unfall widerfahre oder ihr.

Sie freute sich über die Puppen, wie sie sich da am Ende ihrer Schnüre bewegten und mit eigener Stimme zu sprechen schienen. Ein Meister der Kunst hatte diese Puppen geschnitzt. Die hölzernen Teile paßten so genau ineinander, daß ihre Arme und Beine, ihre Knie und Köpfe sich auf und ab bewegten, wenn an den Schnüren gezogen wurde. Sie waren in bunte Tuchfetzen gekleidet, damit sie lebenden Männern und Frauen glichen. Die Puppen spielten jede Art von Geschehnissen. Manche brachten die Leute zum Lachen und ließen Geld in den Korb klingeln, der unten an der Bühne stand. Manche brachten die Frauen zum Weinen, und wieder klingelte das Geld, und bei manchen erstarrte alles in Angst und Schrecken, aber auch hier blieb das Geld nicht aus.

Der Sommer schritt in den Herbst, die Sonne ging später auf und früher unter. Man hörte Gerüchte von Corbels Rückkehr in die Stadt. Birle fragte endlich den Meister, ob er Genaueres wisse. Er hatte sie mit hinausgenommen, um ihr den Orion zu zeigen, der im Süden stand.

«Er kann jeden Tag eintreffen, aber ich habe ein ruhiges Gewissen. Ich kann ihm viele Aufzeichnungen vorweisen; er wird mit mir zufrieden sein. Er wird viel Geld bekommen haben, wenn er, wie ich hörte, in seinen Schlachten gesiegt hat. Er wird also gut gelaunt sein. Ich will jetzt, in dieser Nacht, nicht an ihn denken. Und du solltest auch nicht an ihn denken; sag mir lieber, was du von den Sternen weißt.»

Birle ging nicht auf seine Frage ein, sondern sagte: «Mein Großvater hat mir einmal erzählt, daß auf den Sternen vielleicht Menschen leben, glaubst du daran?»

«Darauf kann ich nichts sagen. Manche Leute glauben, daß die Seelen der Gestorbenen Sterne wären. Ich weiß es nicht, weil ich noch lebe. Du hast einen Großvater? Einen Mann, der sich Gedanken über das Fortleben macht. Woher kommst du?»

«Aus einem Land im Nordosten.»

«Hat es einen Namen?»

Sie wußte inzwischen, daß sie ihm davon erzählen konnte, teils weil er ein anständiger Mann war und teils, weil er ihr nicht glauben würde.

«Ich kenne keinen Namen. Die Leute nennen es das Königreich. Es liegt weitab vom Meer, tief im Land, geschützt von Wäldern und Bergen.»

«Wie das Königreich im Märchen?»

«Alleweil.»

Birle wartete darauf, ob er sie nach dem Schneedrachen fragen würde, dessen Hauch jedes Leben erstarren ließ.

«Wo der König über die Lords herrscht?» fragte Joachim. «Und die Lords über das Volk, und das Gesetz über allen steht?»

Birle sagte nichts. Sie wußte nicht, ob man das vom Königreich behaupten konnte, obwohl es nicht ganz falsch war.

«Und es gibt keinen Krieg, und ewiger Friede herrscht im Land», fuhr Joachim fort. Sie schauten auf die fernen Gestirne. Yul schlief im Laboratorium eingerollt auf einer Schütte Stroh.

«Wo der König eine Sammlung aller Bücher hat, die je geschrieben wurden, und wo ein Mann ein Leben lang lesen kann und damit seinen Lebensunterhalt verdient.»

Birle glaubte nicht, daß dies wahr wäre, obwohl sie nicht sicher darauf antworten konnte. Sie sagte nichts. Joachim verlor sich wieder in seine Gedanken.

«Ein Land, so verborgen, daß es nicht einmal der Tod gleich findet.»

«Ja schon, Meister», sagte Birle, «aber wenn dies das Königreich der alten Geschichten ist, dann gibt es Tod, Krankheit, Unfälle. Es ist kein Märchenreich.»

«Und was warst du in deinem eigenen Land?»

«Die Wirtstochter.»

«Aber wie bist du hierhergekommen?» fragte er. «Zu dem allen hier?»

«Schicksal.»

«Ein schlimmes Schicksal, wenn es wahr ist, was du mir erzählst.»

Birle wußte nicht, ob es schlimm oder gut war, nur daß es eben Schicksal war. «Ich sage dir, ehrlich, was ich weiß. Aber vielleicht glaubst du mir nicht», sagte sie.

«Warum sollte ich dir nicht glauben?» fragte er. «Es kann sehr wohl mehr unerforschte Gebiete auf der Welt geben, als wir denken. Warum sollte es in dieser Welt, wo der Sohn, den mein Vater mit der Aufwärterin meiner Mutter zeugte, ein Fürst unter Fürsten wurde, warum sollte es in dieser Welt nicht Königreiche geben, die wir nur aus Fabeln kennen, der Gier dieser Welt entzogen?»

«Meister – es gibt dort Gier und Eifersucht genug, und Stolz, Furcht und Elend desgleichen.»

«Dann glaube ich noch eher, daß es dieses Reich wirklich gibt», antwortete Joachim. Birle hörte ein leises Lachen in seiner Stimme. «Doch sind wir in diese Welt gestellt und müssen unsere Arbeit tun, du und ich, ehe mein Bruder zurückkommt.»

Joachim hatte Birle genug gelehrt, daß sie mit der Arbeit an dem Kräuterbuch fortfahren konnte, auch wenn Corbel ihn geheißen hatte, sich der Alchimie zu widmen. Birle zeichnete die Kräuter, daß jeder die Pflanze erkennen konnte, der das Bild sah. Sie rief sich alles ins Gedächtnis zurück, was Joachim ihr von der Wirksamkeit der Pflanzen erzählt hatte. Nachts schrieb sie dies alles in sauber gezogenen Buchstaben nieder, daß jeder es verstand, der des Lesens mächtig war.

Corbel kehrte an einem Tage zurück, wo Herbststurm und Regen die letzten Blätter von den Bäumen riß. Birle war eben vom Marktplatz zurückgekehrt, vom Einkauf und von der Suche. Sie hatte ihre und Yuls Stiefel zum Trocknen neben das Feuer gestellt, als die Tür aufflog, als verlangten Regen und Sturm ihren Zutritt. Es war Corbel. Er stieß die Tür hinter sich zu.

Birle stand wortlos auf. Corbel fegte zu seinem gewohnten Platz in der Mitte des Raumes und blickte sich wie immer scharf um. Er trug einen Brustharnisch, und das Haar hing ihm naß unter dem Helm hervor. Stiefel, Beinschienen, das rote Hemd mit den goldenen Ringen bis zum Ellenbogen, Handschuhe und sogar sein Gesicht waren von der Reise gezeichnet; wo er stand, troff das Wasser wie aus Kannen auf den Boden, aber der Mann selbst schien keineswegs müde. Sein Lächeln war gierig und froh, er sah aus wie ein Wolf, dem das Blut seiner Beute aus dem Rachen läuft. Joachim kam schleunigst herein.

«Ich höre», sagte Corbel.

«Dann komm in die Werkstatt. Es gibt viel zu sehen für dich.»

Corbel schüttelte den Kopf, Wasser sprühte um ihn.

«Eins nur: Hattest du Erfolg?»

«Leider nicht.»

Dies mißfiel Corbel.

«Nicht daß es an Versuchen gefehlt hätte», sagte Joachim, «ich kann dir die Niederschriften jedes Versuches zeigen, den ich durchgeführt habe.»

Corbel schüttelte wieder den Kopf.

«Nicht heute, Bruder. Ich will sofort nach Hause. Baden, essen, schlafen. Vielleicht hat mein Weib inzwischen auch zu greinen aufgehört, obwohl meine Kundschafter mir nichts davon berichtet haben. Ich komme wieder, Bruder, und bald.»

«Ich erwarte dich», sagte Joachim.

Corbel ging und nahm die sommerlange Behaglichkeit des Hauses mit sich. Jetzt lauerte überall Gefahr, wo Birle sich auch bewegte, in der Stadt und im Haus. Als der Herbst kälter wurde, spürte sie die Gefahr stärker und immer drängender; ihre Suche schien hoffnungslos und dadurch immer verzweifelter.

Es gab nur zwei Möglichkeiten, dem zu entfliehen: einmal die Arbeit; Arbeit schenkte Vergessen. Die andere waren die Puppen. Für eine kurze Frist entkam sie ihren bedrängenden Gedanken. Sie ging nun genauso eifrig zur Puppenbühne wie Yul. Nur ein einziger Spieler hielt im schärferen Wetter aus, mit weniger Zuschauern und weniger Geld. Solange die Puppen ihre Abenteuer zum besten gaben, sprachen, sangen, zum guten oder bösen Ende kamen, konnte Birle ihre eigene Angst und Unruhe vergessen. Sie stand nun so hingerissen wie Yul vor der kleinen Welt, die ihr alle Wechselfälle auf der Bühne vorspielte.

So geschah eines grauen Tages, der Wind kam vom Fluß herauf und biß scharf in Hände und Gesicht, daß Birle ihren Blick von der Bühne abschweifen ließ, wo eine Puppenfrau hinter ihrem Puppenmann her war, und ihn sah. Seine Glockenblumen-Augen.

Sein Gesicht, bärtig inzwischen.

Seine Wangen, vom Hunger ausgehöhlt.

Das Herz sprang ihr in den Hals und fiel wieder zurück. Hatte es aufgehört zu schlagen, als sie ihn sah? Er lächelte und verneigte sich leicht. Dann verschwand das Lächeln, und sein Gesicht wurde so leer wie sonnenloser Himmel.

Ihre Augen nahmen alles auf und wandten sich nicht von seinem Antlitz. Er stand wie sie unter der Menge in seinem groben braunen Hemd ohne Mantel im Wind, nur Lappen um die Füße, eine Eisenkette um den Hals, und sein Gesicht so schmal, daß nicht einmal der Bart die Hungerblässe verdecken konnte. Seine Haare waren lang und verfilzt.

Wie die anderen sah er schmutzig und krank aus, müde und schwach – sie wünschte fast, sie hätte ihn nicht gesehen. Warum hatte sie ihn überhaupt gesucht? Er rieb sich die Arme, um warm zu werden, kreuzte sie über der Brust, als wolle er sich schützen. Seine Schultern waren nach vorn eingesunken. Nur die Augen lebten in seinem Gesicht und starrten sie an, als wäre Birle seine letzte

Hoffnung auf dieser Welt, aber auch überrascht, als habe er nicht gewußt, daß es noch Hoffnung in der Welt für ihn gebe, bis er sie sah – daß es noch Hoffnung für ihn gebe, und seine Glockenblumen-Augen.

Birle machte zwei Schritte auf ihn zu. Er rührte sich nicht. Sie sah, wie eine Hand von hinten ihm ins Genick griff, als wäre er ein Hund. Die Hand drehte ihn um und lud die erhandelte Ware in einen geflochtenen Korb, der Orien auf den Rücken gebunden war. Die Hand stieß ihn vorwärts wie einen Hund, der seinem Herrn folgen muß.

Orien sah nicht zurück, sah nicht auf, blickte sich nicht um nach ihr. Sein Nacken war gebeugt, sein Kopf, wie bei jedem Sklaven. Sie konnte ihm nicht nachfolgen, geschweige denn reden, ohne sich und ihn zu gefährden – und einen Augenblick wollte sie es auch nicht. Um sie herum lachte die Menge über die streitenden Puppen.

Orien lebte. Er lebte noch, und sie hatte ihn gesehen: das zählte. Er war hungrig, heruntergekommen und fror – dabei war noch nicht einmal der Winter über die Stadt gekommen. Vielleicht hatte man seinen stolzen Geist gebrochen. Ihren etwa nicht? Sie wußte nicht aus noch ein. Das Glück, ihn gesehen zu haben, wenn auch noch so kurz, brachte den Schmerz mit sich, nun sein Schicksal zu kennen und ihn wieder zu verlieren, und brachte den Kummer, daß sie nichts tun konnte, um ihm sein Leben leichter zu machen. Und die Angst, ihn nie wieder zu sehen.

Sechzehn

Die Freude über das Wiedersehen war so scharf und grell wie ein Messer. Wie konnte er zulassen, daß man aus ihm gemacht hatte, was sie sah? Das Geschick hatte es so gefügt, und ihr eigenes Schicksal war nur ein Zufall gewesen; ihr hatte sich das Glück geneigt. Sollte sie sich damit zufriedengeben? Sie hätte gern den Sklaven vergessen, den sie erblickt hatte, und sich lieber an den jungen Lord erinnert, dem sie gefolgt war.

Sie fand keine Ruhe mehr, nicht einmal bei der Arbeit. Der Winter kam über die Stadt, eine Zeit sonnenloser Tage, kalter Winde und eisiger Regenfälle. Schnee stob über die Stadt. Obwohl sie der Winter zu Hause gefangenhielt, gab es viel Arbeit für die Schülerin des Alchimisten. Sie schrieb die Berichte Joachims ab, die er über seine Versuche in der Großen Kunst verfaßt hatte. Sie schrieb Seite um Seite seines Kräuterbuches. Die sauber geschriebenen Formeln oder die Kräuterblätter freuten sie. Die gleiche Freude empfand sie, wenn sie mit Yul das Haus in Ordnung gebracht hatte und alles vor Reinlichkeit strahlte. Es war die gleiche Freude, mit der sie den Geruch sauberer Kleider aufnahm, die neben dem Feuer trockneten. Es war die Freude über getane Arbeit und gut getane Arbeit.

Aber nie brachte sie das Bild Oriens aus dem Sinn; es zehrte an ihr wie eine Ratte, die Futter sucht. Sie versuchte, nicht an ihn zu denken. Ist er nicht einfach davongelaufen, fragte sie sich ärgerlich, statt zu sein, was er sein mußte? Er hätte bleiben können, wo er war, um Graf zu werden. Aber er hatte sein Grafentum und sein Volk dem Bruder übergeben, von dem er wußte, daß er ein harter Herr sein würde wie Corbel.

Der Winter und die Untätigkeit machten Corbel zu einem häufigen Besucher im Alchimistenhause. Birle wünschte, sie könnte sich vor ihm verstecken, wie Yul es tat. Seine Augen folgten ihr mit jenem Hunger, den sie zu fürchten gelernt hatte.

Als sie an einem Winterabend den beiden Männern beim Essen zusah, wobei sie die wohlschmeckende Brühe mit den kleinen

Weißbrot-Laiben auftunkten, die Corbel immer verlangte, sagte er plötzlich: «Ich muß zugeben, Bruder, das Mädchen war sein Geld wert.»

Joachim aß zerstreut weiter.

«Du hast mein Geld nicht verschwendet. Sie hält das Haus in guter Ordnung, sie sorgt für dich, daß du achtbar aussiehst, besser als dein Weib es je getan hat. Sie hält sich reinlich. Sie kocht, was einem Manne schmeckt... beschwert sich nicht. Sie ist ein Schatz, Joachim.»

Der Alchimist schien jetzt die Gefahr zu bemerken, die Birle in den ersten Worten Corbels erkannt hatte. Er hob den Kopf von seiner Mahlzeit und sah seinen Bruder kurz an. Birle wußte, daß der Alchimist nicht gegen den Fürsten aufkam, daß sein Wissen von der Gier des anderen zu Boden getreten wurde. Corbel wußte das auch und genoß es.

«Sie kostete doch einen König und fünf Ladies oder? Da hab ich einen Fang gemacht.» Corbel sah Birle dabei ins Gesicht. Birle erstarrte vor Furcht neben dem warmen Herdstein. Das Glück, das sie gehabt hatte, gehörte ihr nicht. Mit einem Wort: Corbel konnte es ihr wegnehmen. Wie hatte sie das vergessen können?

Joachim legte den Löffel nieder, um zu hören, was sein Bruder wollte.

«Celinde hat bald Namenstag.» Corbel sprach, als käme ihm der Gedanke jetzt erst. «Ich hab mir den Kopf zerbrochen, was ich ihr zum Namenstag schenken könnte. Ein Geschenk, wie es ein großzügiger Gatte seiner jungen Frau macht – daß ihr Vater nicht von seinen Kundschaftern hört, sie sei etwa übel behandelt, mißachtet und entehrt worden, und dadurch sein Zorn mit einem falschen Gerücht noch mehr geschürt wird. Hast du mit dem Mädchen geschlafen, Bruder?»

«Warum sollte ich das getan haben», fragte Joachim. Corbel warf seinen Kopf zurück und lachte, lachte so lange, bis er husten mußte, und ersäufte dann Lachen und Husten im Wein.

Birle beeilte sich, seinen Krug wieder zu füllen, als er ihn auf den Tisch stellte. Sie wünschte sich den Mut, absichtlich zu stolpern und den Wein über sein ganzes Gewand zu schütten, um damit seinen Zorn zu erregen. Dann wäre sie vielleicht seine Begehrlichkeit los. Sie überlegte, während sie den Wein in einem roten Strahl in den Krug goß, daß es sinnlos wäre, sich Joachim zu Füßen zu werfen.

Aber was würde aus Yul werden, wenn man sie in Corbels Haus brachte? Und Orien? Die Antwort kam von selbst: Yul würde bei Joachim in Sicherheit sein, vielleicht ein bißchen traurig über ihr Verschwinden, aber in Sicherheit. Und Orien –? Nichts Schlimmeres konnte ihm widerfahren. Es kam also nicht darauf an, was ihr geschah, sie machte sich zum Narren, wenn sie das glaubte, wie sie sich auch getäuscht hatte, als sie glaubte, ihr Glück verdient zu haben. Birle stand ganz still. Das Feuer knackte hinter ihr.

Corbel lächelte seinen Bruder an, wie der Steuereinnehmer die Fischer anlächelte, wenn sie ihm das Geld in die Hand gaben.

«Wenn du sie haben willst, dann wirst du sie dir nehmen», sagte Joachim. Er nahm seinen Löffel und tauchte ihn wieder in die Schüssel. Dann steckte er den vollen Löffel in den Mund und kaute auf den Fleisch- und Geflügelstücken im dicken Saft. «Ich werde mir dann einen anderen Amansuensis suchen müssen. Ich glaube, das wird zu machen sein, bis zum Ende des Frühjahres etwa. Die Sklavenmärkte sind doch erst wieder im Frühjahr, Bruder?»

Corbel beugte sich vor und hielt Joachims Arm, daß er nicht weiter essen konnte. «Amanuensis? Sprich nicht in Rätseln zu mir, drück dich klar aus. Was ist sie für dich?» Er war argwöhnisch und mißgestimmt.

«Das Mädchen zeichnet die Versuche auf: das Gewicht einer Materia, und welche ich benutzt habe, die Temperatur, ob sie mit Feuer, Erde, Wasser oder Luft traktiert wird, welche Veränderungen sich ergeben –»

«Sie kann schreiben?»

«Ja, und lesen, natürlich. Welchen Nutzen hätte sie sonst für mich als Amanuensis?»

Corbel dachte darüber nach. Seine Hand verdeckte halb sein Gesicht, seine Augen wanderten schnell zwischen Birle und ihrem Meister hin und her.

«Ich glaub dir nicht.»

«Hast du dich nicht gewundert, wie weit ich fortgeschritten bin?» fragte Joachim.

«Nein.»

«Was nur deinen Mangel an Kenntnissen beweist», sagte Joachim hochmütig. «Eines ist es, eine Armee in die Schlacht zu führen, Corbel, ein anderes, die Geheimnisse der Natur zu entdecken, die sie in ihrem Schatzhaus verschlossen hält – man kann sich nicht nur den Wanst vollschlagen und voranstürmen. Man muß die Versuche aufschreiben, die man gemacht hat, und was man daraus erfahren hat. Man muß Aufstellungen anlegen, sonst wiederholt man nur seine Fehler. Birle führt die Aufzeichnungen, sie ist mein Amanuensis. Bring die Bücher», sagte er zu Birle. Draußen wollte Birle für einen Augenblick fast nicht ins Laboratorium gehen, sondern in den geschützten Hof hinab, am Abort vorbei, den Garten, den kahlen Bäumen und über das steile Steinufer hinab zum Fluß. Aber was dann? Die Wirrnis des Sternenhimmels über ihr gab ihr einen anderen Gedanken ein. Sie fand den Großen Wagen am Himmel und, der Geraden vom Ende des Wagens folgend, den Nordstern an seinem festen Platz. Birle ging leise ins Laboratorium, um Yul nicht zu wekken. Das Buch war so schwer, daß sie es mit beiden Händen tragen mußte.

«Gut. Zeig. Wenn du kannst», begrüßte sie Corbel. Sein Finger pochte auf den Tisch. «Leg's hierher, Mädchen, und erkläre.»

Birle öffnete das Buch. Sie deutete mit dem Finger auf jedes Wort, damit Corbel nicht ihre Lesekunst in Zweifel ziehe.

«Der Stein, der drei Tage im Quecksilberbad geruht hat, damit er die Bindung an die vier Elemente in seinem Inneren verliert und sein flüchtig Element vorwalten lasse, wurde im offenen Schwefelfeuer aus seinem Brautgemach gequält, die feste Materia zu entdecken. Darauf erschien sie nicht mit bunten Farben im vierfach glühenden Licht, die junge Königin im Glas. Zu Pulver gestoßen im achatenen Mörser, im selben Quantum mit Salz versetzt und siebenfachen Gewicht Wassers in einer Phiole versiegelt. Das Salz löste sich im Wasser, doch die feine Gärung ward nicht kräftig.»

Corbel war nicht zufrieden. «Ich höre nichts von solaren und lunaren Präsenzen, noch von der materia prima», beschwerte er sich bei seinem Bruder. Doch schien er in diesem neuen Streit mit seinem Bruder Birle vergessen zu haben.

«Als du mich hierherkommen ließest, Corbel, hab ich dir gleich gesagt, daß ich kein Alchimist bin. Mir widersteht das tolle Zauberwesen, die Beschwörungen, die Astrologie; dieser Wust von Raserei ist mir bekannt, verhaßt genug. Wenn du mich fortschicken willst und wieder einen deiner Schwarzkünstler mit ihrer Sudelköcherei –»

«Nicht doch. Noch nicht gleich.» Abschätzend gingen seine Augen von Birle zu ihrem Meister.

«Wenn du sie haben mußt, dann mußt du wohl», sagte Joachim, «aber du behinderst damit mein Fortschreiten.»

«Dein Fortschreiten ist keins.»

«Ich habe dir schon gesagt, Bruder: Geduld will bei dem Werke sein. Doch wenn du die Hoffnung aufgegeben hast, dann sag es nur.»

«Wenn ich soviel Gold für dein Laboratorium ausgegeben habe? Dich und deine Sklaven zu ernähren?» fragte Corbel. «Du weißt nicht, wie oft mir irgendein Schwachkopf gesagt hat, die Schlacht sei verloren, meine Armee vernichtet – wenn ich auf die gehört hätte, wo wäre ich? Corbel weicht nicht vom Wege ab, den er sich erwählte. Ich hinterlasse keine halben Sachen. Ich warne dich, Bruder. Je eher du zu Stuhle kommst, desto besser für dich. Die Bergwerke geben täglich weniger Ausbeute, und die Sklaven werden immer teurer, ich brauche Gold.»

«Ich weiß», antwortete Joachim.

Corbel erhob sich vom Stuhl. Er beugte sich über den Tisch und sah Joachim scharf ins Gesicht. «Es kann gefährlich sein, viel zu wissen. Besonders gefährlich dann, wenn man anderen davon erzählt.» Er entspannte sich und stand aufrecht. «Aber du redest nicht – und wem könntest du schon etwas erzählen. Du wirst mir sagen, daß es genauso gefährlich ist, vielleicht sogar besonders gefährlich, nicht zu wissen, wie weit sich ein Geheimnis verbreitet hat und mit welcher Auswirkung ...»

Er wandte sich um und verließ das Haus.

«Danke, Meister Joachim», sagte Birle. Ihre Stimme zitterte.

«Ich könnte es nicht ertragen, wenn das Kräuterbuch unvollendet bliebe», sagte er. Ein bitteres Lächeln überzog sein Gesicht. «Wenn er in seiner Gier und Hoffart... er denkt an nichts als an Siege und Fürstentümer. Schlecht gelaunt, würde er in seiner Wut das Lebenswerk eines Mannes zerstören, selbst wenn er wüßte, daß dessen Bewahrung – ich ertrag den Gedanken nicht», sagte er.

Joachim hatte sie nicht beschützt. Wäre sie ihm nicht von Nutzen gewesen, hätte er kein Wort, nicht einen Gedanken an sie verschwendet, wenn Corbel sie mitgenommen hätte. Birle erinnerte sich an Orien und sah ihn so deutlich vor sich wie auf dem Marktplatz. Wie viele solche Augenblicke hatten ihn klein gemacht? Sie hatte sich seiner nicht immer in Freude erinnert, aber nun, dachte sie, herrlich ist es doch, daß er den Kopf noch heben und ihr hilflos über eine Menschenmenge zulächeln konnte, die sich um nichts kümmerte.

«Corbel hat recht mit seinem Argwohn», sagte Birle. «Was weiß man in der Stadt?» Solange sie ihrem Meister von Nutzen war, konnte sie sich geschützt fühlen. Solange sie ungefährdet war, hing Orien am anderen Ende eines dünnen Fadens der Sicherheit.

«Er hat auch recht, wenn er glaubt, daß sich die Stadt über seinen Sturz freuen würde», stimmte Joachim zu. «Corbel weiß, daß ihm nur seine Soldaten die Herrschaft über die Stadt sichern, deshalb bezahlt er gut. Die Zünfte würden sich gegen ihn erheben, wenn sie nicht wüßten, wie schnell und grausam seine Rache ist. Außerdem hoffen sie natürlich, daß Celindes Vater sie befreien wird.»

«Ist Celinde seine Frau? Warum sollte sie ihr Vater aus der Hand ihres Gatten retten?»

«Weil Corbel sie geraubt hat, um sie zu seiner Braut zu machen. Er nahm sie wegen ihrer Mitgift, wegen der Stadt, der Ländereien ringsum und der Bergwerke. Er hält sie als Gefangene.»

«Ich hörte nie von Corbels Frau reden», erinnerte sich Birle.

«Kein Wunder. Sie ist noch ein Kind, keine Frau.»

«Ein Kind?»

«Von acht Jahren. Es ist schon ein Jahr her, jetzt ist sie neun. Er stahl sie aus ihres Vaters Burg, aus der Obhut ihrer Dienerinnen; es muß Verrat gewesen sein, weil sie ständig bewacht wurde. Der Vater hatte eine große Heirat mit einem anderen Fürsten aus altem Hause für sie vorgesehen. Celindes Vater will keinen Söldling zum Eidam, dessen ganzer Adel auf den Siegen seiner Soldateska beruht. Die Stadt wartet auf seinen Gegenzug. Corbel ebenfalls. Ihr Vater steht zwischen Celinde und Corbel. Bis sie nicht in dem Alter ist, Kinder zu kriegen, wird Corbel sie nicht zu sich ins Bett nehmen. Und solange sie nicht von ihm beschlafen wurde, hat ihr Vater die Hoffnung, eine Ehe für sie auszuhandeln, die ihm paßt. Und er wird behutsam vorgehen, weil er sie in Corbels Händen nicht gefährden will. Sie sind wie zwei Männer, jeder am Ende eines Waagbalkens.»

Das Mädchen in Corbels Festung war trotz ihrer hohen Geburt und ihrer Reichtümer nicht besser gestellt als Birle. Auch sie mußte ihr Leben den Wünschen anderer unterwerfen, sah sich immer der Gefahr ausgesetzt. Für sie waren Geburt und Reichtum nur eine Last und eine Gefährdung. Der Gedanke tröstete Birle nicht. Sie fürchtete Corbel nur noch mehr.

«Warum habe ich davon nichts gehört?»

«Hast du dich nie gefragt, wo die Priester sind? Die Glocken läuten; aber nicht, um die Leute zum Gottesdienst zu rufen. Sind dir die Glocken ohne Priester nie aufgefallen?»

Nein, das war ihr nie aufgefallen.

«Die Priester sind aus der Stadt geflohen, Corbel hält nichts von ihnen, wohl aber die Zünfte, die Kaufleute, die Bürger und die Armen ...»

«Was wird geschehen?» fragte Birle.

«Es wird Krieg geben. Ich glaube, er wird grausam werden, weil hier in der Stadt einige Leute sind, deren Gewinn mit Corbel immer mehr anwächst. Verbrannte Ernten, Hungersnot, Plünderung, Seuchen und Tod, hingeschlachtete Menschen – ich gehe in den Süden zurück, da kann Corbel lange reden. Dort gibt es eine Gemeinschaft weiser Männer. Ich mußte sie verlassen, als ich heiratete, aber sie ist ja nun tot.»

«Und ich? Und Yul?»

«Weiß ich nicht. Ihr könnt nicht mit mir kommen. Es sind keine Frauen zugelassen und keine Diener. Du kannst dich bei einem der Gildenmeister bewerben. Die Reichen werden wie immer die gefährlichen Zeiten überstehen und das Chaos, die Gilden werden die Stadt wie immer von innen verraten, wenn sie können. Wenn sie sich für stark genug halten, um die Vernichtung von Eigentum und Gütern zu vermeiden. Du bist eine junge Frau, sehr anziehend, besonders wenn du lächelst. Wenn dir rechtzeitig einfällt zu lächeln, hübsch auszusehen, kommst du durch. Yul ist stark», dachte er laut vor sich hin, «und er ist ein williger Arbeiter.»

Und Birle hatte geglaubt, daß sie zumindest in diesem Hause sicher sei.

Von allem anderen abgesehen würde ihr Corbels Macht Schutz verleihen, so ihr Wahn. Jetzt fühlte sie sich plötzlich einer Welt aus Finsternis und stürmischer See ausgesetzt, in der sich die Gefahr mit Riesenschritten näherte. «Aber Meister, wenn du zu deinen weisen Männern gehst, wer wird dann Amanuensis sein?» fragte sie. «Könnte ich nicht mir dir gehen, als Knabe verkleidet – wenn ich mich in acht nähme, wer könnte es wissen?» Er schüttelte den Kopf. «Es dauert lange Zeit, bis du einen anderen all das gelehrt hast, was ich weiß, und dein Kräuterbuch wird derweil brach liegen.» Er schüttelte langsamer den Kopf. «Ist es sicher, daß Corbel die Stadt verliert?»

«Nichts ist sicher», sagte Joachim. «Erst wenn es Vergangenheit ist. Corbel verstärkt die Befestigungsanlagen und wirbt Truppen an, erhöht den Sold, deshalb braucht er so dringend Gold, aber Celindes Vater hat Freunde, die selber reich ausgestattete Töchter haben und aller Welt kund und zu wissen geben wollen, daß man ihre Töchter nicht auf solche Weise bekommt. Die werben auch Armeen an. Corbel ist kein Dummkopf. Er fürchtet die Feindschaft der Stadt.»

Birle ging vor dem Feuer auf und ab, bemühte sich, ruhig zu atmen und sich zu beherrschen. «Ich habe davon nichts gehört in der Stadt, auf dem Markt. Sie reden nicht einmal von Corbel.»

«Können sie es denn? Dir gegenüber? Du hast die Halskette um, und wer weiß, ob ein Sklave nicht ein Spion ist, auch wenn es nur ein Mädchen ist? Du hast Augen und Ohren und eine Zunge zum Ausplappern. Die Stadt ist ihrer Herrin Celinde zugetan und will nicht, daß ihr Böses widerfährt. Die Furcht vor Corbels Rache hält die Stadt im Joch. Aber sie wartet auf den Krieg und den Sieger.»

«Und wann?» fragte Birle.

«Frühestens zu Beginn des Sommers. Truppen und Vorräte zu sammeln, braucht seine Zeit. Celindes Vater wartet vielleicht noch länger; bis er die Ernte auf den Feldern zerstören und Corbel damit aushungern kann.»

«Und Corbel kann nichts dagegen tun?»

«Du kannst Gift darauf nehmen, daß er seine Pläne hat.»

«Und welche?»

Birle hätte gerne gehört, daß Corbel Macht, Gerissenheit und Glück genug hätte, niemals besiegt zu werden.

«Er sagt es mir nicht. Ich weiß nur, daß er bald, kühn und schnell handeln wird.»

Siebzehn

Nach zwei Tagen sah man Bekanntmachungen am Dorn des Marktplatzes und an den Türen der Gildenhäuser, Soldaten verkündeten es an den Brunnen: Der Fürst werde seiner Stadt ein Fest geben, um das erste Jahr seiner Herrschaft zu feiern. Der Fürst lud die Bürger zu Essen und Trinken, Lustbarkeit und Tanz in seine Burg ein. Das Fest war auf den zweiten Tag des übernächsten Vollmondes angesetzt.

Dies ging wie ein Lauffeuer um, bis man auf dem Markt nur noch von dem Fest sprach, dem Winter und dem Fest. Es würde im Frühjahr sein, und im Frühjahr war Hoffnung. Der Winter barg keine Hoffnung. Das Essen war kärglich, das Schürholz knapp, nur Krankheit gab es im Überfluß. Im Winter breiteten sich Krankheiten aus, nicht so schnell wie die Sommerfieber, aber mit der Macht eines schwellenden Stromes. Während dieser Wartezeit wachte Birle manchmal von einem leisen Klopfen an der Tür auf, die zum Hof ging. In drängender Not schleppte sich im Schutz der Dunkelheit vom Flußufer her, wo keine Wachen standen, eine Frau, eine Mutter, ein Kind, ein Freund zum Alchimistenhaus, und bat den Weisen um Beinwell, bat ihn, ein Glied einzurenken, um einen Brustwickel oder auch nur um einen einzigen Löffel Arznei, die im heißen Wasser heilsamen Dampf erzeugte, der den Stickhusten erleichterte, oder um Gift, das Sterben leichter zu machen. Birle weckte dann immer Joachim auf. Zusammen gingen sie in das Laboratorium, suchten die Arzneien heraus und erklärten, wie sie anzuwenden waren.

So wurde allgemein angenommen, daß Birle nicht Corbels Sklavin sei, sondern die Dienerin des Weisen. In ihrer Gegenwart ließ man der Zunge freien Lauf und lachte ungescheut. Wenn sie beim Einkauf übervorteilt werden sollte – Kerzen, Fleisch –, sah sie oftmals ein rasches Kopfschütteln, paß auf! Sie lernte die schier unmerklichen Winke kennen oder ein Verziehen des Mundes, wenn sie zu wenig zahlte. Wenn man sie fragte, wie man gewisse Anzeichen einer Krankheit behandeln sollte, gab sie Auskunft. Wenn sie es nicht wußte, brachte sie später den Rat des Weisen auf den Markt zurück. Man nannte sie die Doktormagd, und der Name verlieh ihr Schutz. Auf dem Markt wurde viel vom Fest geredet, und Birle begann zu verstehen, daß Corbel nicht nur zufahrend war, sondern auch klug. Die Fischhändlerin hatte gehört, der Fürst wolle eine ganze Ziegenherde schlachten, die in Gruben über dem Feuer in seinen eigenen Gärten gebraten werden sollten.

«Er gibt uns Fleisch, Kinder, Fleisch, stellt euch vor!»

Andere Stimmen fielen ein.

«Brot. Berge von Brot. Und was man so hört: aus dem feinsten Mehl. Wir werden das gleiche Weißbrot essen wie er.»

«Bier wie Wasser, soviel Bier, wie der Fluß im Frühjahr Wasser hat.»

«Ich hab gehört: Wein.»

«Er läßt doch seine Weinfässer für uns nicht anstechen.»

«Aber ich hab's gehört und glaub, daß die kleine Herrin es für unser Fest so angeordnet hat.»

«Wir werden essen und trinken und unseren Spaß haben – es heißt, die Barden aus seiner eigenen Halle singen uns auf.»

«Und die Puppenspieler aus den großen Städten im Süden.»

«Der Mensch kann sich ändern; und unsere kleine Herrin ist so gut, daß sie jeden Mann zum Besseren bekehrt.»

«Die Gildenmeisterin hat für jede ihrer Töchter neue Kleider bestellt, aber ich glaube, daß es mehr braucht als schöne Kleider, um Männer auf solche Mädchen stolz zu machen.»

Es war, als hätte das versprochene Fest die Wintertage wärmer und heller gemacht. Als könne man mit dem Fest vor Augen die gegenwärtige Not leichter ertragen. Birle wagte nicht zu hoffen, daß sie Orien im Wald wiedersähe und mit ihm in der Menge sprechen könnte, sie wagte nicht, daran zu denken. Der Gedanke allein machte den Mondlauf langsamer und sperrte den Frühling aus. Birle arbeitete und dachte nicht. Eines Morgens wachte sie auf – da war es über Nacht Frühling geworden.

Im Königreich trieb der Frühling den Winter mit scharfen Winden und Gewittern davon. In dieser südlichen Stadt am Meer kam das Jahr mit weichen leichten Schritten wie ein Mädchen zum Tanz. Sie hielt dem alten Mann die Hand hin, und der konnte nicht anders, als sich ihrem Willen zu unterwerfen. In dieser südlichen Stadt tanzte der Frühling den Winter zur Tür hinaus. Blumen sprossen aus dem Boden, erst die bescheidenen Veilchen und dann – nur wenige Lidschläge später – die höheren, helleren, stolzen Blüten. Kleine Blätter brachen wie Tränen aus den Zweigen der Bäume.

Birle fühlte sich wie der alte Winter, trotz ihrer unbewußten Begierde. Wenn sie nachts aufwachte, konnte sie in den langen Stunden der Dunkelheit nur auf den nächsten Tag warten. Auf die Arbeit, die zu tun war. Sie zündete eine Kerze an und nahm das Kräuterbuch vom Wandbord, Feder und Tintenfaß. Wenn sie sich an den Tisch setzte, sorgfältig Buchstaben und Zeilen schrieb, merkte sie, daß sie ruhiger wurde. Und warum sollte sie auch nicht stolz sein auf die Seiten, die sie so makellos geschrieben hatte, und die Abbildungen, denen sie soviel Lebendigkeit verliehen hat, wie sie nur konnte? Und auf das Haus, das vor Sauberkeit blitzte, und das Laboratorium mit seinen langen Borden voll Arznei, den getrockneten Kräutern, die von den Dachsparren hingen, auf die Versuche, welche sie für ihren Meister zum nächsten Tag vorbereitet hatte? Nan hätte gerade heraus gelacht, fiel Birle ein, wenn sie das wüßte. Sie mußte selber leise im Dunkeln lachen, wenn sie daran dachte, wie sie jetzt dastand.

Endlich kam der große Tag. Die Sonne schien hell, wie es ihre Pflicht war: so dachte die Stadt. Sanfter Wind ging, es war warm. Yul fürchtete sich, so ging Birle allein aus dem Haus und wanderte mit der Menge die bucklige Straße empor. Joachim war schon frühmorgens zu seinem Bruder befohlen worden.

Birle trug rote Kleider wegen des Festtages, einen roten Rock, eine rote Bluse, und auf dem Markte hatte sie ein rotes Band gekauft, das sie um ihr Haar flocht. Corbels Burg stieg hoch über die Hügel empor. Die Reichen kamen zur Burg, die Haustein-Treppen hinauf, und betraten die Festung. Birle und die anderen bogen links ab und folgten der Menschenmenge. Hügel fielen steil ab und stiegen ebenso steil wieder an. Überall drängten sich die Leute um Tische, wo es Essen und Trinken gab, zerstreuten sich über die Grashänge, in den Obstgärten und den Wäldern dahinter, wo eine hölzerne Estrade stand, auf der Musiker spielten. Bratengeruch lag in der Luft und leise Musik, die Birle eben noch hören konnte. Lange Tischreihen waren aufgestellt worden, daneben standen Fässer, auf anderen lagen ganze Stapel von Brotlaiben. Jeder Gast hatte einen Becher oder eine Schale und tauchte sie immer wieder in die Fässer; jeder Gast konnte essen und trinken, bis er übergenug hatte.

Birle stand still und wurde von hinten und von der Seite weitergeschoben. Viele, die Ärmsten, drängten sich um die Tische mit dem Essen, zu hungrig, um auf den Braten zu warten, sahen sie nichts weiter als das Brot und das Bier. Hände streckten sich gierig nach dem Brot auf den Platten aus, stopften es in den Mund und griffen nach mehr. Diener in Corbels Livree gossen Bier aus Krügen in die Becher, die man ihnen hinhielt.

Birle beobachtete das Gedränge an den Essenstischen und vermutete, daß Orien unter den Hungrigen sein werde. Sie fragte sich, warum sie so sicher war, ihn auf dem Fest zu finden. Ein Meister konnte seinem Sklaven einen Festtag einfach versagen.

In der unüberschaubaren Menge wandte sich jemand um, und seine Augen trafen ihre, als habe er gewußt, wohin er blicken müsse. Birle erkannte auf diese Entfernung seine Augenfarbe nicht, aber sie wußte, wer er war. Sie eilte den Hang hinab und drängte sich durch das Gewühl zu Orien. Als sie an die Stelle kam, war er verschwunden. Aber sie wußte, daß sie ihn gesehen hatte. Warum hatte er nicht gewartet? Die Leute rempelten sie in ihrer Hast, zu Brot und Bier zu kommen. Der Gestank unsauberer Leiber und Kleider fuhr ihr in die Nase. Sie kämpfte sich frei. Birle sah zurück an die Stelle, wo sie gestanden war, auf einer kleinen Bodenwelle. Dort stand er und sah nach ihr aus. Sie hob die Hand. Jetzt verstand sie: Er hatte sie oben gesucht, als sie hinunterrannte. Er hob die Hand nicht zur Antwort, aber sie ließ ihn nicht aus den Augen, als sie zurückeilte. Sie war sich ihrer Sache sicher und bahnte sich ihren Weg so schnell sie konnte durch die entgegendrängende Menge. Aber als sie ankam, war er wieder verschwunden.

Orien wollte sie nicht treffen.

Wenn Birle nicht das Gefühl gehabt hätte, sie müsse Orien warnen, hätte sie das Fest jetzt verlassen und wäre ins Alchimistenhaus zurückgegangen. Aber es waren die Armen der Stadt, die am meisten zu leiden hatten, wenn es zum Krieg kam, sie waren am stärksten gefährdet. Wenn sie ihn nicht warnte –

Sie ging langsam den Berg hinunter zur Musikantenbühne, eine von den vielen Zuschauerinnen. Sie hielt sich im Hintergrund der Menge und auf der Seite. Eben traten Puppenspieler auf. Es waren Puppen von einer Art, wie sie Birle nie zuvor gesehen hatte. Sie besaßen so viele Gelenke, daß sie wie lebendig schienen, wenn sie gingen. Als sie nebeneinander auf der Bühne standen und sich verbeugten, stampfte Birle mit den Füßen und klatschte so begeistert wie die anderen Zuschauer.

Dann trat ein Sänger auf, ein schmucker junger Kerl, hübsch

genug, um die Frauen ringsum anerkennend murmeln zu lassen – die Männer grummelten. Er sah in die Menge, während er sang, seine Finger lockten Melodien aus der schimmernden Laute. Er sang von einer Mutter, deren drei Söhne auf dem Meer geblieben waren, aber als Geister zurückkamen, um ihr die traurige Nachricht zu bringen. Er sang von den beiden Brüdern in einem Feld, doch nur einer kehrte lebend zurück und mußte dann die Heimat wegen seiner Untat für immer verlassen. Dann kam ein Lied, das Birle kannte, das Lied von den Raben und dem toten Ritter: «Als ich so ging für mich allein/ hört ich zwei Raben Klage schrein.»

In diesem Lied wußten auch die Falken und die Hunde und die Liebste schön, wo der Ritter lag, aber der Hund war auf die Jagd gegangen, um seinen Hunger zu stillen, und der Falke war ins Gehege zurückgeflogen, und die Liebste – Birle erinnerte sich und lauschte – hatte einen anderen genommen. So pickten die Raben das Fleisch von den Gebeinen des Ritters, wie von den Köpfen auf Corbels Spieß, und noch sein Goldhaar nahmen sie, um ihr Nest zu polstern. Es war das alte Lied, nur war alles anders.

Birle hätte sich gewundert, aber sie erblickte endlich Orien. Er hatte sie nicht gesehen, dessen war sie sicher. Er wäre sonst woanders hingegangen.

Als sie neben ihm stand, hatte der Sänger geendet. Er ließ sich von der Menge loben und hielt ein Tuch an die Nase.

Birle stand hinter Orien. Er hatte auf jeder Hals-Seite zwei entzündete Schwären voll Eiter. Birle wünschte, sie könnte ihn mit in das Alchimistenhaus nehmen, ihm ein Bad wärmen, saubere Kleider geben, Umschläge machen, daß die Entzündung zurückging. Aber dieser Wunsch verging schnell. Sie wußte nicht, wieviel Zeit er ihr zu einem Gespräch lassen würde, und mußte ihn doch warnen. So flüsterte sie ihm leise ins Ohr, daß niemand sie im Lärm der Menge hören konnte: «Orien, ich muß dich auf ein paar Worte sprechen.»

Sein Kopf fuhr hoch. Es dauerte lange, bis er sich umdrehte. Er sah nicht froh aus, als er ihr ins Gesicht blickte. Sie merkte, daß er sich fürchtete. Warum aber vor ihr?

Orien packte sie grob am Arm. «Also komm», sagte er und zog sie einen schmalen Weg entlang. Als sie allein unter den Bäumen waren, außer Sicht der Festbesucher und in der Stille, setzte er sich auf einen Felsen und sah zu ihr auf: «Du weißt, in welche Gefahr du mich bringst.»

Birle wurde unsicher. «Ich bring dich in keine Gefahr.»

«Du weißt gar wenig, Wirtstochter, du lebst sicher in Corbels Diensten. Für uns andere steht jeder, der mit jemandem aus Corbels Haus redet, wenn es nicht um gewinnbringenden Handel geht, im Verdacht, ein Spion zu sein.»

Er hatte das verfilzte Haar im Nacken mit einem Lederriemen hochgebunden. Sein Bart war so wirr und schmutzig wie seine Haare. Seine Worte klangen ärgerlich – aber Ärger war es nicht, was sie in seinen Augen las. Seine Augen sprachen zu sehr von hoffnungslosem Leid, als daß sie Raum für Zorn gehabt hätten. Er hatte den unsauberen Geruch an sich, der über der ganzen Stadt lag.

«Ich bin nicht Corbels Sklavin, ich bin die Sklavin des Alchimisten und lebe in seinem Haus.»

Er streckte die Hand nach ihr aus, als wolle er ihre Halskette berühren. Er konnte nichts sagen.

Birle wurde ruhiger. «Du kannst jeden auf dem Markt fragen.»

«Ich geh nicht auf den Markt.»

Birle setzte sich auf den Boden. «Aber ich hab dich dort gesehn.»

«Manchmal geh ich zum Brunnen, um Wasser zu holen, aber weiter kann ich nicht. An diesem Tag hatte mein Herr mit mir Geschäfte zu erledigen.»

Das erinnerte Birle wieder an ihr Anliegen: «Hör zu, Orien. Joachim hat mir gesagt –»

»Wer ist Joachim?»

«Der Alchimist.»

«Du nennst ihn beim Namen?»

«Hast du von der kleinen Herrin gehört? Corbel hat sie entführt, und ihr Vater wird kommen und sie wieder nehmen, und mit ihr die Stadt. Das heißt Krieg. Und Krieg heißt –»

Er schüttelte langsam den Kopf. «Das geht mich nichts an.»

«Aber doch, denn eine Stadt im Krieg –»

«Ich wurde ins Bergwerk verkauft», sagte Orien. Er lächelte, aber es war nur der Schatten des Lächelns, das sie gekannt hatte – es war der faulende Leichnam seines Lächelns.

«Wann?»

Er zuckte die Achseln.

Schreckliche Not überfiel sie. «Dann mußt du fliehen.»

«Wie kann ich denn?»

«Geh an den Fluß.»

«Ich weiß nicht, was hinter dem Fluß ist, ich bin zu schwach, um weit zu gehen. Wenn ein entlaufener Sklave wieder gefaßt wird –»

«Hör zu. Die Hinterwand des Alchimistenhauses geht auf den Fluß. Orien? Yul ist dort, du erinnerst dich an ihn? Wir können dich verstecken, da bin ich mir ganz sicher.»

Orien schien nicht zu hören, aber sie fuhr fort: «Das Haus ist klein und es steht an der Straßenmauer, nicht wie die anderen zurückgesetzt. Wenn du dort bist, erkennst du es sofort. Du mußt der Holzwand bis zum Fluß folgen.»

«Du hast die Soldaten vergessen», erinnerte er sie, und das stimmte. «Der Unterschied, Birle, ist, daß du dich nicht an die Soldaten erinnern mußt, ich aber schon. So arm mein Meister ist, sie bringen mich ihm zurück, und ehe die Soldaten einen Sklaven abliefern ...» Er schluckte und beendete den Satz nicht. «Selbst wenn ich bis zum Alchimistenhaus käme, was dann?»

Birles Gedanken waren so von seinen befangen, daß es hoffnungslos schien, sie auch nur zu äußern.

«Ich weiß nicht», sagte sie. «Ich könnte dich die Sternkarte lehren, wir wissen, daß wir südwestlich vom Königreich sind –»

«Ich glaube fast nicht mehr an das Königreich», sagte Orien. «Es ist jetzt ein ganzes volles Jahr her, weißt du das, Birle, nein, du weißt es nicht, du mußtest ja nicht zurückdenken und dir sagen: nur ein einziges Jahr, wenig mehr, nur vor einem einzigen Jahr war ich der und der. Wenn ich daran denke, wer ich war! Der zukünftige Graf – wer würde mir glauben, wenn ich es erzählte. Ich hätte nie weggehen sollen, Birle, wenn ich nochmals –»

«Ja, sicher, aber du wirst nicht.» Das Gespräch wurde allmählich sinnlos.

«Ich meine, wenn ich es nochmals tun müßte, ich denke oft daran.»

«Und warum verkauft dich dein Meister ins Bergwerk?» fragte Birle.

«Um seine Schulden zu bezahlen. Der Zimmermann ging selber wieder als Geselle. Er mußte, sonst wäre er immer arm geblieben und hätte nie eine Frau bekommen. Als Geselle dient er sieben Jahre und wird dann in die Zunft aufgenommen, wenn er sich würdig erweist.»

«Scheinst ihn zu beneiden?»

«Wie denn nicht?»

«Weil du kein Handwerker bist – du bist Graf!»

Darauf lächelte er so, wie sie es kannte. «Nein, Birle. Ich bin ein Sklave, der Sklave eines Schneiders, dessen Arbeit so gering ist wie sein Glück.»

Er stand auf, als wolle er gehen.

«Du mußt fliehen», sagte sie.

«Ich kann nicht.»

«Du hast es schon einmal getan, du bist aus dem Königreich geflohen.»

«Ja, aber damals – du hättest deinen Herrn bitten können, den du so vertraut beim Namen nennst, ihn so weit bringen können, daß er mich kauft, Birle.» Seine Stimme klang bitter. «Du hättest mich kaufen sollen.»

Orien ging. Sie folgte ihm nicht nach, um ihm zu erklären, um sich zu entschuldigen. Wenn er das von ihr glaubte, in der Bitternis seines Herzens, wenn er so einfach wegging –? Und hatte er nicht immer allem den Rücken gekehrt, was ihm nicht paßte? Sie ging unter den Bäumen weiter, weg vom Fest, um allein mit ihrem Kummer und Zorn zu sein. Er würde sich zum Tod in das Bergwerk führen lassen wie eine Geiß zur Schlachtbank. Er machte ihr Vorwürfe, daß sie ihn nicht gefunden hatte – aber sie hatte ihn doch gesucht und gefunden, was hatte sie denn sonst an diesem Tag getan?

Er beschwerte sich über sein Unglück –

Und hatte das Recht dazu. Sie stand am Fluß, der weit unten an ihr vorüberzog. Drei Soldaten hielten Wache, und sie wich wieder in den Wald zurück. Orien hatte allen Anlaß, sein Geschick zu beklagen; aber wenn Klagen zu etwas gut gewesen wären, hätte sie mitgeklagt und gejammert.

Als Birle aus dem schattigen Wald ins Sonnenlicht kam, gesellte sie sich zu der Menge vor der Spielmannsbühne, weil sie dort am wenigsten auffiel. Ein schlanker, dunkelhaariger Mann schritt zum Rand der Bühne vor und blieb dort stehen, bis die Leute still wurden. «Heute», sprach er mit einer Stimme, die wie Hörnerschall dröhnte, «habt ihr das große Glück zu sehen, was bis zu diesem Nachmittag, bis zu dieser Stunde nur die Großen dieser Welt vor die Augen bekommen haben.»

«Schöne Rede», rief ein Mann aus der Menge, «aber für schöne Reden geb ich keinen Dreier, und ich wette: Corbel auch nicht.»

Die Menge lachte über seine Frechheit.

Der Schausteller blieb ruhig. «Laßt meine Wunder für sich selbst sprechen, und das werden sie ohne große Worte.»

Er stieß einen Arm empor und drehte sich um. Sein weiter, roter Mantel wehte um ihn. Ein Wagen wurde von zwei Pferden auf die Bühne gezogen, ein heller, gelber Wagen mit einem gelben Haus darauf. «Ihr Wunder!» rief der Schausteller mit klingender Stimme, «zeigt euch.»

Die Tür öffnete sich nach außen. Nichts geschah.

Die Menge, erst überwältigt und geduckt durch die Stimme des Gauklers, begann zu pfeifen und zu spotten.

Dann kroch ein Mann auf Händen und Füßen aus der Tür. Langsam stand er auf wie ein Schößling, der aus der Erde sprießt. Die Menge verstummte. Der Mann war weitaus größer als der Gaukler, um die Hälfte größer, und schlank wie eine Birke. Ehe die Menge noch zu sich kam, wieselte ein anderer auf die Bühne und stand schon neben seinem Mitspieler. Er ging ihm gerade bis an die Knie. Beide waren gleich gekleidet, in roten Hosen und gelben Hemden, wodurch der Unterschied noch größer wurde. Der Kleine hatte einen Kopf wie ein Erwachsener, aber seine Gliedmaßen waren wie die eines Kindes. Er war nicht größer als eine von Birles kleinen Schwestern. Ein Dritter gesellte sich zu ihnen, dick und stark wie der Stamm einer uralten Eiche. Er wickelte eine schwere Kette von seinen Händen ab. Als er an der Kette riß, wurde ein Geschöpf näher gezogen, das auf allen vieren ging und wild wie ein Wolf knurrte. Birle wußte nicht, ob das ein Mann oder eine Frau war. Langes Haar hing über das Gesicht, und der Kopf bewegte sich wie der eines wilden Tieres vor und zurück. Es sprang bis zum Ende der Kette, knurrte die Zuschauer an. Der Starke riß es zurück. Die Menge wich beiseite, Birle wurde gestoßen. Auch jetzt noch behielt der Schausteller seine Haltung. «Und nun», rief er, wie eine Glocke klang seine Stimme über der schweigenden erstarrten Menge, «das letzte und beste.»

Durch die niedrige Tür kam eine Frau, wie Birle nie eine gesehen hatte. Sie war zart und hielt die Hände in den weiten Ärmeln eines grünen Kleides verborgen. In goldenen Schuhen trippelte sie mit winzigen Schritten vor und verbeugte sich immer wieder. Um die Hüfte trug sie eine breite Schärpe, die sich eng um ihre Beine bis zum Boden schmiegte. Das Gewebe war goldfarben und weiß bestickt mit Rosen und Wolken und einem riesigen goldenen Drachen, aus dessen offenem Maul rote Flammen brachen. Die zierliche Frau hatte lange, dicke, glattschwarze Haare, die bis zum Boden gingen. Am wunderbarsten war ihr Gesicht. Die Haut war fast golden, ihre Augen standen schräg nach oben. Sie stand am Ende der Reihe, und der Gaukler wußte wohl, wie hingerissen seine Zuschauerschaft war, nannte seine Wunder: «Der größte Mann der Welt, der kleinste Mann der Welt. Der stärkste Mann der Welt, der Wilde Mann aus dem Norden und – aus Ländern, die so weit im Osten liegen, daß man ein Leben lang reisen müßte, um dort nur anzukommen – des Kaisers Tochter.»

Die Menge stöhnte vor Bewunderung.

«Was sagst du jetzt, Mann?» rief der Gaukler seinem Herausforderer zu.

«Ich sag», antwortete die Stimme, «wenn ich einen Dreier hätte, bekämst du ihn.»

«Birle.»

Seine Stimme an ihrem Ohr. Sie schüttelte den Kopf. Seine Hand faßte sie am Ellenbogen. «Nur ein paar Worte», bat er.

Sie wandte sich um und folgte ihm durch die Menge. Er führte sie ein paar Schritte abseits, wo sie unbeobachtet sprechen konnten. Sie stand steif vor ihm. Sollte er reden. Sie hatte nichts weiter zu sagen.

«Ich will nicht, daß wir so auseinandergehen», sagte er, seine Glockenblumen-Augen sprachen, was seine Worte nicht sagten. «Zwei Leute, die so weit miteinander gereist sind, sollten nicht so billig scheiden.»

«Nein», gab sie zu. Sie fühlte keinen Zorn mehr. Mitleid und Kummer erfüllten ihr Herz, und ihr Herz gehörte ihm.

«Du verdienst Besseres, Milord.»

«Und du das Glück, das du hattest», sagte er. «Kannst du wirklich die Sternkarte lesen?»

Er sprach nicht mehr von Glück oder Zukunft.

«Ein wenig nur. Ich kenn ein paar Sternbilder, aber eins davon weist auf den Nordstern. Joachim, mein Meister –»

«Ich weiß.»

«Kennt noch viel mehr und weiß, wie sie sich das Jahr durch am Himmel bewegen. Zu welchem Brunnen gehst du immer, Orien?»

Er zögerte, als wolle er darauf nicht antworten.

«Es gibt so viele in der Stadt, und jeder ist anders», sagte sie. Wenn er sie fragen sollte, woher sie das wußte, würde sie nicht antworten. Das mußte er inzwischen wissen. Sie wartete.

Orien war früher nicht so langsam gewesen und hatte stets eine schnelle Antwort bereit gehabt.

«Ich könnte dir eine Salbe mitbringen für die Wunden in deinem Gesicht und eine, welche die Schwären eintrocknet. Und etwas zu essen. Ich könnte dir Essen bringen.»

«Nicht einmal Corbels Macht gibt dir Sicherheit, dort, wo ich lebe.»

Birle schüttelte ungeduldig den Kopf. «Aber Joachims Namen. Er gibt den Kranken Arzneien, und sie wissen, daß ich seine Bedienerin bin. Ich bin sein Amanuensis», sagte sie stolz.

«Ah», neckte er nun und war einen Augenblick der junge Mann, wie sie ihn einst gesehen hatte, «sein Amanuensis bist du?»

Der Schmerz tobte in Birles Brust auf, als habe eine Riesenhand ihr Herz gepackt und presse es in der Faust zusammen. Wenn sie für ihn ins Bergwerk gehen könnte, wenn sie dieses letzte schreckliche Jahr für ihn gelebt haben könnte, hätte sie es getan.

«Sie heißen mich seine Magd am Marktplatz. Ich glaube, ich bin geschützt.»

Es war ihr gleich, ob sie es wirklich war.

Er entschloß sich: «An den vier Ecken des Brunnens sind Schildkröten, in der Mitte spuckt ein Frosch Wasser. Eine Schildkröte hat keinen Kopf, dort mündet die Straße auf den Platz. Meines Herren Haus steht links vom Brunnen.»

«Wie erkenne ich es?»

«Leicht. Wenn du es wagst, bring Yul zum Schutz mit.»

«Alleweil, Milord», sagte Birle.

Nur so konnte sie ihm alles sagen, was sie dachte. Ihr einziges Geschenk, das sie ihm geben konnte.

Er zog die Schultern hoch und beugte sich zu ihr vor. «Ich gehe jetzt», sagte er mit leiser, trauriger Stimme. Doch warum war er traurig, wenn er doch wußte, daß sie ihm Essen und Arznei bringen würde?

«Ich hab dich nie um dein Herz gebeten», erinnerte er sie.

«Und ich dich nicht um deines», antwortete sie.

«So gehen wir im Guten auseinander», sagte er.

Er wandte sich um, lächelte noch einmal zurück und war verschwunden.

Achtzehn

Birle schlief tief und traumlos; sie erwachte erst, als die letzte Dunkelheit schon wich. Die Sterne verblaßten, die Luft schwebte empor; es war die Silberzeit des Tages. Sie kleidete sich schnell an, nahm den einfachsten Rock und Kittel. Sie ging zum Laboratorium und suchte Salben: Knoblauch, um die Beulen abschwellen zu lassen, Kamille zur Heilung.

Yul wachte bei ihrem ersten Schritt auf, den sie in den Raum setzte. «Es ist noch früh. Schlaf weiter», beruhigte sie ihn.

Er legte seinen Kopf wieder auf das Stroh und schloß die Augen, aber dann entschloß sie sich doch, ihm etwas zu sagen: «Yul? Erinnerst du dich an Orien?»

Er schüttelte den Kopf.

«Als wir alle auf dem Segelschiff waren?»

Sein Gesicht zeigte, daß er sich an nichts erinnerte.

«Mit den beiden – als du rudertest, auf dem Meer.»

Die Erinnerung ängstigte ihn.

«Da war ein Mann mit mir, erinnerst du dich. Er ruderte auch.»

«Ja. Ein Mann. Nicht die schlechten Männer.»

«Richtig. Kein schlechter Mann. Das war Orien.»

«Or-ien.»

«Er braucht Arznei und Essen; ich geh in die Stadt und bring sie ihm. Damit du weißt, wo ich bin. Erzählst du dem Meister, wohin ich gegangen bin?»

«Ja. Yul wird's dem Meister sagen.»

Er setzte sich im Stroh auf.

«Birle wird – zurückkommen?»

«Ja, sicher werde ich zurückkommen.» Aber er hörte nicht zu, hielt sie mit der Hand an einer Rockfalte fest. Birle beugte sich hinunter und löste sanft seine Finger. «Ich würde doch nicht weggehen und dich allein lassen, Yul.»

Er schüttelte den Kopf. «Wenn Birle stirbt? Großmutter starb und kam nie wieder.»

«Das stimmt», sagte Birle, «wenn ich sterbe, kann ich nicht mehr kommen, aber wenn ich lebe, das versprech ich dir, komm ich wieder. Ich glaube, ich werde den Tag überleben», sagte sie.

«Ja.» Yul legte sich wieder zurück, nachdem er das Stroh unter sich gelockert hatte, um bequemer zu liegen, und schloß die Augen.

Aus der Vorratskammer nahm Birle Brot und Käse und legte sie zur Arznei in den Korb, dazu einen Krug mit Wein. Sie sperrte die Haustür auf, trat hinaus und schloß sie wieder hinter sich.

Erst als sie am bewachten Stadttor ankam, fielen ihr die Soldaten ein. Als ihr die Wache in den Weg trat, erinnerte sie sich, daß sie eine Ausrede für ihren Gang in die Stadt brauchte, zu so früher Stunde obendrein, noch ehe die Morgenglocke geschlagen hatte. Sie hatte sich nichts zurechtgelegt.

Der eine war ein älterer Mann mit schon angegrautem Bart, der andere noch jung. Beide hatten die Hand am Schwertgriff und gähnten schläfrig nach der langen Nachtwache, aber ihre roten Hemden waren so sauber und glatt, als hätten die beiden sie eben erst angezogen. Der Ältere trat vor sie und sagte: «Wohin willst du gehen, Mädchen?»

Birle besann sich krampfhaft auf eine Antwort, aber ihr Geist war träge. Sie konnte nur an Orien denken. Sie gab ihrem Gesicht einen Ausdruck von Furchtlosigkeit, während sie nach einem Grund suchte, der die Soldaten zufriedenstellen würde.

«Was ist?» fragte der Jüngere, immer argwöhnischer werdend, je länger die Antwort auf sich warten ließ.

«Ich muß in die Stadt», sagte sie.

«Wir wollen wissen, weshalb», sagte der Ältere.

«Ja, aber...» Birle hatte keinen Schimmer, was sie ihnen sagen sollte. Wenn sie jetzt zurück und auf den Glockenschlag warten mußte – aber das konnte sie nicht ertragen, sie konnte nicht solange warten. «Ich muß.»

Der jüngere Soldat sah sie an und lachte. «Ich wette, es steckt ein Mann dahinter. Sie ist aus der Burg und trifft sich heimlich mit einem Mann. Wenn Corbel wüßte, daß eine seiner Sklavinnen –»

«Das stimmt nicht», sagte Birle. Sie war keine von Corbels Sklavinnen.

«Oder er hat sie ausgesandt, daß sie ihm eine Jungfer aus der Stadt bringt. Habe ich dir doch erzählt. Wenn es auf eine Schlacht zugeht, wächst Corbels Begier – meine übrigens auch, aber ich kann sie nicht so reichlich stillen wie unser Häuptling. Ich wette, wir werden das Fräuleinchen noch öfter durchzulassen haben. Die Stadt ist voller Maiden, die sich glücklich schätzen würden, in Corbels Bett zu kommen. Er wird es uns nicht danken, wenn wir sie aufhalten.»

«Dann hab also deinen Willen», sagte der junge Soldat, «denn wenn sie eine Kundschafterin wäre –»

«Wenn sie eine ist, schadet es nichts, dem Feind einen Gefallen erwiesen zu haben, sollte sich das Schicksal gegen Corbel wenden. Du kannst passieren, Mädchen. Ist es ein Liebhaber, den du triffst, behandle ihn gut und denk an die beiden armen Soldaten, die kein Mädchen im Bett haben. Bis es Sommer ist, brauchen wir vielleicht kein Bett mehr, weil wir für ewig in der Erde liegen. Wenn du für Corbel ein Mädchen besorgst, können wir nur hoffen, daß sie ihn gut unterhält. Und dienst du dem Feind, dann erinnere dich, daß wir dich durchließen, ohne zu fragen.»

Birle nickte nur. Es kümmerte sie nicht mehr als die Soldaten auch, was Lüge und was Wahrheit war, wenn sie nur durchkam, ob Corbels Kette an ihrem Hals oder bloße Laune der Soldaten, es war ihr gleich.

Hatte sie es selber geschafft, den Dingen eine Wendung zu ihren Gunsten zu geben, oder lag es in jemandes anderen Macht – es war unwichtig, wenn es nur nach ihrem Willen ging. Als die Soldaten auseinandertraten, um sie passieren zu lassen, ging sie wortlos zwischen ihnen durch und dankte ihnen nicht.

Birle wußte, wo sie den Schildkrötenbrunnen finden konnte – im ärmsten Teil der Stadt. Es war noch niemand auf der Straße. Es war, als läge die ganze Stadt in einem dumpfen Schlaf, wie betäubt vom großen Fressen. Wer auf den ungepflasterten Straßen oder Durchgängen schlief, hatte sein Bündel mit Essen und Trinken so weit geschleppt, bis er darunter zusammenbrach.

Als sie an den Schildkrötenbrunnen kam, standen ein paar Frauen gähnend unter den Türen und man hörte Kinderstimmen. Birle wußte nicht, ob sie jemals in dieser verwinkelten Straße gewesen war, die von der kopflosen Schildkröte ausging. Schundige Holzhütten, sie sich aneinanderlehnten, um nicht einzufallen, mit grob zusammengenagelten Türen, manchmal nur mit einem Sackrupfen vor dem Eingang: Die Straße war nicht anders als sonst eine in der Stadt. Sie suchte mit den Augen die linke Straßenseite ab, während sie vom Brunnen wegging. Er hatte gesagt, sie werde das Haus gleich erkennen.

Sie erkannte es. Sobald sie die Kabache sah, wußte sie, daß sie die Stelle gefunden hatte. Selbst in dieser Straße fiel die lumpige Hütte auf – unbewohnbar. Eine schwere Kette hing an einem Ring am Türpfosten. Ohne jemanden fragen zu müssen, wußte sie, wer hier nachts schlief, an die Tür seines Meisters gekettet und spürte auch, daß die Hütte leer war.

Orien hätte ihr das ersparen können, dachte sie, und dann wußte sie auch, warum er das nicht getan hatte. Wenn sie gewußt hätte, daß er noch vorm Morgengrauen verschwunden war, hätte sie darauf bestanden, daß er handelte, einen Fluchtversuch unternehme, sie hätte ... Es kam nicht darauf an, welche Feigheit oder Sorge um ihre Sicherheit ihn soweit gebracht hatte, sie zu täuschen, weil das Ergebnis feststand. Er war schon ins Bergwerk gebracht worden, in den sicheren Tod.

Einst hatte sie geglaubt, es wäre leichter, ihn tot zu wissen – aber das war es nicht. Und außerdem war er gewiß kein Feigling, um ihr auf diese Weise Lebewohl zu sagen.

Birle starrte das Haus an, der Korb zog schwer an ihrem Arm. Er hatte es ihr deutlich genug gesagt, wenn auch nicht mit Worten – er wußte, daß seine Abwesenheit ihr alles erklären werde. Er glaubte, sie zu schonen, aber er kannte ihr Herz nicht. Er maß ihr Herz an seinem.

Sie wußte nicht, wie lange sie so stand, hilflos begreifend. Der Fetzen, der als Tür diente, wurde zur Seite geschoben und eine Frau fragte: «Was willst du hier?»

Die Frau war nicht alt, aber ihre Augen sahen alt und müde aus. Ihre Kleider waren zerlumpt und farblos, als habe sie vor ihr jemand völlig abgetragen, ehe er sie weitergab. Birle versuchte, den Klumpen in ihrer Kehle hinabzuschlucken, damit sie ein Wort herausbringen konnte. Irgend etwas in Birles Gesicht brachte die Frau zum Reden. «Um den Schneider brauchst du dir keine Gedanken zu machen, er ist unter die Soldaten gegangen, aber dort wird er es nicht lange aushalten – der Soldat taugt sicher nicht mehr als der Schneider. Ich würde ihm keine Träne nachweinen.»

«Und sein Sklave?» Birle brachte kaum die Worte heraus.

«Der war der hübschere von den beiden, geb ich zu.»

Die Frau hatte ein kümmerliches Lächeln, als fielen die letzten Blütenblätter einer Rose. «Vergiß ihn. Sie haben ihn gestern abend ins Bergwerk geschafft, ihn und noch ein paar andere. Corbel hat angeordnet, daß sie zu Ehren des Festes wenigstens satt fortgehen sollten. Wenn ich die vier Kupferstücke gehabt hätte, hätte ich den Burschen für mich selber gekauft – er war handsam und erzählte schöne Geschichten. Und wegen seiner Augen. Der wäre schon ein paar Tränen wert gewesen. Wenn ich ehrlich bin: Ich hab selber geweint, als ich hörte, daß er verkauft werden mußte.»

Birle hatte keine Tränen. Sie hatte bisher nicht gewußt, daß ein Kummer zu tief für Tränen sein konnte. Nun wußte sie es. Sie nickte der Frau ihren Dank zu und machte sich wieder auf den Weg zum Alchimistenhaus.

Es war Mittag, als sie die Tür zu Joachims Küche aufmachte, den Korb noch im Arm. Wie sie zurückgefunden hatte, wie sie durchs Tor gekommen war, wußte sie nicht mehr. Sie hatte nichts gesehen oder gehört, wußte auch nicht, wie lange sie weg gewesen war und warum. Sie stellte das Essen in die Vorratskammer zurück. Yul grub im Garten und bemerkte sie nicht, aber sie brachte es nicht über sich, ihn zu begrüßen. Sie ging ins Laboratorium und stellte die Arzneien wieder auf das Bord.

Joachim streifte getrocknete Blätter von einem Büschel Beinwell ab. Für einen Absud, überlegte Birle. Sie verspürte keinen Wunsch, ihm zu helfen. Am anderen Ende des Tisches blubberte eine Retorte über kleiner Flamme – die Flüssigkeit darin war golden, und eine Handvoll Kiesel klapperte in der Essenz. Sie wollte in das Haus zurück, aber der Meister rief sie.

«Was ist das für eine Geschichte, die mir Yul erzählt hat? Wer ist dieser Orien?»

Birle kümmerte es nicht, daß er verärgert war. «Ist schon erledigt.»

Er sah auf zu ihr. «Was ist geschehen?»

Birle schüttelte den Kopf. Nichts war geschehen.

Seine Stimme wurde freundlich. «Gibt es einen Kummer, den ich lindern kann?»

«Man kann nichts machen», sagte sie, wollte nicht reden.

Es war schon schwer genug, auch nur den Atem in die Brust hinabzupressen.

«Es gibt Leute», sagte Joachim, «die behaupten, die große Fortuna, die Glücksgöttin, hat ein Rad, auf dem alle Menschen festgemacht sind. Das Rad dreht sich, und die Menschen steigen oder fallen mit der Bewegung des Rades.»

Birle nickte. Diesen Leuten konnte sie zustimmen. Sie war an das Rad festgebunden und mußte diesem Auf und Ab folgen. Es war ihr, als könne sie das Gewicht des Rades in ihrem Rücken fühlen, und gleichzeitig mußte sie aber auch darauf sitzen und es wiederum tragen. So fühlte es sich für sie an – wie aber für Orien? Sie konnte nicht zulassen, daß Orien auf dieses Rad gebunden war.

«Wer ist der Mann?» fragte Joachim wieder.

«Er wurde ins Bergwerk verkauft», sagte sie. Joachims Gesicht erzählte ihr, was sie schon wußte. Weil sie ihm schon so viel anvertraut hatte, sagte sie mehr: «Im Königreich wäre er der Graf Sutherland gewesen. Es gibt zwei Grafen, die dem König dienen und die über Lords und Volk herrschen. Orien war der Erbe des Grafen Sutherland, er war der älteste Sohn.»

«Und was geschah?»

«Er verließ das alles.»

«Und du bist mitgegangen?»

Das kam der Wahrheit sehr nahe.

«Und ihr seid beide irgendwie in Gefangenschaft geraten und in die Sklaverei verkauft worden.»

Sie nickte.

«Aber nun ist er ins Bergwerk gebracht worden. Und das beste, was du für ihn hoffen kannst, ist, daß er schnell stirbt.»

Birle zeigte ihren Zorn nicht – wie konnte er so reden? Auch wenn es stimmte; aber wie er es aussprach, klang es leichtfertig, nebenhin gesagt, wie er es öfter machte.

«Ich hab mir das gestern abend schon gedacht. Du lächelst so selten, aber gestern war der Frühling in deinem Lächeln. Vielleicht haben die Leute recht, Birle, und wir sind ans Rad gefesselt, bis der Tod uns befreit.»

Als habe sie gehofft, ihr Meister könne vollbringen, was nicht vollbracht werden konnte, wie sie wohl wußte, flackerte Birles Herz wie eine Kerze und erlosch.

«Ich muß das Essen machen», sagte sie. «Es nutzt nichts, die Arbeit muß getan werden.»

Wie sie die Last der Stunden ertragen sollte, wußte sie nicht. Aber wenn es keine Arbeit gab, mußte sie an Orien denken, eine winzige Gestalt, wie all die anderen an das eiserne Rad geschmiedet, und seine Augen leuchteten wie Glockenblumen. An diesem Tage arbeitete Birle von früh bis spät, lange und schwer. Sie wußte nicht, wie viele Tage vergingen, sie wußte nur, daß der Kummer nicht nachließ. Sie konnte nichts tun, als ihn zu ertragen, die ganzen langen Tage hindurch. Yul war ihretwegen voll Trauer, sie sah es, konnte ihm aber nicht helfen.

Auch Joachim machte sich Sorgen, doch nicht um Birle. Ihr Meister war oft aus dem Hause, aber sie wußte nicht, was er tat, und er sagte es ihr auch nicht. Wenn er daheim war, arbeitete er nicht im Laboratorium, sondern ging ruhelos auf und ab, wo immer er sich befand. Er schien Angst zu haben, aber das ließ sie kalt. Auch die Veränderungen auf dem Marktplatz kümmerten sie nicht. Die Marktkunden wurden immer weniger – nicht die reichen – und zahlten mehr, als die Waren wert waren, ohne zu fragen oder sich zu beschweren. Weniger Rothemden strichen durch die Straßen, wachten über den Marktplatz und an den Toren. Birle hatte für sie keinen Gedanken übrig. Alles, was sie tun konnte, war, Yul für den Blumenstrauß zu danken, den er im Gras des Hinterhofs gepflückt hatte. Sie saß bei Kerzenlicht und schrieb an Joachims Buch, bis ihr der Kopf auf den Tisch sank und sie einschlief.

Jenseits der offenen Tür zum Hof hing sternengesprenkelt der schwere, schwarze Himmel. Das flackernde Kerzenlicht floß wie Wasser über das Papier, die Feder kratzte unaufhörlich, während Buchstaben und Wörter sorgsam geformt aus der Spitzen flossen. Der Schlaf überraschte sie dabei, und sie merkte es nicht. Manchmal träumte sie, und in einigen ihrer Träume erschien ihr Orien, einmal lachte er. Als sie aus dem Traum erwachte, war ihr Gesicht naß von Tränen. Sie hob den Kopf und sah, daß ihre Tränen auf den Seiten Spuren hinterlassen hatten. Sie mußten nochmals geschrieben werden. Birle ging hinaus, wieder einmal war es die silberne Tageszeit, aber an diesem Morgen fiel feiner Regen und netzte ihr Gesicht. Auf dem Weg zum Abort sah sie, daß Yul neben die Wand des Laboratoriums ein Bündel Kleider herausgelegt hatte. Sie mußte also heute noch Wäsche waschen und trocknen, auch wenn keine Sonne schien. Sie mußte das Wasser über dem Feuer soweit anheizen, bis es schmerzte, wenn man die Hände hineinsteckte. Als sie wieder vom Abort kam, wunderte sie sich, daß Yul, der niemals zuvor seine schmutzigen Kleider auf diese Weise gebündelt hatte, auf einmal damit anfing. Sie konnte sich auch nicht erinnern, daß er je – und plötzlich blieb ihr fast der Atem stehen – einen Prügel auf das Bündel gelegt hatte, damit es der Wind nicht verwehe. Aber das war ja ein Arm.

Erst als sie den Arm auf die Seite gelegt und das teilnahmslose Gesicht in den Regen gedreht hatte, wagte sie zu glauben, daß es Orien war.

Es blieb ihr keine Zeit, sich zu freuen. Als sie sein Gesicht zu sich drehte, öffnete sich das eine Auge, nahm sie aber nicht wahr. Seine Zunge flatterte zwischen den borkigen Lippen, um den Regen aufzufangen. Die rechte Gesichtshälfte war eine einzige, offene Wunde, rot und entzündet, das Auge, von Dreck und Eiter zugeschwollen, konnte sich nicht öffnen. Er brannte vor Hitze, vor Fieber. Die Wunde, die sein Gesicht war, stank wie faules Fleisch.

Birle kauerte sich neben ihn auf den Boden, nur einen Augenblick, bis ihr vor Glück die Hände zitterten, und die Angst, die ihr Herz wild und schmerzhaft schlagen ließ, sie wieder zur Ruhe brachte. Sie wußte, was sie zu tun hatte. Sie ging ins Laboratorium und weckte Yul. «Hilf mir», bat sie. Yul trug Orien in den Grasgarten hinab und legte ihn unter das Buschwerk. Es war so hochgewachsen, daß unter den Zweigen niedrige Hohlräume entstanden waren. Birle hieß Yul Tücher bringen, einen Eimer sauberes Wasser und Kleider.

Sie wusch Orien Gesicht und Hals. Er wand sich und jammerte unter Birles Händen, wußte aber nicht, wer ihm so weh tat. Er sprach Unverständliches. Man hatte ihn gebrandmarkt, die Wunde hatte sich entzündet, und es sah aus, als habe man sein Gesicht halb ins Feuer gehalten. Sie mochte nicht daran denken. Sie wollte nur sein armes Gesicht reinigen, sanft, ganz sanft, im kühlen Wasser baden und ihm mit der Hand tropfenweise Wasser in den Mund rinnen lassen, als er sich wie ein saugendes Kind der Kühle des Wassers zuwandte.

Seine Handgelenke waren mit Bändern aus fingerdickem Eisen gefesselt. Sie mochte nicht daran denken. Der feine Regen rieselte herab.

Sie überließ Orien Yuls Obhut und ging ins Laboratorium, sie brauchte Arznei. Knoblauchsalbe – es würde ihm weh tun, aber es würde die Wunde säubern – Gerstenschleim ... ich weiß ja gar nicht, was ich machen soll, dachte sie, aber dann kam ihr, daß sie es doch wußte. Die Seiten, die sie abgeschrieben hatte, waren ihr im Gedächtnis geblieben. Schnell entschlossen nahm sie die Phiole mit dem Mohn, dem Schlafsaft. Einen oder zwei Tropfen im Gerstenschleim würden ihm Schlaf bringen. Zuviel würde ihn umbringen, aber in kleiner Gabe – einen Tropfen zählte sie ins Wasser, noch einen – würde er ihm den Schmerz nehmen und ihn schlafen lassen. Wenn er schlief, konnte sie ihm das Haar aus dem Gesicht schneiden und die Salbe schmerzlos anwenden. Sie wußte nicht, ob Yuls Kraft ausreichen würde, die Fesseln an seinen Handgelenken zu brechen.

Sie hoffte nur, daß ihr Meister durch seine Sorgen soweit abgelenkt war, daß er nicht merkte, was um ihn vorging. Sie mußte das Essen auf den Tisch stellen, aber das hatte noch Zeit. Wenn Orien in seinem Betäubungsschlaf lag, konnte sie ihn hier im sicheren Versteck lassen, solange sie für den Meister kochte. Wenn Birle nicht durch ihre eigenen Sorgen während der letzten Tage so beschäftigt gewesen wäre, hätte sie die Ankündigung des Meisters nicht überrascht, als er sich zum Morgenessen und Wein setzte.

«Ich gehe heute», sagte Joachim. «Ich verlasse das Haus, die Stadt, dieses vom Krieg bedrohte Land, die verlogene Alchimie, und ich verlasse den Herrschaftsbereich meines Bruders. Du brauchst nicht so entsetzt zu schauen, Birle, ich habe dich gewarnt.»

«Ich hatte es vergessen.» Sie würde also das Haus für sich allein haben. Das paßte ihr sehr gut. «Was soll ich für deine Reise einpakken?»

Orien konnte Joachims bequemes Bett haben. Essen und Arznei waren genug vorhanden.

«Nichts wirst du packen. Und nichts sagen, keinem Menschen. Corbel wird bis zum Abend nicht wissen, daß ich gegangen bin, er darf es nicht wissen. Wenn die Soldaten den Wagen zum Tor bringen, legst du mit Yul die Säcke hinein, wie letztes Jahr. Wo ist Yul, hast du ihn geweckt? In einen Sack werde ich mein Kräuterbuch stecken. Mehr nehme ich nicht mit.»

«Wird dir der Soldat gestatten, die Stadt zu verlassen?»

«Er merkt es erst, wenn ich nicht mehr zurückkehre. Ich befehle ihm nichts. Nur Corbel hat die Befehlsgewalt. Ich bin wie dein verlorener Graf. Ich habe keine Machtgelüste. Mein Bruder schon. Er hält das Geld für gut angelegt, welches ihm seine Wünsche erfüllt.»

«Alleweil, Meister, du aber auch», sagte Birle.

Sie wußte es, weil sie ebenso dachte. «Und jeder Mensch.»

Der einzige Unterschied bestand in der Verschiedenheit der Wünsche.

«Ich habe keine Zeit für lange Reden», sagte Joachim. «Was dich und Yul betrifft, so tut ihr gut daran, bis Sonnenuntergang aus dem Haus zu verschwinden. Ich weiß nicht, wo und wie ihr euch verstekken könntet, vor allem Yul. Vielleicht solltet ihr euch zur Sicherheit trennen und verschiedene Wege gehen. Ich werde dir ein paar Silberlinge geben. Laßt euch nicht von Corbel erwischen. Wenn ihr glaubt, daß es im Haus am sichersten ist, müßt ihr hier warten, bis der Soldat Corbel von meiner Flucht berichtet hat. Corbel wird zu allererst hierherkommen. Er wird zornig sein.»

Es geschah zuviel auf einmal. Birle konnte nicht alles behalten; sie dachte nur an Orien.

«Ich sage dir also Lebewohl», sagte Joachim. Er ließ sein Essen unberührt stehen und hielt ihr einen kleinen Geldsäckel hin.

«Ich wünsch dir ein besseres Schicksal, als du es bisher hattest.»

Wenn Joachim sie hier zurückließ, würde man Orien finden. Sie mußte sich beeilen, Yul herbeizuschaffen, und mußte an ein Versteck für Orien denken. Eile tat not, sonst war die letzte Möglichkeit dahin, die Stadt zu verlassen, bevor der Krieg ausbrach und Corbel –

«Nein!» Birles Stimme war so rauh wie ein Rabenschrei, stark und sicher.

Joachim wandte sich nach ihr um. Sie sagte nochmals, damit er sie nicht falsch verstehe: «Nein, Meister. Du wirst uns nicht zurücklassen.»

Neunzehn

Joachim antwortete ungeduldig: «Das ist der Lauf der Welt. Ich würde sie gern ändern, wenn ich könnte. Aber ich kann nicht mehr tun, als dich zu warnen und dir Geld zu geben.»

Erst als sie hörte, wie seine Stimme zitterte, merkte Birle, welche Angst ihr Meister ausstand. «Ich kann nichts tun, verstehst du nicht?»

Birle fürchtete sich so sehr wie er. Joachim war ihre einzige Hoffnung. Die einzige Macht, die sie hatte, bestand darin, sein Herz zu rühren, daß er ihr aus Mitleid bei der Flucht aus der Stadt half. Aus demselben Grund konnte er vielleicht auch Yul helfen, aber Orien –?

Birle würde ihn niemals zurücklassen. Einmal hatte sie ihn verlassen, aber da konnte sie nicht anders. War sie jetzt nicht weniger hilflos? Trotz aller Freundlichkeit hatte Joachim sie bisher nur für seine eigenen Zwecke benutzt. Er hatte keine grausamen Absichten, aber es waren seine eigenen Absichten und nicht ihre, ihn bewegte kein Mitgefühl. Ihre Tränen würden ihn nicht mehr rühren als Regentropfen. Er würde sie hinnehmen wie den Regen und sich höchstens fragen, warum regnet es, woher kommt das Wasser? Warum ist es salzig? Warum weinen Frauen, wenn sie etwas wollen, und Männer kämpfen dafür?

Joachim weinte nicht und kämpfte nicht. Er gehorchte, wenn ihn die Furcht dazu zwang, aber er würde dabei seine eigenen Wege gehen und seine geheimen Ziele verfolgen, was auch immer das Schicksal oder sein Bruder ihm aufzwangen.

«Da ist noch etwas, was du wissen mußt», erklärte Birle dem Meister.

Er wandte sich ab, aber wie eine Schlange schoß ihre Hand vor und hielt seinen Arm fest. Er wollte den Arm wegziehen, aber sie ergriff ihn fest mit beiden Händen. Er hob die andere Hand, als wolle er sie schlagen.

Birle wußte, daß er dies nicht tun würde. Joachim besaß die Kraft der Wissenschaft, aber sonst keine. Wenn Gefahr drohte, belog er sich lieber selbst. Er dürfte auch nichts von Orien wissen, denn bei Joachim bedeutete gefährliches Wissen sogleich Verrat. Er hatte recht, sein Kräuterbuch über alles zu schätzen, denn seine Taten, die er im Leben vollbrachte, waren nicht sein Bestes; nicht sein Leben war das Hauptwerk – sein Buch war es.

«Du kannst mich nicht aufhalten», behauptete Joachim, selbst als ihre Hände seinen Arm nicht freigaben.

Dann also nicht auf Mitleid gesetzt, sondern auf Furcht. Diesmal würde ihn ihr Wille, aus der Angst geboren, zum Handeln zwingen. Er war leicht zu zwingen.

«Man wird dich bestrafen», warnte Joachim, «du bist eine Sklavin.»

«Bin ich nicht, Meister», sagte Birle. «Ich bin keine Sklavin, weil du mich nie dazu gemacht hast.»

«So also erwiderst du mir meine Güte?»

«Es war keine Güte. Du konntest gar nicht anders, also tu nicht, als sei dies dein freier Entschluß gewesen. Nein, du mußt mich mitnehmen wie damals. Der Soldat wird sich nichts dabei denken, weil es genauso abläuft wie letzten Sommer, doch diesmal lenke ich den Wagen.»

«Und kannst du das so gut wie ich?»

«Nein. Aber ich werde es können», sagte Birle. «Wenn wir erst einmal in den Hügeln hinter den Feldern sind, kannst du Yul und mich dem Schicksal überlassen. Du kannst den Wagen behalten, um schneller davonzukommen.»

«Du verstehst nicht, Birle, du gehörst Corbel. Wenn du mir gehörtest, würde ich dir deinen Willen lassen, aber wenn ich – verstehst du denn nicht – mich auf der Flucht mit Corbels Eigentum davonmachte, wird er –»

Birle unterbrach ihn, ehe er sich noch weiter in sinnlose Ungereimtheiten ängstigen konnte.

«Wenn du mich hier läßt», versprach sie ihm, «werde ich keine Zeit verschwenden. Ich werde Corbel alles haarklein erzählen. Von dem Pflanzenbuch und wieviel Zeit wir damit verbrachten, jede einzelne Stunde aufzählen, die wir nicht auf die Suche nach seinem Stein der Weisen gewendet haben. Du glaubst doch nicht, daß er dir dein Werk läßt, das du auf seine Kosten und auf Kosten seines Werkes geschaffen hast? Was glaubst du, was er in seiner Wut anstellen wird ... wenn er das erfährt?» schloß sie. «Du mußt uns aus der Stadt bringen, Meister.»

Joachim verkroch sich schier in seine Kleider. «Jaja. Ich muß. Ich werde es auch tun.»

Er log nicht, er hatte den Mut zur Lüge nicht. «Ruf Yul, sag ihm, daß wir gehen, such zusammen, was du brauchst –»

«Nein», sagte Birle wieder sehr hart. Sie nahm ihre Hände von seinem Arm, weil es nicht mehr notwendig war, ihn festzuhalten. «Ich brauch einen ganzen Tag. Wenn also der Soldat kommt, sag ihm, er soll morgen beim ersten Tageslicht kommen. Heute schickst du ihn zurück.»

«Er wird mir nicht gehorchen.»

«Er wird, wenn du ihm den Befehl in Corbels Namen gibst.»

«Ich warne dich. Wenn wir zu lange warten, kommen wir morgen vielleicht nicht mehr aus der Stadt. Das ist deine Schuld.»

Birle fürchtete dies genauso wie Joachim. Wenn der Krieg über Nacht ausbrach – sie mußte Orien in Sicherheit und aus der Stadt bringen. Die Verzögerung auch nur um einen einzigen Tag konnte sie um die letzte Möglichkeit bringen – aber sie brauchte den Tag für ihre Vorbereitung. Wenn sie einfach davonlief, ohne daran zu denken, was sie auf einer vielleicht sehr langen Reise brauchen würde – sie mußte am Marktplatz Essen kaufen, Kleider für alle drei einpacken, Arznei, und Monatsbinden für sich. Sie mußte die Silberlinge des Meisters in ihren Rock einnähen, daß niemand etwas merkte. Sie mußte Yul erklären, was sie vorhatten, und Orien wenigstens einen Ruhetag zu seiner Heilung verschaffen. Sie mußte überlegen, wohin die Reise gehen sollte: drei entlaufene Sklaven, die Stadt vom Krieg bedroht, einer von ihnen so schwach, daß er nicht laufen konnte –

und ein Messer, sie mußte ein gutes, scharfes Messer im Stiefelschaft haben –

und Orien brauchte Stiefel –

und eine Zunderschachtel –

Als sie über den Kamm des niedrigen Hügels kamen, entschwand der letzte Bauernhof ihrem Blick. Sie hatten die Weggabelung passiert, wo eine Straße nach Norden ging und die andere zweispurig nach Westen zu den Bergwerken. Leiser Regen fiel. Birle hielt die Pferde an.

Seit dem gestrigen Morgen hatte Joachim kein Wort gesagt. Dies war aber nicht das Schweigen des Zorns – Joachim hatte Angst.

Sein Leib war über das Buch gekrümmt, das er fest an die Brust drückte. Sein Gesicht war von der Haube seines Mantels verdeckt. Wenn er sie ansah, fühlte Birle Mitleid. «Das Pferd ist alt und leicht zu lenken», beruhigte sie ihn. «Du hast einen ganzen Tag Vorsprung. Corbel weiß bis zum Abend nicht, daß du aus der Stadt geflohen bist.»

Der Alchimist schüttelte den Kopf. «Manchmal hat er einen Verdacht. Dann schickt er einen Soldaten ins Haus –»

«Der Soldat von heute früh war froh, daß er zu seinem Haufen zurückkehren durfte», erinnerte Birle ihren Meister. «Celindes Vater muß näher vor der Stadt stehen, als Corbel die Stadt wissen ließ. Der hat heute andere Sorgen als dich.»

«Er weiß, wo er mich finden kann», bekannte der Alchimist. «Mein Bruder hat das Unrecht nie vergessen, das ich ihm einst angetan habe. Ich wünschte fast, er fiele in der Schlacht, wenn ich das wagte. Und er ist mein einziger Bruder.»

Birle konnte ihm nicht helfen. Sie gab ihm die Zügel in die Hände (er trug Handschuhe) und stieg vom Bock. Sie hieß Yul die Säcke wegnehmen, unter denen sie Orien versteckt hatte, ehe sie Joachim aus dem Haus rief. Einer dieser Säcke war dick und schwer, den legte sie zu ihren Füßen.

«Ich hätte das nie tun dürfen», sagte Joachim, «ich hätte es besser wissen sollen, ich hätte bleiben sollen, wohin er mich gestellt hat, weil er mich schützen würde, mein eigener Bruder. Ich bin kein Soldat, warum sollten mir Soldaten etwas antun? Was hab ich mir bloß dabei gedacht?»

Orien lag in ein Tuch eingewickelt am Boden des Karrens. Ob er verstand, was ihm geschah, wußte Birle nicht. Sogar am frühen Morgen hatte er Fieber gehabt und die Augen nicht geöffnet. Er hatte ein paar Löffel kaltes Wasser geschluckt und war vor ihren Händen zurückgezuckt, als sie Salbe auf sein geschwollenes, Eiter schwitzendes Gesicht streichen wollte, aber er erkannte nichts und niemanden. Birle sprach ihm sanft zu, hatte aber keine Hoffnung, daß er ihre Worte verstand oder ihre Stimme erkannte.

Yul nahm die schlaffe Gestalt Oriens auf. Er hielt ihn in den Armen wie ein Weber einen Ballen Tuch. Birle nahm den schweren

Sack und hängte ihn sich an dem breiten Lederriemen über die Schulter.

Joachim starrte auf sie herab, sein Gesicht war weiß. «Was hast du getan, Birle? Was ist das, wer ist das? Das ist doch einer aus dem Bergwerk? Weißt du, in welche Gefahr uns das bringt? Niemand entkommt dem Bergwerk.»

«Aber dieser doch», sagte Birle stolz.

Joachim hörte ihr nicht zu. Er nahm die Zügel und trieb das Pferd an, um eine möglichst große Entfernung zwischen sich und die drei anderen zu legen, so schnell er nur konnte. Der Karren quietschte und knarrte davon.

Birle sah sich um, machte sich mit dem Gewicht auf ihrem Rücken vertraut und mit dem Landstrich, in dem sie sich befanden. Beim Erwachen hatte sie bedauert, daß es regnete, aber als sie aus der Stadt fuhren, war sie froh darüber, weil dadurch die Leute in ihren Häusern blieben und die Torwachen schnell wieder in ihre Unterkunft gingen. Jetzt bedauerte sie es wieder, weil der Regen die Sonne verbarg und so die Himmelsrichtung nicht klar zu erkennen war. Wenn er andauerte, konnte sie sich nicht einmal nach den Sternen richten, und es würde unmöglich werden, bei Nacht zu reisen.

Der Weg, auf dem der Wagen verschwunden war, bog nach links ab. Rechts fiel eine Wiese den Hang abwärts, dahinter begann der Wald mit spärlichen Ausläufern. Norden und Osten waren ihre Richtungen. Yul wartete, und sie versuchte, ihn anzulächeln.

«Wir machen uns am besten auf den Weg», sagte sie.

«Ins Königreich?» fragte Yul.

«Ins Königreich, wenn wie können», antwortete Birle. Sie gingen nebeneinander, und der feine Regen schlug ihnen ins Gesicht. Als sie erst einmal unter den Bäumen weit genug und in ihrem Schutz waren, hielt Birle inne. «Setz ihn ab, Yul», sagte sie und fügte hinzu, obwohl das nicht nötig gewesen wäre, «aber sanft, ganz sanft.»

Die Arzneien hatte sie zuletzt so eingepackt, daß sie nur in ihren Sack zu greifen brauchte, um die Flasche mit dem Gerstenschleim zu finden. Yul hielt Oriens Kopf hoch, daß sie seinen schlaffen Mund öffnen und ihm soviel eingeben konnte, wie sie für richtig hielt.

Orien hustete, schluckte, wachte aber nicht auf. Birle wußte, daß er nicht richtig schlief. Es war die Bewußtlosigkeit des Fiebers, wie Joachim ihr erklärt hatte. Der Geist hielt sich tief im Leib verborgen, wenn das Fieber brannte. Wie ein Feuer verzehrte das Fieber das Fleisch, es würde sich selbst verzehren. Aber wenn es beim Ausbrennen zu viel vom Fleisch verzehrt hatte, dann mußte der Kranke sterben. Demgemäß behandelte man Fieber mit Flüssigkeit, wie man Wasser ins Feuer gießt, um es zu löschen.

Nach dem ersten Schluck Gerstenschleim öffnete sich Oriens Mund und verlangte nach mehr. Sie hoffte, es werde ihm guttun. «Gehen wir weiter», sagte sie zu Yul. Birle war froh, daß der Riese nicht genug Verstand hatte, um zu fragen, wohin sie jetzt gingen. Sie hätte keine Antwort gewußt. Er war zufrieden, wenn es ihnen nur irgendwann einmal gelang, ins Königreich zu kommen.

Birle war nicht zufrieden und fand keine Ruhe. Sie war sich der eingeschlagenen Richtung nicht sicher, nur daß sie weg von der Stadt ihrer Versklavung mußten, weg von den Armeen, die sich bald zur Schlacht treffen würden. Sie wußte nicht einmal, wo Norden war oder Osten lag. Wenn sich der Himmel nicht aufklärte, war sie hilflos. Und sie wußte, daß der Kranke am ehesten gesunden würde, wenn er ruhig und ungestört unter einem Dach lag, aber das könnte sie nur schaffen, wenn sie sein Leben noch größerer Gefahr aussetzte. Den ganzen Tag folgten sie einem Pfad durch den Wald und hielten nur an, um Orien seine Arznei zu geben. Abends kamen sie an einen kleinen Bach. Birle führte Yul vom Weg ab zu einer dicken Eiche, die ihre Zweige über den Bach breitete.

«Der Pfad ist von Menschen ausgetreten worden, und wir wollen nicht unversehens ertappt werden, wenn jemand des Weges kommt.»

Birle überprüfte ihre Lage, während Yul Orien absetzte. Orien blieb wie ein Toter im Leichentuch liegen, wo man ihn niedergelassen hatte. «Wenn jemand kommt, Yul, dann klettere den Baum hinauf.»

Yul blickte zu ihr auf. Er hatte sich neben den Kranken gesetzt. «Yul kann klettern. Yul kann Birle hochheben.»

Daran hatte sie nicht gedacht. «Aber Orien nicht», sagte er traurig.

«Wollen wir hoffen, daß keine Gefahr kommt», sagte Birle.

Es war die einzige Antwort, die sie darauf geben konnte.

Sie hatten kein Feuer zum Wärmen, nur ihre Kleider.

Sie glaubte aber, daß die Furcht sie wach halten werde, wie in der letzten Nacht, wo sie neben Orien gesessen war und ihm nicht helfen konnte, ihn aber auch nicht schutzlos und allein lassen wollte. Aber in dieser Nacht war sie noch satt gewesen, Brot und Käse wärmten ihren Magen, und die Frühsommernacht war warm. Birle schlief die meiste Zeit. Neben ihr mußte auch Orien die ganze Nacht still gewesen sein, denn er weckte sie nicht. In der Dämmerung hatte der Regen aufgehört, obwohl noch niedrige Wolken den Himmel bedeckten. Birle sah, wo sich der Himmel rosig färbte, und mit der Morgenröte über ihrer rechten Schulter setzten sie sich wieder in Marsch, den Weg entlang, der in ihre Richtung ging. Es herrschte eine Stille im Wald, die Birle nicht gefiel. Man hätte Vögel hören müssen oder kleine Tiere, die vor ihnen flüchteten. Kein Laut traf ihre Ohren. Sie wußte keinen Grund für diese Stille; selbst der Wind schien lauschend zur Unbeweglichkeit erstarrt. Alles, was Birle hören konnte, waren ihre eigenen Schritte und ihr schwerer Atem unter dem Gewicht des Sackes, während sie den groben Weg entlang über Stock und Stein stolperten. Einmal ging es steil aufwärts, dann wieder ebenso steil abwärts, quer durch den Wald.

Yul trug seine Last leicht. Er barg Oriens Kopf an seiner Schulter, um ihn vor den Zweigen zu schützen. Die Füße, verschmutzt und voll tiefer Wunden, hingen unten aus dem Tuch heraus.

Gegen Nachmittag merkte Birle, daß ihre Füße heiß wurden und anschwollen. Sie wußte, daß sie bös aufgescheuerte Hautstellen finden würde, wenn sie die Stiefel auszöge. Sie hatte keine Zeit, darüber nachzudenken. Der Weg lief nach Norden, nahm sie an, aber die Sonne kam nicht durch die Wolken, um ihr Gewißheit zu geben.

Wie lange sie weitergehen mußten, ehe sie rasten konnten, war nicht abzusehen. Wohin der Weg führte, wußte sie auch nicht. Es war gefährlich, auf dem Weg zu bleiben, weil er zu irgendeinem Ort führen würde und von Leuten benutzt wurde, die aus Corbels Stadt kamen. Es war aber genauso gefährlich, vom Pfad abzuweichen. Dann kamen sie im weglosen Forst noch langsamer voran. Man lief Gefahr, im Kreise herumzuirren und am selben Ort herauszukommen, von dem man aufgebrochen war. Sie wußte aber genauso wenig, wie lange es dauern würde, bis die anstrengende Reise den Kranken so erschöpft hatte, daß ihn das Fieber verzehrte. Sie wußte nicht einmal, ob es nicht besser wäre, ihn wärmer einzupacken, daß er das Fieber aus dem Leibe schwitze, oder ihn zur Abkühlung aufzudecken, sie wußte nicht –

«Birle.»

Yul hatte fast den ganzen Tag nichts gesagt, jetzt flüsterte er ganz leise brummend ihren Namen.

«Was ist –»

Sein Gesicht war ein stummes Knurren. Sie sagte nichts. Sie hatte nie Angst gehabt vor Yul und sah sich nun um, ob Oriens Kopf noch weich an Yuls Schulter lag. Starr und steif hörte sie nun, wovor Yul gewarnt hatte. Ein schwerer Laut schleppte sich wie ein eiserner Wind allmählich zu ihnen her.

Birle trat vom Weg in den Schutz der Bäume und des Unterholzes zurück. Sie bemühte sich nicht, leise zu sein, denn der näher kommende Lärm überdeckte jedes andere Geräusch. Das wilde Tosen überfiel sie so schnell, daß sie sich nur hinter einem Baum ducken und Yul neben sich winken konnte. Immer näher kam es, bis sie merkte, daß es ein Wirrwarr verschiedenster Geräusche war. Füße, Hunderte von Füßen und Hufschlägen; Stimmen und Waffengeklirr. Es klang wie ein ganzes Heer, aber sie konnte nichts erkennen. Sie blickte den Weg entlang, den sie verlassen hatten, aber das Heer war dort nicht – es sei denn, eine unsichtbare Armee von Toten und Geisterpferden war unterwegs in einen längst vergangenen Krieg.

Gelächter, ein verwehtes Lied – dies war keine Heerschar von Toten, wenn es so etwas überhaupt gab. Birle tadelte sich selber. Es gab so viele echte Gefahren, daß man sich keine einzubilden brauchte. Dies war ein Heer auf dem Weg zur Schlacht. Es schien neben dem Weg in die Richtung zu marschieren, aus der sie gekommen waren. Zu Corbels Stadt. Ob das Corbels Freund oder Feind war, zählte nicht – die ganze Welt war Feind für einen entsprungenen Sklaven. Doch brauchte sich Birle hier nicht zu ängstigen, daß man sie jagte; selbst in der größten Wut würde Corbel keine Armee in Bewegung setzen, um drei Sklaven zu verfolgen. Yul saß mit angstvollen Augen über Orien gebeugt wie ein Hund.

«Ich glaube, wir sind sicher. Sicher, Yul. Jetzt sicher», sagte Birle.

Orien bewegte sich unruhig in seinem Tuch wie eine Motte in ihrem Gespinst. Birle legte ihm die Hand auf die Stirn, in den Nakken. Die Haut brannte trocken wie Feuer unter ihren Fingern. Sie hätte hilflos weinen können, zwang sich aber, ihn sanft anzureden: «Ruhig, sch, leise, schlaf, schlaf jetzt. Ganz ruhig, leise, Milord, ja, so ist's recht.» Yul brauchte eine Weile, um ihre Worte in sich eindringen zu lassen.

Den ganzen Nachmittag hielten sie sich ängstlich versteckt, während die Armee vorüberzog und den Himmel mit ihrem Geschrei und Lärmen füllte. Birle wagte nicht, auf den Weg zurückzukehren, obwohl sie wahrscheinlich unbemerkt geblieben wären. Sie fürchtete eine falsche Entscheidung, die leicht das Ende ihrer Flucht bedeuten konnte. Dunkelheit brach herein, ehe Birle sich wieder zu bewegen wagte. Vielleicht wäre es sicherer gewesen, über Nacht zu bleiben, wo sie waren, aber so nahe der Gefahr mochte sie nicht schlafen. Yul nahm Orien wieder auf, seine Handfesseln klirrten leise, und Birle hob den Sack auf ihren Rücken. Ihr Rücken und ihre Schultern schmerzten, die Beine waren in den langen Stunden der Bewegungslosigkeit steif geworden. Birle bewegte sich vorsichtig im Dämmerlicht und ging zum Weg zurück.

Sie zwang sich weiterzugehen und lenkte sich ab, indem sie auf den Weg achtete. Er mußte versteckt neben einer breiteren Straße einherlaufen, wo eine ganze Armee marschieren konnte. Warum gab es zwei solche Wege durch ein und denselben Wald? Oder war der Pfad von denen ausgetreten worden, die unerkannt von einer Stadt zur anderen gelangen wollten? Der blanke Boden zu ihren Füßen bewies, daß es viele solche Reisende geben mußte, die zu Corbels Stadt und von ihr kamen.

Bald umgab sie Finsternis, kein Stern leitete sie, und der Mond schien ihnen nicht. Birle ging voran, bedacht und vorsichtig, und lauschte angestrengt auf jedes kleinste Geräusch. Weit entfernt rief eine Eule. Das beruhigte sie. Sie lauschte, ob sie irgendwo Wasser höre. Wenn sie an Wasser kamen, würden sie rasten. Sie mußten sowieso bald eine Rast einlegen, denn sie hörte, daß Yul zu stolpern begann. Aber der Gedanke an eine Armee, die zur Schlacht marschierte, an die Verheerung, welche in der Schlacht über sie kommen würde, schnell wie ein Waldbrand, trieb sie voran, auch wenn sie nicht überzeugt war, daß dieser Entschluß zu einem guten Ende führen würde. Sie durfte diesem finsteren Weg nicht bis zu einem Ziele folgen, das ihres nicht war.

Schatten bewegten sich unter den dichtstehenden Bäumen, finsterer Schatten war der Weg vor ihr.

Als die Schatten sie ganz einschlossen, war sie so stumpf und müde, daß sie der Gefahr nicht mehr achtete. Noch ehe sie das Messer ziehen konnte, ehe sie wußte, was geschah, zeigten ihr ein Arm über ihrer Brust und kalter Stahl an der Kehle, daß etwas geschehen war. Aus der Finsternis hörte sie Männer kämpfen und zusammenhanglose Laute Yuls. «Laß ihn nicht fallen», schrie sie, «Yul, kannst du mich hören?»

Eine Stimme sprach an ihrem Ohr: «Ich schneid ihr die Gurgel durch, Mann, wenn du nicht aufgibst.» Sie glaubte die Stimme zu kennen. «Ich bring sie um.»

Die Kampfgeräusche verstummten.

Die Messerklinge blieb an ihrer Kehle. «Eins ums andere. Ein Riese. Was trägt er? Sie hat einen Sack auf dem Rücken, aber er trägt doch keinen Sack?»

«Ein Kind, wie es aussieht», sagte eine andere bekannte Stimme.

«Also gut», sagte die Stimme an ihrem Ohr. Der Mann lockerte den Griff, legte den einen Arm um ihren Hals, mit dem anderen hielt er das Messer. «Du kommst jetzt ganz friedlich mit, wirst du?»

Sie nickte.

Das Messer drückte sich an ihre Wange. «Sag's laut, daß dich der Riese hört.»

«Ja», sagte sie. Yul wiederholte das Wort.

«Er wird sich ruhig verhalten, solange sie bei mir ist. Sie ist bei mir gut aufgehoben, solange du dich gut aufführst. Scheusal, verstehst du mich? Ich schneid ihr ohne weiteres die Kehle durch, wenn es sein muß.»

Ein kurzes Schweigen, zwei Herzschläge lang, dann hörte man Yuls Stimme wieder: «Ja.»

«Es ist nicht weit, Mädchen», sagte die Stimme an ihrem Ohr, und der Mann schubste sie den dunklen Weg voran.

Birle gehorchte der Stimme und dem Messer. Sie kannte die Stimmen, wußte aber, daß dies nicht dieselben Männer sein konnten, sie hatte doch ihre Hände auf dem Marktplatz angenagelt gesehen, sie waren seit einem Jahr tot. Das waren nicht die gleichen Männer, aber sie waren von derselben Art, wie ihre Stimmen verrieten.

Es ging also alles wieder von vorne an. Birle hatte sie in die Gefangenschaft geführt; doch diesmal gab es einen Unterschied, sie wußte mehr, kannte die Gefahren genauer und fürchtete weniger. Sie hatte ein Messer im Stiefelschaft, und sie würde es in Oriens Herz stoßen, ehe sie ihn wieder verkaufen ließe.

Sie gingen nicht weit, bis sie einen Lichtschein zwischen den Bäumen sah. Als sie näher kamen, vom Weg aus durch das Unterholz brachen, ohne sich um den Lärm zu kümmern, den sie dabei machten, sah Birle, daß das Licht von einem kleinen Feuer kam. Hinter dem Feuer stand ein Wagen mit einem kleinen Haus darauf. Schatten bargen das Gesicht des Mannes, der nun über das Feuer stieg, um sie zu begrüßen, aber sie erkannte ihn. Obwohl er nicht seinen bunten Mantel trug, bewegte er sich, als wäre die kleine finstere Lichtung eine Bühne und alle Welt stünde unter ihm und sehe bewundernd zu ihm auf.

Zwanzig

In der dichten Finsternis befahl der Mann: «Laß sie los. Nehme einer von euch das Kind.»

«Tut ihm nicht weh», bat Birle, «er ist krank, er –»

Yul grollte und faßte Orien fester.

«Yul», sagte Birle. «Leg ihn hin. Sanft, Yul.»

Kaum hatte sich Yul hingekniet, um die verhüllte Gestalt auf den Boden zu legen, als er schon ein Messer an der Kehle hatte. Birle warf den Sack ab, griff nach dem Arm mit dem Messer und zog ihn zurück. Der Mann schleuderte sie mit der Schulter zurück. Ihr Arm wurde von hinten gepackt und hochgebogen, bis sie vor Schmerz schrie. Sie konnte keinen klaren Gedanken fassen, hier im Dämmerlicht unter Fremden.

«Ich kenn dich», sagte sie zu dem schlanken Mann, der nun im Feuerschein stand. «Ich kenn dich», sagte sie wieder und wußte nicht, warum sie es wiederholte.

«Das tut mir leid», sagte er.

Sie konnte seiner Stimme anhören, daß er nachdachte, sah aber sein Gesicht nicht und konnte ihn nicht abschätzen.

«Das ist kein Kind, Damall», sagte eine Stimme, «es ist ein Mann, hat einen Bart.»

«Woher kennst du mich?» fragte Damall.

«Ich hab dich auf Corbels Fest gesehen.»

«Sie spricht die Wahrheit», sagte die Stimme. «Er liegt im Fieber.»

«Was wollt ihr von uns», schrie Birle verzweifelt. Yul versuchte aufzustehen und zu ihr zu kommen. Birle winkte ihm ab. «Yul? Tu dir nichts an, bleib, wo du bist. Was wollt ihr von uns?» fragte sie Damall ruhiger.

«Laß sie los», antwortete er, und ihr Arm wurde freigegeben. Damall und seine Weltwunder kauerten am Rande des Lichtkreises. Eines war so groß wie ein Kind, ein anderes gertenschlank; sie erkannte sie wieder. Der Wilde schien jetzt zahm, und die Kaisertochter fehlte. Aber sie konnte keinen von ihnen gut genug sehen, um zu erkennen, in welche Gefahr die entlaufenen Sklaven nun geraten waren. Das Feuer machte nur Schatten aus den verhüllten Gestalten und warf Schatten wie Wolken über ihre Gesichter – ihre Gedanken und ihr Wesen blieben verborgen. Und außerdem wäre ihr wohler gewesen, wenn sie die Kaisertochter gesehen hätte. Sie erhoffte von einer Frau mehr Erbarmen als von einem Mann.

«Komm», sagte Damall mit seiner Schaustellerstimme und seinem Schaubuden-Lächeln. «Setz dich zum Feuer. Ich kann dir leider nichts zum Essen anbieten. Wir sind in solcher Eile aufgebrochen, und am Ende unserer Reise werden wir genug zu essen finden. Aber komm, setz dich, und dein starker Freund auch. Yul heißt er? Yul, komm, setz dich zu uns und wärm dich.»

Yul ließ die dunkle Gestalt, Orien, am Lichtrand liegen. Birle bat darum, sich um Orien kümmern zu dürfen. Man erlaubte es ihr. «Ich habe wenig Zeit, über euch nachzudenken», sagte Damall. Birle wußte, daß er sie in Unsicherheit lassen wollte, sie sollten wissen, daß Gefahr drohte. «Es wäre mir lieber gewesen, du hättest mich nicht erkannt. Wie heißt du?»

«Birle», sagte sie und sah zu ihm auf. Oriens Kopf lag in ihrem Arm, während sie ihm Gerstenschleim einflößte.

«Birle», sagte Orien, sein Haar war feucht, seine Haut verschwitzt, aber sein besseres Auge war offen, und er blickte sie an. Es war so finster, daß sein Auge schwarz aussah.

«Was –?»

«Schsch – Milord», sagte sie, um ihn zu beruhigen.

«Trink das», sagte sie und hoffte, er würde die Angst in ihrer Stimme nicht hören und sich ganz auf sie verlassen. «Dann schläfst du gut, glaube ich.»

Es ging ihm offenbar besser, da er sie erkannte und beim Namen nannte und im unsicheren Licht sogar ihr Gesicht sah. Er sagte nichts weiter, schloß aber sein Auge nicht. Sie strich die Salbe auf seine blasenbedeckte Wange. Er zuckte, wehrte sich aber nicht. Jedenfalls würde jeder Beobachter glauben, hoffte sie, daß Orien im Fieber spreche.

Birle ging an das Feuer zurück und setzte sich neben Yul. Sechs von den Schaustellern saßen ebenfalls am Feuer, und Damall rückte neben sie. Über die Schultern der Leute gegenüber konnte sie den Wagen sehen und drei Pferde, die daneben angepflockt waren. Eines der Pferde hatte einen klumpigen, mißgestalteten Rücken, wahrscheinlich von der Ausrüstung, die sie mit sich führten. Sie nahm in sich auf, soviel sie nur konnte, und wartete darauf, daß Damall redete. Sie brauchte ihren ganzen Verstand, um zu überleben. Augenblicklich fühlte sie jedoch keine Gefahr von Damall und seinen Wundermenschen.

«Birle», sagte er, «und Yul – ein Geschöpf beträchtlichen Ausmaßes, wie ich es nie vorher erblickt habe, und der dritte?»

«Orien», sagte Birle.

«Ich tu euch nicht gern etwas zuleide», versicherte Damall, «glaubst du mir das?»

«Ja», antwortete Birle. Das war es, was sie hören wollte.

Hätte er gesagt, daß er vielleicht gezwungen sei, ihnen etwas anzutun, wäre sie eine Närrin gewesen, ihm seine Beteuerungen zu glauben, überlegte sie sich.

«Du trägst Corbels Kette am Hals», sagte Damall. «Daraus schließe ich, daß du eine Sklavin auf der Flucht bist.»

«Der Mann trägt Eisen, und seine Hände sind gefesselt», berichtete eine Stimme hinter dem Feuer.

«Aha», sagte Damall, «damit habe ich nicht gerechnet. Sag mir, wer du bist und wohin du gehst. Wenn du mich belügst, werde ich es merken – ich sage dir das ehrlicherweise zur Warnung. Ich habe Freunde in der Burg, die Corbel für so uneinnehmbar hält.»

«Die kennen weder mich noch Yul», sagte Birle, «wir kommen aus dem Haus des Alchimisten.»

«Ich will es glauben. Ich habe von diesem Alchimisten gehört, denn ich habe ein Eheweib in der Stadt, und sie erzählte mir, daß er Krankheiten heilen könne. Kann er das wirklich?»

«Alleweil. Aber nicht jede.» Während sie sprach, dachte Birle an etwas ganz anderes. Damall hatte Lauscher in der Stadt und in der Burg, und er wagte mitten in der Nacht ein Feuer anzuzünden, wo sich die Soldaten im hellen Haufen zum Biwak niedergelassen hatten. Er konnte vielleicht im Solde von Celindes Vater stehen. Zumindest hatte er Freunde in dieser Armee. Dann war er Corbels Freund nicht.

«Wo ist der Alchimist jetzt? Was habt ihr gemacht? Habt ihr ihn umgebracht?»

«Nichts haben wir gemacht. Er ist aus der Stadt geflohen. Vor dem Krieg.»

«Ich glaube nicht, daß Corbel seinem Bruder erlaubt hat, wegzugehen.»

«Du weißt, daß sie Brüder sind?» fragte Birle. Damall schien gerne zu reden, und je mehr sie über ihn wußte, desto besser für sie; vielleicht konnten sie entkommen. Oder, sagte sie sich zur Warnung, kam es noch schlimmer?

«Ich habe meine Wunderschau im letzten Jahr oft in die Burg geführt. Die kleine Herrin hat nach uns gefragt. Meine kleine Gesellschaft ist auf den Straßen nie angehalten worden.»

Warum sich Corbel an so etwas ergötzen konnte, fragte sich Birle und hatte die Antwort doch schon, ehe die Frage ganz ausgesprochen war: Damall brachte Corbel Nachricht von Celindes Vater, Damall war Corbels Spion im Feindeslager. Wenn sie recht hatte, dann betrieb Damall ein gefährliches Spiel. Damall starrte ins Feuer und lauschte angestrengt auf alles, was ihre Stimme ihm verraten könne. Birle fragte ihn, was nur sie anging: «Wo ist die Dame, die Kaiserstochter?»

Damall kicherte erfreut. «Hier», er deutete auf den Mann, der neben ihm saß.

«Aber –»

«Die Leute sehen lieber eine gefangene Dame als einen Mann, und am liebsten eine Dame allerhöchster Geburt, eine Kaiserstochter.»

Nun, da sich Birle vorbeugte und genau hinsah, erkannte sie die breiten Backenknochen und die seltsam schrägen Augen und sah, wie klein der Mann war. «Ist er der Sohn des Kaisers?» fragte sie.

«Jeder, den du weit genug aus seiner Heimat entführst, fremd genug für die Welt, durch die er geht», hier hörte man wieder

Damalls Schaubudenstimme, «ist ein Fürst oder eine Fürstin. Die Welt will es so haben.»

Damall liebte die Gefahr.

«Wohin gehst du, Birle?» fragte er mit seiner gewöhnlichen Stimme.

«Nach Norden.»

«Ich kenne die Richtung. Ich nehme an, du weißt, daß im Norden keine Stadt mehr liegt. Unerforschter Wald und Gebirge, heißt es. Aber wenn sie mir im selben Atemzug vom Schneedrachen erzählen, der in den Bergen haust und mit seinem Atem alle Menschen zu Stein erstarren läßt, dann glaube ich ihnen kein Wort. Warum willst du in solch ein Land?»

«Es ist das Land, aus dem ich komme. Ich will nach Hause in das Königreich.»

Es zu nennen war gefährlich, aber das war ihr die Sache wert.

Er wandte sich um und sah ihr ins Gesicht. «Das Königreich», wiederholte er. «Bist du eine dreiste Lügnerin, Birle?»

«Wenn ich eine Lügnerin wäre, würde ich so dreist lügen, wie ich nur könnte, aber ich lüge nicht.»

«Ich habe gehört, daß im Königreich die Spielleute geachtet und wohlhabend sind. Daß es dort zweimal im Jahr Messen gibt, wo das Geld reichlich fließt. Daß die mächtigen Fürsten mit den Spielleuten an einer Tafel sitzen.»

Birle antwortete überlegt. «Wenn wir vom selben Königreich reden, so ist das Leben dort für die Spielleute so hart wie hier. Und so leicht.»

«Bist du eine große Dame im Königreich, Birle?» neckte er sie.

«Ich war die Wirtstochter.»

«Keine Sklavin also und auch keine Magd?»

Sie sagte nichts.

«Und Orien? Was ist er? Dein Gemahl? Bruder? Liebster? Und du bist das alte Lied – die Maid, die in die weite Welt geht, um ihren Herzliebsten aus dem Verlies zu retten, wo er auf das Lösegeld wartet, das sein Bruder nicht zahlen will?»

Birle glaubte, die Wahrheit werde Damall gefallen. «In seinem

Land ist Orien ein Lord. Von Geburt an ist er einer der beiden Grafen, die dem König dienen.»

Damall lächelte. «Und du?»

«Ich diene ihm.»

Als hätte er seine eigenen Gedanken, fragte Damall nicht weiter.

«Und Yul?»

«Yul war ein Sklave im Haus des Alchimisten.»

«Das kann ich glauben, er hat dich immer zum Markt begleitet. Meine Frau wollte, daß ich ihn kaufe, gutartig, sagte sie, wenn auch blödsinnig.»

Birle sagte nichts.

«Ich dachte zu dieser Zeit, daß ich den Mann-Berg im Auge behalten sollte. Ich hätte nicht gedacht, daß er einmal von selber kommen würde.»

Birle sagte nichts.

«Und Orien, diente er auch bei dem Alchimisten?»

«Nein, das Glück hatte er nicht. Er gehörte zuerst zwei Handwerkern, dann nur noch dem einen, weil der andere wieder Geselle wurde. Schließlich wurde er ins Bergwerk verkauft.»

Damalls Zähne schimmerten im Feuerschein. «Und du hast ihn gerettet?»

«Nein. Er floh.»

«Dann ist er einer der wenigen, die das je geschafft haben.»

«Man sagt, es ist noch keinem gelungen.»

«Glaubst du denn jedem, der dir etwas erzählt? Ich sage dir, was ich glaube: Wenn ich das Glück hätte und den Verstand, den Mut und die Stärke, aus jenem Ort herauszukommen, dann würde ich nicht in die Stadt zurückkehren, um damit zu prahlen. Glaub niemandem und glaub nichts.»

«Das tu ich alleweil», versicherte ihm Birle mit einem Lächeln, das sie nicht verbergen konnte. Ihr Lächeln begegnete seinem, und sie sagte: «Nicht einmal dir glaub ich alles.»

Er lachte, laut und vergnügt. Bei diesem Lachen wurde Birle zuversichtlicher. Vielleicht, dachte sie, bekomme ich uns doch frei.

«Willst du mich heiraten, Birle?» fragte er.

«Alleweil, doch du hast schon ein Weib.»

«Alleweil», neckte er, «ich hab sogar zwei. Ein Mann sollte nie ohne eine Frau sein, die es ihm bequem macht und die ihn erfreut, er sollte immer ein Haus und ein Bett haben, in das er gehen kann, wo er sich auch immer befindet. Und du bist eine schöne Dame im Feuerschein. Natürlich sind alle Damen im Feuerschein schön», sagte er und verspottete sie und sich selbst.

Aber er würde sie heiraten, wenn sie ja sagte, und sie sah nicht diesen Hunger in seinen Augen, den sie fürchten mußte.

«Nein», sagte sie.

«Wegen des Mannes, dem du dienst, wegen Orien?» riet Damall.

Birle antwortete nicht.

«Ich möchte diesen Mann kennenlernen, wenn er überlebt, möchte wissen, wie ein Mann es anstellen muß, um solch Treue von einer Frau zu verdienen. Aber damit ist unsere Frage nicht gelöst. Was soll ich mit euch dreien anfangen? Wie soll ich wissen, daß ihr nicht Corbels Kundschafter seid, die meine Ergebenheit prüfen sollen? Ich könnte mich fragen, wenn ich deine Worte anzweifeln wollte: Wie fanden drei solcher ziemlich unverhohlen reisende Wanderer ihren Weg aus der schwer bewachten Stadt? Wie sind sie dem Heer entgangen, das ihnen entgegenkam?»

«Glück», sagte Birle, «und Furcht, die wir überwunden haben und uns dienstbar machten.»

«Ihr könnt euch die Freiheit von mir nicht erkaufen», sagte er, halb fragend und halb mit Bedauern.

Die Münzen waren in ihren Rockbund eingenäht, und Birle war fast breit, das Wagnis einzugehen. Aber wenn Damall erst einmal wußte, daß sie Geld hatte, sah er sie mit anderen Augen. Jetzt waren sie nur unerschrocken und ohne Waffen. Das war ihm willkommen. Aber einzugestehen, daß sie Geld hatten, wäre ein so gefährliches Unternehmen gewesen, wie das Messer aus dem Stiefel zu zücken.

Sie biß die Zähne zusammen und sagte nichts.

«Nicht, daß ich etwas dagegen hätte, euch freizulassen, wenn ich wüßte, über jeden Zweifel hinaus, daß du mir die Wahrheit über euch sagst.»

Es gab keine Möglichkeit, ihn davon zu überzeugen. Damall stand auf. Unvermittelt erhob er sich zu ganzer Höhe und hielt eine Hand hinunter, um Birle auf die Füße zu ziehen. Birle war es auch lieber, ihrem Schicksal stehend gegenüberzutreten, sie nahm die Hand. «Bis dahin», sagte der Schausteller, «wollen wir euch wenigstens diese Ketten abnehmen. Zwei sind aus Gold, und die dritte muß schwer zu tragen sein. Freund Ling, bring mir die Zange und einen Hammer für die Eisen des Mannes. Ihr Drei seid eine Frage, auf die noch vor Tagesanbruch geantwortet werden muß. Selbst wenn ich euch hier töten muß, sollt ihr nicht als Sklaven sterben.»

Wenn sie schon sterben mußte, dachte Birle, machte das keinen großen Unterschied. «Außerdem:» erklärte sie, «Gold ist Gold. Wenn es eingeschmolzen ist, weiß niemand, woher es kam.»

Wieder lachte Damall und antwortete spottend: «Du glaubst mir nicht?»

Der zierliche Mann ging zum Saumtier, das neben den beiden Pferden angebunden war, die den Wagen tagsüber zogen. Er griff in eine Satteltasche und kam zum Feuer zurück. Er gab dem Starken Mann einen Hammer und näherte sich Birle mit einer langgriffigen Zange, die er vor sich hielt. Sie legte ihren langen Zopf zur Seite und kniete mit gebeugtem Kopf vor ihm nieder. Erst als sie das Gewicht nicht mehr fühlte, merkte sie, wie schwer das goldene Band auf ihr gelastet hatte. Birle bestand darauf, Yul das Band selbst vom Hals zu schneiden, während der Hammer auf Oriens Fesseln klang. Trotz allem lag er ruhig, ohne die Rastlosigkeit des Fiebers. Er schlief fest und wachte nicht auf. Sie standen schweigend, als alles vorüber war. Das Feuer knisterte. Die Männer am Feuer schienen im Sitzen zu schlafen. Yul wartete geduldig neben Birle. Orien schlief.

«Ich möchte euch gerne freilassen», sagte Damall. «Aber was bekomme ich als Sicherheit? Wenn ihr mir etwas zur Sicherheit geben könntet, würde ich mich wohler fühlen.»

«Ein Versprechen ist nicht genug», sagte Birle, um ihn wissen zu lassen, daß sie damit nicht gerechnet hatte, aber um ihn darauf zu bringen, falls er nicht daran gedacht hatte.

Er schüttelte den Kopf. «Ein Versprechen ist Luft. Es ist zu leicht, um das Gewicht einer Sicherheit zu tragen, meinst du nicht auch?»

Er wartete, aber Birle hatte keinen anderen Vorschlag. Sie wartete auf seine Bedingungen.

«Wenn aber einer von euch bei mir bliebe... und die beiden anderen wüßten, daß er Geisel wäre? Dann könnte sich selbst ein vorsichtiger Mann beruhigt fühlen.»

Flink wie ein Hase vor dem Fuchs überlegte Birle: «Ich kann Orien nicht tragen, und er ist zu schwach zu gehen. Aber er braucht die Arznei, die nur ich ihm eingeben kann, sonst stirbt er.»

«Ich kann euch nicht alle drei behalten, das ist zu gefährlich, ganz und gar unmöglich. Außerdem habe ich keine Verwendung für euch.»

«Aber für Yul», sagte Birle.

«Du verstehst mich vollkommen.» Damall lächelte. «Ich sehe ihn schon als Turm-Mann, er ist stark genug, und Jocko ganz oben auf ihm oder Ling? So eine Schau würde die Leute in Massen anziehen, meinst du nicht?»

Birle konnte Yul nicht einfach aufgeben, weggehen und ihn zurücklassen. Sie wußte nicht warum, es gab keinen überzeugenden Grund, ihn nicht hierzulassen, viele Gründe aber sprachen dafür, und die Vernunft riet ihr dazu. Es war die einzige Möglichkeit, die sie hatte. Riesig saß Yul zu ihren Füßen. Er begriff nicht, was vorging, nicht die doppelte Gefahr, die ihn bedrohte. Wie konnte sie zögern, sich und Orien zu retten, zwei von dreien, wenn Yul der Preis war, der bezahlt werden mußte?

«Du hast ein Pferd mehr, als du brauchst», sagte sie Damall, der immer unruhiger wurde, je länger er auf ihre Entscheidung wartete. Birle wußte, daß er sie alle drei umbringen mußte, wenn sie blieben.

«Pferde sind wertvoll, sogar eine solche Schindmähre wie die dort.»

«Du hast zwei Goldketten in der Hand, die mehr wert sind als ein Schlachtroß», erklärte Birle.

«Man könnte Orien auf einem Pferd weiterbringen.» Birle versuchte eine andere Möglichkeit zu finden, aber sie wußte: Es gab keine.

«Yul bleibt hier. Du mußt aber versprechen – wenn ich zurückkomme, um ihn zu holen, mußt du mir versprechen, daß du ihn mir wiedergibst.»

Sie hatte ihn überrascht, er verbarg es geschickt und schnell. «Selbstverständlich, aber ja, sicher, wenn du zurückkommst, um ihn zu holen, einverstanden.»

Er glaubte nicht daran, daß er sie je wiedersehen würde.

«Bist du ein Mann, der zu seinem Wort steht?» fragte sie ihn.

«Wenn es geht schon, ja. Mach ich gern.» Er lächelte spöttisch. «Freilich macht es mir Gold oder Edelstein oder auch bloß Gewinn leichter, mein Wort zu halten. Aber du brauchst auch nicht zu fürchten, daß ich ihn nicht gut behandeln werde. Meine Frau, zu der ich jetzt unterwegs bin (nicht die, welche ich gestern verlassen habe!), hat einen großen Bauernhof. Dort wird er es gut haben, wie eine Made im Speck, wenn wir nicht unterwegs sind. Ich ziehe mit meinen Weltwundern die Küste auf und ab», fügte er hinzu. «Ich bin mit ihnen immer in einer der drei großen Städte an der Küste zu finden, zu jeder Jahreszeit, wenn erst einmal dieser Krieg vorüber ist. Und er wird schnell vorüber sein, so oder so. Ich sage dir das, damit du weißt, wo du Yul findest, wenn du zurückkommst.»

Birle wußte, daß er nicht so schnell einverstanden gewesen wäre, wenn er wirklich geglaubt hätte, daß sie zurückkäme und ihn wieder von ihm fordern würde. Sie wunderte sich über sich selber und überlegte, daß sie Yul wieder in die Sklaverei verkaufte, um den Preis ihrer eigenen Freiheit.

Wie schnell wurde nicht aus einem Sklaven ein Sklavenhändler! Und sie hoffte, daß sie den richtigen Entschluß gefaßt hatte. Es ging um Leben und Tod, ganz wie es Damall beliebte. Wenn das Entschluß genannt werden durfte.

«Du könntest dich davonmachen, wenn er eingeschlafen ist», schlug Damall vor.

Nun war Birle überrascht. «Ihn ohne ein Wort zurücklassen?»

«Sei nicht närrisch, Mädchen», Damall schien allmählich die Geduld zu verlieren. «Ling, lad das Saumtier ab. Das Mädchen geht beim ersten Morgengrauen. Wenn nicht, dann brauchen wir Schaufeln. Für die Gräber. Weiber!» sagte er, daß Birle es hören konnte, «Kleine Mädchen. Man will schlafen, und sie wollen, daß man Gräber aushebt.»

Birle lachte. Dann wandte sie sich an Yul, und das Lachen verging ihr. Sie wußte nicht, wie sie diesem einfachen Menschen erklären sollte, was vorging, so daß er es verstand und sich nicht fürchtete. Yul stand wie ein Berg so stumm. Selbst bei Tageslicht konnte man seinem Gesicht nichts ablesen, wie bei einem anderen Menschen. Hoffnungslos, im Flackerlicht des Feuers erkennen zu wollen, was er dachte. Aber Yul lächelte, und sein dunkles, süßes Lächeln brachte sie fast soweit, Damall zu sagen, er solle doch seine Gräber ausheben.

«Yul wird bleiben. Bei dem Mann», sagte Yul. Birle konnte nicht reden.

«Birle wird zurückkommen, wenn sie lebt», sagte Yul, immer noch lächelnd.

«Der Mann heißt Damall», erklärte sie ihm.

«Dam-all», wiederholte Yul gehorsam.

«Er ist ein Schausteller wie die Puppenspieler, erinnerst du dich? Bloß zeigt Damall fremde Menschen wie dich statt der Puppen. Die Leute werden dich anglotzen. Du wirst auf einer Bühne stehen, mit den anderen, die du kennst, und die Leute werden sich die Augen aus dem Kopf starren nach dir.»

Yul dachte nach und sagte schließlich: «Ja.»

«Weil Orien krank ist. Ich muß ihn mitnehmen.»

«In das Königreich», sagte Yul.

«Ja. Kannst du warten? Vielleicht lange Zeit, viele Sommer und Winter.»

«Yul kann warten.»

«Damall sagt, daß er dich gut behandeln wird, und ich glaube es ihm. Aber, Yul, hör mir zu, wenn er dich nicht gut behandelt, wenn er grausam zu dir ist, wenn du hungern mußt – dann heb deine Fäuste und schlag ihm den Schädel ein, verstehst du mich?»

«Ich bin gewarnt», sprach Damall feierlich. Sie hatte vergessen, daß er zuhörte. Aber er hatte keine Angst, er machte sich lustig. «Gefahr erkannt, Gefahr gebannt», sagte er, «aber dazu kommt es nicht, denke ich. Ich bin kein schlechter Mensch, Birle. Ich sorge schon für meine Leute, die mich schließlich Geld gekostet haben. Meine Wundermenschen. Und deines Riesen Herz sinnt nicht auf Mord, glaube ich.»

«In Yuls Herzen geht mehr vor, als wir alle auch nur raten können», sagte Birle.

«Das glaube ich wohl. Des Menschen Herz – wer will es ausloten? Frauenherzen erreicht man leichter», antwortete Damall. «Ich habe das große Herz der Frauen schon immer bewundert.»

Birle verstand jetzt, warum er sie gehen ließ mit Orien. Es würde ihm so oder so zum Vorteil ausschlagen, wenn er die beiden fortschickte, in ungekannte Gefahren. Mochten sie miteinander davonkommen oder untergehen, die Liebesleute. Sie belehrte ihn keines besseren. Außerdem hatte er mehr recht, als er glaubte.

Sie schliefen die wenigen Nachtstunden, die noch übrig waren, und standen vor Tagesanbruch bereit. Im Dämmern schien die kleine Lichtung unter den Bäumen von Leuten zu wimmeln. Ein Morgenessen gab es nicht. Sie flößte Orien wieder den Gerstenschleim ein, mit ein wenig Mohn gewürzt, daß er den Tag durchschlafen konnte, und salbte sein Gesicht. Dann hob sie ihn mit Yul auf das Pferd und band ihn fest, daß er nicht herunterfallen konnte.

Birle verabschiedete sich von Damall, der sich aus der Hüfte vor ihr verbeugte und sie damit zum Lachen brachte, so traurig sie war. Zuletzt stellte sie sich vor Yul. «Heb mich hoch, Yul», bat sie. Seine riesigen Hände hoben sie, bis ihr Gesicht vor seinem war. Ihre Beine baumelten frei über dem Boden, aber es kümmerte sie nicht. Sie legte ihm eine Hand auf die Wange und gelobte feierlich: «Freund. Du bist mein Freund.»

«Ja», antwortete Yul mit einem zaghaften Lächeln, das noch lange in seinem Gesicht blieb, auch als er sie wieder abgesetzt hatte.

Sie schulterte ihren Reisesack, Damall gab ihr die Zügel in die Hand. «Es kann sein», sagte er, «daß wir dir schließlich doch ins Königreich nachfolgen werden, um dir die lange Rückreise zu ersparen.»

«Im Königreich ist kein Platz für Kundschafter, die zwei Herren dienen», antwortete sie. Damall fürchtete sie nicht – warum sollte er, aber es würde Yul zugute kommen, wenn Damall wußte, daß sie verstanden hatte und mit ein bißchen Glück ihm gefährlich werden konnte.

Damall hieß die Gefahr willkommen. «Dann hätte ich keinen Verdienst mehr», sagte er lachend. «Geh nun, Birle, ehe mir einfällt, daß ich ohne dich nicht leben kann.»

Die Sonne erhob sich im Osten, gab die Richtung an. Sie lenkte das Pferd nordwärts und betrat den weglosen Wald ohne einen Blick zurück. Der Reisesack lastete schwer auf ihrem Rücken.

Einundzwanzig

Solange die Sonne im Osten stand, konnte sich Birle der Himmelsrichtung sicher sein, sogar in diesem unwegsamen Wald, wo der Boden zu ihren Füßen sich steil hob und senkte. Es ging langsam und auf Umwegen voran. Sie hatte den Reisesack auf dem Rücken und das Leitseil des Pferdes in der Hand, das die schlaffe Last trug. Noch schien ihr die Sonne über die Schulter. Sie bewegte sich von der Meeresküste weg und von den Städten dort.

Hoher Morgen war es, als sie eine Rast einlegte. Sie zog Orien vom Pferd, nachdem sie ihren Mantel ausgebreitet hatte. Dann legte sie das Leintuch über ihn. Sie gab ihm tropfenweise Wasser in den Mund, wischte die wunde Seite seines Gesichtes ab und salbte sie wieder. Jetzt roch er wenigstens nicht mehr nach faulem Fleisch. Er roch durchdringend nach Knoblauch, was ihm Besserung brachte, hoffte sie. Immerhin roch es besser.

Mittags rasteten sie wieder. Orien wachte hie und da auf, meist schlief er. Das Pferd hatte sie an einen niedrigen Ast gebunden. Es graste am Waldboden. Birle versuchte zu schlafen. Aber sie konnte nicht – sie lauschte den Geräuschen im Wald. Raschelte da nicht Gefahr? Sie lauschte nicht nur den Geräuschen nach, sondern auch dem Schweigen. Sie hatte es am Tag zuvor erfahren, das Schweigen um eine marschierende Armee.

Ihr Plan war einfach und auf den Tag gestellt: Sie mußten tief in den Wald hinein, daß sie sicher waren vor allem, was außen geschah. Dort mußte man bleiben, bis Orien wieder gesund und zu Kräften gekommen war, wie lang es auch immer dauerte.

An diesem Tage mußte sie lediglich die Richtung finden, sich um Orien kümmern und sich immer wieder daran erinnern, daß er lebte, so krank er auch war.

Als die Sonne am Westhimmel hinabglitt, hob und hievte sie Orien wieder mühsam auf den Rücken des Pferdes, nahm den Reisesack auf die Schulter, machte das Pferd los und zog davon, die Sonne auf ihrer linken Schulter. In der Dämmerung machten sie halt, bis die

Sterne herauskamen. Während der Nacht ging es langsamer voran als bei Tag, aber Birle wußte: Es ging vorwärts. Schließlich hielten sie auf einem Felsenhügel. Birle gab Orien wieder seine Arznei und deckte ihn mit dem Tuch zu, band das Pferd an und wollte schlafen. Am Himmel stand gelb-rötliche Glut, wie Abenddämmerung. Aber dieser Abendschein schimmerte nicht im Westen, und mitten in der Nacht. Birle fürchtete sich sehr – stand der Rand der Welt in Flammen? – und begriff nicht gleich, daß die Stadt brannte. Wessen Heer die Stadt angezündet hatte, wußte und kümmerte sie nicht. Orien war in Sicherheit, Yul befand sich in der Obhut Damalls, und wenn die Stadt brannte – mochte sie brennen. Aber als sie daran dachte, wie die Menschen in der Stadt zwischen Fluß und Mauer gefangen waren, die Fischhändlerin mit ihren Kindern, die junge Frau, die Orien gern vor dem Bergwerk gerettet hätte, wenn sie nur Geld gehabt hätte, die Spielleute, sogar die Zunftgenossen, noch die Soldaten – wenn das die Stadt war und sie in Flammen aufging: Nur der Dom würde übrigbleiben auf dem Marktplatz und den Mauern, dann war es ein Jammer.

Als sie in der zweiten Nacht auf einen Baum kletterte, um nach Südwest zu spähen, war der Himmelsrand dunkel. Orien schlief tief und ruhig. Birle hoffte, daß es ein heilender Schlaf sei und nicht nur eine Nachwirkung des Mohnsaftes, den sie ihm zu Beginn der Reise gegeben hatte. Noch immer hatte er eine heiße Stirn, doch brannte sie nicht mehr wie Feuer in ihrer Hand. Zum ersten Mal seit ihrem Aufbruch hatte Birle Hunger. Sie schnitt ein Stück Brot und ein Stück Käse ab und trank ein wenig aus dem Wasser-Sack, den sie am Brunnen im Alchimistenhaus gefüllt hatte. Das lag nun weit zurück. Sie schlief.

Am nächsten Morgen kamen sie zu einer kleinen Lichtung, wo drei riesige Felsen aus dem Boden wuchsen, zwei nebeneinander und der dritte davor. Dazwischen lief ein kleiner Bach den Hang hinab. Hier könnte man bleiben, überlegte Birle. Die Felsen waren wie Schutzmauern, der Boden moosbedeckt und weich. Obwohl es wahrscheinlich in dem Bächlein keine Fische gab, fand man sicherlich auf der Lichtung und im Wald etwas zu essen, wenn Brot und

Käse zu Ende waren. Sie zog Orien vom Pferd herab. Sie fesselte die Vorderbeine des Pferdes und ließ es frei äsen. Dann sah sie sich um. Was war als erstes zu tun? Das Sonnenlicht funkelte auf den Felsen und den Bach entlang.

«Birle», sagte Orien.

Sie kauerte sich nieder, daß er sie sehen konnte, wenn er seine Augen aufmachte. «Wir rasten hier so lange, bis du wieder wohlauf bist, Milord», sagte sie und wußte nicht, ob er sie verstand.

«Ich bleibe – ich bin hier, aber ich war woanders», sagte er. Sie wußte nicht, ob er sich verteidigen oder beklagen wollte.

«Schlaf, mein Lord», sagte sie, «schlaf.»

«Aber» – er strengte sich an, wollte den Kopf heben.

Das Auge auf der bösen Seite des Gesichtes, sah sie, konnte er nun ganz aufmachen. Ach ja, und sie wußte nicht, warum und worüber sie auf einmal lächelte. Sie drückte ihn sanft auf den weichen Boden zurück. «Schlaf, mein Lord.»

Er gehorchte.

Als erstes legte sich Birle auf den Bauch und trank von dem eiskalten Wasser, soviel sie nur konnte. Dann begab sie sich an die Arbeit.

Sie baute einen Steinkreis für das Feuer und sammelte dünne Zweige zum Anzünden, dann größere Holzstücke, um das Feuer später zu nähren. Sie ging 20 Schritt hinter den dritten Felsen in den Wald und grub mit einem Stecken und ihren Fingern einen Abort. Dann breitete sie den Inhalt ihres Reisesackes aus, Essen und Arznei, den Kochtopf, die Löffel, die sie aus dem Schrank des Alchimisten mitgenommen hatte, den Mörser und den Stößel. Kleider und die Schuhe, die sie noch am letzten Tag auf dem Markt gekauft hatte, ließ sie im Sack. Birle hatte nicht soviel Handwerker-Geschick, um eine Hütte mit Dach und Wänden zu bauen. Aber die Jahreszeit war günstig – warme Tage, und die Nachtkühle wurde durch das Feuer gemildert. Es war Frühsommer, die wärmeren Tage und Nächte brachen an. Nachts, am Feuer, dachte Birle an Yul, und ihre Gedanken bedrängten sie. Aber er hatte ihr Versprechen, das sie einhalten würde, wenn sie nur überhaupt konnte. Yul vertraute ihr. Sie wußte: Er durfte ihr vertrauen. Was sie nicht wußte, war, ob sie Damall vertrauen durfte. Ihre ganze Hoffnung bestand darin, daß der Mann klug genug war, um zu wissen, daß sich Anstand für ihn auszahlte.

Vorderhand konnte sie nichts für Yul tun und kümmerte sich um Orien. Sie wusch ihn, nachdem sie das Wasser im Kochtopf gewärmt hatte, zog ihm die Kleider aus und benutzte sie später als Monatsbinden. Er würde davon nie erfahren, und es würde ihn nie stören, das Tuch war weich und sauber. Sie badete ihn wie ein Kind und hätte weinen mögen, als sie sah, wie wenig Fleisch er auf den Rippen hatte. Aber sie weinte nicht. Sie zog ihm eines von Joachims feinen, weichen Hemden an und Yuls Hosen, die sie kurz abgeschnitten hatte. Selbst als sie die Hosen eng um Oriens Hüften zusammenzog, saßen sie an ihm wie ein Frauenrock.

Als sie damit fertig war und ihn wieder auf sein Lager aus Kleidern gebettet und das Tuch über ihn gelegt hatte, öffnete er die Augen. «Wo ist Yul?» fragte er. «Ich erinnere mich doch» – er schlief wieder ein, ehe er sagen konnte, woran er sich erinnerte.

Das Fieber ging allmählich zurück, wie sich ein Feuer selbst verzehrt. An manchen Tagen fühlte er sich frühmorgens kühl an, und das Fieber schien vorüber, kehrte aber gegen Mittag wieder, wenn auch nicht so stark wie vorher. Er hustete bellend, und sein Atem ging hart. Birle fütterte ihn mit allem, was ihm schmeckte. In der Nähe hatte sie eine Menge Eibisch gefunden. Unter den welken Stengeln waren dicke Wurzeln vom letzten Jahr. Aus diesen Wurzeln kochte sie eine Suppe und tauchte Brot ein, von dem sie die Rinde geschnitten hatte, und gab es Orien. Dieser Brei kräftigte ihn und linderte gleichzeitig seinen Husten. Als er sich wenigstens für ein paar Stunden am Tag aufsetzen konnte und darauf bestand, allein zum Abort zu gehen, wußte sie, daß er wieder gesund werden würde, wie lange es auch dauerte und wenn er auch immer noch bleich und zitternd vor Schwäche von dem kurzen Gang in den Wald zurückkam.

Orien schlief am Tag und in der Nacht. Birle durchstreifte den Wald nach Holz und Essen. Das Wetter war gut. Es regnete selten und nur leicht. Meist schien die Sonne, es war warm. Im Wald und auf den Matten schossen die Kräuter üppig empor, Frühzwiebeln, der hochwachsende Eibisch, fette Knoblauchknollen unter den schlanken Schößlingen und die Brunzblume, die überall aufging, wo nur ein Sonnenstrahl den Grund berührte, als wolle sie bald den ganzen Erdboden mit ihren langen, gezahnten Blättern bedecken und ihren hellen, haarköpfigen, gelben Blüten. Das Pferd wurde fett von der Weide.

Eines Tages kam Orien vom Abort zurück und fiel nicht sofort erschöpft auf sein Lager. Er setzte sich mit dem Rücken an den Felsen. «Wo sind wir, Birle?»

Die Frage überraschte sie. Lange Tage, die sie nicht zählen konnte, hatte er nur von Durst und Müdigkeit gesprochen und daß er mal mußte; manchmal auch, daß er hungrig war. «Milord?»

«Wo sind wir?» wiederholte er. «Wohin hast du mich gebracht?»

Ihre Überraschung gefiel ihm.

Seine Frage gefiel ihr. «Drei Tagesreisen im Norden der Stadt. Wir sind in Sicherheit, in einem menschenleeren Wald – wenn man glauben kann, was man mir erzählt hat.»

«Und wohin gehen wir?» fragte er.

«Nach Nordosten», sagte sie.

«Nordosten?»

Es war nicht so, daß er ihre Worte nicht verstanden hätte. Seine Augen waren hellwach, und sein Mund kräuselte ein Lachen, das er nicht zeigen wollte.

«In das Königreich», sagte sie.

«In das Königreich.»

«Alleweil, Milord, mit ein bißchen Glück.»

«Mit ein bißchen Glück», dann lächelte er und sagte: «Birle, du lächelst wie ein Mädchen mit einem süßen Geheimnis im Herzen. So lächelt der Frühling, wenn er sich aus den Fängen des Winters davonmacht und über das Land schaut, das er gleich lachend dem Winter entreißen wird. Es ist das Lächeln eines Wildfangs, eines ausgelassenen Mädchens, Birle.»

«Alleweil, Milord.» Sie lachte.

«Du wußtest doch einmal meinen Namen», sagte er, «bleiben wir dabei? Auf unserer Reise?»

»Wobei?» Es war, als hätte Orien sie als kranker Mann verlassen und wäre gesund aus dem Wald wiedergekehrt.

«Also: Nordost. In das Königreich. Nach Hause», sagte Orien.

«Aber du kannst noch nicht. Du mußt erst wieder deine ganze Kraft bekommen, ehe wir weiterreisen, weil wir nicht wissen, was vor uns liegt.»

«Da ist das Pferd. Ich kann reiten.»

«Nein, Orien», sagte Birle.

Die Augen tanzten wie Glockenblumen im Sommerwind. «Einst warst du nicht so vorsichtig, Birle, du warst sehr schnell, als wir uns das erste Mal trafen. Hast du gelernt, daß Eile Kummer bringt? Bereust du es, daß du so hastig warst?»

«Jetzt nicht, nein. Nicht jetzt und hier. Aber zu anderer Zeit und an anderem Ort habe ich es dazwischen wohl bereut und du, glaube ich, auch.»

«Ja», sagte er, und sein Lachen verschwand. Doch dann lächelte er wieder. «Aber, wie du, jetzt und hier nicht. Also werde ich geduldig sein müssen und warten, bis ich wieder kräftig genug bin, wie du sagst. Darin gehorche ich dir, Birle.»

«Alleweil, und es wäre töricht, wenn du dich weigertest», sagte sie.

Seltsam: Als sein Leib gesundete, wurde sein Schlaf unruhig. Während des Tages arbeitete er, soweit seine Kraft es zuließ. Er schürte das Feuer, behielt die scharfriechende Brühe im Auge, machte kleine Ausflüge in den Wald, sammelte Holz und übte seine Beine, daß sie kräftig wurden wie früher. Er war den ganzen Tag geschäftig. Aber nachts, wo seine einzige Aufgabe der Schlaf gewesen wäre, warf er sich herum und murmelte, greinte, manchmal vor Wut und dann wieder wie ein Bettler auf dem Marktplatz.

Seine Unruhe weckte Birle. Sie setzte sich schweigend zu ihm, wartete, bis seine Alpträume vorüber waren und er wieder ruhig schlief. In einer Nacht jedoch schrie er wie ein Schwein beim Schlachten, und sie rannte zu ihm herüber, wo er kreischend lag, und rüttelte ihn an den Schultern, bis er aufwachte. Er setzte sich, hellwach, und fuhr sich mit den Händen über das Gesicht.

«Was ist?» fragte sie ihn. Ihr Herz raste vom Klang seiner gellenden Stimme in der Nacht. Sie konnte sich vorstellen, wie elend er sich fühlte. Er hatte den Traum gesehen, sie nur, welche Wirkung dieser Traum auf ihn hatte.

Orien schüttelte den Kopf, wollte nicht antworten.

«Kannst du wieder einschlafen?»

Er schüttelte den Kopf. Sein Gesicht war bleich, und er schauderte in der warmen Sommernacht. Wenn er ein Kind gewesen wäre, hätte sie ihn in die Arme genommen und in ruhigen Schlaf gewiegt. Aber er war Orien, und so lenkte sie seine Aufmerksamkeit auf die Sterne, die über der schwarzen Masse des Felsens weiß am Himmel brannten.

«Dort ist der Große Wagen. Vier Sterne und drei für die Deichsel, siehst du sie?»

Nach einer Weile wurde seine fragende Stimme schwer und schläfrig.

Am Morgen weigerte er sich, von seinem Angsttraum zu reden, als schäme er sich. Auch von seinem Leben in der Stadt wollte er nichts erzählen, obwohl er sie fragte, wie es ihr ergangen war, wie sie die Flucht geschafft hatte. Er fragte nach dem Schausteller. Birle erzählte nur einen Teil der Wahrheit. «Yul wollte lieber bei den anderen, bei seinesgleichen bleiben. Damall handelte den Mann für das Pferd ein.»

Ihr Essen wurde abwechslungsreicher: Beeren, Nüsse; Erbsen mit Grünzeug und Wurzeln gekocht. Der Sommer füllte den Wald mit üppiger Reife. Sie machten ein Spiel daraus: Welches Essen wäre ihnen am liebsten, wenn sie einen Wunsch frei hätten? Eine Wildente? Ein fettes Huhn? Fleisch? Vielleicht auch Käse, aber dann über dem Feuer geröstet. Obwohl es vieles gab, worüber Orien nicht sprach, schien es Birle, als redeten sie die ganze Zeit. Seine Zunge sei längst vor seinem übrigen Leib erstarkt, beschwerte sie sich. «Wie könnte ich sonst mit dir reden?» sagte er, als wäre dies eine vernünftige Frage.

Orien ging längere Streckten, als er zu Kräften kam, den ganzen Morgen oder Nachmittag. Eines Abends kam er mit zwei Weißfischen zurück, in jeder Hand einen, die Finger in die Kiemen gehakt.

Birle wußte nicht, was sie sagen sollte. Er überraschte sie immer. Sein Lächeln brach wie die Sonne aus seinem dicken, braunen Bart, und wäre er nicht Orien gewesen, der allmählich wieder gesund wurde, hätte sie geglaubt, daß er zu selbstgefällig aussah.

«Ich habe einen See gefunden», verkündete er. Sie versuchte, sich zu erinnern, wann er zum letzten Mal so stolz gewesen war, hochaufgerichtet. Wenn sie ihn je so gesehen hatte. «Birle? Es ist nicht sehr weit – darf ich ihn dir zeigen? Er wimmelt von Fischen, die nur darauf warten, gegessen zu werden. Man muß sich nur ins Wasser stellen» – er hob ein nasses Bein, um ihr zu zeigen, wie tief – «und ihnen klarmachen, wie sehr einer oder zwei von ihnen gelegen käme, wenn sie bereit wären, ein Opfer zu bringen.»

Birle lachte laut auf, über die Fische und das Glück in seinen Augen.

«Hohe Frau», sagte Orien, «ich lege sie euch zu Füßen», und ging vor ihr auf die Knie.

Birle verstand seine Neckerei. Sie waren Puppen auf der Bühne. «Edler Herr», antwortete sie, «ich dank euch für die Gabe.»

«Und versichere euch meine unwandelbare Treue», sagte er.

«Alleweil, Milord, du mußt nicht spotten.»

«Alleweil, Milady, ich spotte nicht.»

Birle wußte, daß sie seinem Blick nicht begegnen durfte, denn sie sah das Begehren, das sie zu fürchten gelernt hatte, aber sie sah auch das Verlangen der Liebe. Oder war es Verlangen, was sie sah, und gleichzeitig Begehren? Sie hätte den Blick abwenden sollen, auf den Felsen, auf den eilenden Bach schauen sollen. Sie tat es nicht, sie wollte es nicht.

«Ich will dich zum Weib, Birle», sagte Orien. «Willst du mich als Ehegemahl?»

Dieses Spiel machte sie nicht mit. «Steh auf, Orien, ich zeig dir, wie man einen Fisch schuppt und ausnimmt.»

Er gehorchte; sie aber wußte nicht, ob das, was er in ihren Augen sah, seinen Blick erklärte.

«Es gibt keine Ebenbürtigkeit zwischen uns, Milord», erinnerte sie ihn, da er es zu vergessen schien.

«Aber doch. Die gab es von jeher. Du hast mir dein Herz geschenkt, und ich hatte nichts für dich. Jetzt schenk ich dir mein Herz, und wir sind gleich.»

Er hatte sie absichtlich mißverstanden.

«Du wirst doch nicht nein sagen, Birle?»

Das Wort lag auf ihren Lippen. Sie wußte, was sie eigentlich sagen mußte: nein. Aber sie wollte ihm lieber gehorchen. «Nein, werde ich nicht», sagte sie. «Ich sage Ja zu dir und mit Freuden.»

Als er sie in seine Arme schloß, wußte sie nicht, wessen Herz lauter schlug, so laut, daß sie es hören konnte, ihres oder Oriens. Er sprach über ihren Kopf hinweg, sie konnte sein Gesicht nicht sehen. «Ich werde dein Gemahl sein, Birle.» Sie antwortete ebenso: «Ich werde deine Gemahlin sein, Orien.» Er trat einen Schritt zurück und nahm sie bei der Hand. «Weißt du, was ein See ist, Birle? Komm, komm mit mir. In einem See fängt man nicht nur Fische, man badet auch darin. Größer als eine Wanne und kälter auch, als wir es gewohnt sind. Aber ein Bad. Möchtest du, Birle?» fragte er lachend. «Weißt du, mein Herzensschatz, wie schön ein sauberer Körper ist? Wie regengewaschene Wiesen und süßer, reiner Erdgeruch. Auch für dich. Du brauchst dich nicht vor mir zu fürchten, Birle», versprach er. Aber Birle fürchtete sich nicht. Als er zu ihr kam wie der Mann zur Frau, wunderte sie sich nicht, daß sie so gierig war wie er.

Es änderte sich nichts zwischen ihnen, es war nur alles anders. Sie schlenderten durch den Wald und blieben nur allzugern darin. Sie schliefen auf demselben Lager, Mann und Frau, Orien hatte kaum noch Träume. Wenn aber, dann wußte Birle jetzt, wie sie ihn beruhigen konnte, alleweil, und ihn liebkosen mit mehr als Worten. Sie wollte auch, daß er ihr seine Träume erzähle. Dabei begannen seine Träume an die dunklen Orte zurückzukehren, aus denen sie seine Erinnerung hervorgezogen hatte.

Sie erfuhr, wie er zufällig entkommen war – sein Glück war, daß sich sein Brandmal entzündet hatte. Deshalb hatten ihn die Soldaten abseits gehalten, bei den anderen, die angesteckt, zu krank und zu schwach waren, um ins Bergwerk zurückgeschickt zu werden.

Überlebte er, so würden sie ihn schon benützen. Starb er, würden sie ihn begraben. Er war zu schwach, glaubten die Soldaten, fliehen konnte er nicht mehr. Er war schwach und krank, aber er kroch ihnen doch davon, in die flache Grube neben der Karrenspur, bis er nichts mehr von sich wußte. Er konnte nicht gehen, aber er half sich mit einem Stecken und ging. Er erinnerte sich daran, es war wie ein Traum. «Wie wenn ich von eiskalten Flammen gefressen würde», sagte Orien.

Birle wollte all das nicht wissen. Wenn er davon sprach, gab er die Erfahrung an sie weiter, ließ sie fühlen, als wären ihre Finger im Schraubstock des Zimmermanns zur Strafe eingezwickt worden. «Ich lernte das Handwerk schnell», sagte er leise in böser Erinnerung. Die Erinnerung und die Schmach war nun ihre, als hätte sie um Brot gewinselt, wäre von früh bis spät im Schneidersitz unter der Zugsäge gesessen, bis jede Bewegung nur noch Schmerz war.

Zur Brandmarkung drückten zwei Soldaten den Mann nieder, während der dritte über ihm stand und wartete, wartete, langsam das rotglühende Eisen senkte, bis der Sklave schrie und schrie und schrie, erst vor Entsetzen, dann vor Schmerz. Diese Brandmarkung war nun Birles Erinnerung eingefressen wie in die Oriens. Sie mußten beide daran tragen, die Last war zu schwer für einen.

Es kam der Tag, da sie beide wußten und ohne daß ein Wort gefallen wäre: Es war an der Zeit, die Reise fortzusetzen. «Das Wetter ändert sich», sagte Orien, und Birle wußte es auch. «Es wäre gut, vor Wintereinbruch im Königreich zu sein.»

«Wenn wir es finden», sagte Birle.

«Ich denke schon, wenn wir auch keinen zureichenden Grund dafür haben», sagte Orien. «Und du glaubst das gleiche und aus keinem besseren Grund. Warum lächelst du, Birle?»

«Weil», sagte sie, «weil ich nun die Ziegen verstehe, Geiß und Bock, Männer und Frauen.» Sie lachte, und das war die Antwort auf seine Frage. «Es wäre gut, wenn wir im Winter ein Dach über dem Kopf hätten. Brechen wir morgen früh auf, Orien?»

Weil sie nie daran gezweifelt hatten, verlief die Reise leicht. Sie nahmen sie leicht. Manchmal ritt Orien, und Birle lief nebenher, manchmal ritt Birle, und er lief. Manchmal saßen sie zusammen auf dem Pferd. Das geschah selten, weil schon der Reisesack schwer genug war für das Pferd und es ihm zuviel wurde, auch noch das Gewicht von zwei Leuten zu tragen. Sie überquerten eine steile Bergkette. Als sie zum Fluß kamen, folgten sie ihm nach Norden, bis sie eine Furt fanden. Danach hielten sie sich für ein paar Tage geradeaus nach Osten, um wieder in die genaue Richtung zu kommen. Birle glaubte nicht, daß sie Gefahr liefen, unversehens an der Hafenstadt herauszukommen. Sie schätzte, daß sie irgendwann auf den großen Strom stoßen würden, der durch den Wald zur Falkenschwinge führte. «Und wie erkennen wir den Strom?» fragte Orien.

«Ich kenn ihn», versprach ihm Birle.

Während der Reise nach Nordosten wanderte das Jahr in den Herbst. Die Nächte wurden länger und kälter. Sogar am Mittag war es kühl im Waldschatten. Eines Morgens kamen sie über einen Bergkamm und sahen die weite Grasebene hangabwärts gebreitet. Dahinter erhob sich wieder der Wald. Orien legte Birle die Hand auf den Arm: «Schau.» Er deutete voraus.

Birle sah auf. Von der Hochebene erstreckte sich dichter Wald in steigenden und fallenden Hügelwellen weit ins Land. Fern ragte zerrissen das Gebirg.

«Die Berge», sagte Orien. «Das sind die Berge, und es muß der Wald hinter Northgates Stadt sein. Wir sind zu Hause, Birle.» Sie stand neben ihm und wurde von seiner Erregung gepackt. Die fernen Berge schimmerten weiß in der Sonne. Sie zweifelte nicht an seinen Worten, obwohl sie diesen Teil des Königreichs noch nie gesehen hatte.

«Laß uns den letzten Teil unserer Reise antreten, Milady», sagte Orien.

Zweiundzwanzig

Jetzt gab Orien die Richtung an und brauchte dazu weder Sonne noch Sterne. Sie reisten von Tagesanbruch an bis sich die Dunkelheit schwer auf sie gesenkt hatte. Er verwendete wenig Zeit darauf, Nahrung zu sammeln, und sie schliefen oft hungrig ein. Am dritten Tag standen sie vor Northgates Stadt. Ihre Mauern lagen voll im Goldlicht der sinkenden Sonne.

Orien griff nach ihrer Hand. «Soll ich hinein und Essen kaufen? Brot, Birle, Fleisch und Geflügel?»

«Du hast einen Bart im Gesicht, und deine Kleider sind schlecht», warnte sie ihn.

Er lachte schallend. «Schlechte Kleider? Birle, ich bin der abgerissenste Mann im ganzen weiten Reich, außerdem haben wir kein Geld, um Essen zu kaufen.»

«Aber alleweil.» Es tat ihr wohl, ihn zur Abwechslung einmal zu überraschen. «Im Rock eingenäht.»

Birle nutzt die Zeit seiner Abwesenheit, die letzten Münzen aus dem Versteck zu holen. Bei seiner Rückkehr bereitete Orien ihr ein Fest mit einer hohen, runden Pastete, die Füllung bestand aus Fleisch und Geflügel, dazu ein Krug Apfelwein und neue Äpfel. Er brachte die letzten Neuigkeiten mit: «Die Messe ist eben vorüber, und die Wirtshäuser bereiten sich auf den Gerichtstag vor und auf den Andrang der Menge, die dazu hereinströmt. Ich hätte nicht gedacht, daß dein Geld die Leute so redselig machen würde.»

«Was hast du ihnen denn erzählt?» fragte Birle, nahm ihm den Krug aus der Hand und trank.

«Ich sagte, ich hätte das Geld von einem Kaufmann bekommen, als ich ihm ein Stück Tuch abkaufte. Ich beschrieb es ganz genau, willst du hören, wie es aussah?»

«Nein», sagte sie, «haben sie dir geglaubt?»

«Warum denn nicht?»

«Weil es nicht wahr ist», erklärte sie. «Weil du nicht aussiehst, wie jemand, der Geld auszugeben hat. Ich hätte dir nicht geglaubt.»

«Du bist mißtrauisch geworden. Früher –» Er brauchte nichts zu erklären, was mit «früher» gemeint war, «hättest du mir auch geglaubt und wenn es nur deshalb gewesen wäre, daß du mir glauben wolltest. Die Leute haben mir auch nicht ganz über den Weg getraut, obwohl sie es nicht wagten, mich genau zu fragen. Sie sind ja nicht dumm. Wenn es nicht die Geburt ist, die einen Mann zum Herrn über das Volk macht, Birle, was ist es dann? Hier im Königreich bin ich ein Lord, und als der Ältestgeborene bin ich der Graf, obwohl Gladaegal dafür besser geeignet ist. Und wenn es nicht auf das Erstgeburtsrecht ankommt, dann könnte nicht bloß ein jüngerer Sohn, sondern irgendein Mann aus dem Volk herrschen. Vielleicht regiert er sogar besser als ein Lord. Und wenn dies so sein könnte und vielleicht sein sollte, wie findest du dann heraus, welche Jungen zu solchen Männern heranwachsen könnten, und wie bereitest du sie auf ihre Aufgabe vor? Das heißt, wenn die Lords jemals freiwillig ihre Macht abgeben würden, was ich bezweifle. Hast du dich das nie gefragt, Birle?»

«Du hast also niemandem erzählt, wer du bist», sagte sie. Er war ein dunkler Schatten dicht neben ihr. Sie konnte sein Gesicht nicht sehen.

«Ich dachte – ich weiß nicht, was ich dachte, ich konnte nicht denken. Ich hätte nicht einmal antworten können, wenn mich jemand gefragt hätte, wer ich bin, selbst wenn ich ehrlich gewollt hätte. Kannst du sagen, wer du bist», fragte Orien, «jetzt?»

Sie wußte, was er meinte: Jetzt, nach allem, was geschehen ist. Birle glaubte die Antwort zu wissen; sie war seine Lady. Seine Anverlobte. Seine zukünftige Frau. Aber eben, als sie antworten wollte, stiegen wieder Bilder vor ihr auf. Der Ort, wo diese Person stand – seine Lady, seine Braut, seine zukünftige Frau –, lag im Schatten. Sie konnte sich dort nicht erkennen, nicht sehen, daß sie den Platz ausfüllte. Birle war froh, daß Orien im Finstern ihr Gesicht nicht sehen konnte.

«Wenn du von der Stadt redest, dem Hause Joachims und von ihm selber, kommt mir das immer vor – du hättest dort deiner Lebtage zufrieden sein können. Amanuensis des Alchimisten. Ich könnte noch nachträglich eifersüchtig werden.»

Er neckte sie, aber dahinter stand mehr. «Ich war dort oft ganz zufrieden, Milord, es gab viel Arbeit, und ich allein mußte sie tun. Wer hätte sie sonst tun sollen? Ich war eine Sklavin, und noch schlimmer, eine Sklavin Corbels in einer Welt, die Corbel beherrschte, doch war ich nur ein Teil. Es gab ja noch dich. Ich war nie ruhig, auch wenn ich zufrieden sein konnte. Wie hätte ich es mir leicht machen sollen, wenn ich daran dachte –»

«Das wenigstens fiel mir nicht schwer. Bis zu dem Tag, da ich dich sah – erinnerst du dich? Bis zu diesem Tag wagte ich es nicht einmal, an dich zu denken. Als ich dich dann sah – du blicktest so stolz und sauber und wohlgenährt, und du lächeltest, als ob alles Leiden der Welt nur Unfug wäre. Ich konnte dir nichts Böses wünschen, Birle, aber ich wünschte dir, daß du auch littest.»

«Ja», erinnerte sie sich, «und du sprachst elend und bitter zu mir. Aber dein Abschied war gut.»

Sie konnte in der Finsternis sein Gesicht nicht sehen.

«Deiner auch.»

«Wie kann ein Mann der Frau Böses wünschen, der sein Herz gehört? Oder ist das deshalb, weil es ihr gehört? Und dann kann er ihr doch nur Gutes wünschen.»

Er gab ihr keine Zeit zur Antwort, sie hatte auch keine Antwort bereit. «Ich weiß nicht, was inzwischen zu Hause geschehen ist», sagte er. «Großvater war krank, mein Bruder sollte heiraten. Wenn wir uns beeilen, können wir am Gerichtstag dort sein. Dann werde ich sehen, wie die Dinge stehen.»

«Nimm besser du das Geld», sagte Birle und gab ihm vier Silberlinge. «Im Volk sollte der Mann das Geld mit sich haben.»

«Ich hab keinen Beutel, um es einzustecken», widersprach er.

«Dann steck es dir in die Schuhe», sagte sie.

Sie reisten lange Tage und bis spät in die Nacht. Sie schliefen in Wirtshaushöfen oder im Gras am Wegrand. Das Pferd wurde wieder schlank. Die Reise wurde für Birle zu einer Folge von Tagen, die dahinzogen wie ein Fluß. Da waren die Wirtshäuser – der Widderkopf, wo der Wirt flammend rote Haare hatte und seine Frau einen so guten Apfelstrudel buk, daß Birle davon aß, bis sie Bauchweh bekam, der Laufende Bär, wo sich die Wirtsfrau zu ihnen setzte und Orien so offen mit ihren Blicken verschlang, daß sie ihr Mann in die Küche schickte. Das Schweinsohr mit seinem bitteren Bier, das Königswappen, wo ein Mann betrunken vor der Tür lag, der Pfaffe und der Soldat, der für seine gebratenen Enten berühmt war.

Dann kamen sie in die Königsstadt, die ihr klein schien gegen die Stadt, wo sie länger als ein Jahr gelebt hatte. Viele Leute trafen sie, gingen vorbei, Gesichter, Fragen, Namen, ganze Lebensgeschichten berührten sie, wie eine Welle die andere berührt, ehe beide weiterfließen. Sie gingen jetzt immer zu Fuß, das Saumtier hinter sich. Orien gab sich als Stallknecht aus, der sich und das Pferd einem der südlichen Lords stellen mußte. Aber es gab genügend Leute, die bei dieser Geschichte zweiflerisch auf die beiden Fremden blickten und glaubten, daß sie jemand anders wären.

Am neunten Tag der Reise, die Sonne stand hoch zu ihren Häuptern und ein kalter Wind blies von den Bergen, kamen sie an eine Burg, die auf einem Hügel mitten in einer weiten Ebene stand. Ein schmaler Bach lief in Windungen neben ihnen her. Die Burg war mitsamt der Stadt, die wie ein Frauenrock um sie lag, Bollwerk und Veste des Grafen von Sutherland.

Orien führte sie über die belebten ungepflasterten Straßen der Stadt durch ein breites Tor in den Burghof, wo die Wache nur sagte: «Du bist spät daran, beeil dich», und zu einem Gebäude, das so lang war wie die drei Ställe nacheinander. Er band das Pferd zwischen den anderen Pferden an. Den Reisesack ließ er auf dem Rücken des Pferdes. Birle folgte ihm durch das Tor.

Der Raum war hoch und von Leuten überfüllt. Orien ging mit Birle an der Rückwand entlang. «Gerichtstag», flüsterte Orien, «hat mein Großvater in seiner Zeit eingeführt.» Am Ende der Halle erhob sich eine Estrade, die ein Viertel des Raumes einnahm. Dort saßen auf Bänken nebeneinander viele Lords. Auf einem geschnitzten Stuhl im Vordergrund beugte sich eben ein dunkelhaariger junger Mann vor. Sein glatt rasiertes Gesicht kennzeichnete ihn als Lord; doch der Platz, auf dem er saß, wies ihn als Grafen aus. Unter ihm stand ein stämmiger Mann in mittleren Jahren, dem die ganze Aufmerksamkeit des Grafen galt.

«Das ist der Fürsprech. Er vertritt das Volk. Er legt die Fälle dar. Warst du je auf einem Gerichtstag?»

«Das Wirtshaus ist zu weit davon entfernt, und die kleineren Streitigkeiten haben wir untereinander ausgemacht, ehe wir zur Grafenburg reisten.»

Aber noch während sie Orien dies erzählte, schien Birle die Falkenschwinge so unwirklich, als habe man ihr nur vor langer Zeit davon erzählt.

Orien redete mit einem alten Mann, der auf einer der Bänke saß, die man an den Wänden für Leute aufgestellt hatte, die zu schwach waren, den ganzen Tag zu stehen. «Ein Bauer bat ein Mädchen, ihn zu heiraten, aber auf der Messe wollte er sie nicht mehr haben», erklärte er Birle. «Ihr Vater brachte den Fall vor. Er behauptete, der Bauer habe eine Braut mit größerer Mitgift gefunden, jetzt warten sie auf den Urteilsspruch.» Der ganze Raum wartete. Die Leute unterhielten sich leise. Der Graf in seinem grünen Hemd, auf das der goldene Falke mit gespreitzten Schwingen gestickt war, stand schließlich von seinem Stuhl auf. «Der Mann», sagte er, «muß dem Mädchen fünf Goldstücke geben, für die Schande, in der er sie gebracht hat, und er muß sie auch heiraten, wenn sie ihn noch will. Denn es könnte sein, daß sie ihr Leben nicht in die Hände eines Mannes legen will, der sie dermaßen verunehrt hat. Außerdem», fuhr er fort, seine kalte Stimme trug weit und erreichte jeden in der großen Halle, «muß der Mann seiner zweiten Anverlobten ebenfalls fünf Goldstücke geben, weil er sie genauso entehrt hat wie die erste. Es steht ihm frei, sie zu heiraten, wenn sie einen Mann haben will, der solch einer Hinterlist fähig ist.» Das war ein hartes Urteil. Selbst der reichste Bauer brauchte Jahre, um zehn Goldstücke anzusammeln, wenn er die Steuern an den Grafen bezahlt hatte. Birle kam es vor, als wolle keines der beiden Mädchen ihn noch haben. Dieser Mann konnte niemals heiraten. Sie fragte sich, ob der Graf das auch bedacht hatte.

Der Graf setzte sich wieder. «Nächster Fall», rief der Fürsprech. Es war die Klage eines Webers, der behauptete, seine sieben Silberlinge an den Steuereinnehmer bezahlt zu haben. Der Steuereinnehmer war aber nach drei Tagen wiedergekommen und behauptete, er habe nur fünf bekommen, und wollte noch zwei. Der Steuereinnehmer war nicht auf dem Gerichtstag erschienen, aber sein Lord. Dieser sagte, fünf Silberlinge seien als bezahlt im Langbuch verzeichnet. Der Fürsprech berichtete, daß die Webersfrau und drei Nachbarn, die hinter ihm standen, alle beschwören konnten, daß er sieben bezahlt habe. Weil sie nicht lesen konnten, wußten sie nicht, was der Steuereinnehmer aufgeschrieben hatte, aber sie konnten bis sieben zählen, und sieben Silberlinge waren es, die dem Steuereinnehmer auf den Tisch gezählt worden waren.

«Herr», sprach der Lord, «in den Langbüchern wurden mehrere solche Fehlbeträge bemerkt, aber nie mehr als einer in einem Dorf.»

«Jawohl», schrie eine wütende Stimme, «er schreibt falsch ein», und der Fürsprech wandte sich schnell, um den Zwischenrufer zu fassen.

Der Graf überging den Zwischenfall. «Schickt Boten auf die Dörfer, damit man hört, was andere Dörfer sagen. Es kann einmal ein Irrtum vorkommen bei der schwierigen Aufgabe der Steuererhebung, sogar zwei. Aber mehr als zwei falsche Einträge sprechen den Mann schuldig, sollte es wahr sein. Dann wird sich das Gesetz mit ihm beschäftigen. Genügt dir das, Fürsprech?»

«Es genügt mir, Herr», erwiderte der Fürsprech ohne Zögern.

«Letzter Fall», kündigte er an.

Orien sagte überrascht: «Die Gerichtstage dauerten früher bis in die Nacht und manchmal noch den nächsten Tag.»

«Stimmt etwas nicht?» fragte Birle.

«Vielleicht ein neues Gesetz», antwortete er.

Der letzte Fall betraf zwei Bauern, Nachbarn. Der eine hatte dem anderen ein Schwein verkauft, eine Jungsau, wie er glaubte. Aber sie war trächtig gewesen, und nun wollte er Ferkel haben. Er sagte, daß er zwar die Sau verkauft habe, aber nicht die Ferkel, nicht um diesen Preis.

Zwei Männer, beide selbst so rund wie Schweine, schoben sich vor die Menge, welche sich hinter dem Fürsprech drängte und bekräftigten seine Zusammenfassung mit eigenen Worten und ihrer gegenseitigen Wut. «Gierschlundverdächtiger» und «Schwindler» nannten sie einander. «Ein Schweinezüchter, der nicht genug Grütze im Kopf hat, eine Jungsau von einer trächtigen zu unterscheiden», höhnte der eine, und der andere entgegnete, daß ihm so ein Fehler bei einer Sau eher unterlaufe als bei seiner Frau.

Die Lords rieben sich Kinn und Nase mit der behandschuhten Rechten, um das Lachen zu verbergen, die Menge lachte unverhohlen. Sogar dem Fürsprech war der Fall peinlich. Bei jedem Satz fügte er am Anfang oder am Ende entschuldigend ein «Milord» hinzu.

Der Graf stand auf, unterbrach den Fürsprech und brachte die Bauern zum Schweigen. «So etwas gehört nicht auf den Gerichtstag», verkündete er, «damit haben die Lords nichts zu schaffen.» Beim Klang seiner Stimme verging den Leuten das Lachen, und die Lords setzten sich gerade hin.

«Ihr zwei.» Der Graf deutete erst auf den einen Bauern, dann auf den anderen. Die beiden versuchten, sich nach hinten in die Menge zu verdrücken, aber die stand wie eine Mauer.

«Ihr zwei macht das untereinander aus. In drei Wochen kommt mein Statthalter zu euch, und ihr werdet ihm sagen, wie ihr euch verglichen habt und ob es der Rechtssprechung des Grafen entspricht.» Der junge Graf blickte über die Menge, die seinem Urteil Beifall klatschte. An Birles Seite lächelte Orien. «Das ist ganz und gar mein Bruder», sagte er zu Birle, und sie hörte den Stolz in seiner Stimme und auch das Lachen. Sein Lächeln, das wie ein Sonnenstrahl über die Köpfe der Menge ging, traf den Blick des Grafen.

Der Graf erstarrte.

Es gab da etwas, was Birle nicht verstand. Dann begriff sie. Der Tod des Vaters stand ungeklärt zwischen den Brüdern. Mehr noch: Dieser Graf konnte nicht Graf sein, wenn Orien wieder zurückkehrte. Birle stand neben Orien. Ihr Messer stak im Stiefel.

«Der Gerichtstag ist zu Ende», verkündete der Graf. «Räumt die Halle.» Hinter ihm regten sich die Lords und standen auf. Vor ihm drängte sich die Menge zum Tor. «Und du, Mann», sagte er, und

Birle wußte, wen er meinte, «wartest, wo du bist.» Er mußte nicht erst deuten. «Jawohl, Milord», rief Orien zurück.

Die Halle war schnell leer. Einige Leute warfen neugierige Blicke auf Orien, der sich bequem an die Wand gelehnt hatte, aber die meisten eilten vorbei, an ihre Arbeit, in ihren Alltag. Birle stand neben Orien. Er sah sie nicht. Auch als die Halle leer war, sprach und rührte er sich nicht.

Der Graf sprang von der Estrade und kam herüber. Er war dunkler als sein Bruder, mit schwarzen Haaren und Augenbrauen, aber seine Augen waren von einem viel blasseren Blau. Er näherte sich langsam, sein Gesicht war ausdruckslos. In einigen Schritten Entfernung blieb er stehen, starrte. «Orien?» fragte er.

«Alleweil, Milord», erwiderte Orien. Er rührte sich nicht.

Bei dieser Antwort lachte der Graf laut, und sein ganzes Gesicht erhellte sich, als habe er seine Feierlichkeit wie einen Mantel abgeworfen. «Alleweil, Milord, Bruder.»

Er streckte beide Hände aus, um die eine zu ergreifen, die ihm Orien entgegenhielt. «Ich grüß dich, Milord», sagte er und seine Stimme klang kühl. Seine Augen blickten kalt vor Ärger oder Angst. Ehe Birle sich darüber noch im klaren war, sprach er wieder. «Wirklich der Bruder», sagte der Graf. «Und du bist zurückgekommen, du bist wieder da.» Er war froh darüber. Birle hatte er noch nicht einmal bemerkt, so glücklich war er, seinen Bruder zu sehen. Hier war Orien nicht in Gefahr. Dieser dunkelhaarige Mann war kein Mörder, mochte er sonst auch sein, was er mochte.

«Ein wenig von der Reise mitgenommen», sagte Orien.

«Ein wenig –», der Graf lachte wieder, «das kann man wohl sagen, und ich möchte dir nicht widersprechen. Du siehst aus –» Er drehte Oriens Kopf ein wenig zur Seite. «Was ist das für eine Narbe? Als ob du –» Die Wut schlug wie Flammen im dürren Holz über sein erst noch frohes Gesicht.

«Ich erzähle dir die Geschichte ein andermal, Gladaegal. Für diesmal möge es genügen, wenn ich sage, daß kein Tier in meinem Hause je wieder gebrandmarkt wird. Nein, Bruder, die Männer, die das getan haben, sind weit aus deinem Zugriff. Und ich rechne es für das Höchste, überhaupt am Leben zu sein, Bruder», sagte Orien, um den Grafen abzulenken, «du hältst gutes Gericht.»

«Ich glaube auch», sagte sein Bruder sehr stolz. «Ich weiß es. Es ist das zweite Mal, daß ich Gerichtstag halte, und die Leute bringen schon weniger Klagen ein. Orien, du mußt Großvater sehen.»

Birle sah Oriens Bruder an. Er war also nicht der Graf, wenn der alte Graf noch lebte. Orien mußte dies die ganze Zeit schon gewußt haben, aber wie er es erfahren hatte, war ihr nicht klar. Einen Augenblick lang wünschte sie sich, selbstsüchtig, sie wären wieder jenseits der Grenzen des Königreichs, nur sie beide und ebenbürtig in den Einsamkeiten der Wälder.

«Ich bin ihm eine Erklärung schuldig», sagte Orien.

«Ihm und uns allen.»

Orien hob die Hand. «Brauchst du mir nicht zu sagen. Ich habe gelernt –»

Ohne eine Wort darüber zu verlieren, was er gelernt hatte, wandte er sich Birle zu und nahm ihren Arm. «Das ist meine Lady», sagte er.

«Deine Lady?» wiederholte Gladaegal.

«Milord», sagte Birle zu Orien. «Kann das nicht warten, solltest du nicht zu deinem Großvater gehen und ihn begrüßen?»

Sie wollte davonschleichen, das Pferd packen und die Stadt verlassen, bevor er noch merkte, daß sie gegangen war. Sie hatte sich nicht vorstellen können, was sich hier ereignen würde, wenn er an seinen rechtmäßigen Platz zurückgekehrt war. Sie hatte nicht daran gedacht.

«Birle», sagte Orien. «Laß mich dir meinen Bruder vorstellen.»

«Ich begrüße dich», sagte Gladaegal. Aber er schenkte ihr nicht mehr Beachtung als Orien.

Birle nahm Gladaegals Arm, obwohl sie alleine leichter gegangen wäre. Sie befand sich in einer Welt, die sie nicht kannte. Wenn sich in dieser Welt eine Frau auf den Arm eines Mannes stützte, dann mußte Birle dies auch tun, wie die anderen.

Sie gingen einen langen Flur entlang, wo das Licht nur aus Wandleuchtern kam, betraten eine Halle, wo das Feuer in Kaminen brannte, die so breit waren wie drei Männer nebeneinander. Große

Webteppiche bedeckten die Wände. Neben den Feuern standen oder saßen Männer, die sich umwandten, als sie hereinkamen.

«Orien?» fragte einer, und alle kamen näher.

Gladaegal rief einer Magd. «Bring diese Lady zu meiner Frau», befahl er. «Du wirst mit uns bei Tisch sitzen, Lady?»

Nur dem Bruder galt seine Aufmerksamkeit, und Birle hielt das für richtig. Auch ihre Augen folgten nur Orien, aber der war mit den Lords beschäftigt, die sich um ihn drängten. «Ich grüße dich, Milord», sagten sie einer nach dem anderen und knieten.

Die Magd führte Birle eine breite Steintreppe hinauf und dann wieder in einen langen Flur. Sie wurde in einen Raum gebeten, wo eine schlanke Lady aufstand, um sie zu begrüßen. «Ich grüße dich», sagte sie. «Willkommen in diesem Haus.» Dann sprach sie nur zur Magd und gab ihr Befehle. Birle war froh, wenn man sich nicht um sie kümmerte. Sie hätte, gefragt, nicht einmal ihren Namen sagen können. Birle folgte der Magd in ein anderes Zimmer, wo Betten an den Wänden standen, jedes umgeben von schweren Vorhängen. Ein Feuer brannte. Hinter einem Wandschirm wurde Birle ausgekleidet und in einer metallenen Wanne gebadet, die vor dem Feuer stand.

Sie wußte nicht, was man von ihr erwartete; also tat sie, was man sie hieß, und schwieg.

Man trocknete ihr Haar vor dem Feuer, kämmte es und ließ es offen. Man kleidete sie in feine Wäsche und zog ihr ein rotes Gewand über den Kopf, das um den Busen eng anlag und darunter in weiten Falten bis zum Boden fiel. Birle strich mit den Händen darüber hin und bewunderte die weiten Ärmel, die ihr von den Handgelenken hingen. Sie hatte solche Kleider schon bei Ladies auf den Messen gesehen. Man zog ihr weiche Lederschuhe an, die ihr zu groß waren, aber man stopfte die Spitzen mit Tuch aus, damit sie paßten.

Als sie fertig gekleidet war, führte man sie den Flur und die Treppe hinab, wieder in die große Halle, wo auf langen Tafeln angerichtet war. Die Damen saßen auf einer Seite, die Herren auf der anderen, und am Hohen Tisch saßen nur drei – Orien, sein Bruder und Gladaegals Frau. Birle wurde irgendwo zwischen die Frauen gesetzt.

Diener bewegten sich im Raum, trugen Platten mit Geflügel,

Fisch und Fleisch auf, Brot in Körben, Pasteten und Wein in Krügen. Man legte Birle auf ihrem Teller vor, und sie versuchte zu essen, brachte aber nichts hinunter. Es war schwer genug, die weiten Ärmel aus dem Essen zu halten. Sie gossen ihr Wein in den Becher, und sie hob ihn an den Mund, konnte aber nicht schlucken. Niemand am Tisch verspürte den Wunsch, das Wort an sie zu richten. Sie sprachen nur von Orien und seiner Rückkehr, der Narbe auf seiner Wange – wie man hörte, hatte er sie in der Schlacht erhalten oder als er sich aus der Gewalt von Seeräubern befreite, und man sprach von seinem geheimnisvollen Verschwinden.

Sie wagte schließlich, den Blick vom Teller zu heben und ihn anzusehen. Auch Orien war gebadet und einkleidet worden. Er war glatt rasiert. Wie er aß und trank und lachend mit seinem Bruder sprach, während Gladaegals Frau unbemerkt zwischen ihnen saß, erkannte ihn Birle als den, der er war: der zukünftige Graf.

Sie wollte nicht dasitzen und ihn angaffen. Sie senkte den Blick wieder auf den Teller. Es war gut, daß sie keiner fragte, sie hätte nicht gewußt, was sie von sich erzählen sollte. Das Essen ging weiter und zog sich endlos fort. Man nahm Birle den Teller weg und stellte einen anderen vor sie hin. Diener setzten Käse auf Schneidbrettern vor, Körbe mit Äpfeln und Schalen mit Süßigkeiten. Man legte ihr vor, und sie trank einen kleinen Schluck. Dann wurden am Hohen Tisch Stühle gerückt, die Gesellschaft folgte. Birle sah auf.

In der Halle standen alle Männer mit dem Becher in der Hand, die Ladies blieben sitzen, und Birle tat desgleichen. Gladaegal brachte den Trinkspruch aus. «Auf meinen heimgekehrten Bruder. Willkommen in diesem Haus, Orien.» Jedermann hob den Becher, wiederholte Gladaegals Worte und trank. «Hast du gesehen?» sagte eine aufgeregte Stimme weiter unten an Birles Tisch. «Er hat mich angeblickt.»

«Hat er nicht», antwortete eine andere Stimme. «Du bist ein Gänschen. Die da hat er angesehen.»

Birle hob die Augen und begegnete Oriens Glockenblumen-Blick, fast so, wie sie ihn zum ersten Mal gesehen hatte. Einen Herzschlag lang war es, als hätte sich nie etwas geändert.

«Noch ist er nicht verheiratet», sagte die sehnsüchtige Stimme. Dann erhob sich Gladaegals Lady von ihrem Stuhl zwischen den Brüdern, und alle Damen folgten ihr und verließen die Halle. Birle ging mit ihnen, obwohl sie nicht wußte, warum sie ging und wohin. Sie wurde wieder in das Zimmer nach oben geführt, das Kleid wurde ihr ausgezogen, die feine Wäsche. Sie bekam ein langes weißes Kleid an. Dann führte man sie an eines der Betten, die an der Wand standen. Sie schlief schon, bevor noch die Vorhänge um sie zugezogen waren, schlief in einem Bett, das weicher war als alles, was sie sich je hatte vorstellen können.

Dreiundzwanzig

An einem stillen Wintermorgen stand Birle am hohen Fenster und sah hinaus. Der Rauch stieg kerzengerade aus den Schloten in den blauen Himmel. Jenseits der Stadt lagen Felder und Hügel, schneebedeckt, und der gefrorene Fluß glich einer grauen Schlange, die in der Wintersonne schlief. Die Luft an ihrem Gesicht war kalt.

Ich habe alles, was ich mir nur vorstellen kann und mehr, dachte Birle, als sie die Stimmen der Kinder vernahm, die am Burghof im Schnee spielten, und die Arbeitsgeräusche der Dienerschaft. Sie hatte alles bekommen, was sie je haben wollte, und besser, als sie es sich je erträumt hatte. Hinter ihrem Rücken lag das Gemach der Grafen von Sutherland. Ein helles Fenster brannte, schwere Wandbehänge verdeckten die kalten Steinwände. Der Graf hatte sie eben gebeten: «Setz dich zu mir und lies mir vor, Birle.»

Sie hätte sich all dies nie träumen, nicht einmal an einen solchen Traum denken können. Und vor allem hätte sie nicht geglaubt, daß sie damit nicht zufrieden wäre.

Birle wandte sich um. Der Graf saß am Feuer in einem hohen geschnitzten Stuhl, mit einer Decke über den Knien. Zwei schmiedeeiserne Stangen ragten aus der Wand und trugen Webteppiche, die ihn vor Zug schützten. Der Graf war ein alter Mann und hatte mehr als 60 Sommer gesehen. Die Haut auf seinen Wangen war so papieren wie die trockenen Schalen von Knoblauchknollen. Sein Körper war geschwächt von Alter und Krankheit, aber sein Geist war weder schwach noch stumpf. Bei ihrer ersten Begegnung hatte ihr der Graf weder den herkömmlichen Gruß entboten noch vorgegeben, nichts von ihr gehört zu haben. So schwach er war, hatte er seine blaßblauen Augen mit dem offenen Blick eines Knaben auf sie gerichtet. «Ich kannte deine Großeltern. Ich war traurig, als sie starben.»

Birle hatte schon gelernt, daß man keine Fragen stellen durfte. Warum sprach er sie nicht auf förmliche Weise an? Wieso kannte er Gran und Granda, und wenn: Warum erinnerte er sich an sie? Sie fragte den alten Mann nichts, der in dem hohen Bett saß, mit Kissen in seinem Rücken. Sie war schweigend neben Orien gestanden und wartete darauf, daß ihr Orien zeigen werde, wie sie sich zu benehmen hatte. In der Burg schien jedes gesprochene Wort mehr zu bedeuten als das Wort selbst, oder auch weniger.

«Kann sie nicht reden?» fragte der Graf Orien.

Birle fühlte die Ungeduld des Grafen und merkte sie daran, wie er seine bleichen Handrücken und Arme kratzte. Sie sollte ihn vielleicht förmlich grüßen, aber die Worte waren unbeholfen in ihrem Mund. Sie fühlte sich in diesen Tagen immer unbeholfen, mit ihren offenen Haaren, die ständiger Pflege von Mägden bedurften, und ohne Arbeit für Hände und Hirn. Obwohl das Kleid, das sie trug, eigens für sie genäht worden war, schien es ihr nicht zu passen. Eine Näherin brachte das leicht fertig, wenn sie jemanden nicht leiden konnte, sagte man ihr. Sie konnte so tun, als gäbe sie ihr Bestes, aber in dem fertigen Kleid sah jedes Mädchen steif und linkisch aus. Birle wußte nicht, ob die Schneiderin ihr feindlich gesinnt war oder ob das Kleid einfach nur nicht paßte. Sie wußte bloß, daß sie sich darin unbehaglich fühlte und plump, und es fiel ihr jetzt kein einziges Wort ein, obwohl sie merkte, wie das den alten Mann im Bett verärgerte.

«Sag was. Irgendwas», befahl er. «Deinen Namen.»

Die Frau auf dem Stuhl neben dem Bett hatte eingegriffen: «Du weißt ihren Namen doch schon, Milord.» Ihre Hände bewegten sich fleißig mit Stricknadeln und feiner Wolle. Die Decke, an der sie strickte, lag wie Schnee auf ihrem Schoß. Es waren nicht ihre Worte, sondern das Lachen in ihrer Stimme, daß Birle ihren Blick von den zusammengekrampften Händen hob und die Frau ansah. Sie trug ein graues Kleid, weich wie eine Regenwolke. Die Hände ruhten, waren aber jederzeit bereit, die Arbeit wieder aufzunehmen. Ein graues Seidenband war durch ihr weißes Haar geschlungen, und ihre Augen unter den weißen Augenbrauen leuchteten in tiefem, strahlendem Blau. «Ich bin Oriens Großmutter», sagte sie.

«Er hat mir nie von seiner Großmutter erzählt», sagte Birle vorwurfsvoll. Sie wandte sich an Orien, ihre Zunge war nun gelöst von Ärger und Neugier. «Hast mir nie etwas gesagt.»

Solange sie jetzt auf der Burg war, hatte sie ihn nur von weitem im Speisesaal gesehen; als sie einmal nahe genug aneinander vorbeikamen, um ein Wort zu wechseln, blieb nur Zeit für seine schnelle Frage: «Bist du zufrieden?», aber keine für ihre Antwort.

«Warum hast du mir nichts gesagt?» fragte sie nun. Dann hörte sie ihre eigene Stimme und schämte sich, schwieg wieder. Sie war traurig, das Herz tat ihr weh, als sie widerstrebend zu begreifen begann. Orien hatte es bereut, sie um ihre Hand gebeten zu haben. Zwar sagte er nichts davon, aber da sie nie miteinander sprechen konnten, war dies auch kein Trost für sie. Oft kam sie sich vor wie eine Puppe auf der Bühne, den Leuten der Burg zur Schau gestellt: Die sahen nun von ihren Plätzen zu, wie sich die Puppe machte. Gladaegals Lady, die Birle in der Führung eines Haushalts unterweisen mußte, sprach häufig von «euren ausländischen Gewohnheiten», als ob sie nicht wissen wolle, wer Birle war. Sie hatte vieles erlebt, war in unbekannte Länder verschlagen worden, unter Fremde, aber sie hatte sich nie so verloren gefühlt wie hier, in Oriens Heimat. Jetzt stand er neben ihr, der zukünftige Graf, aber nicht als der Mann, den sie heiraten würde.

«Orien weiß davon nichts», sagte der Graf, «deine Großeltern haben mir und meinem Vater das Leben gerettet.»

«Das Mädchen sollte sich setzen», sagte die Gräfin. Eine Dienerin brachte einen Stuhl und stellte ihn neben die Lady, dankbar setzte sich Birle. Der Graf schien immer noch darauf zu warten, daß sie sprach.

«Ich hab davon nie gehört», sagte Birle.

«Wenn man mir einen Becher Wein reicht, kann ich dir die Geschichte erzählen. Wenn du sie hören willst. Möchtest du?» fragte der Graf.

«Alleweil, Milord», sagte sie.

«Du solltest sie schon hören, zumal du dem Knaben hier anscheinend sein Herz gestohlen hast.»

Seine Art sich auszudrücken hatte Birle beinahe zum Lachen gebracht. Das war es also, was in der Burg umging: Sie hatte Oriens Herz gestohlen, als wäre sie eine Zauberin. Es war wirklich zum Lachen, wenn die Leute das glaubten.

«Und du siehst aus wie deine Großmutter, wenn du lächelst», sagte der Graf, «aber genauso.»

Birle hörte die Freude in seiner Stimme. Dies wiederum freute sie, so daß sie zu fragen wagte: «Was ist das für eine Geschichte?»

Er trank den Wein und erzählte die Geschichte, wie einstmals Streit in der Burg herrschte, Krieg im Land war und Brüder um die Grafenwürde kämpften. Er war mit seinem Vater in den Norden geflohen. Dort wurden sie von einem Schneesturm überrascht, und die Wirtstochter war mit ihm zufällig auf ein verlassenes Haus gestoßen, wo sie ihn in Sicherheit gebracht hatte. Der Knecht des Wirtes hatte seinen Vater unbeirrbar durch den Sturm geführt. Birle hörte aufmerksam zu und versuchte, sich Gran als sechzehnjähriges Mädchen vorzustellen und Granda als Knecht. Der Graf beschrieb, wie sie lange Tage eingeschneit waren, und Birle kam es plötzlich, daß Gran und Granda damals lesen gelernt haben könnten. Der Graf war damals ein Kind. Ein Kind wußte vielleicht nicht, daß die Kenntnis der Buchstaben dem Volk verboten war. «Mein Enkelsohn sagte mir, daß du lesen kannst», sagte der Graf.

«Und schreiben», fügte Orien hinzu. Er und der Graf beobachteten sie, als ob sie gemeinsam etwas erschlossen hätten, was sie nicht begriff.

Birle hatte es satt, daß jedermann gewisse Dinge zu wissen und zu verstehen glaubte und sie für ahnungslos hielt. «Ich glaube, du warst es, der meiner Großmutter die Buchstaben beibrachte», sagte sie zum Grafen. «Und ihr die Bücher gegeben hat, die sie im Schrank aufbewahrte, und die Karten. Und du hast sie auch wieder weggenommen, als das Haus leer war.»

Das überraschte sie alle doch nicht wenig, und die Selbstgefälligkeit war ihnen vergangen. «Da nun Birle ihren Einstand gegeben hat», sagte die Gräfin, «bitten wir dich, Lady, uns etwas von dieser fremden Stadt zu erzählen. Orien redet nicht darüber, außer daß du ihn von der Sklaverei errettet hast. Dein Meister soll ein Alchimist gewesen sein. Was heißt das?»

Diese Frage und Birles Antwort und all die Fragen und Antworten an diesem ersten langen Nachmittag waren es, die das Gemach des Grafen zu dem Ort der Burg gemacht hatten, wo sie sich am liebsten aufhielt. Dort konnte man eine Sternkarte erwähnen und den alchimistischen Gedanken nachgehen. Jetzt hatte Birle auch eine Aufgabe gefunden: Wenn sie den Grafen schon nicht von seiner Krankheit befreien konnte, war es ihr doch möglich, ihm das Leben leichter zu machen. Sie wußte, daß alter Apfelwein im Badewasser sein quälendes Jucken linderte und daß die Wundstellen, die er sich gelegen hatte, mit einer Salbe aus Beinwell und Honig vergingen und überhaupt erst gar nicht auftraten, wenn er das Bett verließe. Sie empfahl ihm einen heißen Aufguß aus Kamille und Katzenminze gegen seine Schlaflosigkeit. Im Gemach des Grafen gab es Arbeit für Birle. Obwohl der Graf nur allmählich gewonnen werden konnte, hatte die Gräfin von Anfang an in Birles Herz geblickt und war ihr geneigt.

Die Gräfin stand wie eine Sonne über den Leuten in der Burg. Birle verstand nun, warum Orien seine Großmutter nie erwähnt hatte – sie stand seinem Herzen so nahe, daß er nicht von ihr zu reden brauchte. Die Gräfin war der Schatz und das Herz der Burg. Für Birle und alle anderen, Diener und Lords gleichermaßen. Alle kamen zu ihr und baten sie um Rat und Hilfe und brachten ihr Geschenke. Nur Gladaegals Frau blieb unberührt von dem Wesen der Gräfin, als hoffte sie, durch ihre steife Art doch Gladaegals lebendigen Geist zu dämpfen. Birle hatte Gladaegal genau beobachtet und seinen Worten gelauscht. Sie hielt jetzt Oriens Zweifel an seinem Bruder für berechtigt – nicht wegen der Taten des dunklen jungen Mannes, sondern wegen der Empfindungen, die er als jüngerer Bruder haben mußte, der nie den Titel erben würde, mochte er auch dessen noch so würdig sein. In Gegenwart der Gräfin konnte Birle deutlich erkennen, was sonst vielleicht verborgen geblieben wäre – daß Gladaegal seinen Bruder mehr bewunderte als beneidete.

Als Birle nun an diesem Winternachmittag zu ihrem Stuhl zurückkehrte und das Buch wieder aufnehmen wollte, aus dem sie vorgelesen hatte, wehrte die Gräfin ab. «Ich denke, Milord, Birle hat Wichtigeres mit uns zu reden als über Bücher.»

«Mit uns», murrte der Graf, «du meinst mit dir.»

«Ich meine mit uns», sagte die Lady, «und deshalb habe ich es auch gesagt.»

«Dann sind es schlechte Nachrichten», sagte der Graf und bewegte sich unruhig in seinem Stuhl. «Ich sage dir auch, warum ich das weiß, dann mußt du nicht fragen. Gute Nachrichten erzählst du mir einfach, wenn du glaubst, daß die Zeit dafür recht ist. Nur schlechte Nachrichten müssen beredet werden. Es wird also nichts Angenehmes sein, das ich zu hören bekomme. Also, Birle, was ist es?»

Birle holte tief Atem und wartete noch einen Augenblick. Nur das leise Klappern der hölzernen Stricknadeln war zu hören. Sie fühlte das warme Feuer in ihrem Rücken und sah ihre weißen Hände, die das offene Buch in ihrem Schoß hielten. Dann zwang sie sich zu reden. «Ich bitte um die Erlaubnis, die Burg verlassen zu dürfen, Milord.»

«Bekommst du nicht», sagte der Graf. «Schon erledigt. Ende. Du lachst über mich, Milady», beschwerte er sich bei seiner Frau. «Willst du deine Familie besuchen, Birle? Dafür geb ich dir Urlaub.»

«Ich bitte um die Erlaubnis zu gehen und nie wiederzukommen.»

«Darauf habe ich geantwortet.»

«Ich glaube, Milord», sagte die Gräfin, «wenn du ihr das verbietest, wird sie durchgehen.»

«Wie Orien. Sie gleichen sich wie ein Ei dem anderen. Ohne Ankündigung und ohne ein Wort der Erklärung. An einem Tag ist er noch hier und am nächsten verschwunden, und wenn es ihm beliebt, kommt er zurück.»

Der Graf wechselte den Gesprächsgegenstand. Um sie abzulenken oder weil er sie etwas fragten wollte, was ihn beschäftigte, wußte sie nicht.

«Weißt du, warum er seinerzeit wegging, Birle? Hat er es dir gesagt?»

«Ich weiß, was er mir darüber erzählt hat», antwortete sie vorsichtig, «aber ich habe hier gelernt, daß Worte oft nur die Wahrheit verbergen.»

«Kannst du uns sagen, was er dir erzählt hat?» fragte die Gräfin.

«Er fürchtete, für einen Grafen sei er zu milde, und das wäre schlecht für das Land und das Volk gleichermaßen.»

«Wie ich.»

Der Graf sprach aus, was sie verschwiegen hatte.

«Wie du, Lord, aber nicht, weil er hart über dich urteilte. Orien bewundert dich und was du für das Land getan hast. Er sagte aber, daß zwei solche Grafen nacheinander eine Gefahr wären.»

«Das scheint ihn nicht mehr zu beunruhigen», sagte der Graf.

«Nein», gab Birle zu. Sie wußte nicht, was Orien dachte. Er war oft auf Reisen; besuchte die Lords im Süden, jagte, sprach mit den Priestern und Verwaltern, exerzierte mit den Soldaten, er war selten in der Burg. «Dazu kam noch der Tod seines Vaters und die Weise, wie er den Tod fand, die Eifersucht des Vaters, und er fürchtete Gladaegal, weil er nicht wußte, was er vorhatte.»

«Narretei», verkündete der Graf. «Er hätte es besser wissen müssen.»

«Und du? Fürchtest du Gladaegal?» fragte die Gräfin.

«Nein. Tu ich nicht.»

«Warum nicht?»

«Weil – weil Gladaegal auf seine Ehre hält. Wenn er Mord im Herzen hätte, würde er ihn offen begehen, vor jedermann. Wenn ich Machtgier fürchtete», sagte Birle, denn in diesem Zimmer konnte sie offen reden, «würde ich seine Gemahlin fürchten, aber sie würde es nie wagen, auf Meintat und Mord zu sinnen, weil sie genau weiß, daß Gladaegal ein Mann ist, der sein eigenes Weib dem Scharfrichter überantworten würde, wenn seine Ehre es erforderte.»

«Es war tatsächlich Mord», sagte der Graf. «Wie Orien es befürchtet hatte, doch war der Jäger nicht bestochen. Er mordete, um die Schande seiner Tochter zu rächen. Er kam vor Gericht und wurde gehängt. Die Wahrheit kam erst ans Licht, nachdem Orien verschwunden war, aber wie sollte ich wissen, was er dachte. Er sagte nie ein Wort; redete nichts, deutete nichts, verschwand nur. Hast du Orien deinen Wunsch mitgeteilt?»

Birle schüttelte den Kopf. Sie hätte nicht gewagt, Orien, dem künftigen Grafen, diese Bitte in aller Form in der Öffentlichkeit vorzulegen.

«Bist du so unglücklich?» fragte der Graf.

«Wie sollte ich unglücklich sein? Ich bin nur nicht zufrieden. Ich habe nichts zu tun», sagte Birle. Wie hätte Nan gelacht, wenn sie das gehört hätte. Sie versuchte zu erklären: «Im Volk arbeiten Mann und Frau auf ihrem Besitz, ihrem Lehen, an ihrem Webstuhl, den Fischernetzen, was es eben im Haus zu tun gibt. Im Volk sind Mann und Weib notwendig zur Erhaltung des Hauses. Ich kann mich nicht in eine Lady verwandeln, so wenig wie mein Meister Steine in Gold verwandeln konnte. Ich kann die Rolle spielen, aber –»

Sie legte das Buch auf den Boden und stand auf. Im Stehen sprach sich's leichter. «Stellt euch vor: Zehn volle Tage nach meiner Ankunft hier fiel mir erst ein, nach dem Gaul zu fragen, der uns hierhergebracht hatte.»

Für den Yul verkauft wurde, dachte sie, sagte es aber nicht.

«Wir haben das Tier am Gerichtstag im Stall angebunden, und dann hab ich es zehn Tage lang vergessen.»

«War es nicht gut versorgt?»

«Doch. Aber ich hätte es nicht vergessen dürfen. Ich hätte es anderswo auch nicht vergessen. Außerdem», fuhr sie fort, «bin ich schwanger, und ich dachte nicht eher daran, als bis ich sah, daß die Ladies während ihrer Tage im Bett lagen und die Gesellschaft mieden. Ich mußte das nicht. Nicht, daß ich die Tage im Bett verbringen möchte, ich brauchte das nie. Das ist es nicht, auch wenn ich schwanger bin», wiederholte sie. Sie stand vor den beiden und wartete darauf, getadelt oder wegen ihrer Schande bemitleidet zu werden.

«Dich stört, daß du es nicht merktest oder daran dachtest?»

«Ja, Gräfin.»

«Ich denke, du solltest ihr den Urlaub geben, um den sie bittet, die Erlaubnis», sagte die Lady zum Grafen.

Birles Augen füllten sich mit Tränen vor Kummer, sie wischte sie weg.

«Und Orien?» sagte der Graf. «Daß du ihm damit das Herz brichst?»

«Daran hab ich nicht gedacht», sagte Birle, «aber jetzt ist er ja wieder zu Hause und ist wieder er selbst ...»

Sie wußte nicht, wie sie ihnen verständlich machen sollte, was Orien sie nicht wissen lassen wollte. «Mein Sklavendasein war Geschenk und Fluch zugleich, aber Orien hatte nichts. Man hatte ihm alles genommen: Kraft, Ehre und Hoffnung. Er war ein Sklave, der das allerschlimmste Los zu gewärtigen hatte, und nun ist er wieder ein Lieblingskind des Glücks. Jetzt wird er Graf und wird eine Lady finden, die er heiratet.»

Doch davon wollte sie nicht reden oder zu ausführlich daran denken. «Wenn es sein Herz bräche, würde ich bleiben.»

«Ist es sein Kind, das du trägst?» Jetzt war der Graf zornig.

«Aber ja», sagte Birle und erinnerte sich. «Es ist Oriens Kind», und stolz war sie auch. «Ein Verlöbnis kann gelöst werden, eine Ehe nicht.»

«Aber –», der Graf winkte ungeduldig mit der Hand, seine Frau unterbrach ihn und ließ ihn nicht weiterreden. «Die Frauen in der Burg leben von ihren Männern getrennt, selbst Gemahlin von Gemahl. Die Gräfin sogar mehr als alle anderen. Erst in den letzten Jahren, Milord, können wir lange Stunden miteinander verbringen, in der Traulichkeit unserer Herzen. Du wolltest es nicht anders als ich auch», erinnerte sie ihn. «Die Kinder der Burg schlafen im Ammenzimmer, sind Mägden überlassen. Oft hab ich mir gewünscht, es wäre nicht so, zum Besseren des Kindes und der Mutter.»

Birle sagte: «Gräfin, du kennst mein Herz.»

Der Graf hatte sich in seinen Sessel zurückfallen lassen.

«Milord», sagte Birle, «ich versteh nicht, daß Orien glaubte, er müsse seine Heimat verlassen, obwohl es doch nicht nötig war. Er mußte nicht gehen, aber das wußte er nicht.»

«Ich hätte es wissen müssen», sagte die Gräfin.

«Er wollte nicht, daß du es wußtest», sagte Birle. Sie nahm wieder einen tiefen Atemzug: «Ich bitte um die Erlaubnis, gehen zu dürfen.»

Der Graf sagte zu seiner Frau: «Und du meinst, ich muß sie ihr geben.»

«Es gibt kein Muß für den Grafen von Sutherland», antwortete sie. «Ich meine nur, daß du sie geben solltest. Willst du nach Hause, Birle?»

Der Graf ließ Birle nicht zu Wort kommen. «Wenn wir ihr die Erlaubnis geben», sprach er, «dann will ich dir auch sagen, was zu geschehen hat. Ich sage dir das als Graf. Du bekommst das Lehen deiner Großeltern.» Er hielt die Hand hoch, damit sie ihn nicht unterbreche.

«Am ersten Frühjahrstag kannst du dorthin gehen, nicht eher. Du wirst nicht im Winter reisen. Ich werde dir Boten und Dienerschaft mitgeben. Du mußt mich das auf meine Weise machen lassen, Birle. Du mußt genügend Vorräte haben, bis du von dem Lehen leben kannst. Ich will, daß du eine sichere Reise hast und ein behagliches Leben.»

Birle setzte sich zu seinen Füßen. Sie hätte nicht geglaubt, daß ihr der Graf und die Gräfin helfen würden; sie hatte nur auf ihre Zustimmung gehofft. «Ich will Orien nicht in Unehre bringen», sagte sie, «ich hab mir vorgestellt, daß die Leute auf der Burg keine weiteren Fragen stellen würden, wenn man ihnen sagte, daß ich Heimweh hatte und der harte Winter mich krank mache. Auch wenn sie die Wahrheit wissen, glauben sie nicht daran.»

«Sie wollen nicht daran glauben», erklärte die Gräfin. «Die Ladies verlassen so selten den Schutz der Burg und ihrer Diener, daß sie nichts von der Welt draußen wissen. Von der Welt jenseits der Burgmauern haben sie nur ein ungenaues Bild. Die Lords lassen sich von ihren Frauen erzählen, was sie von Sachen wie dieser halten sollen. Die Damen verstehen, daß ein Lord eine hübsche Magd findet, sie begehrt und die Magd ihm zu Willen ist. Aber heiraten wird er sie nie.»

«Also werde ich vergessen werden.»

«Wird dich Orien vergessen?»

«Ich hoffe, Lady, daß ihn die Erinnerung an mich die anderen Erinnerungen dieser Zeit vergessen lassen wird. Weniger möchte ich nicht sein», sagte Birle, «aber auch nicht mehr.»

«So werde ich dich also für die Reise nach dem Süden ausrüsten», sagte der Graf.

«Aber nicht mit einem Boten», mahnte die Gräfin. «Oder mit Dienern. Es darf kein Gerede geben. Wenn Diener das Ziel der Reise kennen, wird die Sache bekannt. Birle will verschwinden, aber das geht nicht, wenn ihr Gerüchte nachfolgen und man sie ausfindig macht. Und wie sollte Orien die Grafenschaft übernehmen, wenn Gerüchte seine Hoffnung nähren?»

«Ich kann allein reisen», versicherte Birle.

Der Graf hatte eigene Pläne. «Dann gehst du mit Gladaegal. Er wird sein Wort geben und schweigen. Das ist mein fester Wille, Birle, ich kann nicht ruhig schlafen, wenn ich dich nicht in Sicherheit weiß. Abgemacht. Am ersten Frühjahrstag, wenn Orien sein Knie vor dem König beugt, wirst du mit Gladaegal stromabwärts nach Süden reisen.»

«Jawohl, Milord», sagte Birle.

Die Gräfin hörte zu stricken auf. «Orien glaubt, daß du ihn heiratest, wenn er dem König den Vasalleneid geleistet hat. Was wirst du ihm dann sagen?»

Auf diese freundliche Frage füllten sich Birles Augen wieder mit Tränen, die sie nicht abwischen konnte.

«Ich werde ihm sagen, was ich kann, um ihn zu trösten», versprach sie.

Danach gab es nur noch das Warten. Es verging schnell. So schien es Birle. An einem Tag hingen noch Eiszapfen, dick wie ein Männerarm, vor dem Fensterbogen, am nächsten waren sie vom kalten Regen weggewaschen. Ackerfurchen aperten aus dem Schnee hervor und das flachgedrückte gelbe Gras vom letzten Jahr. Die ersten Blüten hoben schüchtern ihre Köpfe im Burggarten. «Das ist der zweiundsechzigste Frühling meines Lebens», sagte der Graf eines Morgens, als er zu schwach war, um das Bett zu verlassen. «Riechst du das neue Jahr, Birle?»

«Ja, Milord», sagte Birle. Sie las ihm gerade zum Zeitvertreib wieder die alten Geschichten vor, wo Tiere wie Menschen sprachen und handelten. Es ist mein sechzehnter Frühling, dachte sie. Ob es den kleinen Blüten weh tat, wenn sie durch die schützende Erde brachen? Nach dem langen, sicheren Winterschlaf mußte es schwer sein, nackt und bloß im Offenen zu stehen.

«Das Jahr dreht sich wie ein Rad, wie das Rad der Glücksgöttin», sagte der Graf. «Was hätte dein Alchimist dazu gemeint, Birle?» Er wartete ihre Antwort nicht ab. «Weißt du, daß Orien heute zum König reist?»

Birle konnte unter der Last dieser Nachricht nur den Kopf heben. Aber alles war sorgfältig vorbereitet worden, und so stand sie mit den anderen Lords und Ladies und sagte dem zukünftigen Grafen Lebewohl. Als sie tief Atem holte, spannte ihr Kleid unangenehm an den Rippen – noch einen Monat, und sie konnte das Kind nicht mehr verheimlichen. Noch ein Monat, und der Vater des Kindes würde ihr längst aus den Augen verschwunden sein, für immer. Sie sah, wie er sich über die Hand der Damen beugte und mit den Lords kurz ein Wort wechselte. Als er vor ihr stand, konnte sie ihn nur anblicken. Schlank war er, stark und stolz, mit der sichelförmigen Narbe auf der Wange; ein Mann, der seine Macht wie ein Schwert zur Seite trug, Verheißung klingenden Stahls, und seine Glockenblumen-Augen lächelten auf sie herab.

«Lady», sagte Orien, «es ist eine kurze Reise nur, kein Grund sich zu grämen.»

«Ich würde mit dir auf jede Reisen gehen», sagte sie.

«Du hast hier mit den Vorbereitungen viel zu tun. Es dauert nicht mehr lange, Lady.»

«Es scheint lang», sagte sie, «sehr lang.»

«Mit einer Hochzeit am Ende», erinnerte er sie.

«Alleweil, Milord», sagte sie so leise, daß nur Orien sie verstehen konnte. «Bis wir verheiratet sind, will ich dich fest in meinem Herzen tragen.»

«Und danach?» fragte er lachend.

Sie wollte ihm die Freude nicht verderben, antwortete aber aus der Bitternis ihres schweren Herzens: «Das Danach wird von selbst kommen und für sich selbst sorgen müssen. Deine Leute werden ungeduldig, Milord.»

Er beugte sich über ihre Hand und ging.

Aber als ihm der Pferdeknecht schon die Zügel in die Hand geben wollte, wandte er sich um und schritt zurück, Orien, mit seinem Hemd so grün wie Laub und grünes Gras, mit den goldenen Falkenschwingen über der Brust, der Graf. Er neigte sich dicht an ihr Ohr und sagte leise und sanft: «Denkst du noch an das Bett im Wald, Birle? Ich schon. Und wie wir Geißlein und Bock gespielt haben?»

Da lachte Birle doch. «Ja, Milord», sagte sie. «Und ist das dein Scheidegruß? Verkürzt dir diese Erinnerung die Zeit?»

«Lady, du kennst mich zu gut», sagte Orien.

«Ich hoffe es», antwortete Birle. Wenn er später an diesen Abschied dachte, würde er sie verstehen.

Vierundzwanzig

Birle saß auf der breiten Steintreppe. Die Sonne stand hell über ihr. Die kleine Quelle sprudelte leise, und der Bach lief davon und durch die Wiese. Das Haus wartete hinter ihr mit weit geöffneten Türen und Fenstern. Nur Vogelgezwitscher und Bienengesumm waren im sanften Wind zu hören. Bald würde sie aufstehen und ins Haus gehen müssen, um Rock und Hemd anzuziehen, die sie in den Läden ausgewählt hatte, welche für die Dienerschaft auf der Burg lieferten. Sie würde ihr Haar kämmen und es flechten. Aber nicht in die zwei Schnecken, die ums Ohr gewickelt werden. Sie wollte weder die zwei dicken Strähnen links und rechts am Kopf und sich noch weniger mit offenem Haar abmühen. Sie hatte sich zu der Tracht entschlossen, die zu ihr paßte, einem einzigen Zopf, der Sklaventracht.

Es gab viel zu tun. Der Karren, der auf langen Deichseln vor dem Haus lag, mußte abgeladen, das Haus gelüftet und geputzt werden, ehe sie die Vorräte einräumte, die man ihr in der Burg mitgegeben hatte. Das Pferd, ihr Saumtier, graste angehobbelt auf der Wiese, aber das schien ihm nichts auszumachen, da es zartes Gras und frisches Wasser hatte. Es gab viel Arbeit für Birle, aber sie saß nun nach der langen Reise einfach da und rührte sich nicht. Hier, am Südrand des Königreichs, war das Frühjahr schon gekommen, und die Luft schmeckte nach aller Sommersüße, deren sie sich erinnerte.

Bald kommen Sehnsucht und Reue, dachte Birle, und die Sehnsucht ist das schlimmste.

Doch jetzt war ihr Herz ruhig, sie lauschte dem Frühling und wußte nicht, ob das Wasser schluchzte oder lachte. Was Nan von den Forderungen halten würde, die Gladaegal ihr überbracht hatte, wußte sie nicht. Der Wirtin war befohlen worden, aufs Lehen hinauszugehen, sobald sie Zeit habe. Das konnte Tage dauern. Birle würde sich auch nichts aus ihrem Schelten machen. Sie hatte es verdient, war aber doch froh, daß sie noch manchen Tag Zeit hatte, sich auf die kleinen Brötchen vorzubereiten, die ihr Nan backen würde. Sie stand auf und dehnte sich.

Auf dem Weg unter den Bäumen kam eilig eine Frau heran. Sie hatte sich nicht einmal die Zeit genommen, ihre Schürze abzulegen, einen Mantel anzuziehen oder ihre Blusenärmel herabzustreifen.

Die würde keine schlechte Wut haben. Birle stand auf und wartete.

Als Nan aufsah und sie erblickte, zögerte sie. Nan hatte ein Gesicht wie ein Eichhörnchen, pfiffig und mit runden braunen Augen. «Hohe Frau?» fragte sie. Dann schüttelte sie heftig den Kopf, als sähe sie nicht recht, und begann zu laufen. «Birle!» schrie sie und rannte die letzten Schritte.

Birle befand sich plötzlich in Nans starken Armen, wurde gewiegt und gehätschelt. «Meine Gute», sagte Nan, «ach du meine, meine Gute, alleweil meine.»

Birle wußte nicht, was sie damit sagen wollte, aber auch ihre Arme waren um Nan geschlungen; sie drückte die Frau ihres Vaters fest an sich. Als sie sich endlich losließen, leuchtete Nans Gesicht, und ihre Wagen waren rot. «Schau dich an», schrie sie, «schau dich nur an und mich! Wie ich aussehe. Ich habe den Teig mittendrin stehenlassen. Schau mich bloß nicht an!»

Birle sah sie an. Nans Stirn war feucht, weil sie durch den Wald gerannt war, sie schnaufte schwer.

«Setz dich», sagte Birle. «Wie du aussiehst, ist doch gleich. Du siehst gut aus, genau so, wie ich dich in Erinnerung hab.» Nan setzte sich und versuchte, ihre verrutschten Flechten zu ordnen.

«Du bist nur kleiner, als ich mich erinnere.»

«Weil du gewachsen bist. Ach, wie ich mich freu, dich wiederzusehen, Birle. Ich hätts nicht geglaubt, niemals.»

«Ich dachte, du würdest schimpfen.»

Als sich Birle setzte, befühlte Nan die Wolle von Birles Gewand.

«Ich dachte, du würdest dich über mich ärgern.»

«Ich hätte mich auch geärgert, wenn ich dich in Sicherheit gewußt hätte. Bist du jetzt eine Lady?»

«Nein.» Birle lächelte.

Nan sah sie prüfend an: Haare, Kleid, Hände, Schuhe. «Aber du siehst so aus.»

«Ich hätte eine sein können. Ich wollte nicht. Wenn du dich also an meinem Anblick ergötzen willst, dann beeil dich, ich werde jetzt gleich das ganze Zeug in den Schrank sperren.»

«Du siehst schön aus», sagte Nan. «Uff. Jetzt kann ich wieder richtig schnaufen. Ich hab meine Tochter wieder. Schau mich nicht so an, ich war bei deiner Geburt dabei; du warst die erste, der ich auf die Welt geholfen habe. Meine Tochter oder die einer anderen Frau. Deine Mutter war so schwach, daß sie sich in diesen ersten Wochen nicht um dich kümmern konnte. Willst du also hier wohnen?»

«Ja», sagte Birle.

«Und der Mann?»

«Welcher Mann?»

«Für die Pachtung hier?»

«Braucht man dazu einen Mann?»

«Du bist so kratzbürstig wie immer, Mädchen.»

«Aber Nan, das ist schon eine wichtige Frage. Wenn ein Mann stirbt, bleibt seine Witwe auf der Pachtung. Jeder weiß, daß eine Frau dies allein schafft. Ein Mann braucht keine Frau, um eine Pachtung zu halten – warum dann eine Frau einen Mann?»

«Warum nimmst du die Dinge nicht so, wie sie sind?» tadelte Nan.

«Mach ich ja», sagte Birle.

«Warum versuchst du dauernd, dein Leben zu ändern?» fragte Nan und hörte Birle überhaupt nicht zu oder, wie Birle annahm, glaubte ihr nicht.

«Tu ich doch nicht», sagte Birle. «Die Dinge geschehen einfach, Nan. Warum sollen sie sich nicht ändern, warum soll es so bleiben, wie es immer war? Man hat mir das Lehen gegeben, mir ganz allein», sagte sie stolz.

Nan sah ihr über die Schulter und in das Haus. «Alleweil, so sieht es aus.»

«Nan, ich bin gerade erst angekommen, ich habe mich nach der Reise ausgeruht und nachgedacht.»

«Was gibt es nachzudenken, bei all der Arbeit, die getan werden muß, frag ich dich.»

Nan hatte sich nicht geändert, Birle mußte lächeln. Sie wollte überhaupt nicht, daß sich Nan ändere.

«Denken», grollte Nan, «gibt bloß Ärger. Wie das Fragen auch. Man tut seine Arbeit und ist zufrieden!»

«Gut», sagte Birle, «ich räum die Kleider auf, und du bleibst hier sitzen und ruhst dich von deinem Fußmarsch aus. Danach können wir uns zu zweit an die Arbeit machen. Hilfe ist immer willkommen.»

Nans Eichhörnchen-Gesicht zog sich in überraschte Falten zusammen, und sie sagte nichts.

Während der Arbeit – das Bett lüften, Böden, Schränke, Wände scheuern, Vorräte auspacken, Kleider einräumen – erzählte Birle von ihren Plänen auf dem Lehen. Eine Milchziege, ein Bienenvolk, Hühner, Enten, ein Gemüsegarten mit Rüben, Zwiebeln, Kohl und weißen Rüben. Ein Kräutergarten für Salben und Aufgüsse.

«Und wer soll das kaufen?» fragte Nan. Sie schüttelten die Bettücher aus, lüfteten sie im Freien. «Was weißt du von Heilkräutern?»

«Ich war ein Sklavin», begann Birle.

Nan hielt mitten in der Bewegung inne.

«In einer Stadt weit weg, und dort hat mich mein Meister gelehrt, die Kräuter zu erkennen, wie man sie aufbereitet und anwendet.»

«Ich dachte, du bist eine Lady?» widersprach Nan.

«War ich.» Birle wußte Nans Antwort voraus, sie fragte aber trotzdem: «Soll ich dir davon erzählen, Nan?»

Nan machte sich wieder an die Arbeit. «Alleweil – aber nein, es genügt, daß du wieder da bist. Das ist die Hauptsache, alles andere zählt nicht.»

Birle war nicht dieser Meinung, aber das war kein Grund zu streiten.

«Ich werde dir deine Brüder schicken. Die sollen den Garten umgraben.»

«Das muß nicht sein, das kann ich selber. Ich habe einen Spaten mitgebracht, und ich weiß, wie man damit umgeht.»

«Schon, aber das ist etwas, das du nicht tun solltest, wenn es nicht unbedingt nötig ist.»

«Warum nicht?»

«Wegen des Kindes.»

Nan faltete das Tuch mit ihren starken Armen. Birle folgte ihr ins Haus und breitete mit ihr das Bettuch über das Lager und steckte es an den Seiten fest: «Woher weißt du?»

«Nun hör mal! Ausgerechnet mich fragst du das. Man sieht es dir an. Wann bist du soweit?»

«Im Sommer, denk ich. Im Frühsommer.»

«Und kein Mann auf dem Lehen.» Die arme Nan wagte nicht weiter danach zu fragen. «Und du kommst nicht mehr ins Wirtshaus zurück?» fragte sie schließlich.

«Nein.»

«Dann komm ich zu dir heraus, wenn es soweit ist», beschloß Nan. «Denn ich laß dich nicht allein niederkommen.»

«Ich danke dir», sagte Birle. «Das wagte ich nicht zu hoffen.»

«Und was wirst du deinem Vater, den Brüdern und Schwestern sagen?»

«Da gibt es nichts zu sagen.» Birle hatte darüber nachgedacht und beschlossen, nichts zu erzählen. Mochten sie denken, was sie wollten. Wenn sie eine Geschichte erzählen mußte, bestand die Gefahr, daß ein bißchen von der Wahrheit mit einfloß. Und die Wahrheit, Oriens Name, durfte nie ans Licht kommen.

«Es sind drei neue Familien im Dorf», fing Nan mit ihren Neuigkeiten an.

«Dein Da hat Reid als Erben eingesetzt. Ware wird den Verwalter um ein Lehen im Wald bitten, wo er Schweine züchten kann. Muir hat sich nicht mehr blicken lassen seit jener Frühjahrsmesse, wo du nicht da warst, um ihn zu heiraten. Zuerst fürchtete ich, Muir habe dich in der Nacht entführt – er war wie ein Wolf in seiner Gier nach dir. Aber als er kam und nach dir fragte und wie ein Wolf geiferte –»

«Haßt du ihn so sehr?»

«Ich hasse ihn noch viel mehr. Dein Da hatte sogar vor, dich in deinem Bett festzubinden und Muir zu sagen, du hättest Fleckfieber oder irgend etwas, wovor er Angst bekäme und wegbliebe. Dann wärst du vielleicht auch wieder zur Vernunft gekommen. Da wollte ihm auch das Angeld zurückgeben, daß er dich in Ruhe läßt. Wir wollten auf keinen Fall, daß du seine Frau wirst. Zu unseren Lebzeiten hättest du ihn auch nie geheiratet, Mädchen.»

«Das wußte ich nicht, hatte keine Ahnung.»

«Wenn du es gewußt hättest, wärst du mit ihm durchgegangen, bloß um deinen Dickschädel durchzusetzen. Wie du also verschwunden warst –»

«Das wollte ich nicht», sagte Birle. Sie sagte nicht, daß es ihr leid tue, weil sie kein Bedauern spürte, aber sie wollte nicht, daß Nan glaubte, die Leute im Wirtshaus wären ihr gleichgültig.

Obwohl sie, wenn sie es jetzt überlegte, keinen einzigen Gedanken an Da und Nan verschwendet hatte. Und das hätte sie denn doch tun sollen. «Es tut mir leid, Nan.»

«Geschehen ist geschehen, und wir können vergessen, was dir alles hätte zustoßen können – Wölfe, Räuber, die dich zu ihrem Vergnügen mitgenommen hätten, du hättest ertrinken können –, wir dachten an alles, was einem Mädchen allein widerfahren kann.»

«Alles vorbei», erinnerte sie Birle. «Warum ist keiner meiner Brüder verheiratet?» fragte sie, um Nan von ihren alten Sorgen abzulenken.

Nan fragte nichts, auch im Wirtshaus gab es keine Fragen, als sie Da begrüßte, ihre Brüder und die kleinen Mädchen. Es war so üblich im Wirtshaus. Birle war wieder da, sie hatte das Lehen und war schwanger – mehr wollten sie nicht wissen.

In ihrem einsamen Leben leisteten ihr die Bücher und Karten Gesellschaft, die ihr der Graf mitgegeben hatte. Außerdem arbeitete sie im Garten; sie hatte Samen aus dem Wirtshaus mitbekommen und holte Schößlinge aus dem Wald. Der Frühling kam mit schwellender Pracht, und Birles Leib schwoll desgleichen. Das Kind bewegte sich in ihr, und sie fühlte sich nicht mehr allein. Wenn Sehnsucht nach Orien und seinen Zärtlichkeiten sie niederdrücken wollte, rief sie sich ins Gedächtnis zurück, daß sie von Anfang gewußt hatte, dies werde nicht dauern. Für eine Weile hatte ihr sein Herz gehört, und das war mehr, als sie je hoffen durfte. Froh trug sie das Gewicht des Kindes.

Die Frühjahrsmesse nahte heran, aber Birle reiste nicht. Alles mußte warten, bis das Kind geboren war, auch Yul. Im Herbst würde sie Kräuter und Salben genug haben, um sie zu verkaufen. Sie brauchte Geld, wenn sie sich auf den Weg nach Süden machte. Inzwischen besorgte sie ihren Garten und das Haus, kochte und holte Holz für den Winter. Nachts standen die Sterne schweigend über dem Haus, der Große Wagen, die Kassiopeia und der Nordstern. Unter der Tagessonne schossen ihre Kräuter aus dem fetten Boden der Matte üppig auf: Beinwell, Knoblauch und Eibisch, Fingerhut und Minze, Kamille, Bilsenkraut, jedes für sich in starken Büscheln. Im Erdreich rundeten sich die Rüben und darüber die Kohlköpfe. Gelbe Rüben streckten ihre farngleichen Blätter zur Sonne.

Nan war erst ein paar Tage vor der Niederkunft wieder bei ihr gewesen. Sie hatte ihr gesagt, was sie zu erwarten hatte. Die Wehen würden in immer kürzeren Abständen aufeinander folgen, bis sie ununterbrochen kamen und das Kreißen begann und das Kind auf der Welt war. Selbst dann durfte sie nicht ruhen, denn die Nachgeburt mußte abgestoßen werden. Birle hatte Katzen, Hündinnen und Ziegen gebären sehen, war aber doch überrascht von Nans Anweisungen. Einen ganzen Tag, der nicht zu enden schien, lag sie in der Eisenfaust des Schmerzes von früh bis Abend auf ihrem Bett. Es gab nur den Schmerz, der sich wie eine Faust schloß und öffnete. Birle hörte Nans Stimme und ihre Hand auf der Stirne, sie gehorchte Nans Anweisungen, weil Nan nicht dem Schmerz ausgeliefert war. Als alles vorbei war und Nan einen Knoten in die abgeschnittene Nabelschnur gemacht und ihr das nasse Kind an die Brust gelegt hatte, konnte Birle nicht einmal die Arme bewegen. Sie hielt ihre Augen auf Nan gerichtet. Als Nan zur Tür ging, wollte Birle sie nicht gehen lassen.

«Ja doch, Birle, ich verbrenn nur die Nachgeburt», beruhigte sie

Nan. «Keine Angst. Du hast es gut gemacht. Ruh dich jetzt aus. Alles ist gut.»

Birles Leib, ihre Arme waren erschöpft, ihr Mund war strohtrokken, ihre Handflächen aufgerissen von den Zugbändern, ihre Haare schweißgetränkt. Das nackte Kind lag auf ihrer Brust wie ein Fisch. Sie sah, wie sich auf seinem Rücken die winzigen Rippen hoben und senkten. Das Kind war blutig und so erschöpft wie die Mutter. Diese schwachen Atemzüge sind die Ursache von allem, dachte Birle, dieses Atmen ist im kleinen wie das Kommen und Gehen der Wehen.

Sie legte ihre Hand auf den kleinen Rücken, um das Heben und Fallen der Atemzüge zu verspüren. Ihre Hand konnte das Kind ganz umfassen, die feinen Rippen. Nan polterte wieder ins Haus, lächelte. Sie nahm das Kind hoch.

«Was machst du da?» wehrte Birle ab und wollte sich aufsetzen.

«Ich wasch sie und zieh sie an und wickle sie in Windeln. Nur einen Augenblick, das Wasser ist warm.»

«Es ist ein Mädchen?»

«Alleweil, hab ich dir doch gesagt.»

Birle hatte sich nie besser gefühlt. Es ging ihr nicht schlecht, großartig ging es ihr.

«Nan, im Schrank, unter dem Kleid, das ich am ersten Tag anhatte, ist ein Tuch, um sie einzuwickeln.»

Birle sah, wie Nan das Kind sanft wusch, und hörte das Wehgeschrei. Die kleinen Arme fuchtelten sinnlos über Nans Schoß in der Luft, die kleinen Füße strampelten.

Nan legte Birle das Kind in die Arme und ging zum Schrank.

«Woher hast du das?»

Nan hielt das kleine Bettuch hoch; es war zart wie Spitze, aber dick und weich wie treibende Schneeflocken. Nans Finger glitten über die Wolle. Sie starrte Birle an.

«Ihre Urgroßmutter hat es ihr gestrickt», sagte Birle.

Nan fragte nichts mehr.

«Warum hat sie so dunkle Haare?»

«Die gehen aus. Es ist immer so.»

«Sie hat blaue Augen.»

«Haben alle Kleinkinder, und das verdrückte Gesicht kommt von der Geburt. Deine Augen waren auch blau. Alle Neugeborenen sehen am Anfang gleich aus.»

«Ihre Augen werden blau bleiben», sagte Birle, wenn dies auch nur eine Hoffnung war. «Nennen wir sie Lyss?»

«Hübscher Name. Dein Da würde sich freuen.»

«Und du?»

«Deine Mutter war ein Glück für jeden, der ihr begegnete, auch für mich, auch wenn ich nur eine Magd war.»

Birle hatte nie darüber nachgedacht, welches Leben eigentlich Nan führte. Jetzt, mit ihrem Kind im Arm, fiel es ihr ein.

«Ich glaube, meine Mutter wäre froh gewesen, wenn sie gewußt hätte, daß du ihre Kinder in deine Obhut nahmst, Nan», sagte sie.

Nan brummelte Unverständliches, und ihre Backen wurden rot, aber sie sagte nichts. Dann wandte sie sich wieder der Gegenwart zu: «Du wirst noch eine Zeitlang bluten, wie wenn du deine Tage hättest. Aber solange du das Kind säugst, wirst du keine Tage haben. Das ist so.»

Birle konnte nicht lange über dieses Wunder nachdenken.

«Gestern gab es nur mich. Und heute, jetzt, gibt's noch jemanden. Wie ist das gekommen, Nan?»

Wenn Nan sie in diesem Augenblick gefragt hätte, hätte Birle ihr alles über Orien erzählt und das Wunder, das er für sie gewesen war.

Aber Nan fragte nichts.

«Wenn Mann und Frau beisammenliegen, gibt es ein Kind», sagte sie. «Du mußt ihr jetzt die Brust geben, Birle, das schließt den Mutterleib, du spürst es, und du mußt ihr zeigen, wie sie satt wird.»

Einige Tage blieb Nan bei Birle und Lyss, um zu kochen, Windeln zu waschen und zu schimpfen. «Wenn du sie nicht aufstoßen läßt, bekommt sie Bauchweh», sagte sie immer wieder, «und wenn du sie jedesmal nimmst, wenn sie schreit, merkt sie schnell, daß sie nur schreien und jammern mußt, bis sie alles kriegt, was sie will.»

Birle verstand nicht mehr, warum sie sich je über Nans Tadel geärgert hatte. Auf diese Art erledigte Nan nun einmal die Dinge und sorgte dafür, daß keine Windstille eintrat. Aber sie war nicht traurig, als sie mit Lyss unter der Haustür stand und Nan noch einmal zurückwinken sah, bevor sie unter den Bäumen verschwand.

Sie stand unter der Tür, und das Kind schien auf dem Arm sehr viel weniger zu wiegen als im Mutterleib. Die Stille fiel wie Regen auf sie nieder. Orien muß mir mein Herz wieder zurückgegeben haben, dachte sie, weil ich es dem Kind geben muß. Sie wußte nicht, ob sie darüber weinen oder sich freuen sollte. Sie hätte gerne jemanden gefragt, ob das Leben nur aus Veränderungen bestand, wie die Alchimie, aus Übergängen von einem zum anderen, Umformungen – so wie sie sich durch das Kind verdoppelt hatte. Ob die Alchimie auf dieser Wahrheit beruhte? Und wo war sie zur Zauberei entartet? Sie würde –

Ihre Augen ruhten auf der Wiese, wo der Kresse-überwucherte Bach in der Sonne zum Wald lief. Sie würde Lyss die Skepsis Oriens weitergeben, seine Art zu zweifeln, wenn alle sich über eine Sache einig waren, seinen Mut, auch in hoffnungsloser Lage auszuharren, der ihn schließlich aus dem Bergwerk und zu ihr geführt hatte. Sie selbst konnte dem Kind nur ihr Herz geben. Und das hatte sie schon getan, ganz und gar, rückhaltlos. Wie bei Orien hatte sie es dem Kind mit einem Lidschlag geschenkt, ohne es zu merken, auf immer. Und einmal mehr hatte sich Birles ganzes Leben durch ein Geschenk verändert.

Fünfundzwanzig

Der Wind brauste über die Wiese und in die schwarzen Äste der Bäume. Dunkle Wolken rasten über den Himmel. Birle war von irgend etwas erwacht, aber sie fürchtete sich nicht, als sie sich erst einmal mit der Nacht zurechtgefunden hatte. Der Herbst kam wie ein berittenes Heer und vertrieb, was noch vom Sommer geblieben war.

Der Wind zerrte an ihrem Mantel und peitschte ihn um ihren Körper. Wenn sie durch die Tür sah, die sie hinter sich offengelassen hatte, konnte sie Lyss' Wiege sehen, die im Schatten neben ihrem Bett stand. Unter ihrer Decke atmete Lyss sanft im Schlaf, die kleine Faust neben dem Mund geballt.

Der Wind vermochte Birle so wenig anzutun wie dem Bach, der sich durch die Wiesen schlängelte. Der Bach hatte seinen Ursprung und seine Bestimmung, er war zu klein, als daß der Wind seine Kraft an ihn verschwendet hätte. Auch Birle hatte ihren Ursprung und ihre eigene Bestimmung.

Im Frühjahr, spätestens im nächsten Herbst, würde Birle wieder nach dem Süden gehen, in die Küstenstadt, um Yul zu suchen. Sie hatte ihm die Rückkehr versprochen und mußte ihr Versprechen halten. Vielleicht wollte Yul nicht mit ihr gehen, aber sie mußte ihm die Wahl lassen.

Birle ging den Weg entlang und ließ den Wind wehen. Zuerst hatte sie gedacht, sie könne Lyss mit auf die Reise nehmen. Sie mußte ihr Kind nicht unbedingt zu Hause lassen, sie konnte es auf dem Rücken tragen oder in einer Schlinge über der Brust. Aber eigentlich wußte sie, daß sie das Kind nicht den Gefahren der südlichen Städte aussetzen konnte. Sie stellte sich das hilflose Kind auf dem Sklavenmarkt vor – unerträglicher Gedanke. Also würde sie Lyss unter Nans Obhut im Wirtshaus lassen, wenn sie mit den Kaufleuten und Gauklern im Frühjahr oder Herbst nach Süden zog.

Wenn sie nicht wiederkam, würde Nan das Kind aufziehen wie ein eigenes. Der Gedanke schmerzte, aber nur wegen des Verlustes, den sie selber erleiden würde, und weit weniger, als wenn Lyss etwas geschehen würde. Birle war im Zwiespalt; sie hatte sich einzureden versucht, daß sie Yul vergessen müsse, daß der einfältige Riese sie längst vergessen habe, sie war überzeugt, daß Yul bei Damall in größerer Sicherheit war als sie auf der Suche nach ihm. Die Gefahren der Suche überwogen bei weitem die Möglichkeit eines Erfolges, Birle wußte es.

Sie wußte auch, daß in ihrer Abwesenheit niemand den Leuten Arzneien geben würde, wenn sie hilfesuchend an ihre Türe kamen. Gerüchte hatten sich verbreitet, und nun verging kaum eine Woche, daß nicht jemand bei ihr vorsprach, um eine lindernde Salbe bat oder um Hustentee. Das kleine Haus hing voll trockener Kräuter. Auf Wandbrettern standen hölzerne Salbentiegel. Die Borde hatte Birle selber geschnitten. Wenn sie nicht mehr wiederkam, wer sollte dann den Leuten helfen?

Aber sie hatte keine Wahl. Sie hatte ihr Wort gegeben, und sie war nicht der Mensch, ihr Wort zu brechen. Sie wollte, sie hätte es gekonnt.

Während sie arbeitete und sich um Lyss kümmerte, dachte sie nicht daran. Sie schlief tief und fest, müde von der Arbeit.

Aber manchmal, wie in dieser stürmischen Nacht, quälten sie die Gedanken. Sie starrte in die Dunkelheit hinaus.

Unter den Bäumen am Rand der Wiese bewegte sich ein Schatten wie eine Nebelwolke. Birle trat zurück in die Dunkelheit, die um das Haus lag. Ihr Herz raste vor Angst. Sie brauchte einen Hund. Sie würde sich einen aus dem neuen Wurf des Wirtshauses heraussuchen. Nein, zwei, zum doppelten Schutz. Morgen würde sie mit Lyss zum Wirtshaus gehen. Sie starrte in die Dunkelheit und hatte ihren Mantel fest um sich geschlagen, daß er nicht flatterte. Vielleicht war es doch kein Schatten, den sie unter den Bäumen gesehen hatte. Ein kleiner Baum, der sich im Wind bog, oder nur ein tiefhängender Zweig.

Aber es war ein Schatten, eine Schattengestalt, die sich langsam über die Wiese bewegte. Sein Mantel flatterte im Wind. Birle griff in den Stiefel, um das Messer zu ziehen. Er war allein, glaubte vielleicht, sie schliefe ahnungslos im Haus. Sie zog sich bis an die Hauswand zurück und hielt sich aus dem schwachen Licht, das über die Schwelle drang. Ihre Hand schloß sich fest um den Messergriff. Sie würde ihn überraschend angreifen, darauf war er nicht gefaßt. Sie hatte nie einen Menschen getötet, aber sie zweifelte nicht, daß sie jetzt dazu imstande war.

Vom schwachen Licht angezogen, kam er näher. Unsicheren Tritts auf dem schmalen Pfad. Der Wind riß und zog an seinem Mantel, daß sie nicht schätzen konnte, wie groß der Mann war, ob er eine Waffe trug, Messer, Spieß, Schwert. Sie lauerte. Er hatte vielleicht die Leute von der Frau im Wald reden hören und daß sie ihr Geld für die Arzneien brachten. Die Leute übertrieben immer, vielleicht glaubte er, Reichtümer unter dem Herdstein zu finden. Diese seine Gedanken machten sie wehrlos, schwächten sie, dachte Birle, als er immer näher auf das einsame Haus zuschlich. Die Gefahr, die von seinen Gedanken ausging, hat mich geweckt, überlegte sie, als gelle eine Glocke durch die Nacht. Kurz vor dem Lichtschein hielt er inne, als besinne er sich. Birle hoffte, er könne ihre Gedanken nicht lesen. Sie wartete im Finstern wie ein sprungbereiter Wolf.

Er hob eine Hand und zog die Kapuze von seinem Kopf, trat vor. «Orien?» fragte Birle.

Sie hatte ihn überrascht und erschreckt. Er zuckte kurz mit der Hand zum Schwert, streckt sie ihr aber dann entgegen, beide Hände. Birle nahm sie und sprach nochmals seinen Namen aus: «Orien.»

«Was hast du da? Ein Messer? Schöner Willkomm, Lady, willst du mich an deiner Schwelle abtun? Mir zittern die Knie, Birle, ich kann mich kaum aufrecht halten», sagte er und sank auf die Steintreppe. Da er ihre Hände hielt, zog er sie neben sich nieder.

Birle ließ das Messer fallen und legte beide Hände in seine.

«Warum bist du hierher gekommen?» fragte sie. «Wie hast du mich gefunden? Wer hat dir von mir erzählt?» Sie versuchte, ihre Hände zu befreien.

«Lady, mir brauchte niemand etwas zu erzählen. Du hast dich selber preisgegeben. Deine Stimme hat dich verraten, als du von deinen Großeltern erzähltest und ihrem Lehen. Wohin hättest du sonst gehen können?»

«Ich bin keine Lady und will es nicht sein», sagte Birle. Er mußte das wissen, damit er erkenne, was sie im Herzen trug. Da ließ er ihre Hände los und wandte ihr sein Gesicht zu. Seine Augen waren dunkel, und auf seinem Gesicht lag Schatten und Licht zugleich.

«Wenn es das ist, was du willst», sagte er, «– aber wie steht es mit dem Kind? Was für ein Kind haben wir, Birle?»

Die Angst durchbohrte ihr Herz wie ein Messer. Sie fühlte sich plötzlich allein, als stünde sie nackt in einer finsteren und windigen Welt, das nackte Kind an der Brust und hilflos alle beide. «Sie haben mir versprochen, nichts zu erzählen», schrie sie. Wenn er jetzt sagte, Lyss müsse mit ihm gehen, was konnte sie entgegnen?

«Beruhige dich, sie haben ihr Wort gehalten. Der Graf könnte auch nichts verraten, selbst wenn er wollte. Er ist im Sommer gestorben.»

«Dann bist du jetzt der Graf Sutherland.»

Alles änderte sich mit jedem Wort, das Orien sprach. Birle dachte: Vielleicht sollte ich aufstehen vor ihm, ich weiß nicht, wie ich den Mann anreden soll, der wachend und schlafend in meinen nackten Armen lag, der Graf Sutherland.

Orien sagte nichts.

Jetzt verstand Birle. Sie hatte seine Feinfühligkeit nie bezweifelt. Er war hierhergekommen, um ihr zu sagen, daß er heiraten werde. Sie hatte gedacht, man werde ihr diese Neuigkeit irgendwann einmal zutragen, sie werde, wenn überhaupt, von einem Fremden davon hören, der im Wirtshaus davon erzählte oder die Geburt eines Erben verkündete. Orien erzählte ihr jetzt nichts davon, weil ihn seine neue Würde daran hinderte. Dies konnte sie ihm ersparen, überlegte sie.

«Du wirst also verheiratet, Milord.»

«Nein. Ich bin schon verheiratet.»

Nun brachte Birle kein Wort mehr hervor. Obwohl sie gewußt hatte, daß dies geschehen würde, blieb ihr jetzt fast das Herz stehen. Es war schon geschehen. Der Wind wehte.

Sie fand keine Worte mehr.

«Es liegt in der Macht des Grafen», erklärte Orien, «die Ehe eines Paares für gültig zu erklären, das heiraten will. Das Gesetz gibt ihm die Macht, dem regierenden Grafen und dem zukünftigen.»

Warum erzählt er mir das? fragte sich Birle.

«Wenn das Paar in Gegenwart des Grafen oder des zukünftigen Grafen seinen Heiratswillen bekundet, Mann und Frau sein will, dann sind sie vor dem Gesetz verheiratet.»

Birle entsann sich und verstand, warum er ihr das erklärte.

«Erinnert dich das nicht an etwas, Lady?»

Sie nickte. Sie hätte weinen mögen über die Falle, in die sie ihm getappt war. «Hast du mir nicht gesagt», mahnte sie und hätte vor Glück lachen können. «Der Graf wußte es aber, nicht wahr? Und die Gräfin auch.»

«Du bist die Gräfin», sagte er, «wenn du willst. Aber du willst nicht, wie du sagtest. Hat sich dein Wille geändert?»

«Nein, Milord.» Sie hatte geglaubt, ihr Herz müsse ihr wiedergegeben werden, damit sie es Lyss weitergebe, aber jetzt merkte sie, daß sie mehr geben mußte. Und als Orien sie jetzt anlächelte, pochte ihr das Herz an die Rippen und sprang ihr fast zur Kehle heraus, als sei es zu groß geworden, als könne sie es nicht mehr in der Brust halten.

«Dann ist es ganz einfach», sagte Orien. «Wenn du nicht Gräfin werden willst, kann ich nicht der Graf sein.»

«Aber du bist es», erklärte Birle.

«Gib mir deine Hände wieder, so – ja», sagte er und hielt sie mit seinen beiden Händen. «Und ich werde dir eine Geschichte erzählen. Von dem jungen Grafen, der im Süden einst nicht mehr als ein Sklave war und doch das Herz einer Jungfer gewann. Sie war vielleicht eine reiche Kaufmannstochter oder das einzige Kind eines der reichen Fürsten des Südens oder eine Waise mit weiten Ländereien unter der Vormundschaft gieriger Priester. Der Sklave, der ein Graf gewesen war, gewann ihr Herz mit – nun, womit ein Mann eben das Herz einer Frau gewinnt, wer er auch immer ist. Die edle Dame errettete ihn aus der Sklaverei und ließ alles fahren, was sie hatte. Er nahm sie mit in seine schimmernde Burg, hoch auf den Bergen seines eigenen Landes, um sie zu seinem Weibe zu machen. Aber das Nordland war kalt, und sie war ein zartes Geschöpf aus dem blütenreichen Süden. Außerdem hatte sie eigene Ländereien und Volk, die ihrer Fürsorge bedurften, und der Gedanke daran bekümmerte sie. So beschloß sie, in die Heimat zurückzukehren, und ihr Herz brach bei jedem Schritt der langen Reise.»

«Aber die Leute wissen das doch alles besser», sagte Birle verwundert.

«Sie wissen, was sie wissen wollen. Außer Gladaegal.»

«Er hat sein Wort verpfändet. Ich habe ihm geglaubt.»

«Ich sage es noch einmal, Lady: Niemand hat mir eine Silbe erzählt. Nur mein Herz hat es mir verraten. Ich hoffte. Aber du hast das Ende der Geschichte noch nicht gehört.»

Orien war voll Freude, und Birle war es zufrieden, neben ihm zu sitzen, ihre Hände um seine, seine Hände mit ihren verschlungen.

«Der junge Graf fand keinen Frieden ohne seine Lady. Kein Lied erfreute sein Herz, und seine Füße vergaßen zu tanzen. Nichts schmeckte ihm mehr, kein Fleisch, kein Geflügel, kein süßer Kuchen. Niemand konnte helfen. Er wurde schwächer und schwächer und sah dem Tod entgegen.»

Birle lachte. «Das glaub ich nicht. Das mit dem Lied und dem Tanzen glaub ich noch, aber nie das mit dem Essen.»

«Laß mich die Geschichte erzählen», beharrte Orien.

«Die Leute begriffen schließlich, daß der junge Graf wieder in den Süden reiten mußte. Er ernannte den Bruder zum Statthalter und machte allen kund, daß sein Bruder nach dem Gesetz Graf sein müsse, wäre er in einem Jahr nicht zurückgekehrt, und des Bruders Söhne Grafen nach ihm. Der junge Graf ritt mit einer Schar Reisiger davon, und ihre Wimpel flatterten über ihnen im frühen Sommerwind. Sie ritten davon in den Süden, und der Boden donnerte unter den Hufen ihrer Pferde.»

Orien hielt inne.

Birle drehte ihre Hände in seinen, bis sie die nebeneinander stehenden Knochen fühlen konnte, die von seinem Handrücken zum Gelenk führten. Es war um Mitternacht, aber die Welt strahlte so hell wie am Mittag. Dies war Oriens Art, mit ihr umzugehen, sie zu erheitern, als wäre er das Herz aller Dinge in ihr.

«Es ist eine hübsche Geschichte, Milord», sagte sie und konnte nicht lachen.

Orien beugte seinen Kopf vor, bis sich ihre Stirnen berührten.

«Ich bleibe hier bei dir, Lady, wenn du mich haben willst.»

«Ich will dich haben», sagte Birle. «Wenn du bleibst.»

Wenn er dieses Los erwählte, würde sie mit ihm leben, und mit Freuden.

Für eine kurze Weile schlug ihr Herz schwer vor Glück. Dann

erinnerte sie sich, und alle Freude wich von ihr. Sie wollte vergessen, mußte aber reden, weil sie sich erinnert hatte, was blieb ihr übrig? «Aber ich muß dich doch eine Weile verlassen, Orien, bis nach der Frühjahrsmesse, ich muß in die Städte zurück, wegen Yul», erklärte sie.

Orien schüttelte langsam den Kopf, mit der Stirne an ihrer.

«Doch. Ich hab mein Wort gegeben. Ich habe dich belogen, weil du krank warst. Yul ist nicht freiwillig bei Damall geblieben; er blieb als Geisel, bis ich ihn auslöse.»

Oriens Kopf bewegte sich hin und her.

«Du kannst es mir nicht abschlagen», sagte Birle so sanft sie konnte. Ihre Gedanken rasten. «Oder vielleicht – wenn du glaubst, daß ein Mann sicherer reist, würdest du selber – würdest du das tun? Ich kann, und ich werde es tun, aber wenn ein Mann besser –» Sie wußte nicht, was schlimmer war, ihn – wieder – zu verlassen oder ihn – wieder – allein davonziehen zu sehen. Es wäre grausam, ihn in das Land seiner Knechtung zurückzuschicken, in die Gefahren, die er nun kannte und dadurch noch schlimmer empfinden mußte. «Schade, daß es die Reisigen nur im Märchen gibt.»

«Aber das stimmt nicht. Ich wußte, daß du logst, und auch warum. Ich hatte wache Augenblicke in Damalls Lager. Die Geschichte ist wahr – warum hätte ich sonst einen ganzen Sommer gebraucht, um dich zu finden? Wie hätte ich weniger für Yul tun können als er für mich? Ich ritt mit meinen Leuten südwärts und wollte, du hättest Damalls Gesicht gesehen, als wir ihn auf der Straße zwischen den Städten ausfindig gemacht hatten, ich wollte, du wärst bei mir gewesen. Ich hab ihm drei von den grünen Steinen, den Beryllen, gegeben, ein gewaltiger Preis, aber Yul sah zufrieden und gesund aus, und es schien mir recht, Damall drei Berylle von dir zu geben. Yul ist mit uns in den Norden gekommen, er erinnert sich an dich.»

Sie fand keine Worte, ihm dafür zu danken. Orien hatte ihr Versprechen eingelöst, bevor sie ihn darum gebeten hatte.

«Wo ist er? Und deine Leute?»

«Sie lagern eine halbe Tagereise südlich vom Wirtshaus. Wenn ich wieder zu ihnen stoße, werde ich meine Leute auf einem Umweg zu

Gladaegal zurückschicken. Ich werde allein mit Yul in der Falkenschwinge nach der Tochter fragen, die einst in den Städten des Südens lebte.»

«Werden deine Leute die Geschichte nicht herumerzählen?»

«Sie wissen nicht, wohin ich gegangen bin. Was sie sich ausdenken, wird ein neues Märlein werden.»

Orien schien sich dessen sicher.

«Du hast an alles gedacht, Milord.»

«Ich hab an alles gedacht, weil ich an wenig mehr dachte als an dich und das Kind, das ich erriet. Wir werden ein Paar aus dem Süden sein, und bis zu der Zeit wird die Wirtstochter längst vergessen sein. Wir werden ihnen seltsam erscheinen, weil wir aus dem Süden kommen, der merkwürdige Sitten und Gebräuche hat. Ich habe keine Lust, mir einen Bart stehen zu lassen, und du sollst dir deine Haare nicht einfetten und um die Ohren wickeln. Ich will dich in bunten Gewändern sehen und bin selbst eitel genug, daß ich weichere Kleider will. In den Städten des Südens, vergiß nicht, gab es nicht nur Herren und Knechte, es gab Handwerker und Gildenmeister, Gaukler und sogar deinen Alchimisten. Und Sklaven», sagte er, und seine Stimme wurde leiser, als er sich erinnerte.

«Und wer wirst du dann sein, Orien? Wenn du nicht Graf bist und doch keiner aus dem Volk? Denn hier im Königreich», mahnte sie ihn, «gibt es keine Handwerker, keine Adepten und keine Sklaven. Wenn du an alles gedacht hast – hast du auch daran gedacht?»

«Alleweil. Du kennst mich doch gut genug, Birle. Ich werde –», Orien stand auf. Er warf den Mantel zurück und nahm die Haltung des Schaustellers an, den Arm ausgestreckt, «– ich werde der Puppenspieler sein», verkündete er, «Yul und ich bringen eine Wagenladung Waren mit, Stoffe, Hölzer, Garne und sogar eine Puppe, um fleißig zu studieren, wie sie zusammengesetzt ist. Ich werde mich nicht damit zufriedengeben, Birle, auf einem Lehen meine Tage zu verbringen.»

Orien stand da, als erwarte er eine Antwort. Der Wind wehte um ihn, hob seinen Mantel, blies ihm die Haare in die Augen. Wieder einmal hatte er sie überrascht. Er kannte sich besser, als sie glaubte, er kannte sich besser als sie ihn – schon immer hatte er sie verblüfft und jetzt wieder. Sie zweifelte nicht daran, daß er Puppen schnitzen, zusammenbauen und bekleiden konnte und lernte, wie man sie führen muß. Seine Puppen würden von der Burg erzählen und dem Haus auf der Lichtung, von Fürsten, Seeräubern und edlen Frauen, von Kaiser, König, Kurfürst, Graf, Edelmann, Bettelmann, Stadtsoldat. Und der Puppenspieler, hatte er es doch selbst erfahren, würde wissen, wer jede Person war. Orien stand vor ihr und hatte ihrer beider Leben in der Hand, schenkte es ihr, und Birle konnte, so bockig, wie Nan immer sagte, nur an sich denken. Was sollte dann aus ihr werden? Aus ihrer eigenen Arbeit? Was aus den Jahren, die sie mit ihrer Tochter verbringen wollte, ganz allein in dem kleinen Haus weit weg von der Welt? Mußte sie das alles aufgeben?

Sie hätte sich selbst auslachen mögen. Sie war jenseits der Grenze, wo die Welt ihr etwas befehlen konnte, und doch mußten sie beide gehorchen. Was auch immer Orien vorhatte: sie würde Kräuter ziehen und Arznei bereiten, sie würde sich selbst gehören und ihm als sein Weib und dem Kind als Mutter und den Kindern, die noch kamen. Sie würde alles sein, wie Orien in jeder seiner Puppen. Und vielleicht würde sie das Werk des Alchimisten aufnehmen, ein Kräuterbuch schreiben, nicht um ihren Namen unauslöschlich zu machen, sondern die Erkenntnis. Es wäre der Mühe wert. Sie hatte ihr Leben in ihren eigenen Händen.

Orien merkte nichts davon, und ihr Schweigen machte ihn unsicher. «Ich habe es mir überlegt, Lady, ich kann nicht im Verborgenen leben, als Ackerbauer, und meine Kinder auch nicht. So wenig wie du mit dem Leben einer Gräfin zufrieden wärst», sagte er.

Birle stand auf. Sie reichte ihm ihre Hände. «Alleweil, Milord, doch bin ich des Grafen Weib. So wie du der Graf bist, weil du es warst.»

Sie begann das Schicksal zu verstehen, den Wechsel, den Lauf der Welt.

«Dann bin ich also auch ein Sklave.»

Sie wußte die Antwort: «Der einzige, der je dem Bergwerk entsprang.»

Sein Gesicht lag im Schatten, aber sie konnte das Lächeln darauf wachsen sehen, sie brauchte sein Gesicht nicht, um sein Herz zu erkennen. «Soll ich auch daraus ein Märchen machen? Sogar daraus? Lange Geschichten für die Puppen? Damit kann einer sein Leben zubringen, Birle.»

Der Wind wehte um sie her, nahm sie zusammen. In dieser Nacht konnte der Wind noch zum Sturm werden oder einen klaren Morgen bringen, Birle wußte es nicht. Sie wußte nur, daß ein dunkler Wind um sie wehte und es Zeit war, ins Haus, in die Geborgenheit, zu gehen.

Orien schien das gleiche zu denken, denn er nahm ihre Hand und zog sie zur offenen Tür. «Du hast mir noch nicht gesagt, was für ein Kind wir haben.»

«Ich –», verbesserte sie, «welches Kind ich habe.»

Er achtete nicht darauf, schloß die Tür, und trotz aller Fragen nach dem Kind waren seine Glockenblumen-Augen nur verlangend auf ihr Gesicht gerichtet.

«Ein Mädchen», sagte sie. «Wir haben eine Tochter. Wir haben sie Lyss genannt nach meiner Mutter.» Sie legte ihm die Hand auf den Mund, um sein Lachen zu dämpfen. «Sie hat die Augen ihres Vaters – aber jetzt schläft sie.»

Er hielt ihre Hand fest und sprach zu ihren Fingern: «Und sollte nicht aufgeweckt werden, meine ich. Aber darf ich sie nicht trotzdem aufwecken, Birle?»

«Dann bleibt sie wach»

«Und wir werden die Nacht mit ihr durchwachen», sagte er, «alle drei zusammen. Es gibt Schlimmeres auf der Welt und wenig Besseres. Was hältst du davon, Birle, sagst du ja? Lady, du andere Seite meiner Brust, wenn du so lächelst – laß das Kind schlafen, morgen ist auch noch ein Tag, und jetzt –»

Doch Lyss rührte sich in der Wiege, von den Stimmen gestört. Birle wandte sich, das Kind aufzunehmen und es froh in Oriens Arme zu legen, auch wenn sie gewünscht hatte, Lyss möge weiterschlafen und sie ungestört lassen. «Wenn ich sie säuge, schläft sie wieder ein», versprach sie Orien und gab ihm sein Kind in die Hände.

Seine Arme umfaßten Lyss für einen kurzen Augenblick, als tanze er mit ihr auf der Messe oder als wären sie selbst das Rad, das sich gedreht hatte.

Cynthia Voigt
Jackaroo
Aus dem Amerikanischen
von Karin Klara und
Matthias Duderstadt
UT 1003

Gwyn spottet immer über die Legenden um die Volkshelden, die den Reichen nehmen und den Armen geben – bis sie an einem bitterkalten Wintertag in einer abgelegenen Hütte Jackaroos Maske, Umhang, Schwert und Hut findet.

Die Autorin von »Wir Tillermans sind so« zeigt sich hier von einer neuen Seite: Die geheimnisvolle Handlung spielt in vergangenen Zeiten. Und die kluge, eigenwillige und liebenswerte Gwyn, die die spannendsten Abenteuer erlebt, ist wieder eine der großartigen Figuren von Cynthia Voigt.

»Bis zur letzten Seite aufregend sind die Erlebnisse Gwyns.« *Frankfurter Allgemeine Zeitung*

Vigdis Hjorth
Tilla liebt Philipp
Aus dem Norwegischen
von Gabriele Haefs
Illustrationen
von Hanno Rink
UT 1006

Wer sagt, daß man sich mit zehn Jahren noch nicht verlieben kann, hat eben keine Ahnung! Das weiß Tilla ganz genau.
Schon als Tilla den Neuen aus der 4 B zum ersten Mal sieht, verliebt sie sich unsterblich in den sommersprossigen Philipp. Eigenwillig wie sie ist, weiß sie: »Den oder keinen!« Tilla hat zwar viel Mut und pfiffige Ideen, aber wie kann sie erreichen, daß Philipp sich mit ihr verlobt?

»Tilla ist stark und zärtlich, rauft und schreibt Liebesbriefe, mag küssen und traut sich im Dunkeln in einen Banditengarten.«
Gegenwind

Isaac Bashevis Singer
Maurice Sendak
Zlateh die Geiß
und andere Geschichten
Aus dem Amerikanischen
von Rolf Inhauser
UT 1008

In diesen feinsinnigen, mal komischen, mal zarten und nachdenklichen Geschichten aus einem galizischen Dorf erzählt Isaac Bashevis Singer von den Hoffnungen der kleinen Leute, die machtlos zwischen Bedrängnis und Erlösung stehen. Behutsam, aber kraftvoll berichtet er lächelnd und betrübt von Weisen und Narren, von Kleinen und Großen.

»Im wirklichen Leben begegnet man vielen der Menschen, die ich beschreibe, nicht mehr, aber so bleiben sie lebendig. Und ich hoffe, sie werden den Leser vergnügen mit ihrer Weisheit, ihren seltsamen Ansichten und manchmal mit ihrer Dummheit.«
Isaac Bashevis Singer